W0370204

- 1 -

„Hilf mir", rief eine schwache Frauenstimme.

Karl öffnete die Augen. Hatte er geträumt?

„Karl! Komm doch und hilf mir!", ertönte die Frauenstimme erneut. Sie hatte inzwischen einen flehentlichen Klang angenommen.

Die Tür seines Schlafzimmers war geschlossen, dennoch erkannte Karl die Stimme sofort. „Ist was passiert?", rief er ohne nachzudenken. Seine Mutter hätte ihn niemals ohne Grund zu dieser nachtschlafenden Zeit geweckt.

„Ich kann meine Beine nicht mehr bewegen." Ihre Stimme klang besorgt.

Als Karls nackte Füße den kalten Dielenboden berührten, wusste er noch nicht, dass sich sein Leben grundlegend ändern würde.

Das Teelicht erlosch.

Wie jeden Morgen.

Mit einer routinierten Handbewegung griff er nach der Teekanne mit den Wildrosen. Eine kaum sichtbare Rauchfahne des erlöschenden Lichts kräuselte sich aus dem Stövchen empor und umspielte seine Hand. Karl erhob sich schwerfällig von dem alten Holzstuhl und trug die Kanne zur Spüle unter dem Fenster. Er wusch sie mit heißem Wasser aus und stellte sie zum Trocknen kopfüber auf das Abtropfbord, so wie es ihm seine Mutter beigebracht hatte. Langsam und mit bedächtigen Bewegungen räumte Karl auch die übrigen Utensilien seines morgendlichen Frühstücks von dem kleinen rechteckigen Tisch ab. Die Knäckebrotdose mit Werbeaufdruck, das Marmeladenglas, der Teebecher und das stumpfe Messer hinterließen leichte Abdrücke auf der verblichenen Wachstischdecke.

Exakt eine Stunde benötigte Karl für sein Frühstück. Ein Außenstehender hätte wahrscheinlich eine Frühstückspause von einer Stunde für puren Luxus gehalten. Karl nicht. Für ihn war es normal. Eine Stunde. Jeden Morgen, egal ob Wochentags oder Wochenende. Eine Stunde in aller Seelenruhe frühstücken und dabei aus dem Fenster heraus Passanten beobachten.

Zugegeben, die beiden Scheiben Knäckebrot verzehrte Karl in der Regel binnen weniger Minuten. Und auch für die erste Tasse Fencheltee brauchte er nicht allzu lange. Entscheidend war die zweite Tasse. Die zog sich dann bis zum Ende seiner Frühstückspause hin. Aus welchem Grund hätte Karl sich auch beeilen sollen? Er war sein eigener Herr – das war für Karl ebenso wichtig geworden, wie es zu deren Lebzeiten für seine Mutter gewesen war. Sie hatte ihm von klein auf gepredigt, was es für einen Menschen bedeutet, sein eigener Herr zu sein: „Das ist die wahre Freiheit“, pflegte sie stets zu sagen, wenn sie im Geschäft stand. „Niemandem gehorchen oder Rechenschaft ablegen zu müssen! Wenn du erwachsen bist, wirst du feststellen, wie unendlich beruhigend es ist, dein eigener Herr zu sein.“

Allerdings hatte Karls Mutter vergessen zu erwähnen, wie unendlich langweilig und einsam es gleichzeitig sein konnte. Es war nicht so, dass Karl Kollegen und Freunde vermisst hätte, aber ein paar Kunden mehr hätten es schon sein können. Mitunter verirrte sich den ganzen Tag über kein einziger Kunde in seinen Laden, was leider immer häufiger der Fall war. Glücklicherweise betraten mit zuverlässiger Regelmäßigkeit vereinzelte Berlin-Touristen den kleinen Schirmladen, denn Karls *Fachgeschäft für Regenschirme und Regenmäntel* lag direkt an der Hauptstraße in dem ehemaligen Berliner Arbeiterkiez Wedding.

Dreißig Jahre ist es nun her, dass Karls Mutter das kleine *Fachgeschäft für Regenschirme und Regenmäntel* eröffnete. Jahrelang hatte sie die Fußböden fremder Leute gewischt und deren Dreck weggeräumt, während sie davon träumte, unabhängig zu sein. Jeden Pfennig, der nicht zum Leben gebraucht wurde, legte sie beiseite, und irgendwann war es dann soweit: Die kleine, drahtige Frau hatte es geschafft und konnte sich ihren Herzenswunsch vom *Fachgeschäft für Regenschirme und Regenmäntel* erfüllen. Mitte der 1980er-Jahre, als die Öffnung der Berliner Mauer noch Wunsch und keine Wirklichkeit war, war im Wedding günstiger Wohn- und Gewerberaum leicht zu finden. Sie verliebte sich schließlich – anders kann man es nicht nennen – in ein Ladengeschäft, das zu einer ehemaligen Sodafabrik gehörte. Es war geräumig, lag an der Ecke der belebten Hauptstraße und es gehörte bald schon ihr.

Karl erinnerte sich an die Begeisterung seiner Mutter. Wie sie davon geschwärmt hatte, dass die Fabriketage sehr viel Platz bot – auch für Pläne und Träume: Sie wollte das *Fachgeschäft für Regenschirme und Regenmäntel* zu einem

Kaufhaus für Regenschirme und Regenmäntel ausbauen und das Verkaufsangebot von handgefertigten Regenschirmen auf hochwertiges Reisegepäck, Aktentaschen und Schultornister erweitern. Die Realität sah jedoch anders aus: Karls Mutter verdiente mit ihrem kleinen Laden lediglich das Nötigste, um mit ihrem Sohn über die Runden zu kommen. Dennoch gab sie ihren Traum nie auf und schaffte es sogar, jeden Monat einen ansehnlichen Betrag zur Seite zu legen; für den Umbau ihres Fachgeschäfts zu einem Kaufhaus reichte das Angesparte aber nie.

Karl ahnte in jenen Jahren nichts von den Beschwerlichkeiten seiner Mutter. Für ihn stand schon als kleiner Junge fest, dass er im Kaufhaus seiner Mutter arbeiten würde. Er wollte ebenso wie seine Mutter sein eigener Herr sein, wenn er groß war, und entwickelte bereits als Erstklässler einen ausgeprägten Ordnungssinn, der ihm Lob von Mutter und Klassenlehrerin einbrachte, ihn aber schon in der ersten Klasse zu einem Sonderling machte. Während vor Unterrichtsbeginn Papierflieger, Kreidestücke und nasse Schwämme durch die Klasse flogen, hatte Karl bereits seine Schulutensilien sorgfältig vor sich aufgebaut: Kladde, Bleistift, Radiergummi, Lineal und drei Buntstifte mit seinen Lieblingsfarben lagen penibel ausgerichtet nebeneinander. Karls ganzer Stolz war ein blauer Füllfederhalter mit glänzender Metallkappe, der griffbereit an der oberen Kante der Schulkladde lag.

Karls Mitschüler beäugten zunächst misstrauisch seinen Ordnungssinn und machten sich, nachdem sie sich davon überzeugt hatten, dass er harmlos war, fortan lustig über ihn. Auch wenn besonders forsche Mitschüler ihm aus lauter Übermut immer wieder gern Stifte und Kladde vom Tisch fegten, wurde Karl nie müde, seine Ordnung wiederherzustellen. Im Verlauf seiner Schulzeit kultivierte Karl seinen Ordnungssinn, der auch den alten Schirmmacher begeisterte, bei dem Karl nach Beendigung der Hauptschule seine Lehre begann. Da Karls Lehrstelle nur ein paar Straßen vom Laden seiner Mutter entfernt lag, verlief seine Lehre ebenso geordnet und geplant wie seine Schulzeit: allerdings auch genauso langweilig.

An den Höhepunkt seiner beschaulichen Lehrjahre erinnerte Karl sich auch heute noch gern. Seine Mutter hatte belegte Brötchen gemacht und den alten Schirmmacher mitsamt seinem Altgesellen in den heimischen Laden eingeladen. Zur Feier des Tages hatte seine Mutter im ganzen Laden unzählige Regenschirme aufgespannt und an Nylonfäden aufgehängt. Karl kam sich vor wie in einem Schirmeparadies. Zu den mit Mett und Ei belegten Brötchen gab es Bier und zwei Flaschen Sekt. Bereits nach dem zweiten Glas begann seine Mutter ausgelassen zu kichern, zwei weitere Gläser später tanzte sie wie Mary Poppins mit einem riesengroßen schwarzen Regenschirm in der Hand durch den Laden – sehr zur Freude seines Meisters und des Altgesellen. An den Rest des Abends erinnerte sich Karl nicht mehr, da ihm das zweite Bier so sehr zu schaffen machte, dass er mit der Toilettenschüssel im Arm im Bad einschlief.

Mit großen Plänen trat er nach seiner Gesellenprüfung an einem strahlend schönen Frühlingstag seine Anstellung als Schirmmacher im Geschäft seiner Mutter an. Er wollte dort ein paar Jahre arbeiten, um dann seine Meisterprüfung abzulegen und anschließend gemeinsam mit seiner Mutter den Traum vom eigenen Kiez-Kaufhaus Wirklichkeit werden zu lassen. Bis es soweit war, wurde der kleine Laden vom Rest der Fabriketage abgeteilt. Doch der Traum blieb ein Traum und so gerieten die Räume der ehemaligen Sodafabrik mit den Jahren in Vergessenheit – ebenso wie der Handwerksberuf des Schirmmachers. Kein Mensch hatte mehr Interesse an handgefertigten Regenschirmen; schließlich gab es billige industriell gefertigte Schirme in jedem Kaufhaus.

Noch heute bestand der Schirmladen aus einem kleinen Verkaufsraum mit dem bis zur Decke reichenden Wandregal, in dem in Dreierreihen aufgereiht Regenschirme in allen möglichen Größen und Ausfertigungen zum Verkauf standen, die aber niemand haben wollte. Direkt hinter dem Verkaufsraum, dessen Schaufensterscheibe durch Schleifstaub von Karls Geräten immer leicht verstaubt waren, befand sich eine kleine Teeküche mit einem rechteckigen Tisch und einem dazugehörigen Stuhl und eine kleine Spüle, auf deren Arbeitsplatte ein Wasserkocher abgestellt war. An dem Tisch saß noch immer Karl und starrte aus dem Fenster. Das Ersparte, das Karls Mutter über die Jahre trotz aller Widrigkeiten beiseitegeschafft hatte, hatte Karl bis heute nicht angerührt. Karl hatte keine Träume. Er leistete lieber seiner Teekanne mit den Wildrosen beim Trocknen Gesellschaft und hing seinen Gedanken nach.

Er dachte oft an seine Mutter, deren Sterben in einer regnerischen Herbstnacht begonnen hatte. Gänzlich unerwartet hatte sie mitten in der Nacht über Schwindel, Gleichgewichtsstörungen und Lähmungen in den Beinen geklagt, die sie daran hinderten, ihr Bett zu verlassen. Mit jenem Hilferuf begann ihr Leidensweg, der fortan auch sein Leben bestimmte. Er begleitete seine Mutter mit der gleichen Selbstverständlichkeit auf ihrem Weg, wie er seine Mutter schon als kleiner Junge abends zu ihren Putzstellen begleitet hatte.

Ein halbes Jahr später verschlimmerten sich ihre Gleichgewichtsstörungen, sodass Karl es nicht mehr schaffte, sie auf die Beine zu bekommen, um sie zur Toilette zu begleiten. Er rief einen Krankenwagen, der seine Mutter in die Notaufnahme der Berliner Charité brachte. Die ärztliche Diagnose: Gehirntumor. Der Diagnose folgte drei Tage später die erste Gehirnoperation – der noch drei weitere folgen sollten.

Karl kannte seine Mutter als eine stets ernsthafte Frau, die selten lachte oder Späße machte. All die Jahre hatte sie von morgens bis abends in dem kleinen Schirmladen gestanden und die Kunden stets mit einem freundlichen aber distanzierten Lächeln begrüßt. Karls Mutter trug dabei in aller Regel einen hellgrauen Rock, der zur Hälfte ihre Knie bedeckte, und eine langärmelige, weiße Bluse mit Stehkragen. Im Herbst trug sie zusätzlich eine lange, graue Strickweste. Sie als graue Maus zu bezeichnen, hätte ihrer Erscheinung in jeglicher Hinsicht entsprochen, denn ihr lag nicht viel daran, sich herauszuputzen. Entsprechend übersichtlich sah das Innenleben ihres Kleiderschranks aus. Eine Kleiderstange hing voll mit weißen Blusen; Langarm, Kurzarm, runder Kragen, Stehkragen, mit und ohne Ausschnitt. Auf der zweiten Kleiderstange hing, neben drei Hosen in blau, schwarz und grau, eine Auswahl grauer Röcke – hellgrau und dunkelgrau – das war's. Karls eigener Kleiderschrank sah nicht viel anders aus: Neben seinen beiden Cordhosen hingen je zwei graue und schwarze Anzüge, die leicht abgetragen und aus der Mode gekommen wirkten. Ein paar weiße Hemden mit Manschetten, wie sie schon lange niemand mehr trug, und ein Paar schwarze Halbschuhe vervollständigten die Garderobe.

Die Gleichgültigkeit, die Karls Mutter ihrer Kleidung entgegenbrachte, stand im krassen Widerspruch zur leidenschaftlichen, fast schon besessenen Pflege ihrer Haare. Regelmäßige aber nicht zu häufige Haarwäschen, um die Talgproduktion nicht zu fördern, Spülungen mit exotischen Pflegemitteln und tägliches, halbstündiges Bürsten hatten ihr kupferfarbenes Haar zu einer wahren Augenweide gemacht. Es war ein entsetzlicher Tag für Karls Mutter, als eine Krankenschwester die Operationsvorbereitungen durchführte und ihr den Schädel kahl rasierte. Der Verlust ihrer geliebten Haare war weitaus schlimmer für Karls Mutter als die eigentliche Krankheit.

Als Karl das Zimmer seiner Mutter am Vorabend der Operation mit einem Strauß Tulpen – er hatte ihn im Supermarkt an der Kasse gekauft – betrat, musste er zweimal hinschauen, um sie in dem großen Bett zu finden. Ohne ihre langen Haare, die ihr für gewöhnlich weit über die Schultern bis zur Hüfte fielen, sah sie in dem großen Krankenhausbett winzig klein, fast schon unsichtbar aus. Unbeholfen trat Karl an das Krankenbett seiner Mutter und sucht vergeblich nach tröstenden Worten, während er den Blumenstrauß hilflos in seinen Händen knetete. Er hatte schon seit jeher eine tiefe Abneigung gegen Ärzte und alles, was mit Krankenhaus zu tun hatte. Es tat ihm in der Seele weh, seine Mutter ängstlich und hilflos mit kahl geschorenem Kopf in dem viel zu großen Krankenhausbett liegen zu sehen.

„Mein Junge“, flüsterte sie schwach, „sieh nur, was sie mit mir gemacht haben.“

Solange Karl zurückdenken konnte, hatte er eine zwiespältige Beziehung zu seiner Mutter. Bereits als kleiner Junge ging sie ihm gegenüber mit Zärtlichkeiten sehr sparsam um. Karl konnte sich nur an wenige Male erinnern, in denen er bei seiner Mutter auf dem Schoß gesessen und seinen Kopf an ihre Brust gelehnt hatte. Das waren seltene Momente für ihn. Berührungen, Hand in Hand laufen oder Kuschelzeiten waren ihm gänzlich unbekannt. Es war fast so, als hätte seine Mutter ihn unter eine Käseglocke gesteckt, um ihn vor körperlichen Anstrengungen zu schützen. Denn sie war stets in großer Sorge, dass ihm etwas passieren könnte, wenn er nicht bei ihr war. Karl war ein Asthmakind.

Trotz der fehlenden Berührungen wusste Karl, dass seine Mutter ihn abgöttisch liebte. Bei jeder Gelegenheit, die sich im Laden bot, lobte sie ihn Kunden gegenüber über den grünen Klee. Karl nahm die distanzierte Art seiner Mutter so hin, wie sie war. Er kannte es nicht anders.

Die Krankheit seiner Mutter und die damit verbundene Pflegebedürftigkeit brachte für Karl eine ungewohnte Nähe zu seiner Mutter mit sich, die ihn unsicher machte. Karl hielt den Blumenstrauß schräg hoch und machte sich auf die Suche nach einer Vase. Im Bad des Dreibettzimmers fand er schließlich eine kleine Vase, in die er den Blumenstrauß steckte. Seine Mutter hatte Glück, denn im Moment war nicht viel los im Krankenhaus, sodass sie sich das Dreibettzimmer nicht mit anderen Patienten teilen musste.

Dieser Krankenhausbesuch war für Karl der erste einer

Vielzahl von Besuchen, die er im Verlaufe der nun folgenden Leidensgeschichte seiner Mutter absolvieren sollte. Die erste Gehirnoperation, der sich seine Mutter unterziehen musste, verlief erfolgreich, und der mandarinengroße Gehirntumor konnte entfernt werden. Karls Mutter überstand auch die Chemotherapie erstaunlich gut und kam in der anschließenden Rehabehandlung überraschend schnell wieder zu Kräften. „Ich bin ein zähes Biest!“, pflegte sie gegenüber den Ärzten und dem Pflegepersonal ihre schnelle Genesung zu erklären. Die darauffolgenden Jahre verliefen für seine Mutter sehr gut. Sie hatte keinerlei Beschwerden und war gut belastbar. Zwar zollte sie ihrer Erkrankung Respekt und stand nicht mehr von morgens bis abends im Laden; aber zumindest halbe Tage zu arbeiten, ließ sie sich nicht nehmen.

Diesmal war es ein sonniger Frühlingsmorgen, als Karl seine Mutter erneut ins Krankenhaus begleitete, nachdem diese in der Nacht ihren Sohn mit Rufen geweckt und über die gleichen Symptome wie vor der ersten Operation geklagt hatte. Die Ärzte nahmen Karls Mutter sofort stationär auf und nachdem eine Magnetresonanztomografie einen neuen Hirntumor erkennen ließ, der sehr schnell auf die Größe einer Mandarine angewachsen war, wurde die kleine Frau erneut operiert. Auch diesmal erholte sich Karls Mutter erstaunlich schnell und stand nach ein paar Wochen bereits wieder stundenweise hinter dem Ladentisch des kleinen Schirmgeschäftes. Es folgten Monate der unausgesprochenen Ängste, ob der Tumor nun endgültig beseitigt worden war. Die regelmäßigen Kontrolluntersuchungen, zu denen Karl seine Mutter einmal im Vierteljahr begleitete, zeigten keine neuen Wucherungen.

Es vergingen zwei weitere Jahre, bis Karls Mutter eines Morgens beim Waschen ihrer Haare, die wieder nachgewachsen waren und ihr wie gewohnt auf die Schulter fielen, eine Art Pickel auf ihrer Kopfhaut ertastete, unter der sich ein winziger Spalt befand. Zunächst dachte sie sich nichts Böses dabei, als aber im Verlaufe von nur drei Wochen aus dem Pickel eine Wucherung in Walnussgröße geworden war, wurde der Besuch beim Neurologen unumgänglich.

Die schlimmsten Befürchtungen bestätigten sich: Aus dem vermeintlich geschrumpften Geweberest des vormals gutartigen und operablen Tumors war ein bösartiges Meningiom Grad III geworden, welches zwischen einem hauchdünnen Spalt am Schädelknochen und der Knochenplastik hindurchgewuchert und bereits inoperabel war. Am Abend nach der Diagnose saß Karl lautlos weinend auf der Kante seiner Schlafcouch in seinem Zimmer, welches Tür an Tür neben dem seiner Mutter lag. Die Schwere der Krankheit schockierte ihn ebenso wie die neue Lebenssituation, die so unerwartet auf ihn zukam. Die Sozialarbeiterin der Klinik, die trotz ihres jugendlichen Alters einen sehr erfahrenen und selbstbewussten Eindruck machte, hatte Karl mitgeteilt, dass aufgrund der Pflegebedürftigkeit seiner Mutter eine Entlassung nach Hause ausgeschlossen sei. Es war zwar nicht so, dass für Karl eine Welt zusammenbrach, aber diese Entscheidung warf ihn gehörig aus seiner gewohnten Bahn. Seit Karl denken konnte, lebte er zusammen mit seiner Mutter in der gleichen Wohnung direkt über dem Laden.

An dem Dezembernachmittag, als er den Krankentransport seiner Mutter in ein Weddinger Pflegeheim begleitete, schneite es. Es waren nur noch wenige Wochen bis zum Weihnachtsfest und wie in jedem Jahr machte der fallende Schnee vergeblich Hoffnung auf weiße Weihnacht. Das Pflegeheim, dass zu Karls Erstaunen beim Betreten weder nach Urin noch nach alten Leuten roch, machte einen sehr gemütlichen Eindruck, was ihn beruhigte. Immerhin schob er gerade seine Mutter in ein Altenheim ab. Aber was sollte er sonst machen? Davon abgesehen, dass die Pflege seiner Mutter für ihn aufgrund der dadurch entstehenden Nähe und Intimität ein unüberwindliches Hemmnis bedeutete, hatte er keinen Schimmer davon, wie er ihr Windeln anlegen oder das Gebiss herausnehmen sollte. Für Karl war es selbstverständlich, seine Mutter auf jegliche andere Art durch die Krankheit zu begleiten: Arztbesuche, stundenlanges Ausharren in Wartezimmern von Arztpraxen oder Krankenhausfluren, Besorgungen und das Erledigen von Formalitäten waren Aufgaben, in denen er sich sicher fühlte. Seiner Mutter die Windeln wechseln oder sie von Kopf bis Fuß waschen, das konnte er nicht, soviel wusste er. Aus diesem Grund saugte Karl jedes noch so kleine Detail und sichtbare Zeichen dankbar auf, an dem er erkennen konnte, dass es seiner Mutter in diesem Heim gutgehen würde. Auch das resolute Auftreten der Mitbewohnerin des Zweibettzimmers, in das seine Mutter gelegt wurde, beruhigte ihn. Sie sprach ihm Mut zu: „Nu mach dir mal keene Sorgen, Kleener! Ich pass auf die Mutti auf!“

Dankbar nickte Karl und drückte vorsichtig die kleine Hand der alten Frau, deren pergamentdünne Haut brüchig schimmerte. „Vielen Dank.“

„Nicht dafür!“, winkte die Frau und zeigte ein Lächeln

auf dem mit Altersfalten durchfurchten Gesicht. „Nu geh mal ganz unbesorgt nach Hause. Alles wird gut."

Allzu gern hätte Karl den Worten der alten Frau Glauben geschenkt, aber im Innern ahnte er, dass nichts mehr gut werden würde.

Das Pflegeheim lag nur zehn Minuten zu Fuß entfernt vom Geschäft. Jeden zweiten Tag besuchte er sie, worüber sich seine Mutter jedes Mal sehr freute. Immer hatte er eine Kleinigkeit dabei: Einmal war es eine Flasche Saft oder eine Tüte Bonbons, ein anderes Mal eine Bratwurst mit extra viel Senf. Doch ihr Befinden verschlechterte sich zusehends und seine Mutter schämte sich immer mehr, sich ihrem Sohn in diesem Zustand zu zeigen. Sie brachte es jedoch auch nicht übers Herz, Karl zu bitten, sie nicht mehr so oft zu besuchen. So verbrachte Karl in den folgenden Monaten jeden zweiten Tag die Mittagspause bei seiner Mutter im Pflegeheim, wo sie im Bett liegend ihm den Rücken zudrehte und die Wand anstarrte.

„Sei mir nicht böse, wenn ich dir den Rücken zudrehe", hatte seine Mutter ihm eines Tages zugeflüstert, als er an ihrem Bett saß und in einem Buch las. „Ich bin froh, dass du da bist. Es ist nur … ich … ich schäme mich, dass ich so hilflos bin und du mich so sehen musst; so ohne Haare und … so krank. Ich will nicht, dass du mich so siehst."

Karl fühlte sich nicht minder hilflos als seine Mutter, als er erwiderte: „Alles ist gut, Mama. Ich sehe dich, wie ich dich immer im Laden gesehen habe – stark und stolz."

- 2 -

„Nimm deine verdammten Wichsgriffel da weg!“, fauchte Franka den feixenden Dicken an, der mit seiner massigen Gestalt kaum in die orangefarbene Latzhose der Berliner Stadtreinigung hineinpasste. Obwohl es sich bei seiner Arbeitskleidung schon um eine 4 x XL Größe handelte, sah Frankas neuer Kollege wie eine orangefarbene Presswurst aus.

„Ich wollte doch nur …“, erschrocken wich der Dicke zwei Schritte zurück und hob abwehrend beide Handflächen, als hätte Franka eine Flinte und nicht ihren Kehrbesen in der Hand. Die grün-grauen Augen der jungen Frau schienen Funken zu sprühen, als sie ihren Arbeitskollegen ansah, der gerade versuchte hatte, seine beinahe esstellergroße fleischige Pranke auf ihr Hinterteil zu platzieren.

„Hau ab!“, zischte sie.

„Nun hab’ dich doch nicht so“, feixte der Dicke.

„Ich will dir mal was sagen, Schneider“, Franka hob ihren Kehrbesen noch ein paar Zentimeter höher und wippte leicht mit dem Stiel. „Du hast heute Morgen um sechs Uhr bei uns im Team angefangen; jetzt ist kurz vor der Mittagspause und du hast schon bei mir verschissen!

Wenn du so schnell arbeiten würdest, wie du dich unbeliebt machst, könntest du in dem Laden hier sogar Karriere machen."

Der Dicke zuckte gleichgültig mit den Schultern. „Ich hab' doch gar nix gemacht. War doch nur 'n Scherz. Verstehst du keinen Spaß?"

„Was du Spaß nennst, heißt bei mir sexuelle Belästigung", entgegnete Franka kühl und sah ihrem Gegenüber fest in die Augen.

„Reg dich doch nicht gleich so auf." Das Grinsen auf dem Mondgesicht ihres neuen Kollegen erlosch ähnlich langsam wie das Licht im Kino, wenn der Hauptfilm beginnt.

„Solche Typen wie du regen mich schon lange nicht mehr auf", entgegnete Franka lässig. „Jetzt verpfeif dich und mach dich an deine Arbeit, sonst mache ich beim Betriebsrat eine Meldung." Frankas selbstsicheres Auftreten verfehlte ihre Wirkung nicht. Der feiste Mann mit dem Mondgesicht wich ihrem Blick aus und wandte den Kopf ab.

Seit der Neue da war, hatte Franka aufmerksam ihre Kollegen beobachtet und genau gewusst, was an diesem Tag auf sie zukommen würde. Den ganzen Morgen schon war der dicke Schneider von den drei anderen Männern des Reinigungsteams aufgezogen worden. Um bei seinen neuen Kollegen Punkte zu sammeln, hatte er schließlich vollmundig angekündigt, der einzigen Frau des Teams den Hintern zu tätscheln.

„Das traust du dich doch niemals", hatte Mike, ein grobschlächtiger Mann, in dessen Händen der Kehrbesen fast verschwand, ihn grinsend provoziert.

„Wirst schon sehen", behauptete der feiste Schneider.

„Hört auf mit dem Scheiß!", mischte sich ein hagerer Kollege schüchtern ein, der von allen nur Rolli genannt wurde, weil er egal bei welchem Wetter stets einen schwarzen Rollkragenpullover unter seiner orangefarbenen Arbeitskleidung trug; selbst im Sommer bei dreißig Grad, wenn den Männern der Stadtreinigung kurze Arbeitshosen erlaubt waren. „Lasst Franka in Ruhe! Die ist in Ordnung."

„Sagt ja keiner, dass sie nicht in Ordnung ist", entgegnete das Mondgesicht mit breitem Grinsen. „Vielleicht steht sie ja drauf."

„Tut sie nicht!", widersprach der Hagere.

„Schnauze, Rolli!", befahl der vierte im Bunde, ein hochaufgeschossener Mittdreißiger, unter dessen Overall sich gewaltige Muskelberge abzeichneten und der entgegen der Dienstvorschriften während der Arbeit eine Zigarette in der hohlen Hand verbarg und regelmäßig einen verstohlenen Zug nahm. „Schneider hat keine Eier, das traut der sich eh nicht!"

„Wirst schon sehen", trotzig schlug das Mondgesicht mit dem Besen gegen die Bordsteinkante. „Worum wetten wir?"

Allgemeines Gemurre ertönte und die Männer der Straßenreinigungskolonne verzogen unwillig ihre Gesichter; bis auf Mike – der grinste.

„Wieso denn wetten?", polterte das Muskelpaket ungehalten. „Nächste Woche ist erst Zahltag und ich hab' keine Kohle mehr zum Zocken."

„Wer hier wohl keine Eier hat", sagte Schneider provozierend, trat dabei aber vorsichtshalber einen Schritt zurück.

„Hey, pass auf, Alter!", drohend hob der Muskelberg seinen Kehrbesen und kniff die Augen angriffslustig zu Sehschlitzen zusammen, während sich seine Muskelberge gegen den Stoff seines Overalls pressten, als könnten sie es nicht erwarten, in Aktion zu treten.

„Abgemacht. Einen Kasten Bier!", unterbrach Mike die beiden Männer und streckte schmierig grinsend dem Mondgesicht seine Hand entgegen. „Die Wette gilt!"

Beide Männer besiegelten ihre Wette mit einem Handschlag und nur einen Moment später hatte Franka die fleischige Pranke Schneiders an ihrem Hintern gespürt.

Dann ging alles sehr schnell. Während sich die Männer der Kehrkolonne bis auf Rolli, der stur den Abfall im Bordstein zusammenschob, gegenseitig feixend die Ellbogen in die Rippen stießen, zählte Franka das Mondgesicht an.

„Hau jetzt endlich ab!", sagte sie scharf. „Und sprich mich nie wieder an, solange du hier bei uns im Team arbeitest."

Der feiste Schneider wandte sich betont langsam ab und rempelte Franka im Vorbeigehen wie versehentlich an: „Pass doch auf, du Schlampe!"

Nun stammte Franka nicht aus Verhältnissen, in denen der Begriff Fair Play eine große Rolle spielte. Blitzschnell wirbelte sie herum und wischte schwungvoll mit dem Besen über den Bürgersteig. Bevor das Mondgesicht reagieren konnte, donnerte das Holz des schweren Kehrbesens mit einem dumpfen Geräusch gegen den Außenknöchel des Dicken, dem durch die Wucht des Schlages beide Füße gleichzeitig unter seiner massigen Gestalt weggerissen wurden. Wie ein nasser Mehlsack klatschte Schneider mit einem lauten Schmerzensschrei auf den asphaltierten Boden, obendrein zerriss bei dem Sturz die orangefarbene Arbeitshose. „Scheiiisse!“, jaulte der Dicke in einer solch hohen Tonlage als hätte der Kehrbesen seine Hoden und nicht seinen Knöchel getroffen.

„Sag noch einmal Schlampe zu mir, du Mopsgesicht …“, zischte Franka ihn an und drückte dem am Boden Liegenden den Kehrbesen mit der harten Holzkante in den Nacken. „… und ich schwör dir – ich ramm dir den Besenstiel in den Arsch!“

„Hör auf!“, japste der Dicke und versuchte sich unter dem Besen hervorzuwinden. „Lass mich los.“ Vergeblich. Franka hatte ihn fest im Griff. Mit beiden Händen umklammerte sie den hölzernen Stiel und stemmte ihrem Kollegen den schweren Kehrbesen ins Genick. Obwohl Franka mit ihren neunundvierzig Kilo sicherlich nur ein Drittel ihres mondgesichtigen Kollegen auf die Waage brachte, nagelte sie den Dicken, ohne sich sonderlich anstrengen zu müssen, auf dem Bürgersteig fest. Sein Mangel an Muskelmasse sowie sein regelmäßiger Alkohol- und Zigarettenkonsum taten das Übrige, den Dicken jeglicher Möglichkeiten zu berauben, sich aus dieser misslichen Lage zu befreien. Schon nach wenigen Sekunden lief sein Gesicht aufgrund der Anstrengung dunkelrot an, was ihn wie eine riesige überreife Fleischtomate aussehen ließ.

Franka hingegen blieb ruhig. Die tägliche Radtour von ihrer kleinen Einraumwohnung in Pankow zu ihrem Arbeitsplatz in Berlin Mitte hielt sie fit. Sie betrachtete die Strecke über sieben Kilometer, die sie morgens und abends bei Wind und Wetter zurücklegte, als ihren persönlichen Fitness-Parcours. Da sie den Ehrgeiz hatte, jeden Tag, wenn auch nicht schneller, so doch zumindest nicht langsamer als am Vortag zu sein, war sie dazu übergegangen, ihre Fahrzeiten zu stoppen. Je nach Tagesbestzeit ignorierte sie so ziemlich jede rote Ampel und flitzte in ihrer schwarzen Rennradmontur, die eng wie eine zweite Haut anlag und ihr ein gutes Körpergefühl vermittelte, entgegen der Fahrtrichtung durch Einbahnstraßen, über Bürgersteige und Fußgängerüberwege. Von den erhobenen Fäusten der Autofahrer und den wütenden Beschimpfungen – Fahrradterrorist oder Pedal-Hooligan waren noch die freundlichsten davon – bekam sie dabei nichts mit.

Durch ihr regelmäßiges Training im Fitnesscenter, welches sie seit drei Jahren mindestens viermal in der Woche mit verbissener Energie absolvierte, hatte sich Franka beachtliche Kraftreserven antrainiert, sodass sie mit dem Gedanken liebäugelte, es zusätzlich mit Kickboxen zu versuchen. Das Mondgesicht hatte sich also für seinen schlechten Scherz das denkbar ungünstigste Opfer ausgesucht. Und wenn Franka eines nicht mehr wollte, dann war das, ein Opfer zu sein. Sie hatte sich lange genug als Unterlegene gefühlt. Auch wenn sie sich erst spät mit dem ihr widerfahrenen Missbrauch auseinandergesetzt hatte, so war er doch immer präsent gewesen.

Franka war sechs Jahre alt, als es zum ersten Mal geschah. Da ihr Vater als LKW-Fahrer meist auf Fernstrecken eingesetzt wurde und höchstens alle vierzehn Tage das Wochenende daheim verbrachte; und ihre Mutter abwechselnd mit ihrer Großmutter Schichtdienst in einer Currywurst-Bude am Tempelhofer Damm machte, pendelte die kleine Franka mit ihrem kleinen Reiseköfferchen und ihrer Lieblingspuppe Pups zwischen Mutter und Großmutter hin und her. Wenn in der Hauptsaison Scharen von Touristen in Berlin einfielen, konnte es vorkommen, dass beide Frauen gleichzeitig arbeiten mussten. Dann übernahm der neue Freund ihrer Oma die Betreuung – wie er es nannte. Während der kleine hagere Mann Franka fütterte, mischte er ihr ein leichtes Schlafmittel unter. Zwar liebte er es, die Angst und Hilflosigkeit in den Augen der Kinder zu sehen, bei Franka wollte er aber kein Risiko eingehen.

Wenn Franka benommen genug über ihrem Tellerchen eingeschlafen war, hob er sie hoch und legte sie auf den Küchentisch, wo er sie nackt auszog. Zwischen seiner Unterwäsche und gestreiften Schlafanzügen hatte er in einer unauffälligen Einkaufstüte ein rotes Seidenkleidchen mit Spitzenkragen, glänzende Lackschuhe und Wäsche versteckt, die er dem schlafenden Kind anzog. Obendrein schminkte er sie, sodass sie aussah wie Uma Thurman in Quentin Tarantinos *Pulp Fiction*: Knallrote Lippen, schwarze Wimpern, ein billiges Make Up und eine schwarze Perücke im Pagenschnitt verwandelten das kleine Mädchen in eine grotesk aussehende schlafende Sexpuppe. Zuerst fotografierte er die kleine Franka. Wenn er genug Fotos für sein Archiv und diverse Tauschbörsen hatte, verging er sich unter Zuhilfenahme einer Viagra-Tablette mehrfach an dem Kind. Hatte er seinen Trieb befriedigt, zog er die Kleine wieder aus und wusch Sperma und Schweiß sorgfältig mit einem lauwarmen Waschlappen ab.

All diese Dinge erfuhr Franka erst, nachdem der Mann

bei der Vergewaltigung eines kleinen Nachbarsjungen, auf den er aufpassen sollte, von ihrer Großmutter zufällig überrascht worden war. Frankas resolute Großmutter schlug ihren Freund mit einer gusseisernen Bratpfanne krankenhausreif und übergab ihn mit Jochbein- und Kieferbruch an die Polizei. Bei den anschließenden Ermittlungen stießen die Beamten auf ein Schließfach im Hauptbahnhof, welches randvoll mit pornografischen Kinderfotos war. Zu diesem Zeitpunkt hatte Franka bereits zwei Jahre in der Kinder- und Jugendpsychiatrie verbracht. Immer wieder hatte sie einen dumpf in ihr brodelnden Hass, dessen Ursache sie nicht kannte, gegen sich selbst gerichtet. Dieser Zwang hielt lange an, auch nachdem sie erfuhr, was mit ihr geschehen war. Ihr eigener Körper war ihr inzwischen fremd geworden. „Ich stecke nun einmal in diesen Körper“, dachte sie oft mit beißender Selbstironie, wenn sie ihre einsamen Runden innerhalb der für sie noch immer unüberwindbaren Mauern ihrer seelischen Narben drehte: gefangen im Erlebten und erfüllt von einer Sehnsucht, sich und ihren Körper zumindest spüren zu können.

Immerhin hatte sie im Laufe diverser Klinikaufenthalte und Therapien gelernt, mit Grenzüberschreitungen und mit ihrer eigenen Reaktion auf Übergriffe umzugehen. Wer ihr heute dumm kam, erhielt postwendend eine kontrollierte, aber knallharte Antwort. Sie war in der Lage sich zu wehren. Und das tat sie: konsequent, schnell und schmerzhaft für ihr Gegenüber.

Mit Genugtuung beobachtete sie, wie das Mondgesicht versuchte, den Straßendreck auszuspucken, der ihm in Mund und Nase drang, während sie ihm noch immer den schweren Kehrbesen in den Nacken drückte. „Hör auf!", drang Rollis Stimme wie durch eine Watteschicht an ihr Ohr. Doch Franka reagierte nicht, sondern beobachtete den am Boden zappelnden Dicken mit dem interessierten Blick eines Schmetterlingssammlers, der ein besonders prächtiges Exemplar aufgespießt hatte. „Franka! Lass gut sein!", rief ihr Kollege erneut, war jedoch schlau genug, Franka weder an der Schulter noch sonst wo anzufassen, um auf sich aufmerksam zu machen. Nachdem er sie noch zweimal angesprochen hatte, erreichte Rollis Stimme Frankas Bewusstsein. Langsam begannen sich die zornroten Schleier vor ihren Augen aufzulösen. Mit einem Ruck hob sie den Besen an, was der am Boden Liegende mit einem röchelnden Atemzug quittierte. Franka schwenkte den Kehrbesen zur Seite, nicht ohne dem Mondgesicht noch einen eleganten Hieb mit dem Holz gegen die Schläfe zu verpassen.

„Uuh!", stöhnte der Dicke gequält auf, verzichtete aber aufs Lamentieren und stemmte sich mühsam vom Boden ab.

„Der tut dir nix mehr", versuchte Rolli sie zu beruhigen.

„Würde ich ihm auch nicht raten", entgegnete Franke. Sie schulterte ihren Kehrbesen und machte sich, ohne den Dicken noch eines Blickes zu würdigen, auf den Weg zur Hauptstraße, die ein paar Meter weiter voraus lag. „Ich kehr dann mal den Weg bis zum Hotel", rief sie ihren Kollegen über die Schulter zu.

Bis zum *Titanic Chaussee Berlin* waren es etwas über hundert Meter. Normalerweise hätten drei Mann die Strecke gefegt, aber Franka wollte niemanden sehen und mit niemanden sprechen. Den Blick stur auf den Bürgersteig gerichtet, arbeitete sie sich mit ihrem Besen voran und fegte die üblichen Hinterlassenschaften der Anwohner und Touristen wie Papierreste, leere Zigarettenschachteln und Kippen in den Rinnstein. Erst als sie das vor wenigen Wochen in Betrieb genommene Luxushotel Titanic Chaussee erreicht hatte, hob sie den Kopf und ließ ihren Blick über die komplett verglaste Front gleiten. Man konnte durch sie hindurch direkt in die großzügige, elegante Halle mit dem elfenbeinfarbenen Boden und der scheinbar frei im Raum schwebenden Treppe schauen. Andächtig starrte Franka durch die Scheibe in die Lobby des Hotels; ihre Augen saugten jedes noch so kleine Detail auf. Als sie eine ausgelassene Gruppe junger Leute erspähte, die lässig auf den Sofas und Sesseln in der Hotelhalle saßen und miteinander plauderten, überkam sie eine diffuse Traurigkeit. Was für andere ein Aufenthalt in irgendeinem beliebigen Hotel war, bedeutete für Franka ein auf absehbare Zeit unerfüllbarer Traum.

Sie war ein Abbrecher. Jemand, der den entscheidenden Schritt nicht wagte, davor zurückschreckte. Immer und immer wieder. Franka wusste das. Sie sah es jeden Morgen in ihren Augen, wenn sie sich misstrauisch im Spiegelbild betrachtete. Und sie sah es jetzt in ihrem Blick, der sich in der Glasfront des Nobelhotels brach. Frankas Gefühlsleben tigerte unstet und nervös wie ein Raubtier in ihrem selbst erschaffenen Seelengefängnis. Umgeben von unsichtbaren Mauern, die früher einmal Schutz bedeuteten, nun aber mehr und mehr zum Gefängnis wurden. Immer wieder scheiterte sie an ihrer Angst vor Entscheidungen, die ein Kapitel abschlossen: insbesondere was Schule und Ausbildung betraf. Irgendetwas hielt sie zurück und ließ sie ein Kapitel abbrechen, bevor sie es abschließen konnte. Als würde sie das Kino vor dem Happy End verlassen oder ein spannendes Buch vor der Auflösung zuklappen und zurück ins Regal zu stellen.

Das Luxushotel bedeutete für Franka die große Überschrift des ersten Kapitels, welches sie nicht abgebrochen haben würde. „Irgendwann“, sagte Franka leise, während sie sehnsüchtig in die Hotellobby sah und sich dabei in ihrer orangefarbenen Montur schwer auf den Kehrbesen stützte. „Irgendwann sitze ich auch dort drinnen und schaue nach draußen. Dann habe ich es geschafft und nichts mehr abgebrochen. Ich habe mein Studium abgeschlossen und einen guten Job. Dann sitze ich hier und schaue aus dem Fenster, während ich eine heiße Schokolade trinke und nach einer leidenschaftlichen Nacht mit dem weltbesten Sex überhaupt auf meinen Mann warte, der mich sogleich liebevoll begrüßen wird.“

„Ey, Franka!“, rief Rolli von der gegenüberliegenden Straßenseite. „Träum nicht. Komm weiter!“

Unwillig krallten sich Frankas Finger um den Griff ihres Kehrbesens. Sie warf noch einen letzten Blick durch die Glasscheibe des *Titanic*, wandte sich dann mit ausdrucksloser Miene um und fegte weiter die Kippen zusammen, die von den Hotelgästen achtlos auf den Bürgersteig geworfen wurden, bevor sie durch die großen gläsernen Türen des Luxushotels ins Innere verschwanden.

„Irgendwann!“, flüsterte sie unhörbar und richtete ihren Blick fest auf den Bürgersteig.

- 3 -

Karl fühlte sich erleichtert. Zugleich aber plagte ihn das schlechte Gewissen, als er aus dem Pflegeheim hinaus in die eisige Nacht trat. Er hatte seine Mutter hier abgegeben wie ein Haustier, das zur Last fiel.

Als Karl die kleine Zweieinhalbzimmer-Wohnung betrat, die in der ersten Etage über dem Schirmladen lag, überfiel ihn das Gefühl einer tiefen Einsamkeit. Wie bestellt und nicht abgeholt stand er in der winzig kleinen Diele der Wohnung, die er sich bis vor kurzem noch mit seiner Mutter geteilt hatte. Während seine alten Stiefel auf der Kokosmatte vor der Wohnungstür abtropften, lauschte Karl regungslos in die dunkel und still vor ihm liegende Wohnung – kein Laut war zu hören. Nach einer ganzen Weile streckte Karl den Arm aus und tastete mit der Hand nach dem Lichtschalter. Als das Deckenlicht aufflammte, fiel sein Blick auf die Hausschuhe seiner Mutter, die noch immer säuberlich nebeneinander in der Diele standen. Die Erkenntnis, dass seine Mutter nie mehr heimkehren würde, traf ihn bis ins Mark. Mit leerem Blick lehnte Karl sich an das Holz des Türrahmens und blieb bewegungslos stehen, um dann wie eine Marionette, deren Fäden man gerade durchtrennt hatte, in sich zusammenfallen.

Nur langsam gewöhnte sich Karl an seine Einsamkeit und die stillen Abende in der Wohnung, die er wie gewohnt mit Lesen verbrachte. Er liebte es, sich auf dem Sofa auszustrecken, neben ihm auf dem Tisch penibel die Bücher aufgereiht, die er nach einer sorgsam festgelegten Reihenfolge lesen wollte. In Griffweite auf dem Boden die Familienpackung mit dänischen Keksen aus dem Supermarkt, direkt neben der Teekanne mit Kräutertee.

Bis auf das regelmäßige Rascheln des Papiers beim Umblättern der Buchseiten war kein Geräusch in der Wohnung zu hören. Manchmal vermisste Karl das leise, rasselnde Atmen seiner Mutter, wenn sie schon schlafen gegangen war. Würde er statt in einem seiner papiernen Leihbücher eins der modernen eBooks lesen, wäre es totenstill in der Wohnung. Zwar hatte Karl schon von den neuen elektronischen Büchern gehört und auch schon einmal Werbeanzeigen in der Zeitung von diesen sogenannten E-Readern gesehen, konnte sich aber mit diesem Medium nicht anfreunden. Für ihn mussten die Buchseiten rascheln und riechen. Und so besuchte er einmal in der Woche – für gewöhnlich donnerstags – die Schiller-Bibliothek in der Müllerstraße, wo er sich mit seiner Wochenration Lesestoff eindeckte und wohlwollend dem Papier beim Knistern zuhörte.

Seit Karl denken konnte, spielten – neben seiner Mutter – Bücher die wichtigste Rolle in seinem Leben. Einen Vater gab es nicht. Karl wusste über seinen Vater nur, dass er Fernfahrer gewesen war und seine Mutter verlassen hatte, als er ein Jahr alt war. Da ihm diese Erklärung ausreichte und er sich nie für Einzelheiten interessiert hatte, fragte er auch nie nach. Außerdem musste er so seine Mutter – und seine Bücher – mit niemandem teilen.

Wie oft hat er sich als kleiner Junge in die Abenteuerwelten seiner Bücher zurückgezogen. Da wurden kleine Jungs von Affen aufgezogen oder hatten einen großen Bären als Freund. Tarzan und Mogli folgten schnell Micky Maus, und Superheldenhefte Kinder- und Jugendbüchern. Wobei ihm Karlsson vom Dach und die Geschichten von Pipi Langstrumpf am besten gefielen. Während Schulkameraden und Kinder aus der Nachbarschaft draußen auf der Straße spielten, verbrachte Karl seine Zeit mit Dicki, Gina und Rolf, Flip und Betti; seinen Helden aus der *Geheimnis*-Reihe der englischen Jugendbuchautorin Enid Blyton. Aber auch die Abenteuer der *Fünf Freunde* verschlang Karl der Reihe nach; egal welche Abenteuer seine Freunde erlebten – Karl war dabei. Er ließ mit Pippi die Beine auf ihrer Veranda baumeln und sah dem kleinen Onkel zu, wie er friedlich im Garten graste. Er flog Seite an Seite mit Karlson vom Dach über die in der Dämmerung liegenden Dächer; vorbei an Antennenbäumen, die in den Abendhimmel stachen, und an verrußten Kaminen, hinter denen man sich vortrefflich verstecken konnte, um heimlich in die erleuchteten Dachfenster zu spähen. Den Jugendbüchern folgte dann eigentlich alles, was Buchstaben hatte und was ihm in der Bibliothek als lesenswert erschien – wobei er auch nicht vor den deutschen Klassikern wie Thomas Mann, Max Frisch und Friedrich Dürrenmatt zurückschreckte.

Neben seinen Büchern – und seiner Mutter – hatte Karl bis heute nur noch eine Leidenschaft: das alte Museum für Naturkunde, welches er schon als Kind geliebt hatte. Denn auch hier gab es unendliche Abenteuer zu erleben. Viele der Tiere oder Dinge, die in den Abenteuern aus seinen Büchern eine Rolle spielten, fand er hier: ausgestorbene Dinosaurier, Insekten, exotische Tiere oder Sonderausstellungen aus fernen Ländern, die er vermutlich nie bereisen würde. Was es im Naturkundemuseum nicht gab, ergänzte seine Fantasie auf seinen Entdeckungstouren durch das alte Gebäude. Außerdem zählte er voller Vorfreude und Ungeduld die Wochen und Tage, bis endlich im Dezember *Tristan erwacht*. Er freute sich sehr auf das zwölf Meter lange und vier Meter hohe Originalskelett des 65 Millionen Jahre alten Tyrannosaurus Rex. Am liebsten hätte er jede freie Minute in dem altehrwürdigen Museum verbracht, wäre nicht das mit seiner Mutter passiert. Karl plagte das schlechte Gewissen. Es kam ihm falsch vor, sich im Naturkundemuseum zu vergnügen, während seine Mutter im Pflegeheim lag und keinen Schritt vor die Tür setzen konnte. Und so besuchte er seine Mutter jeden zweiten Tag im Pflegeheim, nachdem er um 18 Uhr den Laden abgeschlossen hatte, und blieb so lange an ihrem Pflegebett sitzen, bis die Nachtschwester ihren Dienst antrat. Mit seinen Gedanken war er bei Tristan, doch sein Herz blieb bei seiner Mutter. Zwei Tage vor Heiligabend nahm ihm das Meningiom die Entscheidung ab.

Am Tag zuvor war seine Mutter erneut in die Innere Medizin der Berliner Charité eingeliefert worden. Karl war erstaunt, dass sie in einem Einzelzimmer lag. Ob aus Rücksichtnahme oder Nachlässigkeit: Niemand sagte Karl, dass der Grund dafür darin lag, dass die Ärzte innerhalb der folgenden 48 Stunden mit dem Tod seiner

Mutter rechneten. Die Therapie bestand aus Flüssigkeitszufuhr und Schmerzlinderung in Form einer Infusion und einer Medikamentenpumpe, die gleichmäßig Morphium in die Venen seiner Mutter pumpte.

Der Anruf aus dem Krankenhaus erreichte ihn um ein Uhr nachts. „Herr Raab?", fragte eine junge Frauenstimme am anderen Ende der Leitung.

„Ja", Karl war schlagartig hellwach, denn er wusste, was der nächtliche Anruf zu bedeuten hatte. „Ja, der bin ich."

„Schwester Jenny von der Inneren Abteilung der Charité. Es geht um Ihre Mutter Annelore", sagte die junge Frau behutsam. „Es geht ihr nicht gut."

„Ich … äh", Karl wusste nicht, was er sagen sollte, und spürte, wie die Angst ihm die Luftröhre zuschnürte und ihm das Ausatmen so schwer machte, dass sich kleine Schweißperlen auf seiner Stirn bildeten. „Ja … ich weiß … deshalb ist sie ja bei ihnen im Krankenhaus."

„Ich meine …", die Krankenschwester zögerte kurz, so als würde sie ihre Worte genau abwägen. „Der Zustand Ihrer Mutter hat sich verschlechtert", wieder zögerte sie, bevor sie weitersprach: „Sie sollten besser vorbeikommen."

„Ich komme." Während die Krankenschwester noch etwas erwiderte, hatte Karl schon den Hörer auf die Gabel des alten Telefons gelegt. Dumpf starrte er vor sich hin. Er hatte gewusst, dass dieser Anruf kommen würde. Der berühmte nächtliche Anruf, der alles im Leben veränderte – wie in den Büchern, die er las.

Es fiel Karl schwer einen klaren Gedanken zu fassen. Langsam schwang er die Beine aus dem Bett und tapste mit nackten Füßen ins Bad. Er entleerte seine Blase, putzte sich die Zähne und wusch sich mit kaltem Wasser das Gesicht. Zurück in seinem Zimmer zog er den braunen Schlafanzug mit den goldenen Blockstreifen aus und schlüpfte in die Unterwäsche vom Vortag. Ohne lange überlegen zu müssen, was er anziehen sollte, griff Karl nach einer dunkelbraunen Cordhose, in die er schnell hineinstieg. Während er das braun-beige karierte Baumwollhemd zuknöpfte, sah er mit traurigem Blick aus dem Fenster hinaus auf die unter ihm liegende Straße, die mit schmutzigem Schneematsch bedeckt war und wenig einladend für einen nächtlichen Spaziergang wirkte.

Karl drückte die Wohnungstür hinter sich zu und zog seine braune Strickmütze tief in die Stirn, während er die dunkelgrünen Holzstufen des alten Treppenhauses hinunterstieg. Die Nacht war bitterkalt. Auf dem im Halbdunkel liegenden Bürgersteig stehend knöpfte er die Knebelknöpfe seines sandfarbenen Dufflecoats zu. Mit bis zu den Ohren hochgezogenen Schultern hastete Karl der Müllerstraße entgegen, wo sich der nächstgelegene Taxistand befand.

Die Fahrt dauerte nicht lange. Im Schritttempo passierte das Taxi die Zufahrt zum Krankenhausgelände der Berliner Charité. Da der Fahrer sich auf dem weitläufigen Gelände mit den vielen Einzelkliniken gut auskannte, setzte er Karl ein paar Minuten später vor dem Gebäude ab, in dem sich die Innere Medizin befand.

Mit Beinen so schwer, als ob an ihnen Bleigewichte hingen, ging Karl schleppenden Schritts an dem unbesetzten Glaskasten des Empfangs vorbei in Richtung der Aufzüge. Als sich die chromglänzende Aufzugtür hinter ihm schloss, wünschte Karl sich, dass sie sich nie wieder öffnen möge. Sie erfüllte ihm diesen Wunsch nicht. Nahezu lautlos glitt die Tür in der zweiten Etage auf und gab den Blick auf das Stationszimmer frei. Karl erkannte eine junge Krankenschwester, die an einem Schreibtisch vor einem Computer saß und mit flinken Fingern auf einer Tastatur herumtippte. Als sie Karls Schritte auf dem Krankenhauslinoleum quietschen hörte, hob sie den Kopf und sah ihm entgegen. Sie erhob sich sofort von ihrem Schreibtisch und kam schnellen Schritts auf ihn zu. „Sie müssen Herr Raab sein", begrüßte sie ihn und streckte ihm zur Begrüßung ihre Hand entgegen. Ihr Händedruck war warm und kräftig.

Die Krankenschwester war hübsch. Obwohl sie zierlich gebaut und rund eineinhalb Köpfe kleiner war als Karl, der mit seinen ein Meter achtzig eine Standardgröße aufwies, vermittelte ihr energischer Händedruck ihm das Gefühl, dass sie kräftiges Zupacken gewohnt war.

„Ich bin Schwester Jenny", stellte sie sich vor.

Ihr glattes weizenblondes Haar hatte sie auf der rechten Seite ihres Kopfes zu einem dicken Zopf geflochten, der über die Brust fiel und das Plastikschild mit ihrem Namen zur Hälfte verdeckte. Karl konnte nur die beiden letzten Buchstaben erkennen: *ny*.

„Es tut mir leid, Herr Raab." Obwohl Karl sicherlich nicht der erste Angehörige war, dem die Krankenschwester eine traurige Nachricht zu überbringen hatte, schien sie persönlich sehr berührt. „Ihre Mutter ... Ihre Mutter ist eingeschlafen."

Karl hatte instinktiv mit dieser Nachricht gerechnet, dennoch traf ihn der Schmerz nun wie ein Tiefschlag in die Magengrube. Diese Endgültigkeit, nie wieder mit seiner Mutter reden zu können, nie wieder ihre fürsorgliche Stimme zu hören und sie nie wieder in ihrem Laden stehen zu sehen, lähmte ihn und verdrängte alle anderen Gedanken aus seinem Bewusstsein.

„Möchten Sie sie sehen?", fragte die Schwester behutsam.

Karl spürte Jennys Hand an seinem Oberarm. Er nickte schweigend und starrte regungslos auf das Haarband, das Jennys Zopf am unteren Ende zusammenhielt.

„Kommen Sie", die Stimme der Krankenschwester klang so sanft, wie sich ihre Hand anfühlte, als sie Karl den Gang entlangführte. Vor dem Zimmer mit der Nummer 207 blieb Jenny stehen. Die Tür stand weit offen. Zögernd betrat Karl das Krankenzimmer, das zum Sterbezimmer seiner Mutter geworden war. Nach zwei Schritten blieb er hilflos stehen, den Blick fest auf den Boden gerichtet. Karl traute sich kaum, seinen Kopf zu heben und zum Bett seiner Mutter hinüberzusehen. Zentimeterweise ließ er seinen Blick über den Linoleumboden gleiten, bis er die Räder des Krankenhausbettes sah. Aus den Augenwinkeln erkannte er den Bildschirm des kleinen EKG-Monitors, auf dem sich etwas – bewegte?

Karl starrte die grüne Linie an, die nicht einfach ein durchlaufender waagerechter Strich war. Die grüne Linie zeigte unregelmäßige Ausschläge nach oben und unten. Sicherlich war Karl ein medizinischer Laie und die Dinge, die er über Herzfrequenzen wusste, hatte er alle seinen Büchern entnommen, was aber nicht automatisch heißen musste, dass dieses Wissen falsch war. Er wusste, dass Kurven auf einem EKG-Monitor hießen, dass der Mensch noch lebte. Karls eigenes Herz machte einen kleinen Sprung und Hoffnung keimte in ihm auf. Er hatte schließlich schon so viel von wundersamen Dingen gehört; und noch mehr darüber gelesen. Mit wenigen Schritten stand er am Krankenbett seiner Mutter. Bei ihrem Anblick begann er zu zittern. Niemandem stand er emotional näher als ihr, aber gleichzeitig gab es diese unerklärliche unsichtbare Linie zwischen ihnen. Nur selten hatten sie es geschafft, sie zu überschreiten – etwa, wenn er ihr an Geburtstagen oder zum Muttertag einen Kuss auf ihre Wangen hauchte. Erst hier im Krankenhaus schien sich diese unsichtbare körperliche Distanz, die immer zwischen ihnen geherrscht hatte, aufzulösen.

Annelore Raab war winzig klein und sah friedlich aus. Sie schien auch keine Schmerzen mehr zu haben. „Ruhig", flüsterte er ihr zärtlich zu. „Ganz ruhig, Mama. Atme ganz ruhig aus. Du brauchst keine Angst zu haben. Ich bin bei dir." Das waren die Worte, die er ihr immer liebevoll zugeflüstert hatte, wenn er sie besuchte. Ihr Atem wurde dann meist ruhiger, sodass die Bronchien sich entspannen konnten, und nach wenigen qualvollen Atemzügen atmete seine Mutter wieder ruhig – bis zum nächsten Hustenanfall.

Jetzt aber atmete seine Mutter überhaupt nicht.

Karl beugte sich zu seiner Mutter hinunter und umarmte sie. Ihr Körper war noch warm, nicht wie der einer Toten. „Mama", flüsterte er zärtlich. „Ganz ruhig, Mama. Du brauchst keine Angst zu haben. Ich bin bei dir." Karl wartete mit geschlossenen Augen auf eine Reaktion seiner Mutter. Vergeblich.

„Sie ist eingeschlafen", erklang die Stimme der Krankenschwester, die hinter ihm stand. „Ihre Mutter ist tot, Herr Raab."

„Aber ...", Karl öffnete langsam die Augen und richtete seinen Blick Richtung EKG-Monitor. „... die Zacken."

„Das hat nichts zu bedeuten", sagte die Krankenschwester leise hinter ihm. „Das sind lediglich elektrische Impulse des Herzens, reine Reflexe."

Karl hatte davon gelesen. Reflektorische Impulse des Herzens oder der Muskeln. So etwas kommt bei bereits ausgenommenen Weihnachtskarpfen vor, die selbst im Kochtopf wie wild herumsprangen und teilweise sogar den Sprung aus dem Topf auf den Küchenboden schafften.

Während Karl seine Mutter noch immer im Arm hielt, sah er die Veränderung auf dem Bildschirm. Die Ausschläge wurden mit jedem neuen Mess-Zyklus kleiner und nach einer halben Minute lief nur noch eine durchgängige grüne Linie von links nach rechts über den Monitor. Seine Mutter war tot.

„Ich glaube", flüsterte die Krankenschwester behutsam. „Ihre Mutter hat auf sie gewartet."

Mit ausdruckslosem Blick sah Karl noch immer auf die grüne Linie. „Sie glauben ..."

„Ja. Ich glaube, Ihre Mutter wollte nicht, dass Sie dabei sind, wenn sie stirbt." Die Stimme der Krankenschwester war für ihn kaum noch zu hören. Sie schien zu flüstern. Eine Stimme aus weiter Ferne: „Sie wollte Ihnen ihren Todeskampf ersparen. Die Zacken, die Sie gesehen haben, waren der Abschiedsgruß Ihrer Mutter an Sie."

Karl spürte, dass die Krankenschwester ihn nicht nur beruhigen wollte. Sie glaubte wirklich daran. Und er tat es auch. Seine Mutter hatte auf ihn gewartet, um dann in

Frieden gehen zu können. Behutsam löste Karl seine Umarmung und sah in ein friedliches Gesicht, das aufgrund der hohen Cortison-Dosierungen rund und nahezu faltenfrei war. Eigentlich sah seine Mutter viel zu gesund aus, um tot zu sein. Er beugte sich noch einmal zu ihr hinunter und gab ihr einen Abschiedskuss auf die Wange. „Komm gut an, Mama."

Langsam stieg Karl die steinernen Stufen des Treppenhauses hinunter, um sich auf den Heimweg zu machen. In der Hand hielt er ihren Todesschein, den er von der Schwester bekommen hatte. Bis Heiligabend waren es noch zwei Tage und Karl hatte noch keine Ahnung, wie er die Feiertage verbringen würde. Seit er denken konnte, waren die Weihnachtstage unmittelbar mit seiner Mutter verknüpft. Anderen mochte diese Art Weihnachten zu feiern spießig und langweilig vorgekommen sein, für Karl waren es die schönsten Tage des Jahres. Sie erledigten zusammen die Weihnachtseinkäufe und an Heiligabend bereitete die Mutter in der Küche den Kartoffelsalat vor. Karl stellte unterdessen im Wohnzimmer den Baum auf. In das Schaufenster des Geschäfts hatte er bereits am Morgen den kleinen kniehohen Kunststoffbaum mit den elektrischen Lichtern gestellt; inmitten dreier aufgespannter Regenschirme mit Aufdrucken des Brandenburger Tors, des Fernsehturms und des Berliner Bären – wie jedes Jahr zur Weihnachtszeit. Wenn Kunden den Laden betraten, was auch damals schon viel zu selten geschah, kauften sie meist einen dieser Regenschirme. Den Baum im Wohnzimmer schmückten Mutter und Sohn gemeinsam klassisch rot-golden.

In diesem Jahr blieb die Kunststofftanne dort, wo sie

den Rest des Jahres über gewesen war: eingewickelt in einem blauen Müllsack im Keller. Weihnachten war für Karl gestorben. Vorbei die gemeinsamen Abende, an denen seine Mutter die alten Filme auf dem ebenso alten Farbfernseher anschaute, während er auf dem Sofa lag und las. Vorbei der gemeinsame nächtliche Spaziergang zur Mitternachtsmette. Und vorbei die Zeit, als es den ganzen Tag über verführerisch aus der Küche duftete. In diesem Jahr gab es nur die Konservendosen aus dem Discounter, mit denen Karl sich für die Feiertage eingedeckt hatte. Dass es sich bei den Dosensuppen ausschließlich um Linsensuppen handelte, war ihm egal; er hatte sowieso keine Lust auf Essen und hätte genauso gut das Spülwasser aus dem Waschbecken löffeln können.

Trotz seiner Bücher fühlte sich Karl wie der einsamste Mensch der Welt – was ja von der Sache her auch stimmte. Abgesehen von den gelegentlichen Kunden, die Berliner Bär-Regenschirme kauften, hatte er keinerlei soziale Kontakte. Keine Mutter mehr, keine Freunde, keine Bekannte, keine Nachbarn. Es war erstaunlich, wie einsam ein Mensch in einer solch großen belebten Stadt wie Berlin sein konnte. Auch wenn Karl vom Wesen her eher ein Einzelgänger war, hatte sicherlich sein Asthma zusätzlich dazu beigetragen, dass er als Kind meist allein spielte. Mit anderen Kindern herumzutoben hätte einen Asthmaanfall auslösen können – die größte Sorge seiner Mutter.

Karl war seit seinem zweiten Lebensjahr ein sogenanntes Asthmakind. Seinen ersten Asthmaanfall bekam er aus heiterem Himmel, als er zu Sankt Martin seine Mutter beim Einkaufen begleitete. Er war zu klein gewesen, um sich noch an den Vorfall erinnern zu können, aber seine Mutter hatte ihm die Geschichte unzählige Male erzählt, wie er beim Bäcker die Hand nach einem Stutenkerl ausstreckte. Er war so sehr von der kleinen weißen Tonpfeife des Weckmanns fasziniert, dass er gar nicht merkte, wie er plötzlich, nachdem er einmal kurz trocken gehustet hatte, keine Luft mehr bekam. Der Junge presste den noch warmen Stutenkerl mit der weißen Tonpfeife und den Rosinenaugen an seine kleine Brust, als er merkte, dass er zwar ein- aber nicht mehr ausatmen konnte. Angsterfüllt und mit weit aufgerissenen Augen starrte er seine Mutter an, die zunächst nicht verstand, was mit ihrem Sohn geschah. Während sich seine Mutter über den Jungen beugte, der mit flatternden Augen und blau verfärbten Lippen am Boden der Bäckerei lag, wählte die Verkäuferin hektisch die Nummer der Feuerwehr. Noch während sich die Wählscheibe des Telefons drehte, betrat ein neuer Kunde den Laden.

Karl musste an diesem Sankt Martinstag einen Schutzengel an seiner Seite gehabt haben, denn der ältere Herr, der den Laden betrat um Brötchen zu kaufen, war Arzt; und obwohl in den siebziger Jahren Asthma noch nicht wesentlich erforscht war, wusste er sofort, was zu tun war. Er brachte Karl in eine sitzende Haltung, dem sogenannten Kutschersitz, und drückte ihm leicht die Lippen zusammen. Auf diese Weise wurde der Ausatemstrom abgebremst und die Bronchien blieben geöffnet, bis der Notarzt eintraf und den kleinen Jungen medikamentös versorgen konnte.

Diesem ersten Asthmaanfall folgten in den nächsten Jahren weitere kleinere Erstickungsanfälle, die Karls Mutter sehr genau darauf achten ließen, dass er möglichst nie allein war und sich nicht überanstrengte. Die verständliche Fürsorge seiner Mutter hatte zur Folge, dass Karl nicht mit seinen Schulkameraden herumtoben und auch nicht am Schulsport teilnehmen durfte.

Auch wenn Karl es gewohnt war einsam zu sein, graute ihm insgeheim davor, den Laden von nun an allein betreiben zu müssen. Er sehnte sich schon jetzt den Tag nach den Feiertagen herbei, wenn er den Schirmladen wieder öffnen konnte. Auch wenn er nicht mit einem Kundenansturm rechnete, hatte er hier zumindest eine Aufgabe.

Obendrein konnte er die Passanten auf der Straße durch die Schaufensterscheibe beobachten, was wesentlich bequemer war, als dies vom Küchenfenster aus zu tun.

- 4 -

Mit lautem Scheppern ließ Franka die Langhantel in ihre Halterung zurückfallen und stöhnte erleichtert auf. Es war noch früh am Morgen, gerade halb neun. Wenn Franka ihren freien Tag hatte, gehörte sie zu den Ersten im Fitnessstudio. Der letzte Satz mit der 40-Kilo-Hantel beendete lautstark ihr morgendliches Training. Es war zudem das letzte im alten Jahr, denn in zwei Tagen war Heiligabend. „Zeit für ein Festessen", dachte sie und verzog dabei den Mund zu einem sarkastischen Grinsen. Obwohl Franka ausgebeulte Jogginghosen und ein viel zu weites, verwaschenes Shirt mit langen Ärmeln trug, war zu sehen, dass in den übergroßen Sportklamotten ein durchtrainierter Körper steckte, an dem sich kein Gramm Fett zu viel befand. Die Blicke der Frauen und Männer folgten der Fünfundzwanzigjährigen gleichermaßen, wenn sie an den Sportgeräten trainierte oder Gewichte auflegte. Auch über einen Mangel an mehr oder weniger gelungenen Komplimenten und Anmachversuchen konnte die junge Frau nicht klagen.

Franka hatte in den letzten drei Jahren festgestellt, dass es zwei Kategorien von Männern in dem Pankower Sportclub gab: die stillen Beobachter, die sie niemals ansprechen würden, aber jede ihrer Bewegungen betont unauffällig beobachteten und sie mit den Augen auszogen. Die andere Kategorie hingegen machte aus ihrem Interesse keinen Hehl und flirtete offensiv mit ihr, wobei die Bandbreite eines Flirts von einem lockeren Spruch bis hin zu plumper sexueller Anmache reichte. Die Komplimente und Annäherungsversuche der Frauen, die sich für sie interessierten, waren da schon subtiler. In erster Linie galten die Komplimente ihren kastanienbraunen, vollen Haaren, die Franka an manchen Tagen nur durch einen dicken geflochtenen Zopf bändigen konnte. Aber auch ihre langen Beine und die hohen Wangenknochen führten zu neidvollen Blicken und Schmeicheleien, die sie meist in der Umkleidekabine oder in der Dusche bekam. Doch sie hatte auch weniger angenehme Erfahrungen machen müssen: Es war gerade einmal ein paar Wochen her, als jemand sie unter der Dusche von hinten umschlang und sie zu küssen versuchte. Da ihr das Haarshampoo in die Augen gelaufen war, wo es empfindlich brannte, schlug sie im ersten Impuls der Person die Arme weg, um ihr anschließend mit gespreizten Fingern durchs Gesicht zu fahren. Sie wusste in dem Moment nicht, ob es sich um einen Mann oder eine Frau handelte. Das war aber auch egal. Es war die Grenzüberschreitung, die sie so knallhart handeln ließ! Ein Eingriff in ihre Intimsphäre, den sie nicht erlaubt hatte.

Es folgte ein Schrei und während sich Franka den Schaum aus den Haaren und vom Körper spülte sank der Grabscher wimmernd in sich zusammen, die Hände vors Gesicht geschlagen. Es war eine Frau mit raspelkurzen blonden Haaren. Ohne die auf dem Boden Kauernde eines weiteren Blickes zu würdigen, ging Fanka aus dem Duschraum und trocknete sich in der Umkleidekabine in aller Seelenruhe ab. Nachdem sie in Jeans und Pullover geschlüpft war, packte sie ihre Sporttasche und verließ die Damenumkleide.

Als sie dem jungen Mann hinter dem Tresen ihre Chipkarte zum Auschecken gab, sagte sie beiläufig: „Sie sollten mal in der Dusche nachschauen. Ich glaube, da hat jemand die Fassung verloren." Lässig warf sich Franka ihren Rucksack über, in den sie zuvor ihr Sportzeug gestopft hatte, und machte sich auf den Weg nach Hause.

Franka war nicht immer so selbstsicher gewesen. Die Gewalterfahrungen und das Ausgeliefertsein als Kind blieben nicht folgenlos. Unbewusst, als Form des Selbstschutzes hatte Franka frühzeitig begonnen, alles Essbare in sich hineinzustopfen, dessen sie habhaft werden konnte: Ob Mittagessen, Kuchen, Kekse, Abendbrot, immer verlangte sie die doppelte oder dreifache Portion. In den Pausen zwischen den Hauptmahlzeiten futterte die Kleine alles an Süßigkeiten, was Vorratsschränke und Geheimverstecke der Großmutter hergaben. Innerhalb kürzester Zeit verdoppelte Franka ihr Körpergewicht, sodass die Kleidchen des Kinderschänders ihr nicht mehr passten. Zwar fanden fortan die Verkleidungen in eine Mia-Wallace-Puppe ein Ende, der Missbrauch endete allerding erst mit der gusseisernen Bratpfanne ihrer Oma.

In den darauffolgenden Jahren hatte Franka die typische Entwicklung eines Missbrauchsopfers durchgemacht: weiterer massiver Aufbau adipöser Fettschichten als Schutz vor körperlichem Missbrauch, Schnitte, Stiche und Verbrennungen. Ihr selbstzerstörerisches Verhalten führte Franka zunächst zu wohlwollenden, aber heillos mit dem Thema überforderten Hausärzten und wenig später in die geschlossene Kinder- und Jugendpsychiatrie. Monatelange Psychiatrieaufenthalte wechselten sich mit ambulanten Therapien in psychiatrischen Tageskliniken ab. Als Frankas Pubertät einsetzte, zog sie sich immer mehr in sich zurück.

Obwohl Mutter und Großmutter ständig ein wachsames Auge auf Franka hatten und sich fürsorglich um sie kümmerten, legte sie kontinuierlich an Gewicht zu. Als kurz vor ihrem siebzehnten Geburtstag die Digitalanzeige ihrer Waage statt einer zweistelligen eine dreistellige Zahl anzeigte, willigte ihre Mutter in den ärztlichen Vorschlag ein, Franka in eine von Therapeuten betreute WG ziehen zu lassen.

In den darauffolgenden zwei Jahren hielt sich Franka notgedrungen an die Ernährungspläne, die die Ärzte und Therapeuten mit ihr vereinbart hatten, drückte sich aber meist erfolgreich vor den Sporteinheiten. Da das Aufzeigen von Grenzen und die Ableitung von Konsequenzen bei etwaigen Überschreitungen von ihren Therapeuten antiautoritär und lax gehandhabt wurden, kam Franka mit ihren Ausreden und Tricks immer durch. Erst als Rocky, ein gleichaltriger Punk in die Wohngemeinschaft einzog, begann ein neuer Lebensabschnitt für Franka. Ihre Beziehung war von Anfang an ein gegenseitiges Geben und Nehmen. Was Franka an Antrieb und Kreativität fehlte, gab ihr Rocky wie eine unsichtbare Energiequelle. Er gab ihr einen Rahmen, der ihr half, sich selbst zu helfen, und entflammte ihre Motivation, etwas aus sich zu machen. Sein guter Einfluss auf sie hatte zur Folge, dass

Franka sich voller Eifer der Schule widmete und entgegen der Erwartungen ihrer Mutter und Großmutter ihren Abschluss schaffte. Gleichzeitig zu ihren schulischen Aktivitäten setzte Frankas „Fettschmelze" ein, wie Rocky sie provokant aufzuziehen pflegte. Sein Einfluss auf Franka war enorm; was ihre Therapeuten nicht schafften, gelang dem Punker mit ein paar ätzenden Kommentaren: Franka erreichte innerhalb von drei Jahren ein stabiles Normalgewicht und war fast nicht mehr wiederzuerkennen.

Er schaffte, was andere nicht für möglich hielten, und sie verliebte sich über beide Ohren in ihn. Das erste Mal in ihrem Leben sehnte sie sich nach körperlicher Nähe und nach den Berührungen eines Mannes. Doch obwohl zwischen Franka und Rocky eine intensive Bindung entstand, ging diese nie über eine platonische Beziehung hinaus.

Rocky spielte nach außen hin den widerspenstigen Rebellen, der mit seinem nonkonformistischen Verhalten zu provozieren suchte. In Wirklichkeit war er ein zutiefst schüchterner Charakter, der in den manischen Phasen seiner Erkrankung extreme Emotionen freisetzte. Von Rockys gewaltigen Gefühlen, die er in jenen Phasen entwickelte, profitierte Franka. Stürzte er dann in seine depressive Phase, in der er von Suizidgedanken gequält wurde, gab ihm Franka wiederum Halt. Ärzte und Therapeuten hatten es hingegen schwer, zu ihm durchzudringen.

„Ich find dich geil!", bekannte Rocky eines Abends, als er von einer wilden Partynacht aus der heiligen Halle des *SO36* in Kreuzberg in ihre Zweier-WG heimkehrte, die sie nach ihrem Auszug aus dem betreuten Wohnprojekt gegründet hatten. „Aber ich will dich nicht ficken. Du bist heilig!"

„Scheiß auf heilig!", fauchte Franka ihn an. „Ich BIN geil und du fasst mich nicht an."

„Heilig. Du bist ne Scheißheilige", lallte Rocky mit schwerer Zunge und gab Franka einen Kuss auf die Wange, als er sich an ihr vorbeidrückte, um in seinem Zimmer zu verschwinden.

„Fick dich alleine, du Arsch!", hatte Franka ihm zornig hinterhergerufen, als Rocky hinter seiner purpurfarbenen Zimmertür – das Ergebnis einer manischen Phase – verschwand.

Drei Jahre war es nun her, dass Franka die Zweier-WG aus eigenen Stücken und gegen den Rat ihres Therapeuten verlassen hatte. Mittlerweile bewohnte ein ungarischer Theologiestudent, der an einer Persönlichkeitsstörung litt, ihr Zimmer und Rocky verschanzte sich an schlechten Tagen noch immer in seinem *Purple Rain Palast*, wie er sein Zimmer nannte. Obwohl Franka inzwischen in ihrer eigenen Zweiraumwohnung in Pankow wohnte, blieb ihre Beziehung zu Rocky bestehen.

Wie jedes Jahr, seit sie Rocky kannte, würde sie Silvester mit ihm verbringen. Höchstwahrscheinlich ebenfalls wie in jedem Jahr in einem der zahlreichen Punkclubs Berlins. Vielleicht im *RAW.* Sie fühlte sich auf dem Gelände an der Warschauer Brücke immer sehr wohl, obwohl oder vielleicht auch weil Gewalt und Straftaten dort ständig zunahmen. Wahrscheinlicher war jedoch, dass sie im *Tiefgrund* enden würden. Franka grinste unwillkürlich, als sie an den dunklen, verqualmten Kellerclub am Ostkreuz dachte, wo es auch schon mal von der Decke in den Drink tropfte. Schwungvoll drückte sie mit dem Fuß die Wohnungstür hinter sich zu, während sie ihre Sporttasche in der Diele zu

Boden plumpsen ließ, um die Hände für den Papierstapel frei zu haben, den sie aus ihrem Briefkasten gefischt hatte.

„Nur Scheißrechnungen“, murmelte sie verdrossen. Als sie den Stapel Briefumschläge neben dem Herd auf die Arbeitsplatte fallen ließ, begann es an ihrem Venushügel zu brummen. „Oh. Muschi-Alarm.“ Sie zog ihr Handy aus dem Slip, wo sie es immer aufbewahrte, wenn sie unterwegs war, nachdem ihr im vergangenen Jahr beim Einsteigen in die U-Bahn ihr neues Handy aus der Außentasche ihres Rucksacks geklaut worden war, und meldete sich mit einem knappen: „Hallo.“

„Einen wunderschönen guten Morgen!“, klang es gutgelaunt aus dem kleinen Lautsprecher. „Ist dort Franka Lasker?“

„Ja, isse“, entgegnete Franke reserviert und wollte schon das Gespräch wegdrücken, weil sie überhaupt keinen Bock auf irgendwelche Marktanalysen oder Meinungsumfragen hatte.

„Hier ist Simone Panteleit …“, sagte eine muntere Frauenstimme, die Franka irgendwie bekannt vorkam. „… vom *Berliner Rundfunk 91.4*. Sind Sie Franka?“

„Sagte ich bereits“, erwiderte Franka kurz angebunden; also doch eine Umfrage.

„Herzlichen Glückwunsch, Franka!“, fuhr die Moderatorin des Berliner Rundfunks unbeirrt freundlich fort. „Wir haben ein Geschenk für Sie.“

„Herzlichen Glückwunsch?“, wiederholte Franka irritiert. „Ein Geschenk? Wieso denn ein Geschenk?“

„Weil Sie so nett waren und an unserer Umfrage teilgenommen haben“, sagte plötzlich eine Männerstimme. „Deshalb haben wir ein Danke-Schön-Geschenk für Sie.“

„Ich bekomme keine Geschenke", entgegnete Franka brüsk. „Warum sollten Sie heute damit anfangen?"

„Weil heute ihr Glückstag ist!", entgegnete die Moderatorin und es war ihrer Stimme anzuhören, dass sie dabei lächelte. „Neben mir steht Herr Unger."

„Wer ist Herr Unger?", fragte Franka misstrauisch.

„Herr Unger hat einen tollen Job", antwortete Simone Panteleit freundlich. „Herr Unger ist Hoteldirektor hier in Berlin."

Noch während die Moderatorin den Hoteldirektor vorstellte, erkannte Franka nun auch die Stimme aus dem Radio. Meistens hörte sie dem Geplapper der Moderatoren nicht zu, aber die tägliche Rubrik *Warum? Darum!*, in der die Moderatorin alltägliche Dinge oder Redewendungen erklärte, fand sie total spannend. Wenn Franka sich recht erinnerte, hatte sie Simone Panteleit auch schon ein paar Mal im Frühstücksfernsehen gesehen; sie konnte sich noch sehr gut an die tollen langen Haare der gutaussehenden Moderatorin erinnern.

„Mensch Franka", freute sich der Mann, den die Moderatorin als Herrn Unger vorgestellt hatte. „Da haben wir Sie heute aber richtig kalt erwischt. Ich habe das Gefühl, dass Sie noch gar nichts von Ihrem Glück ahnen."

„Nicht wirklich", gab Franka zurück, obwohl ihre gerade einfiel, dass sie in der vergangenen Woche beim Radio angerufen hatte, weil sie die Umfrage so witzig fand. Für die Teilnahme sollte es ein Geschenk geben. Konnte es sein, dass …

„Dann wird's aber Zeit, Franka", lachte die Moderatorin herzlich. „Unser Geschenk für Sie: Herr Unger möchte Sie ganz herzlich zum diesjährigen Silvesterball im 4-Sterne-Hotel Titanic Chaussee Berlin einladen! Ich wünsche Ihnen ganz viel Spaß!"

„Nein", hauchte Franka leise ins Handy. „Das ist nicht wahr."

„DOOCH!", erklang es im Chor. „Doch, liebe Franka, es ist wahr: ein festliches Silvester-Wochenende im 4-Sterne-Hotel Titanic Chaussee Berlin!"

Langsam lehnte sich die so unerwartet Beschenkte gegen die weiß verputzte Wand ihrer Diele und ließ sich wie in Zeitlupe an ihr hinuntergleiten. Simone Panteleit und Hoteldirektor Unger zählten abwechselnd die einzelnen Highlights ihres Gewinns auf, die wie wunderschöne Schneeflocken auf sie herabrieselten: Bar, Café, Indoorpool, Pascarella Restaurant und Dolcefarniente – was auch immer das sein sollte –, Vier-Gänge-Menü, Galadinner mit festlichem Silvesterbuffet, Champagnerbrunnen, Feuerwerk und ein glamouröses Überraschungspräsent! Franka wusste nicht, was sie sagen sollte, wusste nicht, ob von ihr ein Freudenschrei oder Glücksgestammel erwartet wurde, wie sie es schon öfter bei den vielen Gewinnspielen im Radio gehört hatte. Vielleicht würden sie ihr das Geschenk gar nicht geben, wenn sie nicht in einen Freudentaumel verfallen würde. Aber so war sie nicht. Oder sollte sie etwas vorspielen – so wie manche Frauen einen Orgasmus vorspielten?

„Welche Größe haben Sie denn?", hörte Franka die Moderatorin fragen.

„Was … wie … welche Größe denn?", irritiert versuchte Franka den Faden wieder aufzunehmen, der ihr irgendwo zwischen dem Vier-Gänge-Menü und dem Indoorpool verloren gegangen war.

„Keine Angst", lachte der Hoteldirektor. „Wir wollen nicht Ihre Körbchengröße wissen."

„Ihre Konfektionsgröße", erklärte die Moderatorin freundlich. „Wir wollen Ihnen doch etwas Glamouröses schenken; schließlich ist ja Silvester."

„38", antwortete Franka tonlos. „Ich habe Größe 38."

„Sie werden toll aussehen", schwärmte Simone Panteleit. „Sie werden die Göttin der Titanic sein!"

Die Moderatorin plauderte noch eine Weile gutgelaunt mit Franka, die auf die Frage nach ihren ursprünglichen Plänen für Silvester einsilbig antwortete: „Tiefgrund."

„Oh", meinte Simone Panteleit, „das ist aber ein Kontrastprogramm."

Franka wusste nicht, was sie dazu sagen sollte, und schwieg. Erst als die Moderatorin das Gespräch mit den üblichen guten Wünschen fürs Neue Jahr beenden wollte, rang sie sich doch noch so etwas wie ein Dankeschön ab. Auch wenn sie sonst nicht auf den Mund gefallen war, fiel es ihr Fremden gegenüber schwer, über ihre Gefühle zu sprechen – erst recht, wenn sie positiv überrascht wurde. Und in diesem Fall waren Überraschung und Verwirrung über das unverhoffte Geschenk so groß, dass sie die Nachricht zunächst noch verarbeiten musste. „Ich hab' noch nie so etwas Schönes geschenkt bekommen …", sagte sie zaghaft. „… ich … ich weiß nicht, was ich sagen soll … ich weiß nicht, wie … man sich … bedankt."

„Alles gut", beruhigte die Moderatorin sie einfühlsam mit warmer Stimme. „Sie brauchen nichts zu sagen. Manchmal verschlägt es einem einfach die Sprache. Und wir haben Sie ja auch am Telefon überfallen."

„Ich meine … das war mein größter Wunsch … einmal

im Titanic …" Franka versagte die Stimme und sie bekam gerade noch ein leises „Danke" heraus, bevor es ihr den Hals zuschnürte.

Die Moderatorin hatte ein gutes Gespür für ihre Gesprächspartnerin und ließ das Gespräch mit sanfter Stimme ausklingen: „Genießen Sie den Abend, Franka. Einfach nur genießen."

Langsam ließ Franka das Handy sinken und starrte noch immer verständnislos auf das hell erleuchtete Display. Sie konnte noch immer nicht fassen, was ihr gerade widerfahren war. Sie hatte ein dreitägiges Silvesterarrangement für das Hotel geschenkt bekommen, dessen Bürgersteig sie für gewöhnlich mit dem schweren hölzernen Kehrbesen abfegte. Franka konnte sich noch sehr gut an den sonnigen Herbsttag erinnern, als sie den mopsgesichtigen Kollegen mit ihrem Besen kopfüber in den Rinnstein gedrückt und anschließend sehnsüchtig durch die Scheiben in das luxuriöse Innere des Hotels geschaut hatte. „Irgendwann", hatte sie an dem Morgen geflüstert. Und irgendwann war jetzt.

- 5 -

„Am Heiligabend möchte ich mit meiner Mutter in einem Schlitten den Niederrhein entlangfahren. Meine Mutter ist ganz in weiche Pelze eingehüllt und in ihrem Arm hält sie das Jesu Kind."

Karl klappte *Das kleine Weihnachtsbuch* zu. Vom Einband lächelte ihn ein blauer Engel an. Es war die Lieblingsgeschichte seiner Mutter. Er kannte sie fast auswendig. Seit über zwanzig Jahren las er ihr diese Geschichte jedes Jahr zu Weihnachten vor, und so hatte er auch in diesem Jahr keine Ausnahme gemacht. Andere Worte als die aus der Weihnachtgeschichte wären ihm in der kleinen Halle des eingeschossigen Fachwerkbaus auf dem Urnenfriedhof Seestraße ohnehin nicht eingefallen. Was aber auch nicht weiter schlimm war, denn Karl war der einzige Trauergast, der seine Mutter auf ihrem letzten Weg begleitete.

Bevor er sich auf den einsamen Gang hinaus auf den Friedhof machte, steckte er wie selbstverständlich das kleine Büchlein mit dem Chagall-Engel in die Brusttasche seines Dufflecoats. Immerhin war ja noch fast Weihnachten, zumindest kurz danach. Karl strich mit seinen Fingern fast zärtlich über den Einband des Büchleins. Heute hatte er seiner Mutter zum letzten Mal die Geschichte von der Schlittenfahrt am Niederrhein vorgelesen.

Wenn es nach ihm gegangen wäre, hätte die Beerdigung noch vor Weihnachten stattfinden müssen. Die Vorstellung, dass seine Mutter zu Weihnachten tot in einer kalten Leichenkammer lag, hatte ihn das ganze Weihnachtsfest über gequält. Natürlich war ihm klar, dass es vollkommen egal war, ob seine Mutter in einer Leichenkammer oder in der kalten Erde lag: Tot war tot. Aber die Vorstellung, dass sanft herabschwebende Schneeflocken das Grab bedeckten, hätte etwas Tröstliches gehabt. Karl machte drei Schritte auf das mattierte Eisengestell zu, in dem die blaue Schmuckurne mit der Asche seiner Mutter auf ihre Beisetzung wartete. Mit der Friedhofsverwaltung hatte er abgemacht, dass er die Urne selbst in das ausgehobene Urnengrab beisetzte. Lediglich ein Mitarbeiter des Friedhofs wartete – aus rechtlichen Gründen – vor dem Fachwerkgebäude auf Karl und begleitete ihn auf dem Weg.

Karl blieb vor der Grabstätte stehen, die seine Mutter noch zu Lebzeiten gekauft hatte und in deren Mitte nun ein achtzig Zentimeter tiefes Loch auf sie wartete. Er starrte hinab in die dunkle Vertiefung. Die Urne seiner Mutter hielt er umklammert und drückte sie ebenso fest an seine Brust, wie er als kleiner Junge den Weckmann bei seinem ersten Asthmaanfall in der Bäckerei festgehalten hatte. Das geräuschvolle Scharren der Füße des Friedhofsangestellten, mit dem dieser Karl taktvoll darauf aufmerksam machte, dass es nun Zeit zur Beisetzung sei, riss ihn aus seiner Erstarrung. Langsam ging Karl in die Hocke und ließ die blaue Urne behutsam mithilfe der seitlich befestigten Schnüre in das Loch hinunter. Mit einem leisen Rascheln fielen die Halteschnüre auf den Urnendeckel. Karl erhob sich und ging zwei Schritte beiseite. Schweigend sah er dem Friedhofsangestellten zu, wie dieser mit einer Schaufel innerhalb einer Minute das Loch zuschaufelte. So schnell ging das. Kaum war man von der Bildfläche verschwunden, blieb nix mehr von einem übrig, als eine Art Maulwurfshügel auf einer Wiese.

Nachdem der Friedhofsangestellte sich mit einem knappen Gruß verabschiedet hatte, blieb Karl noch ein paar Minuten an der Grabstätte stehen. Er starrte den Kranz mit der weißen Schleife an, die sich nur durch die schwarze Schrift von dem verschneiten Grab abhob. *Du fehlst uns!* stand darauf. Wobei Karl mit *uns* den Laden und sich selbst meinte.

Karl warf noch einen letzten Abschiedsblick auf das Grab und machte sich auf den Heimweg, wo eine leere Wohnung auf ihn wartete. Zwar hatte er keine Existenzangst, da er nach dem Tod seiner Mutter den Laden und die kleine Wohnung geerbt hatte. Aber wie sollte es nun weitergehen? Abgesehen davon, dass die Trauer um seine Mutter ihm das Herz so schwer wie noch nie in seinem Leben machte, hatte er keine Ahnung von der Welt außerhalb des Ladens. „Ja, ja!“, murmelte Karl leise vor sich hin, als er dem Weg mit schweren Schritten Richtung Friedhofsausgang folgte. „Du hast recht gehabt, Mama. Ich sollte mehr unter Leute gehen.“ Karl hatte das Gefühl, das Leben spiele sich hinter einer Milchglasscheibe ab. Er hatte nur eine dumpfe Ahnung davon, wie das Leben sein konnte. Aber für ihn war das bisher nicht schlimm gewesen, denn in seinem Kopf nahm er am bunten und spannenden Leben teil durch die Bücher, die er las. Karl war sicherlich schon zu jedem Ort der Welt gereist, sogar zu Orten, die es gar nicht gab, in denen er sich aber mehr zu Hause fühlte als in der realen Welt. Was war der Berliner Wedding gegen das Auenland, Phantasia oder den Mars? Er hatte Mark Watney beigestanden, als der auf dem Mars strandete und um sein Leben kämpfen musste. Und als der asthmatische Eddi im Angesicht von Pennywise mit vor Angst zitternden Fingern in seinen Hosentaschen nach seinem Aspirator suchte, griff auch Karl nach seinem Asthmaspray. Er war fasziniert vom diabolischen Charme des Serienkillers Hannibal Lecter, und hatte Angst vor dem tollwütigen Bernhardiner Cujo. Karl hatte schon so ziemlich jedes Abenteuer überstanden, jeden noch so aussichtslosen Kampf ausgefochten und jedes noch so bizarre Szenario mit- und überlebt. Allerdings spielten sich diese Dinge eben nur in seinem Kopf ab.

Im wirklichen Leben hatte Karl Berlin noch nie und seinen Weddinger Kiez nur in Ausnahmefällen verlassen. Und heute war einer dieser Ausnahmefälle. „Geh nur Junge. Du musst mal raus und etwas anderes sehen!“, hörte er seine Mutter zu sich sprechen. Also zog er, zuhause angekommen, den schwarzen Anzug aus, den er zur Beerdigung unter seinem Dufflecoat getragen hatte, belegte sich ein paar Stullen und machte sich eine Thermoskanne voll Fencheltee. Nächster Halt: Berlin Mitte.

Hatte er sonst bei diesen Anwandlungen irgendwelche Gründe vorgeschoben, um dann doch nicht unter Menschen gehen zu müssen, zog es ihn heute magisch in die Invalidenstraße. In drei Tagen war Silvester und dann hatte das Museum wieder zwei Tage geschlossen. Bald erwachte Tristan! Karl wollte dabei sein, wenn der Star des Berliner Naturkunde-Museums aus seinem langen Schlaf erwachte. Und Tristan hatte lange geschlafen, sehr lange!

Als Karl am folgenden Morgen erwachte, fühlte er sich seltsam erleichtert. Es schien, als höre er wieder die Stimme seiner Mutter, die ihn aufforderte etwas zu unternehmen, um etwas anderes zu sehen. Karl verkürzte seine Morgentoilette und verzichtete auf sein gewohntes Knäckebrot-Frühstück. Er war zu aufgeregt, um Hunger zu haben.

Karl verließ das Haus und kniff die Augen zusammen, als ihn der eiskalte Wind einen Schauer nasskalter Tropfen ins Gesicht wehte. Automatisch zog Karl die Schultern hoch. Es war ein hässlicher, ungemütlicher Dezembertag mit Graupelschauern, die sich nicht entscheiden konnten, ob sie Schnee werden oder lieber Regentropfen bleiben wollten.

Trotz des eisigen Windes blieb Karl vorschriftsmäßig an der Fußgängerampel stehen und schüttelte leicht mit dem Kopf angesichts der über die Straße huschenden Fußgänger. Als endlich das grüne Ampelmännchen erschien, hastete auch Karl über die Straße und wandte sich nach links, wo die Invalidenstraße die Chausseestraße kreuzte. Nach ein paar hundert Metern erreichte Karl das imposante zweigeschossige Gebäude. Obwohl ihm der Wind eisige Graupelkörner ins Gesicht blies, blieb Karl wie gebannt vor einem großen schwarzen Banner stehen, auf dem drei furchteinflößende titanfarbene Saurierkrallen zu sehen waren.

Nachdem Karl sich an dem grauen Ticketcontainer, der

rechts vor dem Haupteingang aufgebaut war, eine Eintrittskarte gekauft hatte, stieg er die Treppe des altehrwürdigen Gebäudes hoch. Auch wenn Karl selten unter Menschen ging, war der regelmäßige Besuch in dem dreiflügeligen Bau ein fester Bestandteil in seinen überschaubaren Freizeitaktivitäten. Doch heute war ein besonderer Tag. Mit jeder Stufe stieg seine Nervosität. Endlich würde er Tristan gegenüberstehen. Er begab sich auf direktem Weg ins Untergeschoss, wo er seinen Dufflecoat und den Rucksack an der Garderobe abgab. Aber auch wenn es ihn fast magnetisch in die Halle 4 zog, wo Tristan stand, begann er wie gewöhnlich seinen Rundgang in der Saurierwelt. Andächtig ließ Karl seinen Blick über den über dreizehn Meter hohen Brachiosaurus brancai gleiten. Immer wieder aufs Neue war er beeindruckt von den urzeitlichen Dinosaurier-Fossilien, die für ihn Zeitzeugen einer phantastischen Welt waren. Und immer wieder entlockte ihm der Kentrosaurus ein Schmunzeln, weil dieser trotz seines furchteinflößenden Stachelrückens neben dem Brachiosaurus fast niedlich aussah.

Als eine Großfamilie die Saurierhalle stürmte und aufgeregtes Kindergeschrei die Luft erfüllte, wandte sich Karl von den Saurierskeletten ab und betrat Halle 3, in der naturwissenschaftliche Videos, Modelle und aufwendige Projektionen den Besuchern das System Erde erklärten. Da diese Ausstellung nicht zu Karl Lieblingsthemen gehörte und ihn die Vorstellung eines unendlichen Universums verstörte, durchschritt er die dunkle Halle mit ihren leuchtenden Lichtinstallationen mit langen Schritten. Dann betrat er den Saal mit der Ausstellung *Evolution in Aktion*. Unzählige Präparate der unterschiedlichsten Tierarten waren hier ausgestellt. Karl fand zwar die Sammlung exotischer Tier und deren Vielfalt außerordentlich beeindruckend, sah aber in der Zurschaustellung der ausgestopften Zootiere wie dem Gorilla Bobby und dem weltberühmten Eisbären Knut keinen Sinn.

Heute fehlte ihm die Geduld, sich jedes einzelne Exponat anzuschauen. Zu sehr zog es ihn in die Halle 4, wo der Star der Sonderausstellung auf ihn wartete. Die folgenden Ausstellungsräume durchquerte er rasch, passierte die Insektensammlung und die Nasshalle, ohne ihnen große Aufmerksamkeit zu schenken. Nur bei seiner Lieblingsausstellung, dem Mineraliensaal mit den über 1.000 Stücken aus dem 19. Jahrhundert, verlangsamte er sein Tempo etwas. Mit gebührenden Respekt schritt Karl die Glasvitrinen und Sammlerschränke mit ihren gläsernen Aufsätzen ab, nur um die Vorfreude auf den Höhepunkt seines heutigen Besuchs zu steigern.

Aufgeregt wie ein Kind vor der weihnachtlichen Bescherung betrat er die Halle 4, die er sich bis zum Schluss aufgehoben hatte, um nicht von seinem vertrauten Weg abzuweichen, und sah schon von weitem das futuristisch anmutende Podest aus hellgrauen Steinquadern, auf dem der unumstrittene Superstar der Dinosaurier in kraftvoller und beeindruckender Pose auf ihn zu warten schien. Tristan!

Karl wich einigen Besuchern aus, die in kleinen Gruppen vor dem Podest standen und sich eine postkartengroße Papp-Box mit der rot-weißen Aufschrift *Tristan erwacht – 3D* auf die Augen pressten. Er legte seinen Kopf in den Nacken und betrachtete das tiefschwarze Originalskelett des zwölf Meter langen und vier Metern hohen Tyrannosaurus Rex voller Ehrfurcht. Tristan Otto, wie der Raubsaurier aus der Oberkreidezeit nach den beiden Söhnen des Eigentümers genannt worden war, bot ein beeindruckendes Bild. Er stand auf seinen mächtigen Hinterbeinen in der im Halbdunkel liegenden Halle und schien mit aufgerissenem Rachen, in dem unterarmlange Reißzähne blitzten, auf eine imaginäre Beute zu lauern.

Minutenlang stand Karl regungslos vor dem riesigen metallisch mattglänzenden Saurierskelett. Schließlich hob auch Karl langsam eine Papp-Box an seine Augen, die ihm an einem kleinen Schalter vorm Eingang der Halle ausgehändigt worden war. Doch alles, was er durch sie sah, war die Halle und Tristans Skelett auf dem Podest. Plötzlich begannen Deckenstrahler zu flackern und das Dinosaurierskelett bläulich aufzuleuchten, was Karl stark an die Glasfaserleuchte erinnerte, die seine Mutter in den siebziger Jahren als Fernsehleuchte auf dem Fernsehschrank stehen hatte. Von der Saaldecke her fuhr ein bläulicher Blitz in das schwarzglänzende Skelett und ließ es in sich zusammenzufallen. Wo sich gerade noch das Saurierskelett befunden hatte, stand nun ein echsengrüner lebendiger Tyrannosaurus Rex, der neugierig an den Steinblöcken zu seinen Füßen schnupperte und dabei den Kopf schieflegte. Karl stellten sich die Nackenhaare auf. Fasziniert beobachtete er, wie der T-Rex mit zwei vorsichtigen Schritten das Steinpodest verließ und nach zwei weiteren Schritten vor einer Projektionswand stand, hinter der er seinen Kopf verschwinden ließ, um Sekunden später wieder dahinter hervor zu spähen. Karls Herz machte einen Satz, als der riesenhafte Saurier ihn direkt ansah und seine kalten Augen ihn wie ein Beutetier fixierten. Mit einer schnellen Bewegung tauchte Tristans Kopf hinter der Projektionsfläche wieder auf. Er stieß ein archaisches Fauchen aus und sprang mit drei geschmeidigen Sätzen auf Karl zu, wobei er seinen Schlund soweit aufriss, dass er Karls gesamtes Blickfeld ausfüllte und ihm eindrucksvoll den letzten Blick eines Beutetiers vor 150 Millionen Jahren vermittelte.

Karl zuckte erschrocken zusammen. Seine Hand zitterte leicht, als er die rot-weiße Papp-Box sinken ließ und Tristans Skelett anstarrte. Er atmete tief ein. Das Skelett blieb vollkommen regungslos auf seinem Podest stehen. Verstohlen sah Karl sich um. Auch die Besucher neben ihm fuhren erschrocken zusammen und kreischten vor Schreck. Mit einem erleichterten Lächeln hob er erneut die 3D-Box an die Augen. Die nächste Stunde verbachte Karl damit, sich Tristan immer und immer wieder anzuschauen, wie er von seinem Podest herabstieg, links und rechts herumschnüffelte und seinen Kopf schieflegte. Erst als eine Lautsprecherstimme verkündete, dass das Museum in der nächsten Viertelstunde geschlossen werde, ließ Karl unwillig die Box sinken und warf Tristan einen verklärten Abschiedsblick zu. Da der T-Rex in den kommenden drei Jahren der Star im Naturkundemuseum sein würde, stand für Karl fest, dass er Tristan regelmäßig besuchen würde. Widerwillig schloss er sich dem Besucherstrom an und ließ sich Richtung Garderobe treiben, wo er seinen Dufflecoat und den Rucksack in Empfang nahm.

Draußen vor dem Säuleneingang graupelte es noch immer, zudem hatte die Dämmerung eingesetzt. Mit bis zu den Ohren hochgezogenen Schultern eilte Karl die Invalidenstraße entlang und bog in die Chausseestraße ein, wo sich die Haltestelle *Naturkundemuseum* befand. Geduldig wartete er ab, bis das Ampelmännchen ihm den Weg freigab, und stand einen Moment später irritiert vor einem rot-weißen Absperrgitter, welches ihm den Weg hinunter zur U-Bahnstation verwehrte. „So ein Scheiss!", ließ sich eine genervte Stimme sich hinter ihm vernehmen. „Können die auch mal was anderes tun, als hier ständig alles abzusperren?" Karl drehte sich verunsichert um und schob die Kapuze aus der Stirn, um sein Gegenüber erkennen zu können. Dieses wandte ihm aber bereits den Rücken zu, um eine Sekunde später trotz des roten Ampelmännchens zwischen den Autos hindurch quer über die Straße zu rennen.

Karl sah der unbekannten Gestalt einen Moment nach, bevor er sich wieder dem rot-weißen Absperrgitter widmete. Erst jetzt bemerkte er das Hinweisschild, auf dem zu lesen stand, dass die Haltestelle wegen Reparaturarbeiten bis auf weiteres geschlossen sei und die Fahrgäste die nächste Haltestelle nutzen sollten. Jetzt fluchte auch Karl, wovon sich das Absperrgitter jedoch gänzlich unbeeindruckt zeigte. Wohl oder übel drehte auch er sich zur Ampel um. Während der Graupelregen ihm kalt ins Gesicht klatschte, überquerte Karl nun mit forschem Schritt die Straße und eilte die Chausseestraße entlang. Nur kurz schloss er die Augen, um den Graupel wegzublinzeln. Doch da war es schon zu spät. Er rannte direkt in eine Gruppe aus kräftig gebauten, breitschultrigen Männern hinein, die aus einer Zufahrt heraustraten.

„Hey, you Jerk. Open your Eyes!", herrschte ihn einer der Männer an.

Erschrocken riss Karl die Augen auf. Im gleichen Moment traf ihn ein brutaler Schlag vor die Brust, der ihn nach hinten taumeln ließ. Die Wucht fegte ihm die Kapuze vom Kopf und ließ Karl das Gleichgewicht verlieren, während er rückwärts gegen ein schweres Eisengitter taumelte. Instinktiv streckte Karl die Arme zur Seite, um Halt zu finden. Offenbar verstanden die Männer seine Handbewegung falsch und interpretierten seine hilflos in der Luft rudernden Arme als Angriff. Die brutalen Schläge, die daraufhin innerhalb weniger Sekunden auf ihn einprasselten, raubten ihm den Atem und ließen seine linke Augenbraue und Oberlippe aufplatzen. Ein brennender Schmerz durchfuhr seinen Schädel. Vor seinen Augen führten urplötzlich unzählige schwarze Punkte einen wilden Tanz auf. Karl stieß einen würgenden Laut aus und schnappte nach Luft.

„Stop“, hörte er einen der Angreifer sagen. „The Guy has enough. Bleeds just like a Pig.“

Die Schläge hörten auf. Und während die schwarzen Punkte von dunkelroten Schleiern abgelöst wurden, hörte Karl, wie sich die Schritte der Männer entfernten. Geräusche von vorbeifahrenden Autos drangen laut an sein Ohr. Karl lehnte sich an das Eisengitter. Immer wieder verlor er für kurze Zeit das Bewusstsein. Nun gehörte auch er zu jenen namenlosen Gestalten auf Berlins Straßen, an denen alle nur möglichst schnell vorbeigehen wollten.

„Was hat man denn mit Ihnen gemacht?“ Wie durch eine dicke Watteschicht drang die Stimme einer Frau an Karls Ohr und veranlasste ihn zu einem unartikulierten Brummen. Er spürte, wie sich eine kalte Frauenhand auf seine Stirn legte und obwohl ihm eisig kalt war, durchfuhr ihn ein wohliger und tröstender Schauer. Niemand – außer seine Mutter – hatte ihm jemals die Hand auf die Stirn gelegt.

„Können Sie mich hören?“, fragte die Frau.

Mühsam öffnete Karl seine Augen und blinzelte die Tränen weg, die ihm vor lauter Schmerz kamen. Als der Schleier sich langsam hob, sah er in ein Paar dunkelbraune Augen, die ihn besorgt musterten.

„Hören Sie mich?“, wiederholte die Frau ihre Frage und diesmal antwortete Karl mit einem rauen „Ja, ich höre Sie.“

„Haben Sie Schmerzen?“

Obwohl ihm von dem Aufprall auf das Gitter der gesamte Schädel heftig weh tat, schüttelte er den Kopf, was er im selben Moment bereute. Unterdrückt stöhnte Karl auf, als ihn ein flammender Schmerz durchfuhr.

„Stillhalten!“, wies ihn die Frau zurecht und wieder legte sich ihre Hand wohltuend auf seine Stirn. „Bewegen Sie nicht den Kopf! Sie könnten eine Gehirnerschütterung haben.“

„Geht schon“, wehrte er ab und beugte sich vor, um sich mit der Hand auf dem Kopfsteinpflaster abzustützen. Was hätte er auch sonst machen sollen? Auf dem Boden sitzen zu bleiben, war ja nun auch keine Lösung. Außerdem befürchtete er, dass die junge Frau auf die Idee kam, einen Krankenwagen zu rufen. Das letzte, was er heute Abend sehen wollte, war ein Krankenhaus von innen.

„Ich bin Joy“, stellte sich die junge Frau vor und griff nach Karls Arm, um ihm beim Aufstehen zu helfen.

„Geht schon“, wiederholte Karl und versuchte aufzustehen, was ihm erst beim zweiten Versuch halbwegs gelang. „Danke. Ich komme klar."

„Hör auf, den Macker zu spielen", wies Joy ihn unmissverständlich zurecht und hielt ihn unbeeindruckt fest. Als wäre es das Selbstverständlichste der Welt, war sie zum vertraulichen Du übergewechselt und klopfte ihm den Schneematsch vom Dufflecoat ab. „Du blutest und kannst kaum auf deinen eigenen Beinen stehen. Entweder du kommst mit und lässt dir von mir helfen, oder ich rufe auf der Stelle einen Rettungswagen!" Bevor Karl sich weiter zieren konnte, bugsierte ihn die junge Frau durch ein offenstehendes Eisentor. Nach wenigen Metern kamen sie an einer Kneipe vorbei. Alt-Berlin stand auf dem Schild über dem Eingang. Trotz lädierter Augen konnte Karl darunter gerade noch lesen: *Genießen auch Sie den Charme von 121 Berliner Kneipen-Jahren*. Kurz hinter der Kneipe erkannte Karl eine Eingangstür aus Aluminium, vor der ein Werbeaufsteller stand. Er zeigte ein tanzendes Paar in enger Umarmung.

„Hier geht's hoch", sagte Joy und schob Karl durch eine Eingangstür zur Treppe. „Wir müssen ein paar Stufen steigen. Oben kümmere ich mich um deine Verletzungen." Ohne Widerspruch befolgte Karl die Anweisung der jungen Frau, die vom Alter her seine Tochter hätte sein können, und stieg schwerfällig die steinernen Treppenstufen hoch. In der ersten Etage angekommen musste Karl einen Moment innehalten und sich auf dem Treppengeländer abstützen. Besorgt musterte Joy ihn von der Seite und behielt ihre Hand unter Karls Oberarm, da sie befürchtete, dass er die Treppe rückwärts wieder hinunterstürzen könnte.

„Alles ok?", fragte sie.

„Mm", machte Karl und setzte sich in Bewegung, wie um zu demonstrieren, dass es ihm gut geht. Als beide endlich die dritte Etage erreicht hatten, stöhnte er vor Erleichterung auf und stützte sich an einem Geländer ab. Im Treppenhaus stand ein kleiner rechteckiger Holztisch mit darauf ausgebreiteten postkartengroßen Werbeflyern. *Especial eleganter Silvester – Tangoball* stand in schwungvollen Lettern darauf.

„Komm." Einladend hielt Joy die grau lackierte Eisentür auf. „Du kannst dich hier erst einmal hinsetzen und ausruhen."

„Danke", murmelte Karl und blinzelte unsicher, da sein Auge immer stärker anzuschwellen schien, und betrat zum ersten Mal das *Nou Tango Berlin*. Beim Betreten des Vorraums fiel ihm sofort die besondere Atmosphäre auf, die in den Räumen herrschte. Sein Blick glitt über die hell erleuchteten Glasschränke, die sich an der rechten Wandseite befanden und in denen hauchdünne Kleider, Röcke und Oberteile aus glänzenden Stoffen hingen. Einen starken Kontrast dazu boten die rohe, selbstgebaute Garderobe und das verschlissene rote Sofa auf der gegenüberliegenden Seite des Vorraums.

Die junge Frau schlüpfte aus ihrem Steppmantel und zog die rote Strickmütze vom Kopf. Mit einer lässigen Bewegung schüttelte sie ihren wilden blonden Lockenkopf aus, den die Mütze gebändigt hatte und der ihr jetzt bis auf die Schultern fiel. Achtlos ließ sie ihren Mantel auf einen Stuhl mit Chromgestell fallen und wandte sich Karl zu. Als Joy begann, ihm seinen Dufflecoat aufzuknöpfen, wurde sein Körper vor Schreck stocksteif.

„Entspann dich“, forderte sie ihn auf. „Ich versorg deine Platzwunden und du kannst in der Zwischenzeit einen Tee trinken. Du trinkst doch Tee?“ Karl nickt nur schweigend und schmeckte das Blut auf seiner Lippe. Noch nie hatte eine Frau – außer seiner Mutter – an ihm herumgeknöpft oder war ihm so nah gekommen wie die junge Frau mit den goldfarbenen Haaren. Erst jetzt fiel ihm auf, wie schlank sie war und wie lang ihre Beine waren, die in eng anliegenden röhrenförmigen Jeans steckten. Verlegen wandte er seinen Blick ab, als ihm bewusst wurde, dass er der Frau auf den knackigen Po starrte, als sie seinen Dufflecoat an die Garderobe hängte.

„Setz dich.“ Joy drehte sich geschmeidig herum und packte Karl sanft an seinen Schultern, um ihn auf das Sofa zu drücken. Er ließ es geschehen und das lag nicht nur an ihren zarten Händen, sondern im gleichen Maße an den weichen Knien, die ihm einen sicheren Stand verweigerten.

„Ich bin gleich wieder da“, sagte Joy.

Karl sah der langbeinigen jungen Frau interessiert hinterher, die an den weiß lackierten Regalen mit hochhackigen Damenschuhen entlangging, um in den links angrenzenden Raum zu verschwinden. Er konnte vom Sofa aus jenen Raum nicht einsehen, aber an dem Stimmengewirr erkannte er, dass nebenan offenbar eine Veranstaltung stattfand. Obwohl sein Museumsbesuch eine vollkommen unerwartete Wendung genommen hatte und ihm noch immer der Schreck von dem Zusammenstoß in den Knochen steckte, begann Karl sich unerklärlicherweise zu entspannen. Gedankenverloren fuhr er sich über die Stirn, als er die Glasvitrinen mit den Kleidern und die

Regale mit den vielen Schuhen musterte. Als er die Platzwunde über der Augenbraue berührte, zuckte er zusammen. Erschrocken starrte er auf die Fingerspitzen seiner rechten Hand, die blutverschmiert waren. Karl stöhnt auf und ließ seinen Kopf gegen die Rückenlehne des ausgesessenen Sofas sinken. Erschöpft schloss er die Augen und streckte seine Beine von sich. Eine bleierne Müdigkeit überkam ihn und er wünschte sich nach Hause auf sein eigenes Sofa.

Musik ertönte aus dem angrenzenden Raum. Sie hörte sich … schön an. Karl hatte keine große Ahnung von Musik und auch keinen ausgeprägten Musikgeschmack. Wenn er im Schirmladen das Radio laufen ließ, hatte er meist den überregionalen Klassik-Sender eingestellt. Die anderen Sender mit ihren aufgeregt und aufgesetzt fröhlich schwatzenden Moderatoren gingen ihm ebenso sehr auf die Nerven wie die ständigen Gewinnspiele, bei denen die angerufenen Gewinner begeistert jubelten. Auch die Songs, die auf allen Sendern rauf und runter lief, waren nicht sein Fall.

Bei der Musik, die er gerade hörte, hatte er jedoch das Gefühl, als würde ihm die Melodie direkt ins Herz fließen. Karl hatte so etwas noch nie erlebt. Ein melodischer, niemals gehörter Rhythmus löste in ihm ein seltsam beschwingtes Gefühl aus, das sich durch eine zart einsetzende Geige, die zu schluchzen schien, in eine süße Melancholie verwandelte und eine unbestimmte Sehnsucht in ihm auslöste.

„Schläfst du“, fragte eine Frauenstimme behutsam. Karl brauchte einen Moment, um in die Wirklichkeit zurückzufinden. Langsam und fast schon widerwillig öffnete er seine Augen und blinzelte Joy benommen an, die mit Verbandszeug vor ihm stand. „Alles in Ordnung mit dir?“ Musternd sah sie ihn an.

„Ja … ja …“, nickte er langsam. „Es ist schön hier.“

„Freut mich, wenn es dir bei uns gefällt“, antwortete sie. „Ich kann dir später alles zeigen, jetzt will ich aber erst einmal deine Wunden versorgen.“

„Was ist das für eine Musik?“ Fragend sah Karl die junge Frau an.

„*Bahía Blanca*“, sagte eine Männerstimme. „Ein Tango von Carlos Di Sarli.“

„Ein Tango“, echote Karl und blickte versonnen ins Leere.

„Ja“, erwiderte der Mann und schob sich mit einem verschmitzten Lächeln in Karls Sichtfeld. „Ein argentinischer Tango. Schließlich sind wir eine Schule für argentinischen Tango.“

Karl wusste nicht, ob er schon jemals in seinem Leben argentinischen Tango gehört hatte, zumindest konnte er sich nicht daran erinnern. Trotzdem kam ihm die Musik sehr vertraut vor, fast so, als würde er sie kennen.

„Mein Name ist Thomas. Ich bin Tanzlehrer hier“, lächelte der hochaufgeschossene Mann, der eine ausgewaschene Jeans und ein lässiges Shirt mit V-Ausschnitt trug, und streckte Karl freundlich die Hand entgegen.

Karl sah überrascht hoch und ergriff die Hand des Mannes. „Ich heiße Karl.“

„Na, das passt ja.“

Karl sah ihn verständnislos an.

„Wie der Sänger!“, lachte Thomas kurz auf und deutete mit dem Kopf in die Richtung, aus der die Musik ertönte. „Carlos …“

Karl nickte und schaute Thomas dabei fragend an. Zu verwirrend waren die Ereignisse und die Eindrücke der letzten Stunden, als dass er sich auf derartige Spitzfindigkeiten konzentrieren konnte.

„Autsch! Wie ist das denn passiert?" Thomas hatte sich zu Karl hinuntergebeugt, um seine Platzwunde zu inspizieren. „Muss das nicht genäht werden?", fragte Thomas und verzog mitfühlend das Gesicht. Karl schwieg. Auch wenn er den freundlichen Tanzlehrer mit dem freundlichen Lächeln auf Anhieb sympathisch fand, zog er es vor, nicht so sehr im Fokus zu stehen. Da Joy sich glücklicherweise gerade anschickte, ihn zu verarzten, wurde er ohnehin von einer Antwort entbunden.

„Ich denke nicht", erwiderte sie. „Ein Pflaster sollte reichen. Es sieht dramatischer aus, als es ist."

„Du bist die Fachfrau", antwortete Thomas und zwinkerte Karl freundlich zu. „Sorry, ich habe jetzt Unterricht. Aber bei Joy bist du in den besten Händen." Er gab ihm einen freundschaftlichen Klaps gegen den Oberarm und wandte sich zum Gehen.

„Das hier ist eine sterile Kochsalzlösung", erklärte Joy in der Zwischenzeit und zog die Schutzkappe von einer Sprühflasche ab. „Ideal geeignet zur Wundreinigung." Sie sprühte eine Kompresse aus dem Verbandskasten mit der Kochsalzlösung ein und begann vorsichtig, Karls Gesicht zu reinigen. Obwohl beide Platzwunden sehr schmerzempfindlich waren, zuckte Karl kein einziges Mal unter Joys behutsamen Händen zusammen. Nach nur wenigen Minuten hatte sie das Blut abgetupft und Karl sah wieder halbwegs normal aus.

„So", sagte seine Helferin und sah ihn prüfend an,

nachdem sie ihm zwei Pflaster auf die Platzwunden geklebt hatte. „Lass die Pflaster über Nacht drauf, die Wunden werden mit Sicherheit noch etwas nachbluten."

„Vielen Dank", sagte Karl verlegen und heftete seinen Blick auf die Hände der Tanzlehrerin, um ihr nicht in die Augen schauen zu müssen, was ihn nur noch mehr verwirrt hätte. „Das war sehr nett. Ich weiß gar nicht, wie ich mich bedanken soll …"

„Alles gut", winkte Joy ab. „Mach dir keinen Kopf."

„Nochmals Danke." Karl machte Anstalten aufzustehen, aber Joy drückte ihn zurück aufs Sofa. „Du bleibst jetzt erst mal hier sitzen und ich hole dir einen heißen Tee", sagte sie in einem Ton, der keine Widerrede duldete. „Oder möchtest du etwas Kaltes trinken, ein Bier oder ein Glas Wein?"

„Nein danke. Das ist wirklich nicht nötig", wehrte Karl verlegen ab. „Ich muss dann auch los."

„Also Tee!" Mit ein paar Handgriffen sammelte Joy die Verbandsutensilien zusammen. „Bin gleich wieder da. Und ich gehe davon aus, dass du auch noch da bist, wenn ich mit dem Tee wiederkomme", kündigte sie an und warf Karl einen scharfen Blick zu. Dieser gab seinen Widerstand auf und nickte ergeben. Eigentlich gab es ja auch keinen Grund, sofort nach Hause zu gehen, dort wartete ja ohnehin niemand. Außerdem gefiel es ihm hier, auch wenn er nicht verstand, wieso. Lag es an dem gemütlichen Charme, der unbekannten Musik, die eine unbekannte Saite in ihm zum Klingen gebrachte hatte, oder waren es Joys Fürsorglichkeit und ihre zärtlichen Hände, die das heimelige Gefühl in ihm auslösten? Karl ließ seinen Kopf gegen die Sofalehne sinken. Ein weiteres

Musikstück ertönte und er schloss die Augen. Eine solch wunderschöne melodische und gleichzeitig melancholische Musik hatte er noch nie gehört. Auch, oder vielleicht gerade weil Karl überhaupt keine Ahnung von Musik hatte, sprachen ihn die unbekannten Melodien und die gefühlvolle Stimme des Sängers an.

„Dein Tee."

Karl schreckte bei diesen Worten zusammen. Er öffnete die Augen und sah die junge Frau schüchtern an. „Oh ja, vielen Dank!"

Joy hatte für sich selbst auch einen Tee mitgebracht und reichte Karl eine der beiden Tassen, um sich dann kommentarlos zu ihm auf das Sofa zu setzen. Automatisch rückte Karl unauffällig ein Stück von der jungen Frau ab und nippte an seinem Becher. Das heiße Gebräu tat ihm gut. Dankbar trank er noch ein paar Schluck, während er gebannt der Musik zuhörte.

„Gefällt dir die Musik?" Sie sah ihn fragend an. Er nickte. Dann schwiegen beide und lauschten, bis die Musik plötzlich mitten im Stück abbrach. „Thomas gibt Unterricht", erklärte Joy und deutete mit ihrem Kopf zum angrenzenden Nebenraum. „Zwischen den einzelnen Musikepisoden erklärt er dann die jeweiligen Elemente."

Auch wenn Karl krampfhaft überlegte, was er aus Höflichkeit auf diese Erklärung erwidern könnte, fiel ihm nichts Intelligentes ein, was er hätte sagen können.

„Hast du schon mal Tango getanzt?", fragte Joy wie aus heiterem Himmel und wandte sich ihm zu. Karl durchfuhr ein eisiger Schreck. Die junge Frau beabsichtigte doch wohl nicht …

„Nein!“ Hektisch schüttelte Karl den Kopf. „Ich tanze nicht! Nie!“

Ein amüsiertes Lächeln umspielte ihre Lippen: „Na, dann wird’s aber Zeit!“ Wie selbstverständlich nahm Joy ihm die Tasse aus der Hand und stellte sie hinter sich auf die Fensterbank. „Komm!“, forderte sie ihn auf und ergriff seine Hand. Bevor Karl etwas erwidern konnte, hatte sie ihn hochgezogen und machte einen Schritt rückwärts. Karl folgte ihr automatisch. Als sie ihren anderen Arm um ihn legte und er ihre warme Hand auf seinem Rücken spürte, machte sein Herz einen Aussetzer. „Ich führe“, sagte Joy. „Schließ am besten deine Augen und folge mir einfach, ohne nachzudenken!“

Karl schloss seine Augen und was das Denken anbelangte, war sein Kopf ohnehin wie leergefegt. Er konnte keinen klaren Gedanken fassen und wurde von einer riesigen Welle von Gefühlen hinweggespült – wobei das Gefühl der Panik überwog. Noch nie hatte eine Frau ihn so eng im Arm gehalten – nicht einmal seine Mutter. Er konnte ihre Wärme spüren und ihren Duft riechen. Er zitterte.

„Entspann dich einfach“, drang Joys Stimme wie durch eine Wattewand an sein Ohr. „Hör einfach nur auf die Musik und lass dich führen.“

Das war einfacher gesagt als getan, denn im Moment hörte Karl in seinen Ohren nur das Rauschen des Blutes, von Musik konnte überhaupt keine Rede sein. „Weiteratmen!“, mahnte ihn Joy im Flüsterton. „Es ist nur Tango.“ Erst jetzt bemerkte Karl, dass er nicht atmete. Er nahm zwei flache Atemzüge. Die Tanzlehrerin sollte nicht denken, dass er ihretwegen die Luft anhielt.

Obwohl Karl noch nie in seinem Leben getanzt hatte – außer an einem Silvesterabend mit seiner Mutter, nachdem sie aus ihm unbekannten Gründen eine ganze Flasche Eierlikör getrunken hatte – fühlte sich all das, was gerade geschah, seltsam selbstverständlich an. Die warme Hand der Tanzlehrerin lag beunruhigend beruhigend in seinem Rücken und verlieh ihm Stabilität. Joys andere Hand, die sie in Brusthöhe hielt, verschwand fast gänzlich in seiner großen Handwerkerpranke. Dennoch gab Joy mit ihr die Richtung vor.

Karl spürte, wie ihm vor Aufregung der Schweiß ausbrach, und auch sein Puls schien schneller zu schlagen, als ihm lieb war. Die körperliche Nähe, der rhythmische Tanz, die fremde Frau – all das verwirrte ihn sehr. Seine Gefühle pendelten zwischen Angst und Verlangen hin und her. „Weiteratmen!", drang erneut die Stimme von Joy an sein Ohr. Da wurde ihm bewusst, dass er schon wieder krampfhaft die Luft anhielt. Unauffällig atmete Karl tief ein – zu tief, denn ein Hustenreiz schüttelte ihn kräftig durch.

Joy löste die Tanzumarmung auf, hielt jedoch ihre Hand in seinem Rücken und klopfte sachte. Es dauerte einen Moment, bis Karl sich wieder soweit beruhigt hatte, dass er halbwegs normal atmen konnte. „Danke", röchelte er und richtete sich wieder auf. „Hab' mich nur verschluckt."

„Du hast noch nie getanzt, oder?", sagte Joy mit einfühlsamer Stimme und sah ihn fragend an. Karl kniff die Lippen zusammen und wusste nicht, ob er mit dem Kopf schütteln oder einfach mit den Schultern zucken sollte. Er kam sich wie ein Hinterwäldler vor, denn Tanzen war nicht das Einzige, was er noch nie in seinem Leben getan hatte. Joy sah ihn verständnisvoll an und gab ihm einen Klaps auf den Rücken. „Du glaubst gar nicht, wie viele Männer hier von ihren Freundinnen oder Frauen angeschleppt werden, die noch nie in ihrem Leben einen einzigen Schritt getanzt haben.“ Karl nickte zustimmend, obwohl er keine Ahnung hatte, wie viele Männer tanzten; er gehörte jedenfalls nicht dazu und hatte auch nicht vor, daran etwas zu ändern.

Erneut brach Karl in einen ungewollten Hustenanfall aus.

„Sorry“, sagte Joy und sah ihn mitfühlend an. „Ich wollte dir nicht zu nahe treten.“

„Alles in Ordnung“, brachte Karl mühsam zwischen zwei Hustenattacken hervor. In diesem Moment öffnete sich die blau lackierte Metalltür zum Vorraum und eine Gruppe lachender und munter durcheinander plaudernder junger Frauen strömte in den Vorraum. Fröhliches Stimmengewirr füllte den Raum, als die jungen Frauen, die für Karl wie Studentinnen aussahen, ihre Wollmützen absetzten und sich aus Mänteln, Schals und dicken Steppmänteln herausschälten. Der Anblick der durcheinanderwuselnden Frauen war für Karl zu viel und er spürte erneut Panik in sich aufsteigen. So viele Menschen auf einem Haufen empfand er als erdrückend und, da es sich in diesem Fall ausschließlich um junge Frauen handelte, obendrein als beunruhigend und beängstigend.

„Ich muss los“, sagte Karl abrupt und drehte sich zu der Garderobe herum, an die Joy seine Winterjacke gehängt hatte. Unversehens stand er mitten in der Frauengruppe, die munter miteinander plauderte, ohne von ihm Notiz zu nehmen. Er wusste nicht, wie er an seine

Jacke kommen sollte, die von einer zierlichen Frau mit asiatischen Gesichtszügen verdeckt wurde. Die zog sich gerade einen dicken Wollpullover über den Kopf, was bei ihr einen schmalen Streifen nackter Haut freilegte. Karl merkte, wie ihm bei diesem Anblick vor lauter Aufregung und Nervosität das Blut in den Kopf stieg. Seine Wangen begannen zu glühen. Hilflos stand er inmitten der Frauengruppe, die gerade dabei war, ihre dicken Winterstiefel und Wollsocken gegen hochhackige Tanzschuhe auszutauschen.

„Mandy“, hörte Karl plötzlich Joys Stimme. „Reichst du mir bitte mal den blauen Dufflecoat von der Garderobe?“

„Ja, gerne“, die junge Asiatin hatte sich mittlerweile aus ihrem Pullover herausgeschält und kam der Bitte mit einem freundlichen Lächeln nach. Joy griff nach dem Dufflecoat und zwängte sich zwischen die jungen Frauen, die bereitwillig Platz machten.

Schnell schlüpfte Karl in seine Jacke, die Joy ihm aufhielt, und knöpfte sie hastig zu. „Nochmals vielen Dank … ich muss … Danke“, stammelte er unbeholfen und drehte sich halbherzig dem Ausgang zu.

„Denk an die Pflaster“, hörte er Joy sagen, die ihn am Arm festhielt und dabei aufmerksam musterte: „Und pass auf dich auf!“

Sie gab ihm einen Kuss auf die Wange. Erschrocken zuckte Karl zusammen, als hätte ihn ein stromführendes Kabel berührt. Er merkte nicht, wie die Tanzlehrerin ihm einen Flyer in die Tasche schob, kurz bevor er, etwas Undeutliches vor sich her murmelnd, fluchtartig die Tanzschule verließ. So schnell ihn seine Füße trugen, hastete er die Steinstufen des Treppenhauses hinunter. Erst vor der Eingangstür blieb er schweratmend stehen und reckte sein erhitztes Gesicht in die eiskalte Winterluft. Gierig sog er sie tief in seine Lungen ein und spürte bereits nach wenigen Atemzügen, wie sich sein Puls wieder halbwegs zu normalisieren begann.

Während Karl mit vornübergebeugtem Oberkörper und bis zu den Ohren hochgezogenen Schultern durch den einsetzenden Schneefall stapfte, wirbelten ihm unzählige Gedanken durch den Kopf und wurden in ihrer Widersprüchlichkeit nur von seinem konfusen Gefühlschaos übertroffen. Was für ein Tag! Er beschleunigte seine Schritte, um so schnell wie möglich zur nächstgelegenen U-Bahn-Station zu gelangen. Er wollte nur noch eins: nach Hause.

- 6 -

Simone Panteleit vom Berliner Rundfunk 91,4 hatte Wort gehalten: Frankas Geschenkgutschein für ihr festliches Silvester-Wochenende im 4-Sterne-Hotel Titanic Chaussee Berlin fand sie bereits am Tag nach dem unverhofften Telefonat mit der Radiomoderatorin in ihrem Briefkasten. Mit spitzen Fingern fischte sie den weißen Umschlag, auf dem gut sichtbar die Absenderadresse des Radiosenders zu lesen war, zwischen den täglichen Werbewurfsendungen von Pizzadiensten und Sonderangeboten aller Art hervor. Ihre Finger zitterten leicht, als sie das Kuvert mit dem Briefkastenschlüssel aufschlitzte. Sie konnte es noch immer nicht fassen, dass sich ihr sehnlichster Wunsch so unerwartet erfüllt hatte. Ihr Herz machte vor Freude einen kleinen Luftsprung, als sie den Gutschein aus dem Umschlag zog. Sie drehte sich auf dem Absatz herum und lief leichtfüßig die fünf Etagen zu ihrer kleinen Dachzimmerwohnung hoch.

„Shit!“, fluchte Franka leise, als sie den Gutschein zum zweiten Mal durchlas und gleichzeitig ihre Wohnungstür aufdrückte. „Das Wochenende ist ja für zwei!“

Nun war es nicht so, dass Franka mit einem großen Freundeskreis gesegnet war, das Gegenteil war eher der

Fall. Bis auf Elli, eine der Verwaltungskräfte aus der Personalabteilung, pflegte Franka mit keinem ihrer Arbeitskollegen näheren Kontakt. Frauen waren in ihrem Arbeitsumfeld ohnehin eher die Seltenheit und ihre männlichen Kollegen hielt sie lieber auf Abstand. Da Franka nicht vorhatte, die nächsten Jahre weiter den Kehrbesen bei der Stadtreinigung zu schwingen, war es ihr zudem vollkommen egal, was ihre männlichen Kollegen von ihr dachten oder hielten. Wenn ihr jemand, wie das Mopsgesicht im vergangenen Herbst, zu nahe kam, musste er halt mit dem Echo leben. Nur mit Rolli wechselte sie hin und wieder ein paar private Worte, da er der Einzige in ihrer Schicht war, der sich für mehr als die tägliche Schlagzeile und den Sportteil der BZ interessierte.

Franka brauchte einen Neuanfang oder überhaupt einen Anfang. Vielleicht eine Ausbildung? Egal! Hauptsache etwas, was ihr Spaß machen würde und wer weiß … sie hatte schon oft davon gehört, dass sich die meisten Paare im Beruf kennenlernen. Motivator für ihre beruflichen Pläne war wie immer Rocky gewesen. So hatte er ihr auch dank seiner guten Beziehungen zu einem seiner Kumpels, der in der Verwaltung arbeitete, den Job bei der Kehrtruppe verschafft. Für ihren Start ins eigene Leben brauchte Franka jeden Euro, den sie verdienen konnte. Auch in Berlin lagen die Jobs für jemanden wie Franka nicht auf der Straße.

„Rocky!“, nickte Franka. „Wer sonst?“ Sie griff in die Seitentasche ihrer Jogginghose und zog ihr Handy hervor. Rocky meldete sich nach dem dritten Freizeichen mit einem müden „Jo.“

Franka erzählte ihm aufgeregt von ihrem Gewinn und

auch wenn sie keinen Gefühlsausbruch von Rocky erwartet hatte, war sie doch enttäuscht, als er gar nichts sagte. „Hast du gehört?", fragte sie, als Rocky auch nach einer Minute nichts erwidert hatte. Es vergingen ein paar weitere Sekunden, bis erneut ein gegähntes „Jo" erklang.

„Und?"

„Was und?"

„Wie findest du das denn?", obwohl Franka sich bemühte, ruhig zu wirken, konnte sie einen ungeduldigen Unterton nicht vermeiden.

„Geil."

Das Gefühl der Enttäuschung wurde stärker und drohte Frankas Freude zu ersticken. Warum war Rocky nur immer so … so schmerzhaft gleichgültig. Da sie während ihrer Therapie gelernt hatte, achtsam mit ihren Gefühlen umzugehen und sich selbst ernst zu nehmen, wollte sie der Enttäuschung nicht die Macht geben, ihr die Freude über diesen wunderbaren Gewinn zu vermiesen. „Ich muss dann mal. Wir hören voneinander", sagte sie betont munter und wartete Rockys Erwiderung erst gar nicht ab, sondern beendete das Gespräch mit einem Daumendruck auf das rote Telefonsymbol.

Franka seufzte tief und legte ihren Kopf gegen das Türblatt. Die Enttäuschung über Rockys Nichtreaktion schob sie beiseite und dachte an das Luxushotel. Sie kannte es zwar nur von außen, aber sie hatte sich bestimmt hundert Mal die Website des Hotels angesehen. Ihr Traum würde sich erfüllen. Zwar anders als sie es sich immer gewünscht hatte – noch konnte sie nicht sagen, sie habe es geschafft – aber egal. Manchmal kommt es im Leben anders als geplant und wer weiß: Vielleicht würde der Gewinn ihrem

Leben eine Initialzündung verpassen. Franka schloss die Augen und stellte sich vor, wie sie in wenigen Tagen durch das stylische Foyer schreiten oder sich an der eleganten Bar einen Drink genehmigen würde.

„Was es wohl zu essen geben wird?“ Erschrocken riss sie ihre Augen auf, denn im gleichen Moment, als sie an das Überraschungsdinner dachte, fiel ihr ein, dass sie nichts im Kleiderschrank hatte, was dem Titanic gerecht werden könnte.

Sie betrachtete sich im Spiegel und fühlte, dass nicht ihr Kleiderschrank das Problem war. Sie war es. Auch wenn ihr im Spiegel eine langbeinige und durchtrainierte junge Frau gegenüberstand, deren Gewicht sich seit drei Jahren durch das Fitnesstraining fast bis aufs Gramm nicht änderte, hatte sie nach wie vor das Gefühl, fett und unförmig wie ein Wal zu sein. Ihr Körper kam Franka nicht nur wie ein Fremdkörper vor, sondern ihr fehlte zudem das Gefühl für ihren „Umfang“. Sie spürte ihn nicht.

Spaßeshalber war Franka vor einigen Jahren im Rahmen einer Gesundheitsmesse, die im Rathaus Center Pankow stattgefunden hatte, in einen sogenannten „Adipositas-Anzug“ gestiegen. Diese ziemlich überflüssige Erfindung einer Krankenkasse sollte Kassenpatienten das Gefühl vermitteln, wie es wäre, fettleibig zu sein – ähnlich dem „Alters-Anzug“. Als Franka dieses Kostüm angelegt hatte und der Mitarbeiter der Krankenkasse ihr locker fünfundzwanzig Kilo auflud, verspürte Franka keinen Unterschied. Sie fühlte sich genauso fett und unförmig wie vor ihrer „Fettschmelze“. Ihr Körpergefühl war nicht in der Lage, einen Unterschied zu erkennen. Während ihrer Therapie hatte sie gelernt, sich eng in eine Wolldecke zu wickeln, um dadurch ihren eigenen „Umfang“ zu erspüren. Dies tat sie hin und wieder auch heute noch, was aber keinen über den Moment hinausgehenden Effekt bei ihr hatte. Einzig über die unbestechliche Digitalanzeige ihrer Waage, durch das Maßband, mit dem sie täglich den Umfang von Bauch, Beinen und Po überprüfte, und über ihren Fitnessplan hatte Franka noch Kontakt zu ihrem Körper – oder besser gesagt zu ihrem Fremd-Körper.

Das einzige menschliche Feedback, das sie akzeptierte, kam von Rocky. Seine regelmäßigen Ansagen zum Status ihres Körpers waren für Franka ebenso wichtig wie die der Waage und des Maßbandes. Rocky war gewissermaßen Frankas „Körpercoach“. Sie war ihm unendlich dankbar dafür, dass er jede Samstagnacht, bevor er durch die Clubs zog, bei ihr aufkreuzte und seine Einschätzung zum Stand ihrer „Fettschmelze“ gab. Wenn seine Beurteilung wohlwollend ausfiel, konnte sie sich ein paar Tage entspannen, bevor erneut die ständige Frage an ihr zu nagen begann, ob sie trotz ihrer disziplinierten Diät, die sie seit drei Jahren einhielt, nicht vielleicht doch zugenommen hatte.

Meist tauchte Rocky mit einer Flasche Bier in der Hand bei Franka auf und machte es sich in ihrem Wohnzimmersessel bequem. Dabei legte er meist eins seiner Beine lässig über die Sessellehne und musterte Franka aufmerksam. Während sich manch andere Frau als Objekt vorgekommen wäre, empfand sie Rockys wöchentliche Begutachtungen wie einen ärztlichen Gesundheitscheck. Es war immer das gleiche Ritual: Franka ließ ihren Bademantel fast geräuschlos von ihren Schultern gleiten. Das Licht in ihrem Wohnzimmer war dabei stets gedämpft, nur eine billige Stehlampe in der Ecke und eine Neonreklame auf der anderen Straßenseite spendeten diffuses Licht. Wenn Franka dann ihre Augen schloss, tastete sein Blick ihren Körper wie in Zeitlupe ab. Er nahm jede etwaige Veränderung wahr. Nicht das geringste Detail entging ihm: auch nicht, dass Frankas Fußnägel kurz geschnitten und ihre Schambehaarung entgegen dem gängigen Trend nicht rasiert, sondern mit einer Haarschneidemaschine auf einen Zentimeter Länge gestutzt war. Wenn das Ergebnis der Begutachtung seinen Vorstellungen entsprach, pflegte er stets zu sagen: „Siehst gut aus, Princess."

Sie hatte nie eine Vorstellung davon gehabt, wie sie aussehen wollte, sondern nur irgendwann den innigen Wunsch gehabt abzunehmen. Seither verließ sie sich voll und ganz auf Rockys Urteil – und natürlich auf die unbestechlichen Daten von Waage und Maßband. Jetzt war wieder einer dieser Momente, in denen sie Rockys Urteil brauchte. Franka hätte zudem gern mit ihm den Silvesterabend im Titanic verbracht, doch sein Schweigen am Telefon hatte ihr deutlich gemacht, dass er kein gesteigertes Interesse daran hatte. Also würde sie eben allein den Gutschein einlösen und ein festliches Silvester-Wochenende verbringen. Die Frage nach ihrem Äußeren würde Franka mit einem Einkaufsbummel im nahegelegenen Rathaus-Center lösen. Zwei Kleider sollten ihre Unsicherheit kaschieren. Eines für das Dinner und eines für den Ball.

Die Nacht verbrachte Franka unruhig und wälzte sich in einer Tour von der einen auf die andere Seite. Am nächsten Tag stand sie als eine der ersten Kundinnen mitten im Einkaufszentrum und sah sich suchend um. „Träume ich, oder ist das wirklich wahr", sagte sie leise und ließ den schwarzen Stoff eines Abendkleids durch ihre Finger gleiten, welches auf dem Kleiderständer direkt neben der Rolltreppe hing. Die Aussicht, zum ersten Mal nach all den Jahren wieder ein Kleid anzuziehen, löste zwiespältige Gefühle in ihr aus.

„Kann ich Ihnen helfen?", fragte eine Stimme hinter ihr.

Franka zuckte erschrocken zusammen und ließ das Kleid los, als hätte sie etwas Verbotenes getan. „Nein, danke", beeilte sie sich zu sagen.

„Würde Ihnen aber sicher gut stehen", sagte die junge Verkäuferin mit einem Lächeln und musterte sie mit professionellem Blick. „Ich denke, mit einer schlanken 38 kommen Sie sehr gut hin."

„Ich …", setzte Franka zur Erwiderung an und brach im gleichen Atemzug ab, denn was hätte sie der Verkäuferin auch antworten können; sie wollte doch ein Kleid kaufen, sogar zwei! Und da sie von Mode und insbesondere von Kleidern keine Ahnung hatte, kam die Verkäuferin eigentlich wie gerufen. Während Franka noch hin- und hergerissen war, was sie eigentlich wollte, war die Verkäuferin bereits dabei, das schwarze Kleid mit dem Schalkragen in der passenden Größe herauszusuchen. „Hier haben wir es schon!", mit geübtem Griff zog die Blonde das Kleid hervor und hielt es Franka vor. „Sieht chic aus! Und die Größe sollte passen."

Noch bevor Franka etwas erwidern konnte, fand sie sich in einer der Umkleidekabinen wieder. Ihre Finger begannen zu zittern, als sie das Kleid an den metallenen Wandhaken in der Kabine hängte. Langsam zog sie sich aus, warf ihre Jeans ebenso achtlos auf den Boden wie das graue Sweatshirt und ließ dabei das Abendkleid nicht aus den Augen. Vorsichtig schlüpfte sie in die Ärmel und als der Stoff über ihren Kopf glitt, richteten sich die feinen Härchen an ihren Unterarmen alarmiert auf. Sie versuchte diese kleinen Signale zu ignorieren und betrachtete sich im Spiegel. Offenbar handelte es sich nicht um eine *schlanke 38*, denn der Stoff fiel locker an ihrem Körper herab – sehr zu Frankas Erleichterung. Es reichte ihr etwas übers Knie und ihre bleichen Beine ragten muskulös und durchtrainiert wie die einer Marathonläuferin unter dem schwarzen Stoff hervor. Frankas Blick fiel auf ihre gräulich verwaschenen Frotteesocken.

„Na, wie schaut's aus?", die Hand der Verkäuferin schob den Vorhang der Umkleidekabine zur Seite und ihr blonder Kopf erschien. „Kommt die Größe hin?"

Franka trat verlegen von einem Fuß auf den anderen. Mit dem Auftauchen der Verkäuferin in der Umkleidekabine hatte sie nicht gerechnet, da sie ihre Jeans und Sweatshirts ohne Anprobe einzukaufen pflegte. „Ich nehme das Kleid."

„Hmm", machte die Verkäuferin und sah ebenso skeptisch wie Franka in den Spiegel. „Sicher?"

Franka nickte. „Haben Sie das gleiche noch mal in einer anderen Farbe?", fragte Franka und versuchte ihre Unsicherheit zu überspielen.

„Wieso, gefällt Ihnen die Farbe nicht?"

„Doch", nickte Franka. „Ich brauche aber ein zweites Kleid."

Ungläubig hob die Verkäuferin ihre sauber gezupften Augenbrauen. „Wie jetzt, Sie wollen sich zweimal das gleiche Kleid kaufen?"

Wieder nickte Franka. „Ja. Nur in einer anderen Farbe."

„Ick glob et nich." Vollkommen entgeistert verfiel die hübsche Verkäuferin in einen Berliner Dialekt. „Sie wollen den Fummel zweimal koofen? Keine Frau würde ein Kleid zweimal in den Schrank hängen. Und so schön is et ja och nich!"

Frankas Wangen begannen sich zu röten. Vor lauter Verlegenheit bekam sie keinen Ton heraus. Unsicher trat sie von einem Bein aufs andere. Franka hatte ihr Leben im Griff und war nicht auf den Mund gefallen, aber hier in dieser Umkleidekabine befand sie sich auf einem ihr gänzlich unbekannten Terrain und von ihrer typisch pragmatischen und kämpferischen Art war nichts zu erkennen.

„Wofür brauchen Sie denn das Kleid?", fragte die Verkäuferin geradeheraus.

„Für …", druckste Franka herum, „… für einen … Ball."

„Ball?" Ungläubig starrte die Verkäuferin sie an. „Wat denn für einen Ball?"

„In ein paar Tagen ist doch Silvester", antwortete Franka. „Und da …"

„Sie wollen im Ernst in diesem Fummel auf einen Silvesterball?" Die Augen der Verkäuferin waren noch größer geworden. „Geht's noch?"

Franka kam sich wie der letzte Tölpel vor und begann sich aus dem Kleid herauszuschälen.

„Genau", nickte die Verkäuferin. „Ziehen Sie det Ding aus. Ick hol Ihnen mal wat anständiges!" Sie verschwand und der Vorhang der Umkleidekabine fiel zu.

Gefrustet zog sich Franka in der Zwischenzeit das Kleid

über den Kopf und verfing sich mit ihrer langen Haarmähne im Reißverschluss. Leise fluchend versuchte sie vornübergebeugt ihre eingeklemmten Haarsträhnen zu befreien, was nicht einfach war, da sie noch immer mit ihrem Kopf in dem Kleid steckte. „Warten Sie“, ertönte wieder die Stimme der Verkäuferin. „Ich helfe Ihnen.“ Mit ein paar geschickten Handgriffen befreite sie Franka aus ihrer misslichen Lage. Erleichtert und nach Luft schnappend tauchte Franka mitsamt ihrem brünetten Haarschopf aus dem Stoff des Kleides auf. „Mit Kleidern kennen Sie sich nicht aus, oder?“, lachte die Verkäuferin amüsiert.

Frankas Verlegenheit wich einer Verärgerung. Mit abschätzigen Bemerkungen kannte sie sich besser aus. „Ne, muss ich ja auch nicht!“, knurrte sie.

„Nu mach mal halblang!“, erwiderte die Verkäuferin burschikos und verzichtete auf das förmliche Sie. „Ich will dir nix Böses. Aber dass du dir nicht oft ein Kleid kaufst, sieht ja wohl ein Blinder mit Krückstock.“

So schnell wie Frankas Ärger aufgeflammt war, erlosch er auch wieder. Sie spürte, dass die Verkäuferin sich nicht über sie lustig machte. Und wenn schon; im nächsten Laden würde es auch nicht viel anders laufen und Franka brauchte das Kleid. „War nicht so gemeint“, quetschte sie zwischen ihren Zähnen hervor.

„Das hier ist genau das richtige!“, überhörte sie Frankas Entschuldigung, offenbar war sie schwierige Kundinnen gewöhnt. „Das Kleid betont deine Figur und die brauchst du ja wirklich nicht zu verstecken.“

Franka spürte ein Gefühl von Panik in sich aufsteigen, als sie auf das schwarze, trägerlose Paillettenkleid starrte, das die Verkäuferin ihr entgegenstreckte. Doch auch wenn ihr der Anblick des schmalen Stück Stoffs Angst bereitete, griff sie nach dem Kleiderbügel.

„Die Größe sollte stimmen. Bei dem Kleid kommt es nicht so genau darauf an, weil das Material fest, aber stretchig ist“, erklärte die Blonde. „Hauptsache, es sitzt wie eine zweite Haut.“

Franka starrte noch immer unentwegt auf das schwarze Etwas, was im Licht der Kabinenbeleuchtung leicht funkelte.

„Nun zieh es doch einfach mal über!“, forderte die Verkäuferin Franka auf. „Keine Angst. Ich heiße Biene, bin nicht Bi, ich will dir nur helfen.“

Als Verkäuferin musste sie wissen, was gut aussah und was nicht. Und dass die junge Blondine ihr Herz auf dem rechten Fleck hatte, spürte Franka. Vielleicht war das Urteil einer Frau ebenso gut wie Rockys.

Als Franka das Kleid vom Bügel nahm und Anstalten machte, das kleine Schwarze überzustreifen, schüttelte die Verkäuferin energisch den Kopf. „Det ist Stretch! Darunter trägste lediglich einen String. Mehr nicht! Und nimm's mir nicht übel, aber damit kannste eh keinen Blumentopf mehr gewinnen.“ Die Blonde verzog das Gesicht zu einem schiefen Grinsen und deutete auf Frankas baumwollene Unterwäsche, die ebenso verwaschen und fadenscheinig war wie ihre Socken.

„Mach dich nackig und zieh einfach das Kleid drüber. Den passenden String dazu suchen wir später aus.“

Ohne länger zu überlegen und ohne jegliches Gefühl von Scham oder Verlegenheit streifte Franka BH und Höschen ab, um in das Paillettenkleid zu schlüpfen. Als sich der enge Stretch wie eine zweite Haut um ihren Körper legte, ging eine seltsame Verwandlung mit Franka vor sich. Wie selbstverständlich zog sie den Stoff über ihre Oberschenkel, wie es der Saum des kurzen Kleides zuließ. Der enganliegende Stoff schenkte ihr ein Gefühl von Sicherheit und Geborgenheit, wie sie es aus ihrer Therapiezeit kannte. Sie spürte ihren Körper.

Als Franka ihre Frotteesocken abgestrampelt hatte und den Kopf hob, um sich im Spiegel zu betrachten, erkannte sie sich nicht sofort. Zu fremd sah die Brünette in dem atemberaubend enganliegenden Paillettenkleid aus. Ungläubig weitete sie ihre Augen. Das konnte nicht sein! Sie konnte unmöglich diese schöne dunkelhaarige Frau in dem geheimnisvoll funkelnden Kleid sein.

„Sach ich doch", nickte die Verkäuferin anerkennend. „Det ist der Hamma!"

Überwältigt starrte Franka die Frau mit den kastanienbraunen Haaren an, die ihr im Spiegel gegenüberstand, und sah, wie ihrem Spiegelbild eine Träne aus den Augenwinkeln über die Wange lief. Fast andächtig berührte sie mit ihren Fingerspitzen den Tropfen, der eine feuchte Spur auf ihrem Gesicht hinterlassen hatte.

„Du machst wohl viel Sport?", wollte Biene wissen.

Franka brauchte ein paar Sekunden, bevor sie realisierte, dass sie gemeint war. Langsam nickte sie: „Täglich."

„Det sieht man!", sagte die Verkäuferin mit fachmännischem Blick. „Du hast einen Hintern, mit dem kann man Haselnüsse knacken. Und unter deinen Titten kannst du dir zwei Bleistifte klemmen, ohne dass die auf den Boden fallen, so stramm sind die. Haste da was machen lassen?"

Verständnislos wandte Franka ihren Kopf und sah die junge Verkäuferin an: „Was machen lassen?"

„Vergiss es!“, lachte diese. „So unschuldig wie du guckst, ganz sicher nicht.“

„Du meinst …“, Franka wagte kaum, diese Frage zu stellen, konnte aber nicht anders, „… ich sehe gut aus. Nicht zu dick?“

„Was rauchst du denn?“, prustete Biene lauthals los. „Du? Zu dick? Geht’s noch?“ Als die Verkäuferin die Unsicherheit in Frankas Augen sah und erkannte, dass sie nicht aus weiblicher Koketterie gefragt hatte, wurde sie ernst, trat einen Schritt auf Franka zu und sah sie aufmerksam an: „Du weißt es wirklich nicht?“

Zaghaft schüttelte Franka mit dem Kopf. „Ich … ich kann das nicht spüren … ich meine … wie ich aussehe …“ Franka suchte nach den richtigen Worten: „ich kann meinen eigenen Körper nicht spüren … nicht beurteilen, ob ich … es ist, als wenn ich einen aufblasbaren Taucheranzug anhätte.

„Fühlt sich das irgendwie taub an“, verständnislos sah die Verkäuferin Franka an. „Ich meine, so wie beim Zahnarzt?“

„Nein“, Franka schüttelte den Kopf. „Es ist anders. So als würde mein Schatten, meine Kontur zerfließen und ich kann nichts dagegen tun. Manchmal hilft eine Decke, in die ich mich einwickeln kann.“

„Das ist ja schrecklich“, ungläubig sah die blonde Verkäuferin sie an. „Warst du schon bei einem …“

„Ja. Seit Jahren.“ Franka verzog das Gesicht zu einem schiefen Grinsen. „Du meinst sicher, ob ich schon mal bei ’nem Therapeuten war?“

Biene nickte. Sie war erleichtert, dass sie ihre Frage nicht aussprechen musste. „Ja, meinte ich. Ich bin zwar kein Therapeut, aber habe einen verdammt guten Blick! Und du, du bist auf keinen Fall zu dick! Ich kann an dir kein einziges Gramm erkennen, das nicht dahin gehören würde, wo es sich befindet. Du siehst so knackig mit deinen strammen Titten und dem Hintern aus, dass ich fast neidisch werden könnte ...", sie lachte erfrischend ungeniert auf und dreht sich mit schwingenden Hüften einmal um die eigene Achse. „... wenn ich nicht selbst so einen geilen Arsch hätte." Beide Frauen lachten.

Biene gab Franka in der darauffolgenden Stunde Nachhilfeunterricht in Sachen figurbetonter Mode und begleitete sie in die Wäscheabteilung, wo Franka ein paar Strings und Höschen kaufte, die so fein gewebt waren, als hätten Spinnen ihr Netz gesponnen.

Beschwingt und voller widersprüchlicher Gefühle, die das Einkaufserlebnis und die Begegnung mit Biene ausgelöst hatten, trug Franka ihre Einkäufe nach Haus: das aufregende, kurze paillettenbesetzte Stretchkleid und ein zweites, ebenso atemberaubendes rotes Etuikleid mit einem tiefen Rückenausschnitt, der ihr fast bis zum Po reichte. Mehrere Strings und hauchzarte Slips durften ebenso wenig fehlen wie zwei Paar acht Zentimeter hohe Pumps, die ganz ausgezeichnet zum jeweiligen Outfit passten. Aber das Wichtigste für Franka war, dass sie Biene kennengelernt und in ihr zum ersten Mal eine Freundin gefunden hatte. Wie selbstverständlich hatten die beiden Frauen ihre Telefonnummern ausgetauscht und sich für den Tag nach Neujahr verabredet.

Franka konnte sich nicht daran erinnern, wann sie sich in den vergangenen Jahren schon einmal so gut gefühlt hatte. Sie konnte es kaum noch abwarten, bis sie sich am nächsten Tag auf den Weg ins Titanic machen konnte. Wahrscheinlich würde sie vor lauter Aufregung nicht einschlafen können.

- 7 -

Das Geschäft mit in Handarbeit hergestellten Regenschirmen lief schlecht, sehr schlecht. Bei seinen Besuchen in dem Altersheim seiner Mutter war ihm beim Anblick der vielen alten Menschen, die mit Gehstöcken und Rollatoren herumliefen, die Idee gekommen, eine Musterkollektion von Spazierstöcken anzufertigen und sie den Senioren im Weddinger Kiez anzubieten. Doch zu seinem Erstaunen verspürte Karl heute nicht den kleinsten Funken von Interesse, sich den hölzernen Stangen zu widmen, die auf seiner Werkbank säuberlich aufgereiht auf ihn warteten.

Mit spitzen Fingern schob Karl den Flyer der Tanzschule über die Wachstischdecke, sodass das Faltblatt mit dem Veranstaltungshinweis genau in der Mitte des Tisches zu liegen kam. Sein Frühstück hatte er vor einer halben Stunde beendet und den Tisch bereits abgeräumt. Ihm fiel die schwarzhaarige Frau auf, die ihn von dem matt glänzenden Flyer her direkt anzuschauen schien. Ihre Schultern und ihr Rücken waren zu sehen. Eine Haarsträhne fiel ihr ins Gesicht, unter der sie dem Betrachter einen auffordernden Blick zuzuwerfen schien, während sie sich eng an ihren Tanzpartner schmiegte. Das einzige Kleidungsstück der Frau schien ein scheibenförmiger, matt glänzender Ohrring zu sein, dessen unterer Rand ihre nackte Schulter berührte. Von ihrem Tanzpartner war nicht mehr zu sehen als dessen Kinnpartie mit dem Bartschatten eines Dreitagebartes und einem Arm, der in einem dunkelblauen Jackett steckte.

Auf Karl wirkte das Foto sehr geheimnisvoll. Es barg Verheißungen, deren Existenz er nur spürte und zu denen er sich hingezogen fühlte. Offensichtlich hatte sich auch nach zwei Tagen nichts an dem Gefühlschaos geändert, das der Besuch in der argentinischen Tanzschule ausgelöst hatte. Es hatte sich eher verstärkt und war zudem noch diffuser und noch weniger fassbar für ihn geworden. All das verwirrte ihn. Karl war es nicht gewohnt, über seine Gefühle nachzudenken.

Sein Blick fiel auf die weiße Schrift unter dem Foto des engumschlungenen Tanzpaares:

Especial elegance Sylvester – Milonga
We wish you a Happy „Nou" Year!
31. Dezember : 21 Uhr bis Open End :
Mitternachtsshow mit Josè & Mìa
DJ Bautista sorgt für gute Stimmung!

Offensichtlich bewarb der Werbeflyer den heute Abend stattfindenden Silvesterball und so fremd und exotisch sich der Gedanke für Karl auch anfühlte, ließ ihn die Vorstellung nicht los, der Einladung zu folgen. Mit ausdrucksloser Miene starrte er auf den Flyer, schob mit einem schleifenden Geräusch den Stuhl mit seinen Kniekehlen nach hinten und erhob sich langsam. Ein Blick auf seine Uhr verriet ihm, dass er noch den ganzen Tag Zeit hatte, sich Gedanken über den Ball zu machen.

Karl war noch nie auf einem Ball gewesen, weder zu Silvester noch zu einem anderen Anlass. Wenn er es sich genau überlegte, war er, von gelegentlichen gemeinsamen Kinobesuchen mit seiner Mutter einmal abgesehen, eigentlich auch noch nie allein ausgegangen. „Das hat sich halt nie ergeben!“, sagte er fast trotzig zu den Rohlingen, die noch immer geduldig auf seiner Werkbank lagen und auf ihre Weiterverarbeitung warteten. „Immer war etwas: zuerst die Ausbildung, dafür musste ich schließlich Tag und Nacht büffeln, und dann der Laden. Wenn Mutter nicht konnte, habe ich im Laden gestanden, und als sie krank wurde …“ Karl brach mitten im Satz ab. Er wusste, dass er sich selbst in die Tasche log. Aber was hätte er denn sonst machen sollen? Sich vor den Spiegel stellen und eine Bilanz seiner zweiundvierzig Lebensjahre ziehen? Wenn er Kindheit, Ausbildung und die Jahre, in denen er den Leidensweg seiner Mutter begleitet hatte, abzog, blieben viele Jahre, in denen er … in denen er was hätte tun sollen?

„Leben“, schoss es ihm durch den Kopf. „Ich hätte leben sollen.“ Sekundenbruchteile nachdem ihm dieser Gedanke gekommen war, schüttelte er erschrocken den Kopf und drehte sich hastig auf dem Absatz herum. Mit zwei schnellen Schritten trat er an die Schaufensterscheibe und blickte in den trüben Tag hinaus. Sein Blick folgte den wenigen Passanten, die mit hochgeschlagenen Mantelkragen und tief in die Stirn gezogenen Mützen durch den dreckigen Schneematsch stapften.

„Wenn ich das jetzt denke, tue ich ihr unrecht!“ Karl

schluckte schwer. Er spürte, wie ein bitteres Schuldgefühl in ihm aufstieg, und er verteidigte seine Mutter: „Das wäre unfair. Ich habe doch gelebt!" Karl wollte seiner Mutter keine Vorwürfe machen; das hatte er noch nie gemacht. Wieso auch? Er hatte durchaus gelebt: beschaulich, bequem und ohne Ansprüche. Aber welche Ansprüche ans Leben hätte er auch haben sollen? „Eine Freundin wäre schon schön gewesen", brach es aus ihm heraus. Aber gleichzeitig dachte er an die Worte seiner Mutter, die ihn vor Mädchen gewarnt hatte. „Die wollen dir nur ein Kind unterschieben." Die eindringlichen Worte hatten ihre Wirkung nicht verfehlt und sein ohnehin nicht besonders stark ausgeprägtes Interesse am anderen Geschlecht bis heute in eine Art Tiefschlaf versetzt – wenn da nicht dieser Flyer gewesen wäre.

Und so verging der Tag zwischen der glutäugigen Frau und dem Blick aus dem Schaufenster. Als die Dämmerung einsetzte, verschloss Karl die Ladentür sorgsam hinter sich und ging hoch in seine dunkle Wohnung, in der niemand auf ihn wartete. Langsam zog er seine Schuhe aus und stellte sie sorgsam nebeneinander, damit das Leder atmen konnte: genauso, wie es seine Mutter ihm beigebracht hatte. Auf Socken betrat Karl sein Zimmer und schaltete die dumpf glänzende Messing-Stehlampe ein. Sie warf ein kaltes Leselicht auf jenen Sessel, in dem Karl für gewöhnlich die Abende verbrachte. Mit einem langgezogenen Seufzer ließ er sich auf das weiche Polster fallen und sah auf die beiden Bücherstapel, die auf dem gläsernen Couchtisch mit den verchromten Beinen gestapelt lagen. Meist las Karl in drei Büchern gleichzeitig. Hatte er von einer Geschichte genug, wechselte er das Buch und tauchte in eine andere Geschichte ein. Heute verspürte er keinerlei Lust, nach irgendeinem der Bücher zu greifen. Nachdenklich fuhr er sich mit der Hand durchs Haar, das dank der Gene seiner Mutter noch immer dicht und voll war. Auch die Farbpigmente seiner Haarfollikel hielten sich wacker und ließen sein schwarzes Haar kräftig leuchten; lediglich an den Schläfen hatten sich graue Schatten gebildet, die ihn Frauen gegenüber sehr interessant wirken ließen. Schade nur, dass Karl das Interesse in den Augen einer Frau nicht erkannte.

Sollte er wirklich? Der Gedanke an den heutigen Silvesterball in der Chausseestraße ließ ihn nicht los. Er schloss die Augen und dachte daran, wie fürsorglich Joy sich um ihn gekümmert hatte. Und wie freundlich Thomas zu ihm gewesen war. Er hatte sich in der Tangoschule fast wie zuhause gefühlt.

„Ich kann doch gar nicht tanzen!“ Mit einem Ruck öffnete Karl die Augen und sah ernüchtert auf den Flyer, den er die ganze Zeit wie eine Eintrittskarte zu einer Parallelwelt in der Hand hielt. „Was soll ich da?“ Enttäuscht richtete er sich auf und warf den Flyer auf den Bücherstapel, wo er mit der Rückseite nach oben liegen blieb. Er blickte sich in seiner Wohnung um. Bei dem Gedanken, den heutigen Silvesterabend zum ersten Mal allein, ohne seine Mutter zu verbringen, fühlte er eine dumpfe Leere, die ihm Angst machte. Was aber sollte er denn sonst machen? Etwa ausgehen? Erschrocken über seinen eigenen Gedanken schüttelte Karl automatisch den Kopf.

„Ausgehen“, flüsterte er kaum hörbar. „Ich könnte ausgehen.“ Karl traute seinen eigenen Ohren nicht, als er sich das sagen hörte.

„Aber warum eigentlich nicht?“ Karl brauchte eine halbe Stunde, um an diesem Gedanken herumzukauen, bis er langsam nickte: „Ja. Warum eigentlich nicht?“ Vielleicht könnte er heute Abend einfach im Vorraum der Tanzschule auf dem roten Sofa sitzen und den Leuten zuschauen, die ein- und ausgingen. Sicherlich waren auch Joy und Thomas heute Abend da. Die beiden würden sicherlich wieder nett zu ihm sein. Außerdem konnte er genauso gut auch den Leuten beim Tanzen zugucken. „Ich muss ja nicht tanzen. Kann ich ja auch gar nicht.“

Karl kämpfte noch über eine Stunde mit sich, bis endlich der Wunsch, seine selbstgewählte Einsamkeit zu durchbrechen, so stark wurde, dass er sich mit einem Ruck erhob. Er würde heute Abend zu dem Silvesterball gehen! Auch seine Mutter hätte sicherlich gewollt, dass er sich nicht allein und schwermütig in der kleinen Wohnung vergrub. „Und um Mitternacht trinke ich ein Glas Sekt auf dich, Mama!“, lächelte er traurig. „So wie wir das jedes Jahr gemacht haben.“

Karl griff nach dem Flyer der Tanzschule und schaute fasziniert auf das Foto des tanzenden Paares, während er an den Kleiderschrank trat, um sich sich etwas Passendes für den Abend herauszusuchen. Er zog an dem Messinggriff und mit einem leisen Knarren öffnete sich die Tür. Der Inhalt des Schranks war übersichtlich, sodass ihm die Wahl nicht schwerfiel. Mit einem sicheren Griff nahm er den ersten Kleiderbügel von der Stange, auf dem ein schwarzer Anzug in einer durchsichtigen Plastikhülle hing. Karl konnte sich nicht mehr erinnern, zu welchem Anlass er den Anzug zum letzten Mal getragen hatte. Nachdenklich streifte er den Plastiküberzieher ab und hielt den Anzug gegen das Licht der trüben Deckenlampe, die sein kleines Zimmer nur zum Teil ausleuchtete. Prüfend drückte er seine Nase gegen den Stoff, der leicht nach Mottenschutz roch. Er fand es nicht so schlimm wie befürchtet und nach einer halben Stunde am offenen Fenster war der Mottengeruch weitestgehend verflogen. Während sein Anzug leicht im Windzug schaukelte, suchte Karl Hemd, Unterwäsche, schwarze Socken und das einzige Paar schwarzer Halbschuhe zusammen, welches keine abgelaufenen Absätze hatte. Die Manschettenknöpfe fand er erst nach längerer Suche in einer kleinen Schachtel hinter dem Stapel mit den „guten" Unterhosen, die er nach Anweisung seiner Mutter zu einem kleinen Extrastapel neben seinem „guten" Schlafanzug zusammengelegt hatte; für den Fall, dass er einmal unerwartet ins Krankenhaus eingeliefert werden würde.

Langsam und umständlich zog Karl den Anzug an und betrachtete während des Ankleidens argwöhnisch sein eigenes Spiegelbild, das ihm immer fremder vorkam. Nachdem er seine Hosenträger an den Hosenbund angeklippst hatte, band er sich eine schmale schwarze Krawatte um, die seidig glänzte. Sein Blick wurde immer skeptischer, als er den schlanken schwarzhaarigen Mann mit den grauen Schläfen im Spiegel musterte. Er kam ihm wie ein Fremder vor in dem etwas altmodischen schwarzen Anzug und mit den für seinen Geschmack viel zu weiten Hosen. Wohl fühlte sich Karl nicht. Ihm wäre es lieber gewesen, wenn er sich in einem guten Kaufhaus einen neuen Anzug hätte kaufen können – etwas moderner und freundlicher. Der schwarze Anzug war für ihn immer ein Beerdigungsanzug gewesen. Aber was sollte er machen?

Die Läden hatten schon seit Stunden geschlossen. Außerdem – für einen Abend extra einen neuen Anzug kaufen? Eine solche Anschaffung hielt Karl dann doch für etwas übertrieben.

Mit einem mulmigen Gefühl und an seinem Verstand zweifelnd zog Karl eine halbe Stunde später die Wohnungstür hinter sich ins Schloss. Nach ein paar Minuten hatte er die U-Bahn-Station Rehberge erreicht und stiefelte die Stufen zum Bahnsteig hinunter. Zwanzig Minuten später stand er vor dem schmiedeeisernen Tor, dessen rechter Flügel einladend offenstand, und sah zu den erleuchteten Fenstern hoch, hinter denen sich die Schule für Argentinischen Tango befand.

Aus den Fenstern des Alt-Berlin fiel warmes Licht auf den matschigen Boden vor ihm. Karl erkannte dahinter die Schatten zahlreicher Gäste, die sich offensichtlich amüsierten. In diesem Moment schob sich eine Gruppe elegant gekleideter und gut gelaunter junger Leute an Karl vorbei in den Hof. Er sah ihnen hinterher, bis sie hinter der Eingangstür, die zum *Nou* führte, verschwanden.

Langsam blickte er an sich hinunter. Karl fühlte sich nicht nur altmodisch angezogen und deplatziert, sondern obendrein wie ein alter Mann. „Was tu ich hier?“, fragte er sich und sah zu den Fenstern hoch. „Das sind doch alles junge Leute. Die können tanzen. Die wissen, wie man lebt, wie man mit Frauen umgeht. Ich kann das doch alles gar nicht. Ich sollte mich lieber um meine Bücher und meinen Laden kümmern; da gehör ich hin.“ Karl seufzte und eine weiße Atemwolke bildete sich vor seinem Mund. Langsam machte er auf dem Absatz kehrt und trottete mit hängenden Schultern zurück. Als er das schmiedeeiserne Eingangstor passierte, blieb er noch einmal stehen und warf einen letzten Blick hoch zu den hell erleuchteten Fenstern. Fast glaubte er, die wunderschöne Musik zu hören. Das Gesicht der schwarzhaarigen Frau von dem Werbeflyer tauchte vor seinem geistigen Auge auf. Ob sie wohl jetzt auch dort oben war? Er würde es nie erfahren. Karl wandte sich erneut zum Gehen, doch eine unsichtbare Wand, ein undefinierbares Gefühl hinderte ihn daran. Er drehte sich um und sah wieder zu den hell erleuchteten Fenstern hinauf, hinter denen er jetzt schattenhaft einige Menschen wahrnahm. Dort oben war das Leben! Zuhause wartete eine leere, dunkle Wohnung auf ihn. Karl spürte in sich den Wunsch aufsteigen, dort oben in den gemütlichen Räumen und bei der wunderschönen Musik zu sein. Sollte er die sicheren Elefantenpfade seines bisherigen Lebens mit einem Sprung hinter sich lassen? Konnte er überhaupt springen? Die Rückkehr zu seinen Büchern und den Ritualen seines gewohnten Lebens bedeuteten Sicherheit. Diese Sicherheit aber bedeutete gleichzeitig Einsamkeit und Sehnsucht: unerfüllte Sehnsucht, die er in sich spürte. In diesem Moment öffnete sich über ihm ein Fenster und eine Frau rief etwas über den Hof. Tangomusik mischte sich unter die fallenden Schneeflocken und schwebte gemeinsam mit ihnen durch die Luft. Als Karl die Musik hörte, setzte er sich magisch angezogen in Bewegung und durchquerte den Hof. Langsam öffnete er die Tür und sah die Stufen des Treppenhauses vor sich liegen, die ihm weitaus weniger steil als beim ersten Mal erschienen.

Als er auf dem obersten Treppenabsatz angekommen war, sah Karl ein handgemaltes Willkommensschild und flackernde Teelichter, die auf dem kleinen Holztischchen standen. Trotz der aufkeimenden Angst vor der eigenen Courage ging er langsam auf die hellblau gestrichene Metalltür zu, die von einem kleinen Lederkissen daran gehindert wurde, ins Schloss zu fallen. Seine Hand, die er zögerlich nach dem Türgriff ausstreckte, begann vor Aufregung zu zittern. Musik drang gedämpft durch den Spalt der angelehnten Tür. Dem Zittern folgte ein Anflug von Panik. Karl zog die Hand zurück, als würde die Tür unter Strom stehen. Stocksteif blieb er vor ihr stehen und fühlte sich zwischen seiner wild in ihm flackernden Angst und dem sehnlichen Wunsch, einen Blick in den Vorraum zu werfen, hin- und hergerissen. Plötzlich öffnete sich die blaue Metalltür und eine Welle melancholischer Musik, gedämpftes Stimmengewirr und stimmungsvolles Kerzenlicht überflutete ihn.

Erschrocken trat Karl einen Schritt beiseite, als er sich zwei elegant gekleideten Männern gegenübersah, die ihn mit einem freundlichen Kopfnicken grüßten. Der größere der beiden Männer hielt ihm die schwere Metalltür auf und Karl folgte fast automatisch der höflichen Geste. Wie von einem unsichtbaren Zauber angezogen, überschritt er die Schwelle zu der fremden und faszinierenden Welt des Nou und des Tango Argentino.

- 8 -

Voll gespannter Erwartung betrat Franka gegen Mittag das 4-Sterne-Hotel. Die große gläserne Eingangstür öffnete sich automatisch, als Franka auf sie zuschritt. „Irgendwann!", flüsterte sie halblaut und betrat das Foyer des Hotels. Überwältigt blieb sie im Eingangsbereich stehen und wusste nicht, wohin sie in der luxuriösen Halle, die sich über zwei Ebenen erstreckte, zuerst schauen sollte. Nussbaumfarbenes Holz dominierte das elegante Foyer. Obwohl die edlen Holzverkleidungen vom Boden bis zur Decke der zweiten Ebene reichten, wirkte alles hell und luftig. Die geschmackvolle und extravagante Inneneinrichtung tat ihr Übriges.

Franka konnte ihre Begeisterung kaum verbergen. „WOW!", platzte es aus ihr heraus, als ihr Blick auf die beiden Empfangstresen fiel, die aus zwei indirekt beleuchteten, marmorähnlichen Blöcken bestanden und wie geheimnisvolle Skulpturen leuchteten. Langsam ging Franka an ihnen vorbei, während sie sich ihre Strickmütze vom Kopf zog und den Reißverschluss ihrer roten Steppjacke öffnete.

Mit großen Augen drehte sie sich einmal um die eigene Achse. So lange hatte sie davon geträumt, hier einmal zu übernachten. Irgendwann! Wie ein Mantra hatte sie dieses Wort immer dann aufgesagt, wenn ihr der Schweiß beim Training in die Augen lief, wenn sie nachts schlaflos im Bett lag und sich den Kopf darüber zerbrach, welchen beruflichen Weg sie einschlagen sollte, oder wenn sie draußen vor dem Hotel den Bürgersteig kehrte und sehnsüchtige Blicke durch die Scheibe warf.

Heute befanden sich weniger Gäste als sonst im Foyer. Franka konnte das beurteilen, schließlich schaute sie mindestens ein Mal in der Woche durch die Frontverglasung des Hotels. Die meisten von ihnen machten es sich auf den türkisfarbenen Sofas gemütlich und beschäftigten sich mit ihren Handys und Tablets. Frankas Hand umklammerte fest den Tragegriff ihrer großen Sporttasche, als sie sich in Richtung Empfang in Bewegung setzte. Dabei fiel ihr Blick auf die Bar, an der sie schon so oft in ihren Tagträumen Drinks zu sich genommen hatte. Sie erkannte sie sofort, wenngleich sie erstaunt war, dass die Bar viel größer war, als sie auf der Website des Hotels wirkte. Ein junges Paar, dessen Hände ebenso ineinander verschlungen waren wie ihre Blicke, schenkten ihren Drinks keine Aufmerksamkeit und ließen die Eiswürfel unbeachtet in ihren Cocktailgläsern schmelzen.

Als Franka bewusst wurde, dass sie soeben das Paar anstarrte, wandte sie sich peinlich berührt ab und ging mit langsamen Schritten auf die eleganten Marmorblöcke des Empfangs zu.

„Herzlich willkommen!", wurde Franka von einem gutaussehenden jungen Mann mit freundlichem Lächeln begrüßt. Sein graphitfarbenes Namensschild wies ihn als Malte Behrend aus.

Auch wenn sie normalerweise nicht auf Anzugtypen stand, musste sie doch zugeben, dass Malte, der sich ihrer Schätzung nach im gleichen Alter wie sie befand, in seinem eng anliegenden dunklen Anzug mit dem weißen Hemd verdammt gut aussah. „Was darf ich für Sie tun?", fragte er höflich und mit einem ernst gemeinten Lächeln.

„Ich …" Franka unterbrach sich sogleich. Sicherlich sollte sie nun den Geschenkgutschein vorlegen, also begann sie in der Sporttasche zu kramen: „… äh … ich habe gewonnen." Aufatmend zog sie den Gutschein des Radiosenders aus dem Seitenfach ihrer Sporttasche hervor und hielt ihn triumphierend hoch.

„Gratuliere", lächelte ihr Gegenüber freundlich und griff nach dem Gutschein. „Ja, stimmt. Das Radio-Gewinnspiel. Herzlichen Glückwunsch! Wir haben Sie schon erwartet." Der Rezeptionist griff nach einem großen Umschlag, der seitlich von ihm gegen eine Blumenvase lehnte und mit einer grafitfarbenen Schleife geschmückt war. Sein Lächeln wurde noch herzlicher, als er mit der anderen Hand nach dem dazugehörenden Blumenstrauß griff, um beides der überraschten Franka zu überreichen. „Nochmals ganz herzlichen …"

„Malte!", unterbrach eine helle Frauenstimme mit stark russischem Akzent die Begrüßung des Rezeptionisten. „Was ist mit meiner Reservierung?" Ohne Franka eines Blickes zu würdigen, schob sich eine schlanke Schwarzhaarige zwischen sie und begann, ungeduldig mit ihren korallenrot lackierten, krallenlangen Fingernägeln auf die erleuchtete Marmorplatte zu trommeln.

„Bereits erledigt", antwortete der Rezeptionist, während er Franka Blumenstrauß und Umschlag entgegenstreckte.

„Ihr Tisch für zehn Personen ist bereits reserviert. Wie gewünscht vorne an der Bühne, Frau Baranow."

Franka starrte verärgert auf den tropfenden Strauß, den ihr der gutaussehende Rezeptionist noch immer entgegenhielt. Sie hatte keine Lust, sich ihren besonderen Tag von einer arroganten Schnepfe verderben zu lassen. Ganz langsam wandte sie der neben ihr stehenden Frau den Kopf zu und musterte diese mit kühlem Blick: Gertenschlank, vollbusig, perfekt frisiert, übergroße Designer-Sonnenbrille und auf Pumps mit bleistifthohen Absätzen balancierend – die junge Russin erfüllte bis ins letzte Detail das Klischee einer snobistischen Oligarchentochter, was sich auch in ihrer Kleidung widerspiegelte – kurz, eng, teuer.

Ohne sich zu bedanken, machte die durchgestylte Russin sogleich eine elegante und sicherlich mithilfe eines Privat-Choreografen einstudierte Drehung um die eigene Achse, um Richtung Aufzüge zu entschweben. Aus dem Schweben wurde ein Stolpern über die Sporttasche, die Franka eine Sekunde zuvor hatte zu Boden plumpsen lassen.

„Der'mo!", fluchte die Schwarzhaarige mit schriller Stimme und knickte mit ihrem Absatz um. „Smotri, ty glupaya Korova!"

Franka lächelte die Schwarzhaarige süffisant an und schob ihre Tasche lässig mit dem Fuß aus dem Weg, um sich wieder dem Rezeptionisten zuzuwenden, der beide Frauen mit großen Augen anstarrte. „Wie lieb!" Nun war es an Franka zu strahlen, während sie mit beiden Händen Blumen und Umschlag in Empfang nahm; der Oligarchentochter drehte sie demonstrativ den Rücken zu.

„Yesli noga slomana, ya budu sudit'sya s toboyu!",

schimpfte die Russin laut weiter, während sie in Richtung Aufzüge stöckelte.

„Mechtay dal'she", sagte Franka und steckte ihre Nase in den Blumenstrauß, um ihr Grinsen zu verstecken.

„Ich denke auch nicht, dass sie sich den Fuß gebrochen hat", entgegnete der Rezeptionist und bemühte sich um einen neutralen Gesichtsausdruck, sein spitzbübisches Grinsen konnte er jedoch nicht ganz unterdrücken. „Und eine Klage macht wenig Sinn."

„Sag ich doch, sie soll ruhig weiterträumen", erwiderte Franka und tauchte aus den Blumen wieder auf. „Sie sprechen Russisch?"

„Sie doch auch."

„Klar, wenn man wie ich aus Pankow kommt", lachte Franka und wunderte sich selbst darüber, wie gut sie noch Russisch sprach. In der Schule hatte sie es nicht gelernt. Aber ihre Großmutter war gebürtig aus Russland und hatte großen Wert darauf gelegt, dass Franka Grundlagen der russischen Sprache lernte.

Malte fuhr mit seiner Begrüßung an der Stelle fort, wo die Schwarzhaarige ihn unterbrochen hatte. Nachdem er Franka mit einem Augenzwinkern zum dritten Mal gratuliert hatte, erklärte er ihr das übliche Prozedere des Eincheckens und dass für Franka am heutigen Abend – vor der großen Silvesterfeier am nächsten Tag – ab 20 Uhr ein 5-Gänge-Menü auf dem Programm stand. „Unser Service freut sich schon sehr, Sie im Restaurant Pascarella begrüßen zu dürfen." Anschließend reichte er ihr ein kleines Klappkärtchen, in dem sich eine mintgrüne Chipkarte befand, die als Zimmerschlüssel fungierte. „Darf ich Ihnen Ihr Gepäck aufs Zimmer bringen lassen?"

Franka schüttelte den Kopf. „Nein danke. Ich reise immer mit kleinem Gepäck." Sie musste grinsen; sie war noch nie verreist – und schon gar nicht in ein 4-Sterne-Hotel.

Während Franka in ihren knöchelhohen derben Boots durch das Foyer Richtung Aufzug ging, wurde ihr bewusst, dass sie in ihrer signalroten Daunenjacke und den verwaschenen Jeans ein echtes Kontrastprogramm zu der eleganten Russin darstellte. Trotzdem warf sie einen raschen Blick über ihre Schulter Richtung Empfang und freute sich, als sie Maltes Blick auffing. Sogleich wandte er seinen Blick höflich ab und begann in irgendwelchen Unterlagen herumzukramen.

Franka lächelte noch immer versonnen, als sie vor ihrer Zimmertür in der dritten Etage stand und versuchte, die Chipkarte durch eine Rille am Schloss zu ziehen. Da sie zum ersten Mal eine solche Karte in der Hand hatte und ihr die Bedienung nicht vertraut war, brauchte sie mehrere Versuche, bis endlich ein grünes Lämpchen aufleuchtete und sich das Schloss mit einem dezenten Knacken freischaltete. Sie steckte die Chipkarte, die gleichzeitig die Beleuchtung in Betrieb nahm, wie von Malte beschrieben in ein kleines Kästchen, das sich rechts im Inneren des Zimmers befand.

Als warmes Halogenlicht und indirekte Beleuchtung gleichzeitig aufflammten, hielt Franka unwillkürlich den Atem an. Die blütenweiße Bettwäsche, die geschmackvoll gemusterte Überdecke und die komfortablen grauen Kissen am Kopfende – Franka war überwältigt. Mochte die Ausstattung des Classic Rooms für erfahrene Hotelgäste Standard sein; für Franka war das Zimmer reiner

Luxus. Zaghaft stellte sie ihre Sporttasche, die ihr angesichts des luxuriösen Zimmers mit einem Mal ziemlich schäbig vorkam, auf dem grau-gelb gemusterten Teppichboden ab. Ebenso vorsichtig setzte sie sich, ohne ihre Jacke auszuziehen, auf die Ecke eines ledernen Stuhls. Erst jetzt bemerkte Franka den Präsentkorb, der vor ihr auf einem halbrunden Schreibtisch stand. Darin stand eine kleine Champagnerflasche inmitten von durchsichtigen Tüten gefüllt mit Schokolade und Trüffeln, und kleinen bunten Dosen und Verpackungen mit Delikatessen, die sie nur aus Zeitschriften kannte. Mit spitzen Fingern nahm sie ein kleines Glas und betrachtete neugierig den Aufdruck: *Grüner Urwaldpfeffersenf.* „Mit dem kann ich mich anschließend von Liane zu Liane schwingen", feixte sie. „Was es nicht alles gibt. Was würde wohl Rocky dazu sagen?"

Der Präsentkorb war ein Geschenk des Radiosenders, wie die beigelegte handgeschriebene Karte ihr verriet. Eine lächelnde Simone Panteleit, deren Foto auf die Karte aufgedruckt war, wünschte ihr einen unvergesslichen Aufenthalt und einen grandiosen Silvesterball. In dem Umschlag des Hotels befand sich ebenfalls eine handgeschriebene Karte, mit dem das Management sie herzlich begrüßte, sowie ein Beauty-Gutschein für eine Massage und ein Komplettstyling im hauseigenen Beauty-Salon. „Das ist ja jetzt schon unvergesslich", sagte Franka leise und ließ ihren Blick durch das Zimmer schweifen. In diesem Moment klopfte es an der Tür. Franka sah überrascht hoch und legte schnell beide Karten zurück in den Korb. Mit wenigen Schritten war sie an der Tür und öffnete.

„Überraschung!", rief die vor ihr stehende junge Frau

fröhlich und streckte Franka einen marineblauen Kleidersack entgegen.

„Überraschung?", echote Franka und sah die junge Frau ungläubig an, die sie als eine der Rezeptionistinnen erkannte.

„Mit den besten Empfehlungen für eine unvergessliche Ballnacht und herzlichen Grüßen von Berliner Rundfunk 91,4."

Mit großen Augen griff Franka nach dem Kleidersack und brachte vor lauter Überraschung nur ein gestammeltes „Danke … vielen, vielen Dank …", hervor.

„Gern geschehen", erwiderte die Rezeptionistin und verabschiedete sich mit einem freundlichen Nicken.

Franka schloss die Tür und hängte den Kleidersack an die Vorderseite des Kleiderschranks. Vorsichtig öffnete sie den Reißverschluss und streifte die Schutzhülle ab. Ihre Augen weiteten sich, als sie das prachtvolle Ballkleid vor sich sah: ein Traum aus champagnerfarbenem Chiffon mit einem transparenten Überwurf, der mit herrlicher roter Spitze verziert war. Das musste die Überraschung sein, welche die Moderatorin am Telefon angedeutet hatte, als sie Franka nach ihrer Konfektionsgröße fragte. „Mist!", schoss es ihr durch den Kopf. „Zweihundert Euro umsonst ausgegeben!" Franka war nicht undankbar, aber pragmatisch. Ihr erster Gedanke galt ihren beiden neuen Kleidern, von denen sie das schwarze Paillettenkleid nun nicht mehr zum Ball anziehen konnte. Sie konnte ja schlecht das Geschenk des Radiosenders ausschlagen. Außerdem musste sie zugeben, dass das mit roter Spitze verzierte Ballkleid ein echter Knaller war. Frankas Blick fiel auf einen Stoffbeutel, der am Kleiderhaken baumelte.

Bei näherer Betrachtung entpuppte er sich als Schuhbeutel, in dem sich ein Paar hochhackiger roter Ballschuhe befand. „Die haben aber auch an alles gedacht“, staunte sie und schlüpfte in die roten Schuhe. „Perfekt!“

Die nächste Stunde verbrachte sie damit, sich in dem tiefausgeschnittenen Ballkleid und den roten Ballschuhen vor dem großen Kleiderschrankspiegel ebenso staunend wie skeptisch zu betrachten. Wie sehr hätte sie in diesem Moment Rocky und seine Meinung gebraucht. Aber nun musste sie ohne ihren „Mentor“ auskommen und einfach darauf vertrauen, dass das Kleid so an ihr aussah, wie es aussehen sollte.

Nachdem Franka das Ballkleid wieder vorsichtig ausgezogen und an den Schrank gehängt hatte, setzte sie sich nackt auf die Bettkante. Ihre Baumwollunterwäsche hatte sie, bevor sie das Kleid angezogen hatte, achtlos abgestreift, da ihr die einfachen Schlüpfer und das Hemdchen unangemessen erschienen war. Sie blickte sich um. „Und ich dachte immer, Hotelzimmer seien kalt und ungemütlich. Jetzt kann ich Udo Lindenberg verstehen. Der wohnt doch schon seit Jahren in einem Hotel. Hier würde ich auch sofort einziehen!“

Nackt spazierte Franka durch ihr prächtiges Zimmer und strich verstohlen mit den Fingerspitzen über Möbel und Bettwäsche. Beim Anblick des ganz in weißem Marmor gehaltenen Badezimmers und der für ihre Verhältnisse riesigen Wanne überkam Franka ein unbändiges Verlangen nach einem Bad. Sie probierte verschiedene Hebel und Knöpfe an der Armatur aus, bis sie den richtigen fand, der den Stöpsel betätigte. Voller Vorfreude drehte sie den Hahn auf und ließ warmes Wasser ein. Während sich die Wanne langsam mit heißem Wasser füllte, ging Franka ohne darüber nachzudenken, dass sie nackt war, zu dem großen Fenster neben ihrem Bett und schob die weiße Gardine zur Seite. Ihr Zimmer ging zur Chausseestraße hinaus und sie konnte von ihrem Fensterplatz aus direkt auf den Bürgersteig hinunterblicken, den sie für gewöhnlich einmal in der Woche gemeinsam mit ihren Kollegen kehrte. Leise seufzte sie, als sie sich vorstellte, wie sonst andere Frauen oder Männer nackt an diesem Fenster standen, darauf warteten, dass sich die Wanne füllte, und ihr dabei zuschauten, wie sie die Straße fegte. Franka hatte noch nie über das Leben, das sie führte, gejammert. Auch wenn sich ihr bei diesem Gedanken ein Kloß in ihrem Hals bildete, war sie nicht der Typ, der lange herumlamentierte. Sie schloss die Augen, atmete mehrmals tief durch: Sie würde es schaffen. Der nächste Besuch in einem solchen Luxushotel wäre kein zufälliger Gewinn, sondern das Ergebnis ihrer eigenen Entscheidungen. Sie wollte ihrem Seelengefängnis entfliehen und der wichtigste Schritt, um diese Mauer einzureißen, war ihre Entscheidung, nicht mehr aus Angst etwas abzubrechen. Sie wollte keine Abbrecherin mehr sein. Nie mehr!

In der Badewanne fühlte Franka sich wie im siebten Himmel. Sie genoss das warme Wasser und den wohlduftenden Badezusatz, der zusammen mit Body-Lotion und Shampoo in einem kleinen Körbchen auf dem Wannenrand für sie bereitgestanden hatte. Genussvoll schloss sie die Augen. Nach einiger Zeit spürte Franka, wie sie sich entspannte. Träge streckte sie ihre Zehen aus der Schaumkrone heraus und begann sich zu räkeln. „Bevor ich jetzt hier einschlafe, steige ich mal lieber aus der

Wanne." Sie drehte an der glänzenden Armatur, die das Wasser ablaufen ließ.

In einen weißen flauschigen Bademantel eingehüllt setzte sie sich auf den Lederstuhl. Sie mochte sich nicht auf das Bett legen, so einladend es auch aussah, denn sie hatte Angst einzuschlafen. Außerdem widerstrebte es ihr, die Bettwäsche zu zerwühlen: Dafür war nachts immer noch Zeit. Neugierig blätterte sie in der Mappe des Hotels. Da war es: das Sport & Spa mit Sauna, orientalischem Haman, einem blau leuchtenden Pool und einem hochmodernen Fitnessclub. Sie bereute es schnell, bereits gebadet zu haben. Aber was soll's, das Training machte sie sicherlich wieder wach.

Schnell packte sie ihre Sporttasche aus und hängte ihre neuen Errungenschaften sorgfältig in den Kleiderschrank. Sie freute sich wahnsinnig auf das abendliche Dinner und den anschließenden Besuch in der Bar, von dem sie schon so lange geträumt hatte. Franka zog sich ihre ausgewaschenen, viel zu weiten Sportsachen über und rollte den neuen einteiligen Badeanzug, den ihr Biene aufgeschwatzt hatte, in eins der flauschigen Hotelhandtücher. Zwar hatte sie Franka nicht von einem neonpink-beerefarbenen Eyecatcher, wie sie den Bikini nannte, überzeugen können, aber ihr einen Sonderpreis für den schwarzen Einteiler gemacht.

Mit der Handtuchrolle in der einen und der Chipkarte ihres Zimmers in der anderen Hand machte sich Franka auf den Weg in den Fitness- und Wellnessbereich des Hotels. Ein sportlich wirkender Personaltrainer begrüßte sie am Eingang des hochmodernen Fitnessstudios und machte mit ihr einen Rundgang. Das Studio war zur

Kaffeezeit nicht sonderlich gut besucht, sodass Franka in dem fast 1.000 Quadratmeter großen Bereich das Gefühl hatte, allein zu trainieren, was ebenfalls einen absoluten Luxus für sie bedeutete. In ihrem Stammstudio musste sie oft darauf warten, bis das gewünschte Gerät frei wurde.

Die meisten Geräte wie Laufband, Crosstrainer oder Rudergeräte kannte Franka von ihrem eigenen Training, wobei es sich bei den Sportgeräten um exklusive Designergeräte handelte, mit denen die normalen Studiogeräte nicht mithalten konnten. In ihrer Funktionalität unterschieden sich die blitzenden Hanteln und stylischen Trainingsmaschinen hingegen kaum voneinander. Nach der Einweisung konzentrierte sich Franka aufs Training und versuchte sich möglichst nicht von der tollen Ausstattung des Fitnesscenters ablenken zu lassen.

Erst zum Ende ihres schweißtreibenden Trainings gab es dann doch noch eine Störung: Die schwarzhaarige Russin baute sich hinter Franka auf, als diese gerade eine Langhantel über ihren Kopf stemmte – ihr graues Shirt war am Rücken vollkommen durchgeschwitzt. „Moya noga bolit!“, sagte sie anklagend zu Franka und streckte demonstrativ ihren rechten Fuß vor, der in einem mit glitzernden Strass-Steinchen besetzten Joggingschuh steckte.

„Govorite lyubezno nemetsky so mnoy!“ – gereizt forderte Franka die Russin auf, gefälligst Deutsch mit ihr zu sprechen, und ließ die Langhantel mit lautem Scheppern in ihre Halterung zurückfallen. „Wieso tut dir der Fuß weh? Du hast meine Tasche noch nicht einmal berührt!“

„Doch“, behauptete die Schwarzhaarige schnippisch. „Sie war mir im Weg.“

Franka lächelte nur. „Du solltest nicht mit solchen Stelzen durch die Gegend spazieren, wenn du nicht darauf laufen kannst."

„Das waren Schuhe von *Jimmy Choo*!", entgegnete die Russin schnippisch.

„Jimmy wer?", spottete Franka. „Kann man kennen, muss man nicht! Aber drin laufen können, sollte man schon."

„Du bist wohl neidisch, du Bauerntrampel?", giftet die Schwarzhaarige unvermittelt; offenbar war sie auf einen spontanen Zickenkrieg aus.

„Worauf?", lachte Franka und musterte die vor ihr stehende Russin provozierend. „Auf Silikon und Hyaluron vielleicht?"

„Bei mir ist alles echt!", keifte die Schwarzhaarige und drückte ihre Brüste demonstrativ gegen ihr hautenges Oberteil.

„Pass auf. Fall nicht vornüber", riet Franka lachend und drehte der Russin den Rücken zu. Sollte sie sich doch mit jemand anderem herumstreiten. Ohne weiter auf die schwarzhaarige Russin zu achten, die ihr noch ein paar Frechheiten hinterherrief, ging Franka zur Treppe, die zum Wellnessbereich führte. Sie ließ sich am eleganten Empfang des Spa zwei große weiche Badetücher und einen flauschigen Bademantel geben. Nachdem Franka kurz geduscht hatte, zog sie ihren Badeanzug an und schwamm in dem blau schimmernden Pool, bis sie das Gefühl hatte, sich vollkommen verausgabt zu haben. Zum Abschluss ihres Wellnessprogramms gönnte sie sich noch zwei ausgiebige Saunagänge, bevor sie sich auf dem Weg in ihr Zimmer machte, um sich für das Dinner anzukleiden.

Kaum dass Franka ihr Zimmer betreten hatte, überkam sie eine plötzliche Mattigkeit. „Puh", machte sie, als sie das champagnerfarbene Abendkleid mit der roten Spitze an den Kleiderschrank hängte und die roten Ballschuhe davorstellte. „War wohl doch etwas zu viel." In diesem Moment war es Franka egal, ob sie die Laken zerwühlte. Mit einem tiefen Seufzer ließ sie sich nur mit dem Bademantel bekleidet der Länge nach aufs Bett fallen. „Oh, Gott! Ist das herrlich!" Sie räkelte sich zufrieden und als ihr Kopf in den weichen Kissen versank, fielen ihr sogleich die Augen zu.

Als sie erwachte, wusste sie im ersten Moment nicht, wo sie sich befand. Verschlafen strich sie sich eine Haarsträhne aus dem Gesicht und reckte verwirrt ihren Kopf aus dem Kissenberg. „Mist", schoss es ihr durch den Kopf, als ihr einfiel, dass sie sich im Titanic befand. „Wie spät ist es?" Hastig wühlte sie sich aus den Kissen heraus, sprang mit einem Satz aus dem Bett und fischte ihre Armbanduhr aus ihrer Sporttasche. Sie traute ihren Augen nicht: Halb Zwei! Es war halb Zwei in der Nacht! Sie hatte fast sechs Stunden tief und fest geschlafen! „Ach du Scheiße!", hauchte sie tonlos und spürte nicht, dass ihr vor Enttäuschung Tränen in die Augen traten. „Ich habe das Dinner verpennt." Sie trat ans Fenster und blickte auf die vielbefahrene Chausseestraße hinunter. Mit beiden Händen zog sie den Bademantel um ihren Körper und seufzte traurig. „Da gewinne ich einmal im Leben und dann verpenne ich auch noch."

Durch den grauen Schneeregen leuchtete die Neonreklame des *Ballhaus Berlin* in die Nacht hinein und erhellte den Schneematsch auf dem Kopfsteinpflaster vor der Toreinfahrt. Das Ballhaus selbst lag im Dunkeln. Die Fensterfront der dritten Etage leuchtete im warmen Licht.

Franka seufzte wieder tief. „Überall tobt das Leben und ich habe meinen Gewinn verpennt." In diesem Moment öffnete sich ein Fenster auf der anderen Straßenseite fast auf gleicher Höhe mit ihrem Zimmer. Warmes Licht und eine dunkelhaarige Frau kamen zum Vorschein. Sie schien offensichtlich nach jemandem Ausschau zu halten. Sie reckte den Hals und spähte nach unten, wo sich gerade eine Tür öffnete. Franka hörte, wie die Frau dem Mann, der aus dem Eingang trat, lachend etwas zurief. Er gestikulierte nach oben und lachte ebenfalls.

„Berlin", seufzte Franka. Sie erhaschte einen Blick über die Schultern der Frau hinweg in den dahinter liegenden Saal. Eng miteinander tanzende Paare bewegten sich langsam zu einer unhörbaren Musik. Noch über die Distanz der Chausseestraße hinweg, die zwischen beiden Fensterfronten lag, konnte sie die tiefe Versunkenheit der Paare erkennen. Sie hatte noch nie Menschen so entrückt und elegant miteinander tanzen sehen. Was mochte das für eine Veranstaltung sein? Welche Musik schafft so etwas? Neugierig öffnete Franka das Fenster ihres Hotelzimmers und lehnte sich mit dem Oberkörper hinaus. Es fuhren weder Autos, Ambulanzen noch Taxen auf der Straße entlang, sodass sie Fetzen der Musik hören konnte, die durch die winterkalte Nacht zu ihr herüberwehten. Die Musik hörte sich wunderschön melodisch, bittersüß und traurig zugleich an. Für einen Moment hörte sie die Stimme eines Sängers. Spanisch oder Italienisch. Abrupt rissen die melancholischen Klänge ab. Die Frau gegenüber hatte das Fenster wieder geschlossen. Ein Rettungswagen mit

Blaulicht und Sirene bog aus einer Seitenstraße auf die Hauptstraße ein. Franka zog den Bademantel enger um sich und schaute noch einen Moment zu den schemenhaft hinter den Fenstern tanzenden Paaren hinüber. Dieser kleine Blick, den sie in eine ihr fremde Welt werfen konnte, hatte ihre Neugierde geweckt. Franka nahm sich vor, nach ihrem Aufenthalt im Hotel einmal gegenüber nachzuschauen, um welches Gebäude es sich handelte.

„Mist!" Franka verdrehte die Augen, als das verschlafene Dinner ihr wieder ins Bewusstsein rückte. Aber es wäre nicht Franka gewesen, wenn sie nicht auch gleichzeitig das Positive gesehen hätte. „Zumindest bin ich ausgeschlafen", sagte sie sich mit einem ironischen Unterton. „Ich habe zwar das Dinner verpennt, aber ich habe ja noch den ganzen Tag vor mir und heute Abend wartet der große Silvesterball auf uns", womit sie sich selbst und ihr Paillettenkleid meinte, dem sie aufmunternd zunickte. „Und das Dinner hole ich gleich beim Frühstück nach."

Franka schloss das Fenster und legte sich mit dem flauschigen Bademantel in das weiche Bett. Eigentlich fühlte sie sich ausgeschlafen und wollte die Hochglanzzeitschriften durchblättern, die auf dem Schreibtisch lagen. Aber das Bett war so warm und weich, dass ihr schon nach ein paar Seiten erneut die Augen zufielen.

Am nächsten Morgen machte Franka ihr Versprechen wahr und frühstückte weit über eine Stunde: Scrumbled Eggs, Lachs, Würstchen, kleine Kuchen mit flüssigem Schokoladenkern, amerikanische Pancakes mit Ahornsirup – kurzum, Franka beließ es nicht bei Obstsalat und einer doppelten Portion Birchermüsli, sondern langte ausgiebig zu.

„Wohl bekomm's", sagte die Bedienung freundlich und stellte Franka einen zweiten doppelten Espresso hin. Diese bedankte sich und lehnte sich satt und frühstückssträge zurück, während sie ihren Blick durch den riesigen und dennoch geschmackvoll-gemütlichen Speisesaal des Restaurants schweifen ließ. Sie konnte sich nicht daran erinnern, jemals so viel und so gut gefuttert zu haben. Am liebsten hätte sie sich wieder ins Bett gelegt. Dafür aber waren die Stunden in dem Luxushotel zu wertvoll – schlafen konnte sie zuhause auch noch. Schlimm genug, dass sie das Dinner verpennt hatte. Jetzt standen Beauty und Wellness auf dem Programm!

Franka verbrachte den ganzen Tag in der riesigen Wellnessoase. Sie war wild entschlossen, heute alle Angebote auszunutzen. Noch einen Aufenthalt würde sie sich wahrscheinlich nicht so schnell leisten können. Sie schwamm ausgiebig im Pool, entspannte im Dampfbad und durchblätterte die ausliegenden Zeitschriften, während sie eingekuschelt in dem flauschigen Bademantel auf einer Liege am Pool lag. Das fürstliche Frühstück hatte sie mit dem verpennten Dinner versöhnt und mit entspanntem Lächeln griff sie nach einem kleinen Teller mit frischem Obst, den ihr ein junger Servicemitarbeiter des Spa servierte. „Daran könnte ich mich gewöhnen", dachte sie und biss in eine saftige Erdbeere.

Mittags gönnte sie sich noch ein kleines Schläfchen am Pool, bis es an der Zeit für ihr Verwöhn-Programm war. Mit gemischten Gefühlen betrat sie den Beauty-Bereich. Ihr letzter Friseurbesuch lag schon Jahre zurück und Make-up war ohnehin nicht so ihr Ding. Die freundliche Begrüßung und der lockere Umgangston der Mitarbeiter ließen sie ihr Unwohlsein schnell vergessen und Franka begann ihre Verwandlung zu genießen.

Zurück auf ihrem Zimmer ließ sie den Bademantel zu Boden fallen und bestaunte nackt vor dem Spiegel stehend ausgiebig das dezente und dennoch extrem wirkungsvolle Make-up. Als Lippenstift hatte die Kosmetikerin den gleichen Rotton namens *Russian Roulette* verwendet wie für ihre Fuß- und Fingernägel. Ihre langen, seidig schimmernden Haare waren zu einer wilden Löwenmähne frisiert, ähnlich der, wofür sie die Sängerin Beyoncé immer beneidet hatte.

Vollends verschlug es Franka den Atem, nachdem sie in Ballkleid und Schuhe geschlüpft war und vor den Spiegel trat. „Das bin ich?", verwirrt starrte sie die elegante Brünette mit den weiblichen Rundungen an, deren Dekolleté so elegant und verführerisch wirkte, wie die der Models aus den Zeitschriften. Zu fremd, zu attraktiv erschien sie sich. „Das kann nicht sein! So schön kann ich nicht sein!"

Auch beim Verlassen ihres Zimmers hatte sie sich noch immer nicht an ihr neues Aussehen gewöhnt. Unsicher, hin- und hergerissen zwischen dem, was sie sah, und dem, was sie empfand, betrat sie den Aufzug, um sich pünktlich, wie es auf der Einladungskarte zur Silvesterparty stand, in der Hotellobby einzufinden. In der großen Halle des Hotels herrschte bereits ein reges Kommen und Gehen. Zahlreiche Gäste waren eingetroffen und tauschten Begrüßungsküsschen aus. „Das geht ja hier zu wie in einem Taubenschlag", dachte Franka, als das Stimmengewirr einer ausgelassenen Gruppe junger italienischer Männer zu ihr herüberdrang, die vermutlich wie

Franka die Gelegenheit nutzten, einen festlichen Jahreswechsel zu begehen.

Franka trat an den Leuchtblock der Rezeption heran, hinter dem Malte geschäftig an einem Computerbildschirm hantierte. „Pünktlich wie bestellt!“ Leicht nervös wedelte sie mit ihrer Einladungskarte, während Malte den Kopf hob und sie mit einem etwas leeren Blick ansah. Es dauerte zwei Sekunden, bis bei ihm der Groschen fiel und er sie erkannte. Ein strahlendes Lächeln breitete sich wie ein Flächenbrand auf seinem Gesicht aus. „Toll sehen Sie aus!“, sagte er und konnte dabei, wie auch die meisten der umstehenden Männer, kaum seinen Blick von Franka abwenden.

„Was muss ich nun tun?“, fragte Franka, der die Aufmerksamkeit, die sie gerade auf sich zog, unangenehm war.

„Nur den Abend genießen“, antwortete Malte und reichte ihr ein kleines graphitfarbenes Kärtchen, auf der in weißen Lettern nur *V.I.P.* stand. „Und dieses Kärtchen am Eingang des Ballsaals vorzeigen. Dort drüben ist der Zugang zum Saal.“ Er zeigte in die Richtung, in die bereits zahlreiche Gäste strömten. „Die Kollegen vom Service kümmern sich dann um Sie.“

Franka bedankte sich und folgte den Gästen Richtung Ballsaal. „Nobel, nobel“, dachte sie, als sie in einen breiten Gang einbog, der mit einem roten Teppich ausgelegt war. Links und rechts des Eingangs standen lange Tische mit schneeweißen Hussen, an denen Servicekräfte die Gäste empfingen. Auch Franka wurde herzlich von einem jungen Mann begrüßt, der ihr ein schmales ebenfalls graphitfarbenes Bändchen umlegte. „Mit dem Band können Sie die Veranstaltung jederzeit verlassen und auch wieder hineinkommen“, erklärte er freundlich. „Ihr Tisch hat die Nummer 13 und befindet sich vorne in der Nähe der Bühne. Ich wünsche Ihnen einen zauberhaften Abend und einen guten Rutsch!“

In dem riesigen Ballsaal, dessen Höhe Franka spontan auf rund sieben Meter schätzte, standen in Viererreihen festlich eingedeckte Tische, an denen jeweils acht Gäste Platz nehmen konnten. Viele der Tische waren bereits besetzt und die Gäste wurden geschäftig, aber dezent mit Getränken von Kellnern in langen weißen Schürzen versorgt.

An Frankas Tisch saßen zwei Paare, die etwas älter als sie waren. Kaum dass sie Platz genommen hatte, trafen das letzte Paar und ein einzelner Herr mit Halbglatze und Kugelbauch ein, der sich ungeniert auf den Stuhl neben Franka drängelte. Auch wenn der nun neben ihr sitzende Mann, der sich als Allrounder namens Mike vorstellte, sie mit seinen Blicken regelrecht abtastete, war es eine angenehme Tischrunde, die schon bald ausgelassen miteinander plauderte.

Nach einer Viertelstunde eröffnete ein gutgelaunter Hoteldirektor im perfekt sitzenden Smoking den Ball und übergab, nachdem er allen Gästen einen wunderbaren Abend gewünscht hatte, sein Mikrofon an die Moderatorin des Abends: eine schwarzhaarige Frau, deren Brüste fast ihr Dekolleté sprengten, in einem silbernen Abendkleid, dessen Rückenausschnitt bis runter zu ihren Pobacken reichte. Franka erkannte die Frau sofort. Es war die russische Zicke, mit der sie bereits zweimal aneinandergeraten war. Die hatte ihr gerade noch gefehlt. Sie verdrehte gequält die Augen.

Nach der Anmoderation, welche die Schwarzhaarige mit stark russischem Akzent mehr schlecht als recht über die Bühne brachte, folgte eine spektakuläre dreißigminütige Show einer ebenfalls russischen Artistengruppe, deren Körperbeherrschung die Schwerkraft aufzuheben schien und in Frankas Gesicht ein ungläubiges Staunen über diese Art, den eigenen Körper einzusetzen, zauberte. Zu immer neuen atemberaubenden Figuren stapelten sie ihre Körper übereinander und erhielten nach ihrem Auftritt zurecht minutenlangen Applaus. Im Anschluss kündigte die Moderatorin die Band des heutigen Abends an, die für die nötige Stimmung sorgen würde, und erklärte das Büfett für eröffnet. Ein Raunen ging durch den Saal, als das Deckenlicht gedimmt wurde und im gleichen Augenblick die Wandverkleidung an der linken Saalseite aufglitt. Eine von unzähligen Kerzenleuchtern beschienene feudale Festtafel kam dahinter zum Vorschein.

Franka schloss sich ihrer Tischrunde an und begab sich zum Büfett. Sie wusste gar nicht, wo sie zuerst hinschauen sollte. Ein Großteil der appetitlich angerichteten Speisen, Platten und extravaganten Kreationen waren ihr gänzlich unbekannt und so kam ihr das Rede- und Erklärbedürfnis des noch immer anzüglich blickenden Mikes gerade recht. „Dies hier müssen Sie unbedingt probieren", riet er und deutete mit einem seiner wurstförmigen Finger auf eine große Silberplatte in der Fischecke. „Hummer! Delikat!" Franka lächelte knapp und ignorierte die Delikatessen. Das Büfett war vor einer Spiegelwand aufgebaut und wirkte dadurch noch opulenter, als es ohnehin schon war. Franka fühlte sich von der Pracht fast erschlagen und wählte nur ein Gericht aus dem kalt-warmen Büfett aus:

eine raffiniert überbackene Lachsvariante mit getrüffeltem Safranreis.

„Sie sind aber bescheiden", bemerkte Marlen, eine ihrer Tischnachbarinnen mit Blick auf Frankas kleine Portion, die auf dem überdimensional großen Teller kaum zu sehen war. „Dabei hat sie das doch gar nicht nötig!", rief Mike hinter ihr, der einen prall gefüllten Teller mit aufgetürmtem Braten, Fisch und Hummer vor sich her balancierte, die er jeweils mit verschiedenen bunten Saucen übergossen hatte.

Während Franka voller Genuss ihren Lachs aß und versuchte, Mikes Schmatzen neben sich zu ignorieren, ließ sie ihren Blick durch den festlichen Ballsaal schweifen. Dabei fiel ihr erneut die Russin auf, die sie mit einem bösartigen Blick über zwei Tischreihen hinweg anstarrte. Franka verharrte kurz in ihrer Bewegung, erwiderte ihren Blick mit einem verächtlichen Lächeln und wandte sich entschlossen ab. Sie wollte sich auf keinen Fall ihren Abend verderben lassen. Demonstrativ lachte sie Mike an. Der wusste zwar nicht, wieso sie das tat, fiel aber mit seinem dröhnenden Gelächter in ihr Lachen mit ein, während er mit einem schnellen Rundumblick festzustellen versuchte, ob er etwas verpasst hatte. Auch sein Blick blieb an der schwarzhaarigen Moderatorin hängen. Ihre enorme Oberweite hatte bereits zu Beginn des Abends sein Interesse geweckt, also nutzte er die Gelegenheit, ihr anzüglich zuzuzwinkern. Sie quittierte seine Geste mit einem hasserfüllten Blick, der anscheinend auf Franka gerichtet war. Erstaunt hob er die Augenbrauen, als die Russin augenblicklich von ihrem Stuhl hochschoss und Richtung Bühne verschwand. Franka bekam von diesem Vorfall nichts mit.

„Begleiten Sie uns beim Gang zum Dessertbuffet, meine Liebe?“, fragte Marlen, die Franka zu einer Auszeit von Mikes Geschwafel verhelfen wollte.

„Oh, ja! Gerne.“ Franka nickte erfreut, erhob sich und zupfte im Gehen ihr Oberteil zurecht. Dieser Anblick brachte einigen Männern an den Nachbartischen schmerzhafte Rippenstöße durch ihre Gattinnen ein, da sie reflexartig ihren Hals nach Franka verdrehten.

„Oh, Gott!“, stöhnte Franka, als sie vor dem ausladenden Angebot an bunten Küchlein, Cremes, Eis und Schokoladenvariationen stand. „Ich weiß gar nicht, was ich zuerst nehmen soll.“

„Geht mir genauso“, seufzte ihre Tischnachbarin und deutete auf eine Silberplatte mit Pralinen, Trüffeln in allen erdenklichen Variationen und quietschbunten kleinen Kuchen. „Ich kann Ihnen wärmstens die Petits Fours empfehlen; besonders die grünen und die rosafarbenen; gewissermaßen als Vorspiel.“ Spitzbübisch zwinkerte sie Franka zu, um dann mit ausgestrecktem Arm auf zwei majestätisch nebeneinander thronende Schokoladenbrunnen zu zeigen, die auf einem separaten Tischchen ebenfalls vor einer großen Spiegelwand standen. Aus deren sechs Etageren floss köstliche samtig schimmernde weiße und dunkle Schokolade in sanften Kaskaden.

„Das ist ziemlich dekadent“, dachte Franka ebenso ungläubig wie fasziniert, als sie die träge dahinfließenden Schokoladenströme sah. „Das Schlaraffenland, wo heiße Schokolade fließt. Fehlen nur noch die gebratenen Tauben.“

„Reine Schweizer Schokolade, fast besser als ein Orgasmus“, flüsterte ihre Tischnachbarin Franka verschwörerisch ins Ohr.

„Ich kann dich hören“, feixte Marlens Mann, der die beiden Frauen zum Buffet begleitet hatte, und umschlang die Hüfte seiner Frau mit einer Handbewegung. „Und ich wage deine Behauptung zu bezweifeln.“

Franka räusperte sich verlegen und griff statt einer Erwiderung nach zwei großen Obstspießen, die sie unter die Schokoladenfontäne hielt. Sie fühlte sich einmal mehr wie Alice im Wunderland. Gebannt sah sie zu, wie sich die flüssige Schokolade langsam über die aufgespießten Früchte verteilte. Als ihr der Geruch der heißen Schokolade in die Nase stieg, war es mit Frankas Selbstdisziplin vorbei. Sie hielt es nicht mehr aus, der Rückweg zum Tisch war einfach zu lang! Mit geschlossenen Augen biss Franka in den mit flüssiger Schokolade überzogenen Obstspieß und ließ eine halbe Schokoerdbeere auf ihrer Zunge zergehen. Während sie mit den Zähnen ein schokoladiges Stück Ananas abbiss, entfuhr ihr ein langes wohliges Stöhnen.

„Oh mein Gott“, dachte sie, während ihr die flüssige Schokolade auf der Zunge zerging und ihr ein völlig neues Sinneserlebnis bescherte. „Wie geil ist das denn?“

„Gell. Sag ich doch“, schmunzelte Marlen neben ihr. „Zungenorgasmus!“

Erneut stöhnte Franka genussvoll auf und erst als sie das letzte Stück Obst, eine schokoladenüberzogene Weintraube, von ihrem Spieß abgebissen hatte, öffnete sie die Augen. Irritiert sah sie sich einer schätzungsweise zwanzigjährigen Frau mit flammendroten Haaren gegenüber, die sich an Marlen vorbeigeschoben hatte und sich nun vor Franka aufbaute.

„Schönen Gruß von *Jimmy Choo,* du Schlampe!“, zischte sie und holte aus. Reflexartig machte Franka einen Schritt nach hinten und stieß gegen den Rücken eines Gastes, sodass sie nicht weiter ausweichen konnte. Aber das hätte ihr auch nichts genutzt. Der gesamte Inhalt einer großen Schüssel mit dunkler flüssiger Schokolade klatschte gegen Frankas Oberkörper und ergoss sich über ihr champagnerfarbenes Ballkleid. Die umstehenden Gäste schrien erschrocken auf und stoben auseinander. Das Servicepersonal machte große Augen und wusste vor lauter Überraschung nicht, was es tun sollten. Nach der ersten Schrecksekunde eilten zwei Kellnerinnen auf Franka zu, um ihr zu helfen.

Sie spürte, wie die Schokolade den Stoff ihres Kleides durchdrang und ins Dekolleté und den Bauch hinunterlief. Obwohl die heiße Schokolade höllisch brannte und Franka Bilder von Verbrennungen ersten Grades durch den Kopf schossen, verzog sie keine Miene. Wie in Slow Motion drehte sie ihren Kopf und sah in die Richtung, in die die Rothaarige verschwunden war. Heißer Zorn, der um vieles heißer als die Schokolade brannte, stieg in Franka auf, als sie sah, wie die Frau mit den flammenden roten Haaren auf die schwarzhaarige Moderatorin zuging und beide Frauen sich lachend wie Basketballerinnen abklatschten.

„Herrgott, Kindchen!“, sagte Marlen trocken, die neben Fanka aufgetaucht war, um ihr zu helfen. „Ihr beide seid offenbar keine Freundinnen.“

Franka stand noch immer regungslos mit ihrem Teller in der Hand und starrte die beiden Frauen an der Bühne an. Sie sah, wie die Rothaarige Richtung Ausgang verschwand. Die schwarzhaarige Moderatorin hob ihr

Mikrofon und schaltete es in dem Moment ein, als die Band gerade ihren Song beendete. „Liebe Gäste, auch wenn Sie es sicherlich wissen, möchte ich Sie darauf aufmerksam machen, dass das Buffet bis nach Mitternacht für Sie geöffnet hat und ständig aufgefüllt wird. Sie brauchen sich also nicht gleich kopfüber in unsere Desserts stürzen; auch wenn die Schokolade so lecker aussieht." Mit süffisantem Grinsen sah die Russin in Frankas Richtung.

Die Köpfe der Anwesenden wandten sich ebenfalls zu Franka um, die noch immer regungslos wie eine Statue neben dem Schokoladenbrunnen stand und sich keinen Millimeter rührte. Brannte eben noch der Zorn glühend heiß in ihr, schien sich gerade ihr Blut in Eiswasser zu verwandeln. Sie spürte Scham über die öffentliche Demütigung in sich aufsteigen. Sie sah die Blicke der Gäste, das grausame Lächeln der Russin und sie spürte, wie die Schokolade langsam an ihrem Körper erkaltete. Sie schloss ihre Augen.

Nein! Sie war kein Opfer mehr. Für niemanden. Nie wieder. Sie würde sich von niemandem öffentlich erniedrigen lassen. Sie würde nicht wie eine Witzfigur mit Schokolade übergossenen Kleidern vor aller Augen aus dem Saal flüchten!

Im gleichen Moment, als Franka sich in Bewegung setzte und ihre Augen wieder öffnete, verschwand das Schamgefühl und machte einer kühlen Gelassenheit Platz. Vor Franka öffnete sich eine Gasse, als sie langsam und mit dem kalten Blick einer Rachegöttin an den Tischen vorbei zur Bühne schritt. Fest und gleichmäßig hallte das Klacken ihrer Absätze durch den stillen Saal.

„Uupsi“, machte die Schwarzhaarige affektiert ins Mikrofon. „Was ist denn da passiert?“

Franka blieb vor der Moderatorin stehen und sah sie schweigend an.

Die schallende Ohrfeige kam ansatzlos wie aus dem Nichts und traf die Russin mit voller Wucht. Franka absolvierte seit Jahren fast täglich ihr Hanteltraining und verfügte über eine enorme Kraft, die sie gerade gebündelt in die Ohrfeige gelegt hatte. Die Russin wurde von den Füßen gefegt, als wäre sie von einem Pferd getreten worden. Das Mikrofon gab einen misstönenden Laut von sich, als es übersteuerte und mit lautem Scheppern quer über die Bühne flog. Alle Anwesenden starrten erschrocken auf die Moderatorin, die nun breitbeinig auf ihrem Hintern saß. Neben ihr auf dem Boden lag ihre Haarpracht. Einzeln in die Luft ragende Haarnadeln und ein Haarnetz, unter dem fusselige Haarsträhnen undefinierbarer Farbe hervorlugten, bestimmten nun ihren Kopf.

Die Russin starrte Franka mit offenem Mund an, unfähig zu einer Reaktion. Auf ihrer Wange begannen sich bereits knallrot die Umrisse einer Hand abzuzeichnen. Franka merkte, wie sich die Augen der Anwesenden auf sie richteten.

Niemand würde sie demütigen!

Langsam drehte Franka ihren Kopf in Richtung Ballsaal und sah die anwesenden Gäste an. Wie in Zeitlupe zog sie den seitlichen Reißverschluss ihres Kleides auf und streifte es sich mit einer elegant fließenden Bewegung vom Körper. Ein Raunen ging durch den Saal, doch Franka schenkte dem keine Beachtung. Achtlos warf sie ihr Ballkleid in Richtung der noch immer hockenden

Moderatorin, wo es gleich neben der Perücke zu Boden platschte. Mit einer lässigen Bewegung ihrer langen Beine schleuderte sie achtlos ihre verschmierten Ballschuhe von sich, die quer durch den Saal schlitterten. Zu guter Letzt streifte sie ihre halterlosen Strümpfe langsam wie eine Burlesque-Tänzerin ab und warf sie mit ihren ebenfalls von Schokolade verklebten Dessous der Russin zu, deren Mund noch immer offenstand, was ihr ein leicht debiles Aussehen verlieh.

Einzelne Gäste begannen zu applaudieren. Vereinzelte Bravo-Rufe anwesender Frauen mischten sich darunter. Es war ein seltsamer Moment. Franka wirkte stark und verletzlich zugleich. Sie liefert sich den Blicken des Publikums aus. Gleichzeitig lag in ihrer Nacktheit eine immense Stärke, wie sie sie noch nie verspürt hatte. Sie hatte eine Grenze, ihre Grenze überschritten und die anwesenden Gäste spürten das. Ein erster entscheidender Stein war aus der Mauer ihres Seelengefängnisses herausgebrochen und nun stieg sie selbstbewusst und aus eigener Kraft durch die Öffnung in ihre neue Freiheit. Ein erster Schritt war getan, eine erste Entscheidung gefällt.

Franka drehte sich langsam in Richtung Ausgang, setzte langsam einen Fuß vor den anderen. Immer mehr Gäste traten an ihre Seite und bildeten eine schützende Gasse. Trotz all der Blicke, die auf sie gerichtet waren, fühlte sie sich sicher und behütet. Ein Gefühl, das sie überwältigte und sie bestärkte, diesen Weg weiterzugehen.

Am Ausgang des Ballsaals kam ihr Malte mit einem gleichermaßen bewundernden wie besorgten Blick entgegen. „Ein beeindruckender Auftritt“, sagte er trocken und schlüpfte aus seiner Anzugsjacke, um sie ihr aufzuhalten. „Aber vielleicht sollten sie doch die Jacke überziehen, wenn sie zum Aufzug gehen."

„Vielen Dank", antworte Franka. „Sie haben recht. Im Foyer wird es kühl sein." Mit einer geschmeidigen Bewegung schlüpfte sie in Maltes Anzugsjacke und ließ sich von ihm zu ihrem Zimmer bringen, welches er ihr mit seinem Generalschlüssel öffnete. Höflich und ohne jegliche Kommentare wartete er vor ihrer Tür, während Franka in den Bademantel schlüpfte, um ihm dann mit einem dankbaren Lächeln sein Jackett zu reichen.

„Ich hoffe, es sind kein Flecken dran", sagte sie, als sie ihm die Jacke entgegenhielt.

„Und wenn schon." Malte zuckte mit den Schultern und sah sie traurig an. „Ich befürchte, dass Sie gleich auschecken werden."

Franka nickte langsam. Ohne darüber nachgedacht zu haben, stand für sie fest, dass der Silvesterball für sie beendet war. Sie würde nach Hause fahren, sich die Decke über den Kopf ziehen und sich ausheulen.

„Verstehe", nickte er. „Schade."

Als Franka eine Stunde später mit Jeans und Daunenjacke vor ihm an der Rezeption stand, um auszuchecken, sahen seine dunklen Augen sie traurig an. „Ich wünsche Ihnen trotzdem einen schönen Jahreswechsel und einen guten Start ins Neue Jahr."

„Danke", antwortete Franka und presste die Lippen aufeinander.

„Ihre Schlüsselkarte habe ich von ihrem Tisch geholt", sagte er. „Alles schon erledigt."

„Zweimal Danke." Franka nickte kurz. „Auch für Ihre Jacke."

„Das war doch selbstverständlich“, erwiderte Malte und setzte an, noch etwas zu sagen, ließ es aber, als Franka sich wortlos abwandte und mit müden Schritten Richtung Ausgang ging. Malte sah ihr hinterher, bis sie aus seinem Blickfeld verschwand.

Draußen auf der Straße atmete Franka tief die kalte Nachtluft ein. Nach ein paar Atemzügen überquerte sie die Straße. Auf dem gegenüberliegenden Bürgersteig drehte sie sich um und schaute auf die erleuchtete Front des Titanic Chaussee Berlin zurück. Sie war traurig. Sie hatte sich so sehr auf den heutigen Silvesterabend gefreut. Was nun? Nach Hause oder zur Warschauer Brücke, in den Tiefgrund oder ins RAW? Irgendwo würde sie sicherlich Rocky auftreiben, dann wäre es wie jedes Silvester.

Unglücklich fischte sie ihr Handy aus der Außentasche ihrer Daunenjacke und wählte seine Nummer. „Jo“, meldete sich Rocky nach dem vierten Freizeichen.

„Is nicht gut gelaufen“, kam Franka ohne Umschweife zum Thema.

„Dein Gewinn?“ Rockys prompte Antwort bewies einmal mehr, dass er mitdenken konnte, wenn er es wollte – und wenn es um Franka ging.

Franka presste schweigend das Telefon ans Ohr und starrte auf die frisch einsetzenden Graupeln, die langsam und beharrlich vom Himmel hinab auf den schmutzigen Schneematsch fielen und Bürgersteig und Fahrbahn bedeckte.

„Was ist passiert?“, wollte Rocky wissen.

„Erst verpenne ich das Dinner und dann …“, Franka stockte.

„… und dann? Was ist passiert, Franka?“ Rocky lauschte in die Stille hinein und wusste Bescheid. Niemand kannte Franka so gut wie er.

Sie seufzte und schob mit der Spitze ihrer dicken Stiefel einen matschigen Schneehaufen zusammen, um ihn dann gleichgültig wieder zu zertreten.

„Du solltest …“, Rocky brach ab und Franka hörte jemanden im Hintergrund flüstern, dann war Stille; offenbar deckte er das Mikro seines Handys mit der Hand ab. Nach ein paar Sekunden raschelte es kurz, als Rocky die Hand wieder wegzog. „Wenn du willst, komm hierher.“

Franka war klar, was gerade geschah: Rocky hatte Besuch von einer Frau. Vielleicht lagen beide gerade im Bett seines *Purple Rain Palasts* und Frankas Anruf hatte die beiden beim Sex gestört. Da Rocky immer für Franka da war, wenn es ihr in irgendeiner Form schlecht ging, würde er die Frau hinauskomplimentieren, um für sie da zu sein. Das wollte Franka nicht, denn dann würde das andere Mädel die Silvesternacht allein verbringen. „Ne, Rocky!“, sagte sie entschlossen, auch wenn sie sich unfassbar verlassen fühlte. „Ich bleibe in Mitte. Mal schauen, was hier so los ist.“ Insgeheim war Franka davon überzeugt, dass Rocky sie liebte. Natürlich würde er das niemals zugeben. Ebenso wenig, wie sie. „Nicht jetzt und auch nicht in Zukunft!“, sagte sie beinah trotzig, als müsste sie mit aller Macht gegen eine leise Stimme anreden, die ihr etwas anderes erzählen wollte.

„Franka. Komm her!“, sagte Rocky beschwörend in ihre Gedanken hinein. „Wir machen uns einen schönen Abend und um Mitternacht …“

„Nein!“ Frankas Stimme klang scharf.

„Aber wieso …“

„Ich hab' schon was vor", behauptete sie.

„Was denn?", fragte Rocky in einem Tonfall, dem anzuhören war, dass er ihr nicht glaubte.

„Du, ich glaube ich leg jetzt auf", erwiderte Franka. „Ich habe ganz schlechten Empfang. Muss an dem Scheißwetter liegen."

Rocky erwiderte nichts.

„Na, denn", sagte sie, als sie merkte, dass Rocky keine Anstalten machte, etwas zu sagen. „Guten Rutsch … und halt die Ohren steif."

Rocky schwieg.

Franka lauschte noch drei Sekunden, dann legte sie ohne ein weiteres Wort auf. Dieses Schweigen kannte sie von Rocky. Auch wenn er mit seinen pechschwarzen Haaren und dem totenbleich geschminkten Gesicht inklusive Nasenring, eher wie ein straighter Gothic-Musiker aussah, war Rocky hochsensibel und emotional. Wenn ihm Gefühle zu nah kamen, zog er sich in seine Schutzzone zurück und – schwieg. Ein Verhalten, das dem der meisten Männer entsprach, wenn Emotionen ins Spiel kamen, von denen sie sich überfordert fühlten.

Mit einem Tritt beförderte Franka einen zweiten Schneehaufen, den sie mit ihrem Stiefel zusammengeschoben hatte, auf die Fahrbahn, wo er klatschend landete. Entschlossen wandte sie dem Titanic ihren Rücken zu, um zur U-Bahnstation *Naturkundemuseum* zu laufen, als ihr Blick auf die hellerleuchtete Neonreklame mit dem Schriftzug *Ballhaus Berlin* fiel. Sehnsüchtig schaute sie zu den Fenstern in der dritten Etage hoch, die auch in dieser Nacht hell erleuchtet waren und deren goldener Schimmer in den Hof fiel. Hinter diesen Fenstern würden sicherlich auch in der heutigen Silvesternacht wieder entspannte und glückliche Paare tanzen.

Als sich plötzlich die Tür zur Kneipe Alt-Berlin öffnete und ein paar Raucher heraustraten, um ihre Zigaretten anzuzünden, umklammerte Frankas Hand den Griff der Sporttasche noch fester. Ihr Blick wanderte wieder nach oben zu den erleuchteten Fenstern, von denen eine magische Anziehungskraft ausging. Mit langsamen Schritten setzte sich Franka in Bewegung und überquerte den Hof. Sie öffnete die Tür, durch die der Mann in der vergangenen Nacht getreten war, und schaute zögerlich die ausgetretenen Steinstufen der Treppe hinauf. Sollte sie wirklich? Sie kannte niemanden. Und – sie konnte nicht tanzen. Weder Rhythmusgefühl noch Musikalität waren Eigenschaften, die sie sich zuschreiben würde. Woher sollte es auch kommen? Wenn sie mit Rocky unterwegs war, gab's Punk, Metal und Industrie. Techno und Gothic gingen für Rocky auch noch. Franka mochte die Songs von *Rammstein*, die Rocky aber schon zu angepasst fand; er stand auf den hämmernden Rhythmus von Bands wie *Blut & Kasse* oder *Industrie*. *Sex mit einer Leiche* oder *Blut für Blut* waren die Stücke, auf die er stand. Franka dagegen hasste das *Industrie*-Album mit dem Titel *Hodenkapsel*.

Franka starrte die steinernen Stufen an. „Was will ich da oben? Ich habe keine Einladung, ich kenne dort niemanden. Ich habe zwar noch die beiden Kleider, aber …" Sie verlor den Mut.

Langsam nahm sie den Fuß wieder von der ersten Stufe, wandte sich um und griff nach der Türklinke. Kalte Luft drang herein. Sie trat in den Hof und ließ ihren

Blick über das erleuchtete Ballhaus Berlin und die Kneipe Alt-Berlin gleiten, um dann ein letztes Mal zu den erleuchteten Fenstern in der dritten Etage hochzuschauen. Ihr Blick blieb dabei an einer aluminiumfarbenen Veranstaltungstafel hängen, die links vom Eingang stand und die sie zunächst gar nicht gesehen hatte:

Especial elegance Sylvester-Milonga
31. Dezember : 21 Uhr bis Open End :
Mitternachtsshow mit Josè & Mìa
DJ Bautista sorgt für gute Stimmung!

„Was soll denn das sein: eine Milonga?“ Franka runzelte die Stirn.

„Sorry“, sagte eine Stimme hinter ihr. „Dürfen wir mal durch?“

„Klar“, antwortete Franka und wich automatisch ein Stück zur Seite.

„Gracias.“ Ein gutgelauntes Paar in Jeans und dicken Steppjacken schob sich an ihr vorbei und verschwand im Eingang.

Bevor die Tür zuschlagen konnte, griff sie nach der Klinke und zog sie wieder auf: „Geht ihr auch zur Milonga?“, rief sie dem Pärchen auf der Treppe hinterher.

Ein dunkelhaariger Männerkopf schaute eine Etage höher über das Treppengeländer zu ihr hinunter. „Klar. Wieso?“

Franka wusste nicht, was sie auf diese Frage erwidern sollte, platzte dann aber heraus: „Na, weil das doch ein Ball ist und … ihr …“

„Wegen unserer Jeans, meinst du?“ Jetzt reckte auch

seine Begleiterin den Kopf über das Geländer und sah zu Franka hinunter.

Franka nickte verlegen zu den beiden nach oben.

„Das sieht man im Nou nicht so eng“, lachte die junge Frau. „Barfuß oder Lackschuh; beim Tango ist alles erlaubt. Und außerdem …“, senkte sie verschwörerisch die Stimme und hielt ihren Rucksack hoch. „… habe ich immer mein kleines Schwarzes dabei.“

„Komm doch mit hoch“, forderte der Mann sie auf und hob zur Verabschiedung lässig die Hand. „Kannst ja einfach mal schauen.“

„Danke. Viel Spaß!“, rief Franka den beiden zu und trat einen Schritt zurück. „Warum eigentlich nicht?“, sagte sie zu sich, während sie den Schritten des munter miteinander plaudernden Paars nachlauschte. „Wenn ich schon drüben das Dinner verpennt und mein Ballkleid durch den Ballsaal gepfeffert habe; schlimmer kann's jetzt auch nicht mehr kommen. Und wenn die da oben alle so nett sind wie die beiden, kann das heute noch ein schöner Abend werden. Und aufs RAW habe ich alleine sowieso keine Lust.“

Sie zögerte noch eine Weile und hörte dem Paar zu, wie es die Treppen hinaufstieg. Als sich oben eine Tür öffnete, wehte diese herrliche Musik, von der Franka gestern bereits ein paar Fetzen gehört hatte, durch das Treppenhaus zu ihr herunter und zog sie in ihren Bann. Entschlossen warf sie sich ihre Sporttasche über die Schulter und stieg die Stufen empor.

- 9 -

Im Vorraum der Tanzschule, die aufgrund ihrer regelmäßig stattfindenden Events und Milongas zu einem der angesagtesten Nachtclubs in Berlin zählte, standen ausgelassen miteinander plaudernde Gäste in kleinen Grüppchen beieinander. Stimmengewirr und Lachen füllte den Raum. Auf dem roten Sofa, auf dem Karl noch am Vortag von Joy verarztet worden war, saßen nun zwei festlich gekleidete junge Frauen und tauschten Wollsocken und Winterstiefel gegen hochhackige Tanzschuhe. Karl sah gebannt zu, wie aus einer weinrot geringelten Wollsocke ein schlanker Damenfuß mit ebenso weinrot lackierten Fußnägeln auftauchte und mit einer eleganten Bewegung in einen extravaganten Tangoschuh schlüpfte. Sein Blick blieb fasziniert an dem über acht Zentimeter hohen weißgoldenen Absatz hängen, an dem ein kleiner glitzernder Stein funkelte.

Die junge Frau hatte offenbar seinen Blick gespürt, denn langsam hob sich ihr Gesicht, bis ihre grünen Augen ihn direkt und fast schon auffordernd unter ihrem dunklen Pony hervor ansahen. Ihre Lippen, auf denen das gleiche Weinrot wie auf ihren Finger- und Fußnägeln glänzte, öffneten sich leicht, als sie ihm ein zurückhaltendes Lächeln schenkte. Ein elektrisierendes Gefühl durchzog Karl von den Haarwurzeln bis in den Fußspitzen, als würde in ihm ein Generator anspringen. Sie schenkte ihm noch zwei Sekunden lang ihr Lächeln, um dann mit einem langgezogenen Wimpernschlag ihren Blick von Karl zu lösen und ihre Aufmerksamkeit auf ihre Schuhspitzen zu lenken. Sie streckte ihre langen Beine mit den eleganten Schuhen abwechselnd langsam von sich, um deren Sitz zu prüfen. Ebenso langsam erhob sie sich nun und strich mit ein paar Handbewegungen ihr enganliegendes schwarzes Kleid, das von goldfarbenen Fäden durchzogen war, mit den Fingerspitzen glatt. Mit kerzengeradem und dennoch geschmeidigem Gang durchschritt die junge Frau mit den schulterlangen Haaren den Vorraum. Bevor sie in den Hauptsaal abbog, verharrte sie kurz in ihrer Bewegung, warf Karl über ihre Schulter hinweg einen koketten Blick zu und verschwand aus seinem Blickfeld.

Wie gelähmt starrte Karl der Frau nach. Noch nie in seinem Leben hatte ihn eine Frau so angesehen.

„Sorry, mein Freund, darf ich einmal durch?" Karl spürte eine Hand an seiner Schulter, die ihn freundlich aber bestimmt zur Seite schob. Erst als er zu einer Entschuldigung ansetzte, wurde ihm bewusst, dass ihm während des Blickkontaktes mit der brünetten Frau die Kinnlade heruntergefallen war und er schon wieder die ganze Zeit über verkrampft die Luft anhielt.

„Tschuldigung", entgegnete er hastig und trat rasch zwei Schritte beiseite. Er spürte, wie ihm das Blut heiß in die Wangen schoss.

Seitlich von Karl befand sich eine simpel konstruierte

Garderobe, die zuverlässig ihren Zweck erfüllte: vom Boden bis zur Decke reichende Holzbretter, in die Kleiderstangen eingelassen waren. Erst jetzt merkte Karl, dass ihm ziemlich warm war. Er fischte sich einen freien Kleiderbügel heraus und quetschte seine Jacke zwischen die eng auf der Stange hängenden Mäntel. In der Hoffnung, noch einen Blick auf die brünette Frau zu erhaschen, eilte Karl mit dem Flyer in der Hand in Richtung Saal.

„Hola", hörte er eine Stimme, ohne ihr weiter Beachtung zu schenken.

„Hola!", rief die Stimme erneut.

„José meint dich." Wieder spürte Karl eine Hand auf seiner Schulter. Sie gehörte diesmal einer Frau in einem nachtblauen Kleid, die dicht hinter ihm ging. „Du musst noch bezahlen."

Karl warf einen irritierten Blick über seine Schulter. Erst jetzt bemerkte er das Tischchen mit der Kasse, an dem ein junger Mann mit Bartflaum am Kinn saß, den er sich wahrscheinlich hatte wachsen lassen, um älter auszusehen. „Danke", rief Karl der jungen Frau nach, die, ohne sich umzudrehen, lässig winkend die Hand hob.

„Tut mir leid", wandte sich Karl entschuldigend an den jungen Mann am Eingang, der ihn freundlich ansah. „Ich habe die Kasse gar nicht gesehen."

„Kein Ding, Mann!", wehrte der junge Mann ab. „Passiert schon mal."

Karl zahlte den Eintritt und nahm sein Wechselgeld in Empfang.

„Na, denn", nickte der Mann hinter der Kasse. „Viel Spaß bei der Milonga!"

Karl nickt kurz zurück und ging in Richtung Saal. Ein

Gewirr aus Stimmen und Gläserklirren drang an sein Ohr. Es wurde gelacht und wild durcheinandergesprochen. Karl ging an einer Gruppe von Tischen und Stühlen mit verchromten Beinen vorbei und zwängte sich zwischen den zahlreichen Gästen hindurch, die Wein- und Sektgläser in der Hand hielten und miteinander plauderten. Der Raum war voller Leben.

Karl musste mehrfach tief Luft holen, denn er merkte, wie Unruhe in ihm aufstieg. Er konnte sich nicht daran erinnern, jemals mit so vielen Menschen in einem Raum gewesen zu sein. Für ihn bedeutete allein schon die Anzahl eine echte Herausforderung, die ihm einen Schweißfilm auf die Stirn trieb. Hinzu kamen die Hitze und das Durcheinander an Stimmen, die vergeblich versuchten, die Musik zu übertönen. Offenbar hatten die Betreiber der Tanzschule eine Menge Geld in die Anlage investiert, denn der Klang der Musik, die den Raum erfüllte, war satt und tief. Doch auf die Musik konnte sich Karl im Moment nicht richtig konzentrieren, zu sehr war er damit beschäftigt, sich inmitten der vielen Gäste zu orientieren. Überall wuselten Menschen um ihn herum, sie kamen oder gingen, umarmten sich oder tanzten. Karl stellte sich seitlich neben einen Pfeiler und versuchte, sich einen Überblick zu verschaffen.

Der Saal war sehr groß und wirkte mit seinen deckenhohen Säulen und den unverputzten Wänden, an denen Leuchter und ein großer goldener Bilderrahmen ohne Bild hingen, nicht ungemütlich. Er strahlte eine ganz besondere Atmosphäre von eleganter Lässigkeit aus, der dem trendigen Shabby-Chic der 80er-Jahre nah kam und den Gästen das Gefühl gab, sich elegant, aber ungezwungen bewegen und sich wohlfühlen zu können. Rundum im Saal an den Wänden verteilt standen neben einem Klavier und mehreren Sofas eine große Anzahl unbequem aussehender Stühle mit Chromgestell, die offenbar ebenfalls vom Flohmarkt oder aus einer Betriebsauflösung stammten. An der hohen Decke quirlte eine Batterie chromglänzender Deckenventilatoren mit langsamen Drehungen die Luft durch. Sie hingen einträchtig neben vier voluminösen Kronleuchtern und den Leitungen der Lüftungsanlage. Rechts von Karl befand sich der von einer Menschentraube umlagerte Bartresen, der fast die gesamte Seite des Raumes einnahm. Hinter dem Tresen waren zwei junge Frauen und zwei Männer damit beschäftigt, die Getränkewünsche der Gäste zu erfüllen. Den jungen Leuten schien ihre Arbeit Spaß zu machen, denn sie machten einen ebenso ausgelassenen Eindruck wie ihre Gäste.

Karls Blick fiel auf ein zweites rotes Sofa, welches links von der Tanzfläche stand und wesentlich schicker aussah als das durchgesessene im Vorraum. Drei Frauen in enganliegenden, kurzen Kleidern mit elegant übereinandergeschlagenen Beinen saßen darauf und sahen dem Treiben auf der Tanzfläche zu, während sie an ihren Weingläsern nippten. Nur langsam konnte Karl seinen Blick wieder von ihnen lösen.

Vor ihm stand ein hochgewachsenes Paar, das ihm die Sicht auf die Tanzfläche versperrte. Also stellte er sich auf die Zehenspitzen und war vom ersten Moment an fasziniert. Karl sah tanzende Paare voll sinnlicher Eleganz begleitet von einer sehnsuchtsvollen Musik, die er erst jetzt bewusst wahrnahm. Er hatte überhaupt keine Ahnung, um welche Musik es sich handelte, geschweige denn wer der Sänger war. Dennoch zog sie ihn erneut in ihren Bann und obwohl ihm die Rhythmik gänzlich unbekannt war, ging sie über sein Ohr direkt ins Herz.

„Tango“, sagte Karl leise zu sich selbst und beobachtete die tanzenden Paare. Er wunderte sich über ihre ernsten Gesichter. In den Silvestershows, die er sich zum Jahreswechsel gemeinsam mit seiner Mutter angeschaut hatte, waren die tanzenden Paare immer gut gelaunt gewesen und hatten auch oft die Musik mitgesungen, zu der sie tanzten. Hier war das nicht der Fall. Sie bewegten sich eng umschlungen zu der melodischen Musik, die ihm jetzt, anders als bei seinem ersten Besuch im Nou, überhaupt nicht melancholisch vorkam. Obwohl die Paare sehr eng miteinander tanzten, erkannte Karl eine Art formelle Haltung. Frauen wie Männer tanzten ungewöhnlich aufrecht und schienen jeden ihrer Schritte sehr bewusst zu setzen, ohne dabei steif zu wirken – sie waren konzentriert und entspannt zugleich. Während die Männer sich von ihrer Körperhaltung her weniger zu bewegen schienen als die Frauen, wirkten sie dennoch sehr aktiv und es grenzte für Karl an ein Wunder, dass die Paare nicht zusammenstießen, zumal viele Frauen mit geschlossenen Augen tanzten. Alle Paare bewegten sich in eine Tanzrichtung – entgegen dem Uhrzeigersinn und in mehreren Bahnen nebeneinander, ähnlich den Autos auf der Autobahn.

Das Musikstück endete und die Paare lösten sich voneinander: Der Geräuschpegel nahm schlagartig zu, als die meisten der entspannt miteinander plaudernden Tänzerinnen und Tänzer die Tanzfläche verließen. Zu Karls Überraschung erklang ein lautes Rock-‘n-Roll-Stück.

Noch bevor er sich über den Wechsel der Musik wundern konnte, brach der Rock 'n Roll schlagartig ab und ein neuer Tango erklang. Diesmal aber deutlich schneller und fröhlicher im Rhythmus als die Lieder, die vorher gespielt wurden. Schnell füllte sich die Tanzfläche wieder und Karl war erstaunt, mit welcher Power und Dynamik die Tanzpaare zu der ausgelassenen Musik über die Tanzfläche zu schweben schienen.

„Tanzt du Milonga?", sagte eine Frauenstimme hinter ihm.

Karl schrak zusammen und fuhr herum. Vor ihm stand eine etwa gleichaltrige, dunkelblonde Frau mit schulterlangen, glatten Haaren, die ihn fragend ansah. „Bitte … äh … ich …", stotterte er vor Überraschung und Verlegenheit.

„Ob du tanzt, wollte ich wissen", wiederholte die Frau und deutete mit einem Lächeln zur Tanzfläche. „Ob du Milonga tanzt."

„Nein", erwiderte er knapp. Auch wenn Karl nicht wusste, was die Frau mit dem Begriff Milonga genau meinte, verstand er, dass es hier wohl ums Tanzen ging.

„Nein, was?" Sie gab sich mit dieser Antwort offenbar nicht zufrieden. „Nein, ich tanze nicht Milonga. Nein, ich tanze im Moment nicht, oder nein, ich tanze mit dir nicht. Welches Nein meinst du, oder kann ich mir eins aussuchen?"

In Karl stieg erneut die Verlegenheit hoch und rötete seine Wangen. „Äh … nein … ich meine, ich tanze überhaupt nicht. Ich kann nicht tanzen."

Die Blonde kniff argwöhnisch die Augen zusammen. „Wieso bist du dann hier?"

„Ich … weil … es so schön hier ist“, setzte Karl zu einer fadenscheinigen Erklärung an.

„Geht’s noch?“ Der Blick der Blonden wechselte von Argwohn zu Misstrauen. „Du willst dir wohl nur die Frauen hier angucken?“, sagte sie anzüglich.

„Ich …“ Karl sah die Blonde hilflos an und wusste in seiner Naivität nicht, was er auf diese Bemerkung erwidern sollte; ihm hatte noch nie jemand Derartiges unterstellt.

„Hallo!“, sagte in diesem Moment eine freundliche Stimme und wieder legte sich eine Hand auf Karls Schulter. „Schön, dass du tatsächlich gekommen bist!“ Neben Karl stand Thomas, der freundliche Tanzlehrer vom letzten Mal, und klopfte ihm mit einem herzlichen Lächeln auf die Schulter. In seinem schwarzen Nadelstreifenanzug, dem weißen Hemd und der schmalen schwarzen Krawatte sah er sehr elegant aus und schien einem der alten Schwarz-Weiß-Filme mit Alain Delon entsprungen zu sein. „Hallo Laura“, begrüßte der Tanzlehrer die blonde Frau und beugte sich zu ihr hinunter, um sie mit einem Kuss die Wange zu begrüßen. „Schön dich zu sehen. Du siehst heute wieder hinreißend aus!“

Kokett neigte die Angesprochene leicht ihren Kopf und lächelte übertrieben verlegen. „Danke, du Charmeur.“

„Das hier ist … Karl … richtig?“, stellte ihn Thomas der blonden Frau vor. „Und das hier ist Laura, eine unserer bezauberndsten Stammgäste.“

Als hätte es diesen für Karl überaus peinlichen Dialog zuvor nicht gegeben, beugte sich Laura vor und küsste Karl abwechselnd auf beide Wangen. „Hallo Karl. Freut mich, dich kennenzulernen.“

Karl erstarrte, als er die feuchten Lippen der blonden Frau auf seinen Wangen spürte. Am liebsten hätte er die feuchten Küsse mit seinem Jackenärmel abgewischt.

„Joy hat mir erzählt, du hast beim letzten Mal mit ihr getanzt“, zwinkerte Thomas Karl zu.

„Ach“, verlegen schüttelte dieser den Kopf. „Nur ganz kurz.“

„Umso schöner, dass du heute mit uns Silvester feierst“, erwiderte Thomas. „Ich bin mir sicher, Tango ist etwas für dich. Leider haben wir heute keinen Unterricht. Im neuen Jahr geht's dann mit den neuen Kursen weiter. Aber vielleicht …“, er deutete auf die Frau mit den nassen Küssen. „… tanzt Laura eine Tanda mit dir.“

„Gern“, sagte diese mit kokettem Augenaufschlag. Offenbar hatte Thomas‘ freundliche Begrüßung ihren Argwohn zerstreut.

„Ich kann doch gar nicht tanzen“, wehrte Karl erschrocken ab.

„Im Grunde können wir alle tanzen“, lachte Thomas. „Nur manchmal hapert es mit den Schritten. Im Ernst: Tango kann ein sehr schönes Erlebnis sein, wenn man sich umarmt und langsame Schritte macht; wenn man einfach nur *schön* miteinander geht.“

Karl sah Thomas skeptisch an, erwiderte aber nichts, weil er sich unter schönem Miteinandergehen nichts vorstellen konnte.

„Aber trink doch erst mal etwas“, empfahl Thomas und deutete zur Bar. „Alles andere findet sich von selbst. Jetzt muss ich mich aber entschuldigen, ich muss noch ein paar andere Gäste begrüßen.“ Thomas klopfte Karl freundschaftlich auf die Schulter und nickte Laura freundlich zu, um sich anschließend unter die plaudernden Gäste zu mischen.

„Ja, dann …", sagte Karl ohne rechte Begeisterung. „… geh ich mal zur Bar."

„Ich nehme einen Aperol Spritz", lächelte Laura ihn an. Karl erwiderte ihren Blick etwas irritiert, sagte aber nichts. „Mit Eis", fügte Laura hinzu. Karl nickte, wandte sich der Bar zu und schlängelte sich unbeholfen durch die Gäste hindurch. Es dauerte rund zehn Minuten bis Karl sich bis zum Tresen vorgeschoben hatte und seine Bestellung aufgeben konnte. Da er selbst nicht wusste, was er trinken sollte, bestellte er zwei von diesen Aperol Spritz.

Mit den Gläsern in der Hand schob er sich zurück an den Platz, wo er Laura zurückgelassen hatte. Sie war nicht mehr da. Ratlos schaute Karl mit beiden Gläsern in den Händen in die Runde. Es war nicht leicht, inmitten der zahllosen Menschen eine einzelne Person zu finden, also gab Karl nach einer Weile auf und wandte sich wieder der Tanzfläche zu.

Auch wenn er vom Tango überhaupt keine Ahnung hatte, gefielen ihm die eleganten Bewegungen der tanzenden Paare, wobei ihm schon vom Zuschauen schwindelig wurde. Es schien hinter den Drehungen, Schritten und spielerisch anmutigen Bewegungen kein wiederkehrendes System zu stecken. Wer sollte denn so etwas können? Karl mit Sicherheit nicht. Dieser Tanz war anders als jene, die er aus dem Fernsehen kannte.

Als er die Tanzenden genauer musterte, fiel ihm auf, dass es offenbar keine bestimmte Altersgruppe war, die Tango tanzte. Da drehte sich ein junges Paar in Jeans und T-Shirt ebenso zur Musik wie ältere Herren in schwarzer

Tuchhose mit gleichaltrigen oder locker um die Hälfte jüngeren Tänzerinnen. Das Alter der Tanzenden schien augenscheinlich ebenso wenig eine Rolle zu spielen wie die Garderobe. Beim genaueren Hinsehen fiel ihm auf, dass einige der älteren Männer genau die gleichen Anzüge trugen wie er, mit dem gleichen weiten Schnitt. Auch die Krawatten waren schmal wie seine eigene. Karl begann amüsiert zu grinsen. Er passte mit seinem altmodischen Outfit genau hierher.

Sein Blick fiel auf einen gutaussehenden Tänzer, dessen Tanzpartnerin mit laszivem Beinschwung den Oberschenkel des Mannes umschlang. Die Musik verlangsamte ihr Tempo und Karl beobachtete gebannt das lange Bein der Frau, deren schlanker Fuß in einem unglaublich hohen Hackenschuh steckte. Sein Blick glitt langsam am Bein der Frau empor und wanderte über Oberschenkel, Po und Busen, um dann an ihrem süffisanten Lächeln hängenzubleiben: Laura! Die Blonde, deren Aperol Spritz er noch immer in der Hand hielt, sah ihm tief in die Augen, während ihr Bein lasziv am Bein ihres Tanzpartners ein-, zweimal entlangglitt.

Als hätte Laura ihn bei etwas Verbotenem ertappt, wich Karl ihrem Blick aus und nahm einen schnellen Schluck aus seinem Glas. Als Karl seinen Blick wieder hob, war sie verschwunden.

Währenddessen hatte sich das Nou mit weiteren Gästen gefüllt. Auch der Geräuschpegel und die Temperatur hatten sich erhöht. Langsam aber sicher brach ihm der Schweiß aus und er hätte sich gern sein Jackett ausgezogen, was aber nicht ging, da er mit zwei Gläsern in den Händen inmitten der Menschenmenge eingeklemmt war.

Bevor er sich eine Lösung ausdenken konnte, spürte Karl, wie sich ein Arm um seine Hüfte legte. „Oh“, schnurrte eine Stimme. „Mein Drink.“

Karl drehte den Kopf. Mit leicht geröteten Wangen stand Laura vor ihm und griff nach dem noch vollen Glas, dass Karl tapfer in der Hand balancierte. „Sie sind mein Held des Abends!“ Laura nahm genussvoll einen Schluck von dem eisgekühlten Drink. „Das muss belohnt werden“, hauchte sie Karl ins Ohr und presste sich an ihn.

„Ach“, winkte er scheu ab. „Nicht der Rede wert.“

„Bist du immer so bescheiden?“ Ohne eine Antwort abzuwarten, nahm Laura seine Hand und zog ihn Richtung Tanzfläche. *„Pregonera.* Ich liebe dieses Lied!“ Auf dem Weg zur Tanzfläche stellte Laura ihr Glas auf einem der am Rand der Tanzfläche stehenden ovalen Tischchen ab. Karl tat es ihr gleich und sie fanden sich Sekunden später inmitten der tanzenden Paare wieder. Laura stellte sich dicht vor ihn, ergriff mit ihrer rechten Hand seine linke und führte sie auf Brusthöhe. Ihren linken Arm legte sie ihm über seine rechte Schulter, sodass ihre Hand oberhalb seines Schulterblattes lag.

Karl wusste nicht, wie ihm geschah: Er spürte mit aufsteigender Panik, wie die Blonde ihre üppigen Brüste an seinen Brustkorb presste und wie ihre Hand sich an seinen Hals schmiegte. „Das ist jetzt die klassische enge Haltung beim Tango Argentino“, flüsterte sie ihm ins Ohr. „Normalerweise führst du, aber da du ja ein absoluter Beginner bist, übernehme ich das mal. Folge mir einfach.“ Beklommen nickte Karl und merkte, wie ihm der Schweiß noch stärker ausbrach. Er hoffte nur, dass sein Deo ihn nicht im Stich ließ. Die Blonde machte einen Schritt rückwärts und da ihre Hände Karl fest im Griff hatten, blieb ihm keine andere Wahl, als seinen Schritt in die gleiche Richtung zu setzen. „Nicht denken! Schalt deinen Kopf aus. Denk nicht daran, was du gerade machst oder wie das aussieht, was du gerade tust", flüsterte Laura ihm ins Ohr. „Das sieht gut aus. Du siehst ohnehin gut aus!"

Karl tat so, als habe er nichts gehört, und folgte den Schritten Lauras, die sich langsam in kleinen Bewegungen zu drehen begann. Während er nahezu unbewegt in Tanzhaltung auf der dicht gefüllten Tanzfläche stand, vollführte Laura mit ihrem Unterkörper elegante Drehungen, die an eine auf dem Boden liegende Acht erinnerten. Dann setzte sie elegante, langsame Rückwärtsschritte, denen Karl wie von einem unsichtbaren Gummiband gezogen folgte. Der Duft ihres Parfüms kitzelte ihm in der Nase und er musste einen Niesreiz unterdrücken.

„Du machst das gut", zwinkerte sie ihm zu und schmiegte sich noch enger an ihn.

Nachdem Karl mehrere Runden unauffällig von Laura geführt die Tanzfläche umrundet hatte, verlangsamte die Musik ihren Rhythmus und Karl spürte, wie ihr Bein seinen Oberschenkel umschloss, um langsam an ihm entlangzufahren. Mit einem effektvollen Schlussakkord endete das Musikstück und wurde vom Intro eines bekannten Beatle-Songs abgelöst.

„Oh, schade", seufzte Laura und ließ ihr Bein endlos langsam an Karl entlanggleiten. „Danke", hauchte sie und presste ihren Körper eng an den seinen, was Karl tief und angstvoll Luft holen ließ. „Du bist ja ein richtiger Hengst“, flüsterte sie ihm ins Ohr und zog ihn mit sich.

Karl spürte, wie ihm der Schweiß in Rinnsalen den Rücken hinunterlief. Wie gern würde er jetzt seinen Kopf unter kaltes Wasser halten. Hastig löste er sich von Laura, machte eine entschuldigende Geste und schaute sich hilfesuchend nach den Toiletten um. Im Eingangsbereich wurde er schließlich fündig. Als sich die Toilettentür hinter ihm schloss, atmete Karl erleichtert auf. Langsam, wie in Zeitlupe zog er sein Jackett aus und lehnte sich gegen die Toilettentür. Was sollte er nur machen? Sein Jackett hängte er achtlos an die Türklinke. Dann schaute er sich im Spiegel tief in die Augen. Angst. Alles, was er sah, war pure Angst. Er krempelte seine Hemdärmel hoch und ließ, nachdem er den Wasserhahn aufgedreht hatte, kaltes Wasser über seine Unterarme laufen.

„Ganz schön in Schweiß gekommen, wa“, sagte ein bullig aussehender Mann mit einem ungepflegten Fünf-Tage-Bart. Er schloss umständlich den Reißverschluss seiner Hose und trat neben Karl ans Waschbecken. Karl, der sich gerade Wasser ins Gesicht geschöpft hatte, tastete nur unbeholfen nach dem Spender mit den Papiertüchern. Sein Nebenmann zog ein paar Blätter heraus und drückte sie Karl in die Hand. „Ich schwitz beim Tanzen auch immer wie ein Schwein“, polterte er weiter, während er mühsam das über seinem beachtlichen Bauch spannende Hemd in seine viel zu enge Jeans zu schieben versuchte. „Tango ist zwar anstrengend, aber die Frauen …“ Genießerisch schnalzte er mit der Zunge und leckte sich mit einem verschwörerischen Augenzwinkern über seine dicken Lippen.

„Die Frauen?“ Karl hob den Kopf und trocknete sich dabei sein Gesicht mit den Tüchern ab. „Was ist mit den Frauen?“

„Du tanzt noch nicht lange“, lachte der bullige Mann. „Viele Frauen hier sind Single und alle Altersklassen sind vertreten. Einigen geht's nicht nur ums Tanzen.“

„Sondern?“

„Bist du so naiv oder tust du nur so?“, spottete Karls Gegenüber.

Karl zuckte mit den Schultern und trocknete sich die Hände ab. Seit er denken konnte, lag seine Sexualität brach. Selbstbefriedigung bereitete ihm keine nennenswerte Lust und die einzige Frau in seinem Leben war seine tote Mutter. Direkt nach seiner Pubertät fiel er in einen Status der Asexualtität, um den ihn manch katholischer Priester beneidet hätte.

„Die sind nicht alle nur zum Tanzen hier!“, grinste der Mann und hielt seine Hände unter den dünnen Wasserstrahl, der aus einem abgestoßenen Wasserhahn lief. „Das ist manchmal ein richtiger … na, du weißt schon.“

Karl wusste nicht. Abgesehen von der blonden Laura hatte Karl nicht das Gefühl gehabt, dass die Gäste bevorzugt Kontakte suchten, sondern dass das Hauptinteresse im Tanzen lag. Aber ihm fehlten jegliche Erfahrungen und Vergleiche mit den Gepflogenheiten des Berliner Nachtlebens im Allgemeinen und denen der Tangoszene im Besonderen.

„Glaubst mir wohl nicht?“, sagte der Mann und blies lautstark abwechselnd seine Nasenlöcher über dem Waschbecken aus.

„Tja …“, entgegnetet Karl und griff nach seinem Jackett, „… ich weiß nicht so recht.“

„Kannst du ruhig glauben.“ Der Mann am Waschbecken begann zu grinsen. „Ich bin noch immer auf meine Kosten gekommen.“

„Wie lange tanzen Sie schon?“

„Sie?“, sein Gegenüber prustete lautstark los. „Lass mal das Sie stecken, Kumpel. Hier duzen sich alle!“

„Wie lange tanzt du schon?“, korrigierte sich Karl.

„Vor vierzehn Tagen habe ich einen Workshop mitgemacht und seitdem bin ich jeden Abend hier.“

Karl hatte zwar keine Ahnung, wie lange es brauchte, um halbwegs Tango Argentino tanzen zu können, aber vierzehn Tage erschienen ihm angesichts des Auftretens seines Gegenübers sehr kurz. „Lernt man Tango schnell?“

Der Vierschrötige zuckte mit den Schultern und warf sein zusammengeknülltes Papier, mit dem er sich die Hände abgetrocknet hatte, achtlos Richtung Papierkorb – und verfehlte ihn. „Die sagen zwar immer alle, dass Tango nicht so einfach wie Standard wäre, aber ich find’s halb so wild. Hier schau!“ Der Mann drückte seinen Schmerbauch gegen Karl, packte ihn in Tanzhaltung und drehte ihn zweimal so schnell auf der Stelle hin und her, dass ihm fast schwindlig wurde.

Karl wand sich aus der Umarmung seines unaufgeforderten Toiletten-Tanzpartners und war mit zwei schnellen Schritten an der Tür, die er mit einem Ruck aufstieß. Grußlos verließ er die Herrentoilette.

In den wenigen Minuten, in denen Karl sich auf der Toilette frisch gemacht hatte, schien sich die Anzahl der Gäste verdoppelt zu haben. An ein Durchkommen in auch nur irgendeine Richtung war nicht zu denken. Karl quetschte sich seitlich an den vor ihm stehenden Gästen vorbei und sah hinüber zur Tanzfläche. Seine Augen suchten nach der blonden Laura, was angesichts der vielen Menschen, die vor ihm tanzten und lachten, aussichtlos war. Erleichtert atmete Karl auf. Wenn er Laura nicht sah, würde sie ihn wahrscheinlich auch nicht sehen.

Karl genoss den Moment. Obwohl er hier keinen Menschen kannte, fühlte er sich nicht allein. Die ausgelassene Stimmung der miteinander plaudernden und lachenden Gäste übertrug sich auf ihn. Außerdem hatte er zum ersten Mal in seinem Leben Tango getanzt. Bei dem Gedanken musste Karl schmunzeln. Natürlich hatte er nicht wirklich getanzt, sondern sich von der blonden Laura über die Tanzfläche schieben lassen, aber immerhin – er hatte sich zumindest zum ersten Mal auf einer Tanzfläche bewegt; mit einer Frau im Arm!

Bei dem Gedanken an den Frauenkörper brach ihm erneut der Schweiß aus. Mit einem Papier aus dem Handtuchspender, welches er sorgfältig zu einem Viereck zusammengefaltet in die Hosentasche gesteckt hatte, fuhr er sich über die Stirn. Wenn Tango immer so eng war – wovon er ausgehen konnte, nach dem, was er bisher beobachtet hatte – würde er sich wohl oder übel an das Gefühl gewöhnen müssen. Doch wollte er überhaupt Tango lernen? Karl fühlte sich von der Musik und der gesamten Atmosphäre des Nou unwiderstehlich angezogen, aber gleichzeitig ängstigte diese Faszination ihn auch. Im Moment hielten sich Neugier und Angst die Waage. Der Gedanke, beim Tanzen die Nähe eines Frauenkörpers auch genießen zu können, kam ihm nicht.

„Hola!", ertönte eine Frauenstimme neben ihm.

Karl wandte den Kopf zur Seite. Da stand Joy. „Guten Abend", erwiderte er erfreut und streckte seine Hand zur Begrüßung aus.

Joy ignorierte Karls höfliche Geste und umarmte ihn stattdessen herzlich. Sie hauchte ihm auf jede Wange einen Begrüßungskuss und trat einen Schritt zurück, um ihn mit hochgezogenen Augenbrauen zu mustern. „Gut siehst du aus!", entfuhr es ihr begeistert. „Und die Schramme stört nicht, sie macht dich noch interessanter", sagte sie mit einem Augenzwinkern und deutete auf Karls schmales Pflaster, dass er sich auf die Platzwunde über der Augenbraue geklebt hatte. „Sie macht dich verwegen."

Komplimente waren für Karl neu, sie machten ihn verlegen und er wusste nicht, wie er darauf reagieren sollte. Also schwieg er.

„Toll, dass du heute Abend hier bist. Schade nur, dass heute keine Kurse sind. Du willst sicher tanzen", sagte Joy.

„Ach", winkte Karl nervös ab. „Eigentlich wollte ich nur mal schauen. Ein bisschen unter Leuten sein. Man muss doch bestimmt nicht auf einer Malumba tanzen."

„Milonga, Karl", korrigierte Joy ihn amüsiert. „Es heißt Milonga."

Karl lief aus lauter Verlegenheit über seinen Versprecher puterrot an. „Ja, klar. Entschuldigung. Ich meinte ja Milonga."

„Es gibt drei Bedeutungen von Milonga", erklärte ihm Joy: „Milonga als Tanz, Milonga als Musikrichtung und Milonga als Tanzveranstaltung."

Karl sah sie verständnislos an.

Sie winkte lachend ab. „Mach dir keine Sorgen! Wenn du im neuen Jahr zum Kurs kommst, lernst du das alles. Du wirst doch kommen, oder?"

„Ja … schon", druckste Karl. „Im Grunde schon. Ich weiß nur nicht, ob Tango das Richtige für mich ist."

„Da bin ich mir aber sicher!", widersprach ihm Joy. „Und das sage ich jetzt nicht nur, um dich als Kunden einzufangen. Ich glaube, Tango ist genau das Richtige für dich!"

Karl sah Joy nur schüchtern an. Mit ihren goldenen Locken und dem nachtblauen enganliegenden kurzen Kleid sah die Tanzlehrerin wunderschön aus.

Sie zwinkerte und sagte ermutigend: „Du siehst schon richtig cool aus, wie ein echter Tanguero."

Karl hüstelte verlegen.

„Vielleicht sollten wir …", sie sah sich suchend um. „… lass mich mal schauen … du bleibst ja noch bis Mitternacht hier, oder?"

Er nickte.

„Bin gleich wieder da. Lauf nicht weg!", sagte Joy und verschwand in der Menge.

Vielleicht hatte Joy ja recht und Tango Argentino war wirklich etwas für ihn. Karl war natürlich klar, dass sie auch an neuen Schülern interessiert war. Schließlich war das hier eine Schule, die Geld verdienen wollte. Andererseits hatte er aber das Gefühl, dass Joy und auch Thomas ihm nichts verkaufen wollten, sondern einfach nur nett waren. Auch das war für Karl eine völlig neue Erfahrung – dass fremde Menschen einfach nur nett zu ihm sind, weil sie ihn mochten und nicht, weil sie ihm etwas verkaufen wollten.

Karl hing noch seinen Gedanken nach, als Joy wieder vor ihm stand. „Willst du tanzen?"

Karl sah sie erschrocken an. „Hier?"

Sie schüttelte kurz den Kopf. „Nein. Nicht hier. Ich meine grundsätzlich."

„Ja …", sagte Karl gedehnt, um Zeit zum Nachdenken zu gewinnen, und zuckte verlegen mit den Achseln. „… ja … ich denke schon."

Joy fixierte ihn scharf. „Ja oder Nein?"

Karl spürte intuitiv, dass dies keine einfache Frage war. Er sollte sich entscheiden, ob er in seinem bisherigen Leben verharren oder einen Schritt weitergehen wollte. Er schluckte schwer, sein Hals fühlte sich ausgetrocknet an. Zaghaft machte er den Schritt auf Joy zu.

„Ja."

War er das? Hatte er gerade Ja gesagt? Karl neigte leicht den Kopf, so als könne er es selbst nicht glauben, und müsse seinen eigenen Worten nachlauschen. „Ja. Ja! Ich will tanzen!", wiederholte er diesmal energischer und mit einem Anflug von Selbstbewusstsein.

Joy sah ihn an, als wüsste sie besser, was in ihm vorging, als er selbst. „Dann komm mit!"

Sie bahnte sich mit Karl im Schlepptau einen Weg entlang des umlagerten Bartresens und steuerte eine im Halbdunkel liegende Ecke an der Rückseite des Saals an. Als sie sich aus dem Dunstkreis der Tanzfläche herausgeschoben hatten, standen die Gäste nicht mehr ganz so dicht gedrängt. Karl warf einen Blick über seine Schulter und stellte erstaunt fest, dass ihnen eine Reihe verschiedener Gäste unterschiedlichen Alters im Gänsemarsch gefolgt waren. Joy öffnete eine hohe hölzerne Tür zu ihrer

Linken und machte zu Karl und den Leuten, die ihm gefolgt waren, eine einladende Handbewegung. „Herein-spaziert!“

- 10 -

Karl folgte Joy ins Halbdunkel des Saals, wo die Tanzlehrerin sich an einem Pult in der Ecke neben der Tür zu schaffen machte. Die Deckenbeleuchtung flammte auf und tauchte den deutlich kleineren aber umso gemütlicheren Tanzsaal mit seinem schimmernden Holzboden in gedämpftes Licht. Die gesamte linke Saalseite wurde von einer großen Spiegelwand eingenommen, was dem Saal den Charakter eines Ballettstudios verlieh. An der Stirnseite des Raumes stand ein weiteres dunkelrotes Sofa mit geschwungener Rückenlehne und dick gepolsterten Armlehnen, an dem Loriot seine helle Freude gehabt hätte. Die rechte Seite des Raums wurden von mehreren nebeneinanderliegenden Fenstern mit doppelflügeligen alten Holzrahmen eingenommen.

„Stellt euch jetzt bitte alle einmal in einem großen Kreis auf!", forderte Joy die zaghaft eintretenden Leute auf und klatschte in die Hände.

Obwohl nur elf Gäste waren, die der Aufforderung der Tanzlehrerin gefolgt waren, dauerte es eine Weile, bis sich ein Kreis gebildet hatte. Karl stand gegenüber der Spiegelwand am Fenster und konnte dadurch die Leute beobachten, ohne sie anzustarren. Die Anwesenden waren unterschiedlichen Alters. Gleich links neben Karl stand ein junges Paar in lässiger Freizeitkleidung, wie man sie oft in Kreuzberg sieht: leger, farbenfroh und unkonventionell. Zu seiner rechten stand ein Paar schätzungsweise Mitte fünfzig in Abendkleidung, elegant, aber nicht steif: sie im kleinen Schwarzen, er im dunklen Anzug und mit weißem Hemd, aber ohne Krawatte. Drei junge Frauen trugen ebenfalls elegante Kleider und die übrigen Gäste Jeans.

„So, ihr Lieben!", begrüßte Joy die Anwesenden mit einem Lachen. „Nehmt es mir bitte nicht übel, dass ich euch einfach so entführt habe, aber es ist Silvester und ihr habt euch heute alle ins Nou verlaufen und – ihr tanzt nicht. Das habt ihr nun davon!"

Allgemeines Gelächter machte sich breit und auch Karl musste grinsen. Er wunderte sich, dass sich so viele ins Nou „verlaufen" hatten und offenbar ebenfalls nicht Tango tanzen konnten.

„Jetzt im Ernst", fuhr die Tanzlehrerin fort. „Es sind heute so viele Gäste bei uns, die tanzen und ihren Spaß haben. Und ihr Mädels …", Joy nickte den drei jungen Frauen zu, „… ihr habt mich bei meiner Begrüßungsrunde gefragt, ob man einfach so tanzen kann. Und du Karl …", Joy sah Karl an, „du hast auch gesagt, dass du tanzen möchtest. Was ist mit euch anderen, was hat euch hierher zu uns ins Nou verschlagen?"

„Wir waren im Ballhaus", sagte der Mann in dem schwarzen Anzug. „Wir wollten eigentlich nur eine rauchen und da haben wir das Plakat gesehen und sind neugierig geworden."

„Wir wollten wissen, was das hier für ein Club ist …",

sagte eine junge Frau in Pluderhosen, die sich bei ihrem Freund untergehakt hatte, der mit seinen Dreadlocks und dem Bart eher wie ein Reggae-Musiker als ein Tangotänzer aussah.

„Also hat euch die Neugierde hierher geweht?“, lachte Joy.

„Dann geht’s ja nicht nur mir so“, dachte Karl und wischte sich unauffällig ein paar kleine Schweißperlen von der Schläfe, die ihm ins Auge zu laufen drohten. „Ganz schön aufregend das Ganze!“

In diesem Moment öffnete sich erneut die Tür und eine der jungen Frauen, die sich hinter der Bar um die Gäste gekümmert hatte, steckte den Kopf durch den Türspalt. Sie sah die Tanzlehrerin fragend an: „Hast du noch Platz?“

„Na klar! Immer herein“, antwortete Joy und winkte der Frau mit der offenen roten Daunenjacke und der wilden Löwenmähne zu. „Herzlich Willkommen. Ich bin Joy. Du kannst deine Sachen dort auf die Bank legen.“

„Franka“, erwiderte diese und warf ihre Tasche und die Jacke auf eine schmale Holzbank unter der Fensterfront. „Ich heiße Franka.“

Joy sah Franka freundlich fragend an: „Welcher Wind hat dich hierher geweht?“

„Die junge Frau von der Bar hat mich abgefangen. Ich wollte nur mal gucken, weil …“

„Ja, Simone ist immer ganz flott“, lachte Joy und musterte Franka aufmerksam. „Entschuldigung. Ich wollte dich nicht unterbrechen.“

Franka sog ihre Oberlippe zwischen die Zähne, was sie wie eine Schülerin aussehen ließ, die bei einem Streich ertappt wurde, und warf einen Blick in die Runde, bevor sie antwortete. „Weil … weil ich gestern vom Hotel gegenüber in den Saal gucken konnte und …“, sie machte eine kurze Verlegenheitspause, fuhr dann aber fort: „… und da habe ich die Paare gesehen. Die sahen alle so … entspannt … melancholisch und gleichzeitig glücklich aus.“

„Das ist …“, Joy lächelte, „Tango!“

Mit einer einladenden Bewegung zeigte die Tanzlehrerin auf eine Lücke im Kreis und Franka folgte Joys Einladung ebenso neugierig wie die übrigen Gäste vor ihr.

Die Tanzlehrerin wandte sich mit einer eleganten Drehung um die eigene Achse und ging mit federnden Schritten zu dem kleinen Pult neben der Tür. Sie griff nach ihrem Handy und stöpselte ein Verbindungskabel ein. Aus den in der Decke verborgenen Lautsprechern erklang leise und sehnsuchtsvoll eine Geige. Immer wieder knackte es leise im Hintergrund wie bei einer Schallplatte. Nach ein paar Sekunden setzte ein zweites Instrument ein, das Karl jedoch nicht zuordnen konnte, und die Klänge des Musikstücks wurden nun schneller und melodischer. Dann erklang die melancholische Stimme eines Sängers – wie aus einer anderen Zeit. Karl wurde mit der ersten Zeile des Liedes von einer Sentimentalität ergriffen, die ihm unter die Haut ging.

Joy ließ das Musikstück noch eine halbe Minute laufen, dann verstummten Sänger und Instrumente. Mit langsamen Schritten kehrte sie zur andächtig lauschenden Gruppe zurück.

„Schön. Nicht?“

Schweigend nickten die Anwesenden.

„Das war Francisco Canaro, ein ganz großer Tangosänger. Die Aufnahme ist von 1925 und das Stück heißt *Poema*.“

„Wunderschön“, seufzte die Frau in den Pluderhosen.

„Was singt er?“, wollte ein junger Mann mit angesagtem Hipster-Bart wissen, der ein kariertes Hemd und ausgebeulte Jeans trug, die von schmalen Hosenträgern gehalten wurden.

Joy lachte. „Hör nur auf die Musik, die Texte muss man nicht verstehen. Es geht immer um das gleiche: Einsamkeit, L'Amour, keine Liebe, tragische Liebe, zu viel Liebe, keine Arbeit, kein Geld, Mama, Einsamkeit, Tod und wieder Liebe.“

Beinahe alle Anwesenden begannen zu lachen, nur Karl blieb still. Mama, Einsamkeit, Tod und wieder Liebe – das war ihm nur allzu vertraut.

„Ihr Lieben.“ Joy sah einen nach dem anderen intensiv an und Karl hatte, als die Tanzlehrerin in seine Augen blickte, das Gefühl, dass sie ihn verstand, besser als er selbst es tat. „Heute ist Silvester und das Nou tanzt. Ich möchte nicht, dass ihr heute Nacht das Nou verlasst, ohne getanzt zu haben. Es finden zwar heute bei uns keine Kurse statt, aber weil heute Silvester ist, habe ich mit Thomas gesprochen und er war spontan einverstanden, dass ich euch zu einem Silvester-Gratis-Crash-Kurs einlade.“ Sie warf einen Blick auf die schmale Uhr, die sie am Handgelenk trug. „Na, das passt ja. Wir haben jetzt kurz nach Zehn, dann können wir bis kurz vor Mitternacht zusammen Tango tanzen. Was haltet ihr davon?“

Alle Anwesenden begannen spontan zu applaudieren und schauten begeistert in die Runde.

„Also denn“, sagte Joy und machte aus dem Stand heraus und ohne sichtbare körperliche Anstrengung eine anmutige Drehbewegung um 360 Grad. „Wer von euch weiß, was Tango ist?“

Stimmengewirr erklang und alle redeten gleichzeitig von Argentinien, Buenos Aires, *Der letzte Tango in Paris* und einige riefen auch Tanguero.

„Danke. Danke. Danke!“ Joy hob lachend die Arme. „Danke, ihr Lieben. Alles richtig und doch sind es nur einige der unzähligen Überschriften, die den Tango Argentino ausmachen. Setzt euch bitte zu mir. Bevor wir mit den praktischen Übungen anfangen, erzähle ich euch am besten ein paar Dinge über den Tango.“ Joy ließ sich in einer geschmeidigen Bewegung zu Boden sinken und zog ihre Beine seitlich an ihren Körper heran. Die anderen taten es ihr – mehr oder weniger elegant – gleich und hockten, knieten oder kauerten sich im Halbkreis um die Tanzlehrerin herum auf den Boden. „Ihr habt schon ein paar Dinge genannt, die zum Tango gehören“, begann Joy ihren kleinen Exkurs. „Ihr habt recht. Der Tango kommt aus Buenos Aires, obwohl …“, sie lachte kurz auf, „… die Finnen sehen das ganz anders; aber das ist eine andere Geschichte. Ursprünglich hat sich der Tango in den Hafenstädten, Spelunken und dem Rotlichtmilieu von Buenos Aires entwickelt. Die Themen der Musik waren, wie ich bereits gesagt habe, fast immer gleich: Armut, Liebe und Leidenschaft.“

„Und die Mama?“, feixte der Bärtige.

Joy lachte mit heller Stimme. „Si, La Mama!“

„Aber in Paris wurde doch auch Tango getanzt“, warf der grauhaarige Mann im schwarzen Anzug ein, der die Ärmel seines Oberhemdes aufgerollt hatte und im Schneidersitz neben seiner Frau saß.

„Stimmt“, antwortete Joy. „Ende des 19. Jahrhunderts ist der Tango nach Europa herübergeschwappt. Aber das war nicht mehr der ursprüngliche Tango Argentino; der war zu ordinär, zu anrüchig und zu eindeutig. Die Franzosen entschärften den Tango Argentino und machten ihn gesellschaftsfähig, sodass der Tango als Standardtanz in die Salons Europas einziehen konnte.“

„So wie alkoholfreies Bier“, ulkte einer der Anwesenden.

„Hm …“, machte Joy mit laszivem Augenaufschlag. „… eher wie … Nitro ohne Glycerin.“

„Und hier wird der ursprüngliche Tango getanzt?“, fragte Franka. „Was die dort draußen tanzen, sieht nicht nach einem Gesellschaftstanz aus.“

„Das stimmt auch!“ Joy nickte. „Wir hier in Berlin, das heißt in der Tango-Szene und in den entsprechenden Tango-Argentino-Schulen der Stadt, lernen und tanzen ausschließlich den ursprünglichen Tango Argentino vom Río de la Plata. Wisst ihr überhaupt, dass Berlin nach Buenos Aires die zweitgrößte Tango-Metropole der Welt ist?“

Die am Boden Sitzenden schüttelten den Kopf.

„Nö, keine Ahnung“, witzelte der bärtige Hipster. „Da hab’ ich wohl ’n Trend verpasst.“

„Tango ist kein Trend“, entgegnete Joy ernst. „Tango Argentino ist mehr! Tango ist Kult – und eine Lebensphilosophie!“ Mit einer geschmeidigen Bewegung erhob sich die Tanzlehrerin und sah sich in der Runde um. Ihr Blick blieb auf dem Grauhaarigen im Schneidersitz hängen. „Wie heißt du?“

„Gunnar“, antwortete der Angesprochene.

„Komm bitte zu mir, Gunnar“, forderte sie ihn auf.

Der Grauhaarige erhob sich und ging auf Joy zu.

„Was ich gerade gemacht habe, ist natürlich auf einer Milonga ein absolutes No Go!“ Die Tanzlehrerin hob gespielt theatralisch beide Hände. „Das geht gar nicht! Niemals nie und ich meine nie, fordert eine Frau einen Mann auf. Wenn ihr Tango tanzen wollt und zu einer Milonga geht, vergesst alles, was ihr jemals über Emanzipation gehört habt! Oder wollt ihr vielleicht einen Führenden, der mit euch ausdiskutiert, ob ihr einen Rückwärts- oder Vorwärts-Ocho tanzt?“

Die am Boden sitzenden Frauen und Männer sahen Joy irritiert an.

„Sorry, ihr könnt ja noch nicht wissen, was *Ochos* sind.“ Die Tanzlehrerin lachte und warf einen amüsierten Blick in die Runde. „Oder irritiert euch die Vorstellung vom Folgen und Führen? Beim Tango ist das nun einmal so. Der eine führt, der andere folgt. Punkt!“

Alle in der Runde schwiegen. Erst nach einer halben Minute fragte der Mann mit den Dreadlocks: „Du meinst, Tango ist so ’n Macho-Ding?“

„So würde ich das jetzt nicht sagen“, erwiderte Joy und schüttelte den Kopf. „Es gibt auch führende Frauen. Obwohl … unter den Frauen gibt’s auch Machos. Huch!“, gespielt erschrocken schlug sie sich die flache Hand vor den Mund. „Hab’ ich das gerade gesagt. Sorry, nicht, dass sich noch jemand angesprochen fühlt. Aber im Ernst: Es kommt vor, dass sich das Paar zwar einig darüber ist, dass der Mann den Tanz führt, die Frau ihm aber beim Tanzen die führende Rolle abnimmt und er ihr folgt. Ein solcher Wechsel ist nicht ungewöhnlich, weil ihr Männer …“, Joy wiegte vorsichtig den Kopf und zog eine leichte Grimasse. „Ich drück’s mal vorsichtig aus: Viele … einige

Männer sehr … emanzipiert erzogen wurden. Im realen Leben ist das ja auch gut, aber beim Tango … der Tango lebt vom Führen und Folgen.“ Joy winkte den Mann mit den Dreadlocks zu sich und wandte sich an Gunnar. „Einen kleinen Moment, Gunnar.“

„Und wie heißt du?“, fragte sie den schlanken Mann, der sich inzwischen erhoben hatte und ebenfalls auf sie zukam.

„Mael“, antwortete er.

„Nimm bitte Tanzhaltung ein“, bat Joy Mael und ergriff seine linke Hand, die sie auf Schulterhöhe hob. Sie legte ihren linken Arm auf seinen Oberarm. Nun standen sich beide mit einem leichten Abstand gegenüber. „Das ist die offene Tanzhaltung“, erklärte Joy und schmiegte sich mit einer eleganten Bewegung eng an ihren Tanzpartner. Mael stand wie erstarrt vor ihr und bewegte sich keinen Millimeter. „Umarme mich, Mael“, forderte Joy ihren Tanzpartner auf. Zögernd legte der schlanke Mann seinen rechten Arm um Joy. „Enger“, sagte diese. „Das ist Tango!“ Mael schloss seinen Arm fester um die Tanzlehrerin und schien zur Salzsäule erstarrt. Joy schmiegte sich ihrerseits noch dichter an ihren Tanzpartner, sodass beide sich wie ein Liebespaar zu umarmen schienen.

„Das nenn ich aber mal eine Umarmung!“, rutschte es Franka heraus.

„Stimmt genau!“, sagte Joy laut und vernehmlich. Sie hatte sich an ihren Tanzpartner wie ein Blutegel angesaugt. „Tango Argentino ist Umarmung! Eine Umarmung zwischen zwei Menschen; egal ob diese sich schon lange kennen oder sich noch nie zuvor gesehen haben – was ja vielleicht noch viel spannender sein kann.“ Während Joy sprach, öffnete sich die Tür zum Saal. Ein attraktiv aussehender Mann in lässig weit geschnittener Nadelstreifenhose und einem fast bist zum Bauchnabel offenstehenden weißen Hemd mit aufgekrempelten Ärmeln betrat den kleinen Tanzsaal. Seine schulterlangen, zu einem Zopf zusammengebundenen Haare und sein Viertagebart gaben ihm ein männlich verwegenes Aussehen. Mit einer Handbewegung machte sich der Mann an dem auf dem Pult liegenden Handy zu schaffen.

Leise erklang eine melancholische Melodie, deren zarte Klänge durch den Raum zu schweben schienen. Der Mann sah zu Joy hinüber, die sich noch immer eng an Mael schmiegte und in diesem Moment mit ihrer Fußspitze einen Kreis auf dem Boden zeichnete. Spielerisch tippte sie mit ihrem Fuß mehrmals auf das seidig schimmernde Holz des Parkettes und legte dann die Innenkante ihres Fußes an die Außenkante von Maels Schuh. Wie in Zeitlupe hob sich ihr Fuß mit dem hochhackigen Tanzschuh und strich eng an der Wade ihres Gegenübers entlang, um dann auf Kniehöhe mit ihrem Fuß zur Innenseite von Maels Bein zu wechseln. Langsam glitt sie mit einer elegant fließenden Bewegung an ihrem Tanzpartner entlang, bis ihr Fuß spielerisch seinen Fuß entlang zu trippeln schien. Auch wenn Mael noch immer wie erstarrt dastand, war seinem Gesicht anzusehen, dass er den Körperkontakt mit Joy genoss.

Mit langsamen Schritten, die an den Gang einer Raubkatze erinnerten, durchschritt inzwischen der Mann mit dem Zopf den Saal und trat schweigend an das Paar heran. Dicht, aber unaufdringlich stellte er sich neben Joy; seine Körperhaltung war präsent, aber nicht aufdringlich – eher so, als würde er Joy ohne Worte einladen, mit ihm zu tanzen, was Joy sodann auch tat. Die Tanzlehrerin bedankte und verabschiedete sich bei Mael, indem sie ihm mit seitlich geneigtem Kopf einen angedeuteten Kuss auf die Wange hauchte und sich mit einer scheinbar schwerelosen 180-Grad-Drehung zu dem Mann mit dem Zopf wandte. Dass Joy den Tanzpartner gewechselt hatte, ließ Mael weder schlecht noch abgewiesen aussehen. Die ganze Szene hatte etwas Leichtes und Spielerisches. Auch Gunnar, der noch immer am Rand des Kreises der am Boden Sitzenden wartete, sah keineswegs aus wie bestellt und nicht abgeholt.

Es war ein wundervoller Anblick voller Eleganz, Leichtigkeit und dem gewissen Schuss Erotik, der Franka in den Bann zog, da sie angeregt zusehen konnte, ohne sich wie eine Voyeurin zu fühlen. Der Mann mit dem Zopf bewegte sich athletisch und mit spielerischer Leichtigkeit. Joy schien in seiner Umarmung vollkommen frei zu sein, ihre Bewegungen aus der Musik heraus zu entstehen. Aus den faszinierten Gesichtern der Zuschauer war abzulesen, dass sie sich zu fragen schienen, ob die Tanzlehrerin ihre Bewegungen frei interpretierte oder ob sie geführt wurde. Noch bevor das Stück endete, blieb das Tanzpaar dicht neben dem weißhaarigen Gunnar stehen. Joy machte noch eine letzte spielerische Bewegung mit ihrer Fußspitze, während sie dem Mann mit dem Zopf einen Kuss auf die Wange hauchte, um dann katzengleich zu Gunnar hinüberzugleiten.

Franka schmunzelte, als sie sah, dass Gunnar nicht wusste, wie ihm geschah: Er aber nahm Joy mit einer ungezwungenen Bewegung eng in seine Arme und folgte ihr zögerlich aber geschickt, während diese langsame und akzentuierte Schritte nach hinten setzte. Als die beiden den Saal beinahe umrundet hatten, endete die Musik mit dem dramatischen Akkord eines Bandoneons. Demonstrativ schlang Joy ihr langes Bein um Gunnars Oberschenkel und verharrte wie erstarrt in der Tanzbewegung.

„Hola!", rief sie nach zwei Sekunden laut aus, hielt dabei aber Gunnar mit ihrem Bein lässig umschlungen. „Vielen Dank meine Herren!"

Die Gruppe applaudierte spontan, während Joy mit einem kurzen Schlenker ihres Unterschenkels ihr Bein löste und den Schuhabsatz mit einem lauten Klacken aufs Parkett setzte. Die Tanzlehrerin deutete eine leichte Verbeugung in Richtung ihrer Tanzpartner an. „Nun habt ihr gleich mal das sogenannte Abtanzen gesehen, was man beispielsweise zu Ehren eines Geburtstagskindes auf einer Milonga tanzt; es fordern dann die Führenden im fliegenden Wechsel das Geburtstagskind auf. Jetzt aber möchte ich euch einen echten Argentinier vorstellen." Sie streckte ihren Arm aus und deutete auf den verwegen aussehenden Mann, der die Musik eingeschaltet hatte: „DON!"

Alle Köpfe ruckten zu dem athletischen Mann mit dem Zopf herum, der seitlich am Rand stand und sich höflich verbeugte. „Olá", begrüßte Don die Anwesenden mit charmantem Akzent. „Ich freue mich, heute hier bei euch sein zu dürfen! Entschuldigt mein schlechtes Deutsch, ich spreche nur ein bisschen."

Franka bekam große Augen, als sie den attraktiven Mann sah.

„Don kommt aus Buenos Aires und wird bis Ostern hier in Berlin sein und im Nou unterrichten", erklärte

Joy. „Als ich vorhin die spontane Idee zu unserem Silvester-Crash-Kurs hatte, habe ich Don gefragt, ob er mit mir gemeinsam den Unterricht machen würde. Don hat ebenso spontan ja gesagt."

Begeistert klatschten die Anwesenden in die Hände, wobei die Augen einiger applaudierender Frauen zu leuchten begannen.

„Vielen Dank, Don." Mit einem Lächeln in Richtung des Argentiniers wandte sich Joy wieder der Gruppe zu. „Ich hoffe, ihr habt bei der kleinen Vorführung einen ersten Eindruck von dem *Macho-Ding* bekommen können." Verschmitzt zwinkerte Joy in die Runde. „Wenn ihr später mal selbst tanzt, werdet ihr feststellen, dass es nur funktioniert und Spaß macht, wenn klar ist, wer führt und wer folgt. Nun aber genug der Vorträge." Joy wedelte mit den Händen. „Kommt bitte hoch und bildet einen Kreis."

Die am Boden Sitzenden folgten ihrer Aufforderung und erhoben sich. Nachdem sich ein Kreis gebildet hatte, forderte Joy die Tanzschüler auf, sich mit leicht gespreizten Beinen locker hinzustellen. „Wie habt ihr euer Gewicht positioniert?", fragte Joy in die Runde.

Die Tanzschüler sahen sich gegenseitig ratlos an. Als niemand Anstalten machte, etwas zu sagen, fasste sich Franka ein Herz: „Also, ich steh auf beiden Beinen. Macht ja sonst keinen Sinn."

„Genau." Joy nickte. „Wie soll man sich auch sonst hinstellen. Obwohl … ihr kennt doch alle Flamingos?"

Die Schüler nickten.

„Man kann also auch auf einem Bein stehen", fuhr Joy fort. „Das macht ihr aber bitte nicht. Ihr habt schließlich keine Federn und auch keine roten Beine. Ihr steht auf beiden Beinen, aber: Ihr verlagert euer Körpergewicht auf ein Bein, obwohl beide Füße den Boden berühren; das Bein auf dem sich euer Körpergewicht befindet, nennt man Standbein. Das andere Bein ist völlig ohne Gewicht und nennt sich Spielbein. Damit könnte ihr Verzierungen und Elemente machen oder mit eurem Tanzpartner spielen." Sie hob elegant ihr linkes Bein, drehte sich auf ihrem Standbein und winkte einem imaginären Tanzpartner zu.

Alles lachte.

„Dabei verlagert ihr euer Gewicht auf ein Bein! Ohne sichtbare Bewegung. Aber das machen wir später. Jetzt will ich euch erst einmal eure Achse zeigen; das wichtigste Element im Tango." Die Tanzlehrerin nahm eine stolz aufgerichtete Haltung ein, bei der sie ihren Oberkörper leicht nach vorn neigte, wodurch sie ihren Po ein Stück herauszustrecken schien. Sie griff sich mit den Fingerspitzen in die Haare auf ihrer Kopfmitte und zog eine Strähne nach oben. „Stellt euch vor, ihr seid eine Marionette ...", erklärte Joy ihre Haltung, indem sie demonstrativ an ihrer Haarsträhne zog. „... und ihr hängt an einem unsichtbaren Nylonfaden. Euer Körper hängt an diesem Faden, der von der Mitte eures Kopfes vertikal, also von oben nach unten durch euren Körper läuft und euch aufrecht hält. Dieser gedachte Mittelfaden, an dem ihr hängt, ist eure Achse. Diese Achse muss euch beim Tanzen ständig bewusst sein, denn nur dann seht ihr beim Tanzen gut aus."

„Aber du beugst dich doch mit dem Oberkörper nach vorne", sagte eines der jungen Mädchen irritiert.

„Und das ist auch gut so“, lachte Joy und machte Don ein Zeichen, der innerhalb von drei Schritten der Tanzlehrerin in gleicher Körperhaltung gegenüberstand. „Don stellt sich mir gegenüber und lädt mich ein, mit ihm zu tanzen; ohne Worte, versteht sich!“

„Wieso denn das?“, rutschte dem jungen Mädchen die nächste Frage heraus.

„Weil du hier beim Tango und nicht in der Disse bist!“, gab Franka zurück.

Joy machte in ihre Richtung den Daumen hoch. „Ganz genau. Beim Tango fordert der Führende die Folgende mit seinen Augen auf. Wenn ein Führender mit einer Dame tanzen möchte, sucht er den Augenkontakt. Erwidert die Dame den Blick des Führenden, nickt dieser zur Bestätigung leicht mit dem Kopf; beide stehen auf und treffen sich am Rand der Tanzfläche. Wenn die Folgende mit dem Mann, der ihren Augenkontakt sucht, nicht tanzen möchte, schaut sie einfach weg. So bekommt niemand einen sichtbaren Korb und niemand verliert sein Gesicht. Das ist aber ein Thema, das behandeln wir ausführlich im Einsteigerkurs; jetzt zurück zur Achse.“ Mit der Anmut einer Balletttänzerin hob Joy langsam ihr rechtes Bein an, ohne ihre Körperhaltung zu verändern. „Seht ihr, ich stehe ganz ruhig und sicher in meiner Achse und kann dabei Elemente tanzen, ohne meine Standsicherheit zu verlieren.“ Die Tanzlehrerin demonstrierte zwei eindrucksvolle Drehungen mühelos und ohne sichtbare Anstrengung.

Nachdem sie die wesentlichen Aspekte der Achse noch einmal im Detail erklärt hatte, übten die Tanzschüler den unsichtbaren Gewichtswechsel, indem sie ihr Gewicht mithilfe des Standbeins in den Boden drückten. „Sehr gut!", lobte Joy Karl und nickte anerkennend mit dem Kopf. „Das sieht sehr natürlich aus." Karl war so sehr von dem Lob überrascht, dass er prompt sein Gleichgewicht verlor und zu schwanken begann. „Niemals ablenken lassen", mahnte Joy. „Konzentrier dich auf dich und deine Achse. Behalte dabei immer deine Umgebung auf der Tanzfläche im Blick – Tango ist schließlich ein sozialer Tanz, aber bleib immer ganz bei dir und dem, was du tust; lass dich nicht ablenken."

Joy ging zur nächsten Tanzschülerin, die neben Karl stand und mit energischem und angestrengtem Gesichtsausdruck mit ihren Füßen aufstampfte, als würde sie Weintrauben treten. „Langsam, langsam", hörte Karl Joy zu seiner Nachbarin sagen. „Ganz langsam. Du willst beim Tanzen sexy aussehen und nicht so, als würdest du arbeiten."

Karl besann sich auf Joys Worte, sich nicht ablenken zu lassen, und konzentrierte sich auf sein eigenes Tun. Mit angestrengtem Gesichtsausdruck versuchte er wieder in seinen Rhythmus zu kommen und sein gesamtes Körpergewicht auf den Mittelfuß seines Standbeins zu verlagern, um dadurch eben jenen sicheren Stand zu finden, den Joy ihnen gerade beizubringen versuchte.

Ein paar Minuten später hatte Joy gemeinsam mit Don, der ebenfalls mit leiser Stimme Tipps zur Korrektur gab, eine Runde entlang der Tanzschüler gedreht und klatschte kurz in die Hände. „Sehr gut, ihr Lieben. Das sah richtig gut aus, ihr habt Talent! Und jetzt gehen wir", rief sie gutgelaunt. „Denn beim Tango wird viel gegangen. Jetzt fragt ihr euch sicherlich, was das soll. Schließlich geht ihr ja schon euer Leben lang." Joy ließ ihre Schultern fallen und schlurfte mit demonstrativ schweren Schritten den Kreis entlang, so als würde sie mit bis zu den Ellbogen in den Taschen eines alten Militärparkas vergrabenen Händen frühmorgens aus einem Berliner Club steigen, was für allgemeines Gelächter sorgte. Sie imitierte einige Gangbilder, die jeder der Tanzschüler schon einmal im Alltag gesehen hatte, und der eine oder andere erkannte sich selbst in den teilweise skurril abgeschlafften Körperhaltungen.

„Ihr seht", sagte Joy mit spitzbübischem Lächeln auf den Lippen, „wir können alle mehr oder weniger gut gehen. Aber beim Tango sieht der Gang völlig anders aus." Joy nahm wieder ihre aufrechte Tanzhaltung ein und schritt einmal den Kreis ab. Ihr Gang war elastisch und kraftvoll, aber gleichzeitig von einer Leichtigkeit, als würde sie schweben. In diesem Moment setzte melodische Tangomusik ein. Unbemerkt hatte Don die Musik eingeschaltet. Er durchquerte mit ebenso leichten Schritten den Saal und trat in den Kreis, als Joy direkt auf seiner Höhe war. Sie glitt in Dons Arme und Karl sah gebannt zu, wie sich die Tanzlehrerin wie von einem Magneten angezogen eng an ihren Tanzpartner schmiegte. Vollkommen gebannt klebten die Blicke der Tanzschüler an den Schritten, die langsam und akzentuiert zur Musik gesetzt wurden.

Ohne zu überlegen klatschte Franka laut in die Hände und applaudierte, als Don wie eine Statue inmitten der Tanzfläche stand und Joy in seinen Armen zwei Schritte machte. Lasziv drehte sie sich auf einem Bein, um zwei Schritte in die entgegengesetzte Richtung zu machen. Elegant drehte sie sich erneut um einhundertachtzig

Grad, während ihre Fußspitze spielerisch einen Halbkreis auf dem Boden zeichnete.

Karl fiel in den begeisterten Applaus ein. Er hatte noch nie zwei Menschen auf eine solch wunderschöne, intime Art tanzen sehen. Er versuchte sich vorzustellen, dass sich eine Tanzpartnerin so eng an ihn schmiegen würde, wie er es gerade bei Joy und Don gesehen hatte. Doch so sehr er sich auch bemühte, das Bild mochte vor seinem geistigen Auge nicht recht entstehen.

Mit einer letzten Drehung beendeten Joy und Don ihre Vorführung und kamen mit dem letzten Ton des Musikstückes in einer dramatischen Pose zum Stehen; Don stand breitbeinig und fest wie ein Fels in der Brandung, während Joy ihr angewinkeltes Bein um seine Hüfte gelegt hatte und ihren Kopf nach hinten fallen ließ, sodass ihre Lockenpracht sich über ihren Rücken zu ergießen schien.

Völlig begeistert klatschten nun auch die übrigen Zuschauer in ihre Hände.

Joy löste sich von Don und nahm dessen Hand. Beide machten eine tiefe Verbeugung vor den Tanzschülern.

„Das waren die Ochos, von denen ich vorhin gesprochen habe, und eins verspreche ich euch: Bis Mitternacht könnt ihr das auch, und nach dem Feuerwerk tanzen wir gemeinsam eine Tanda im großen Saal!"

Die nächste Viertelstunde verbrachten die Tanzschüler damit, ihren eigenen Gang zu analysieren. Jeder einzelne Schritt sollte bewusst geschehen: Ferse aufsetzen, Abrollen über die Außenkante des Fußes, Gewicht auf den Vorderfuß verlagern, um sich dann mit dem Standbein in den nächsten Schritt abzustoßen.

„Mein Gott! Ich dachte immer, ich kann laufen. Das krieg ich doch niemals hin!“, stöhnte Karl lautlos in sich hinein, als er vergeblich versuchte, sich auf seine Füße zu konzentrieren. Er hatte das Gefühl, dass ihm ständig einer der anderen Tanzschüler vor die Füße lief. Kaum hatte er zwei Schritte so gesetzt, wie Joy es ihnen gezeigt hatte, musste er jemandem ausweichen oder wurde abgedrängt.

„Nimm die Brust raus!“, forderte Joy Karl auf, die unbemerkt neben ihm aufgetaucht war. Sanft legte sie, während sie neben ihm herging, ihre Hand gegen sein Brustbein. „Drück mit deinem Brustbein gegen meine Hand.“ Karl fuhr erschrocken zusammen, bemühte sich aber trotzdem, Joys Aufforderung nachzukommen, und suchte mit seiner Brust die Hand der Tanzlehrerin. „Langsam, Karl“, lachte diese leise. „Ganz langsam. Such mit deinem Brustbein den Druckpunkt meiner Hand; aber langsam.“

Joys Hand fühlte sich trotz der ungewohnten Nähe gut an. Er schloss die Augen, spürte den Widerstand und drückte vorsichtig seine Brust gegen die Hand der Tanzlehrerin, welche die Berührung erwiderte. Im gleichen Moment, als Karl den Druck der Hand verspürte, legte Joy ihm eine zweite Hand aufs Kreuzbein.

Karl stolperte vor Schreck und riss erschrocken die Augen auf. So war er noch nie von einem Menschen berührt worden – mal abgesehen von dem alten Doktor, bei dem er gemeinsam mit seiner Mutter in Behandlung gewesen war und der bei jeder Untersuchung mit den Fingerknöcheln gegen all seine Gelenke geklopft hatte. Aber von einer Frau – niemals!

„Sorry“, sagte Joy leise. „Ich wollte dich nicht erschrecken. Drück jetzt dein Kreuzbein nach hinten gegen meine Hand; mit deinem Brustbein hältst du aber vorn ebenfalls Kontakt. Und dabei setzt du weiter deine Schritte."

Leichte Panik stieg in ihm auf. Gerade war noch das bewusste Gehen sein größtes Problem gewesen, jetzt hatte sie ihm drei Dinge gleichzeitig auferlegt, auf die er achten sollte.

Joy musste die Überforderung in ihm gespürt haben, denn sie versuchte sogleich ihn zu beruhigen: „Ich weiß, das ist am Anfang etwas viel, worauf du achten musst. Aber schon bald wird dir diese Grundhaltung in Fleisch und Blut übergegangen sein."

Außenkante – Abrollen – Gewicht verlagern – Schritt – Ankommen und von vorn. Es hörte sich so leicht an, jedoch die praktische Umsetzung war etwas ganz anderes. Während Karl krampfhaft versuchte, mit Brust- und Kreuzbein gleichzeitig den Druck von Joys Händen zu erwidern, schien es ihm so, als hätten die anderen Tanzschüler nicht solche Probleme. Nur Franka hatte anscheinend ebenfalls mit sich und dem Tango zu kämpfen. Er hörte sie fluchen und musste schmunzeln.

„Scheiße! Das sah doch so leicht aus. Wieso kann ich das nicht?" Franka war entnervt.

„Lass deine Schultern hängen", sagte plötzlich eine dunkle Männerstimme direkt neben ihrem Ohr. Franka zuckte leicht zusammen und nahm automatisch ihre Schulter ein Stück tiefer.

„Nicht nur tiefer nehmen, sondern entspannen."

„Mach ich doch", entgegnete Franka gestresst und wandte ihren Kopf. „Ich bin total entspannt!"

Don sah sie aus dunklen Augen aufmerksam an.

„Mach ich doch“, wiederholte Franka stur und erwiderte den Blick des argentinischen Tanzlehrers. Der sagte nichts und legte behutsam seine Hände auf ihre Schultern, während er langsam neben ihr herging. Von den Händen des Tanzlehrers schien nicht nur eine intensive Körperwärme, sondern auch eine enorme Ruhe auszugehen, die sich auf Franka übertrug. Sie spürte den leichten Druck seiner Hände auf ihren Schultern, die sich fast unmerklich entspannten.

„Sehr gut“, lobte Don sie und löste eine Hand von ihrer Schulter. „Ich lege jetzt meine Hand auf deine Brust und du drückst mit etwas Druck dagegen.“ Franka ließ es geschehen. Vielleicht lag es an den Eindrücken der Nacht, vielleicht an dem Vertrauen, das Franka ohne ersichtlichen Grund Don gegenüber empfand, aber sie spürte keine Angst, als er sie berührte. Entgegen seiner Ankündigung legte Don nicht seine Hand auf ihre Brust, sondern drückte seine Fingerknöchel behutsam gegen ihr Brustbein.

„Du bist gut“, sagte Don. Franka wurde unsicher. Meinte er ihren Körper oder ihr Bemühen, seiner Aufforderung nachzukommen? Don sprach ein sehr gutes Deutsch mit charmantem Akzent, aber eher lässig, als krampfhaft bemüht jedes Wort mit der richtigen Bedeutung auszusprechen. Vermutlich waren ihm die Feinheiten der deutschen Sprache auch ziemlich egal.

In diesem Moment klatschte Joy gut gelaunt in die Hände. „Hola, ihr Lieben! Das sah schon sehr gut aus. Bildet jetzt wieder einen Kreis.“ Während die Teilnehmer ihrer Aufforderung Folge leisteten und Pärchen wieder zueinander fanden, sprach Joy weiter: „Ihr habt sicher alle gemerkt, wie schwierig es ist, auf alles gleichzeitig zu achten.“

Zustimmendes Gemurmel ertönte.

„Am Anfang ist es nicht einfach, seine Schritte bewusst zu setzen und dabei gleichzeitig die eigene Tanzhaltung nicht zu verlieren: Brust und Kreuz raus, Schultern runter, Kopf hoch und in seiner Achse bleiben. Das war aber noch nicht alles“, die Tanzlehrerin machte eine umfassende Geste in den Raum hinein. „Da sind noch die anderen Tanzpaare, mit denen ihr nicht zusammenstoßen solltet, und natürlich die Musik: Rhythmus, Takt, Geschwindigkeit, Musikalität und obendrein sollt ihr entspannt sein und sexy aussehen.“ Joy machte ein demonstrativ erschrockenes Gesicht.

„Wie lange dauert es denn, bis man Tango tanzen kann?“, fragte eine der jungen Frauen kleinlaut.

Joy legte den Kopf schief und zuckte die Achseln. „Es ist immer eine Frage des eigenen Anspruchs. Schönes, harmonisches Gehen in einer Umarmung, die sich gut anfühlt, heißt schon, Tango zu tanzen. Meistens möchten die Schüler aber immer sehr schnell ganz viel Technik lernen und die wesentlichste lernt man schon in den ersten Monaten. Es liegt immer daran, was du willst und wie schnell du es willst. Es gibt tangobegeisterte Schüler, die kaufen sich eine Monatskarte, sind jeden Abend zum Unterricht da und hängen daran auch noch eine Practica und am liebsten noch die abendliche Milonga bis zum frühen Morgen. Dann lernst du natürlich schneller, als wenn du nur zweimal in der Woche zum Einsteigerkurs kommst. Folge deinem eigenen Gefühl und tu das, was sich für dich richtig anfühlt.“

Während Karl Joys Erklärungen zuhörte, versuchte er gleichzeitig in sich hineinzuhorchen, was ihm sein Gefühl sagte. Vielen neue und fremde Eindrücke wirbelten in seinem Kopf durcheinander, und eigentlich wusste er gar nicht, was für ihn der richtige Weg war.

„Nun aber …“, fuhr die Tanzlehrerin fort, „… wollen wir uns umarmen.“

Während die übrigen Tanzschüler Joy ebenso fragend wie erwartungsvoll ansahen, durchfuhr Franka und Karl, die sich im Kreis gegenüberstanden, ein heißer Schreck. UMARMEN?!

„Alle Frauen bilden jetzt bitte einmal einen äußeren Kreis und schauen zu mir“, rief Joy den Tanzschülern zu, während sie zur Saalmitte ging. „Die Männer bilden einen Innenkreis und schauen ebenfalls zu mir.“ Es dauerte eine Weile, bis die Tanzschüler ihre Positionen eingenommen hatten und sich alle Augen wieder auf Joy richteten. „Tango bedeutet Begegnung“, sagte Joy. „Eine Begegnung zwischen zwei Menschen, wobei es vollkommen egal ist, ob es sich um eine Frau und einen Mann, zwei Frauen oder zwei Männer handelt, die in ihrer Begegnung miteinander tanzen. Diese beiden Menschen begegnen sich im Tanz, in einer Umarmung – einer engen Umarmung. In dieser Umarmung lassen sich beide aufeinander ein, ohne zu reden. Denn ihre Körper kommunizieren miteinander über Bewegungen und Impulse, die es zu verstehen gilt, um ihnen zu folgen, sie zu erwidern und – diese gemeinsame Bewegung zu genießen.“

Es war still in dem kleinen Tanzsaal, nur die Klänge der Musik aus dem Hauptsaal waren zu hören, die gedämpft durch die geschlossene Tür drangen. „Und nun …“, grinste Joy die Anwesenden an. „… drehen sich alle Herren zu den hinter ihnen stehenden Damen herum."

Die Männer folgten mehr oder weniger elegant Joys Aufforderung, die bereits das nächste Kommando gab: „Alle Männer machen bitte einen Schritt auf die Damen zu und …", Joy wartete, bis sich die Paare dicht gegenüberstanden, und beendete ihren Satz mit der Aufforderung: „… umarmt euch jetzt!" Je nach persönlichem Temperament, Begeisterung über die Art des Tanzunterrichtes und Attraktivität des Gegenübers schlossen sich die Tanzschüler in die Arme. Karl gegenüber stand die Frau im kleinen Schwarzen, die er auf Mitte Ende Fünfzig schätzte. Sie sah ihn unsicher an und war sich offensichtlich noch nicht im Klaren darüber, wie sie diese Unterrichtseinheit finden sollte.

„Karl", sagte Karl und nickte der Frau förmlich zu.

„Helena", antwortete die Frau nicht weniger förmlich und machte Anstalten, ihm die Hand zur Begrüßung zu reichen, stoppte aber in der Bewegung, als Karl seine Arme wie ein Kormoran ausbreitete. Die Frau schnappte vernehmlich nach Luft, als seine Arme ähnlich den Fangblättern einer Venusfliegenfalle zuschnappten. Seine ungestüme Umarmung entsprang jedoch nicht seinem Bedürfnis, die Frau zu spüren, sondern lag schlichtweg daran, dass er noch nie eine Frau – abgesehen von seiner Mutter – umarmt hatte. Ihm fehlte einfach das Gefühl dafür, wie sich Umarmungen voneinander unterschieden und wie sie je nach Situation und Gegenüber dosiert werden konnten.

Langsam begann Karl den Körper seines Gegenübers zu erspüren und mit jedem weiteren Detail wurde seine

Umarmung zärtlicher: ihre Arme, die sich um seinen Nacken gelegt hatten, ihr Bauch, den er an seinem Bauch spürte, und die vollen Brüste der Frau, deren Üppigkeit ihm fast den Atem nahm. Der leicht blumige Duft ihres Parfüms kitzelte seine Nase. Karl sog ihn vorsichtig ein.

„Bitte die Umarmung lösen", unterbrach Joy mit gedämpfter Stimme die Umarmungsrunde. „Die Herren bleiben stehen, die Damen gehen entgegen dem Uhrzeigersinn einen Partner weiter."

Leicht benommen von seiner ersten Umarmung und der Intensität, mit der Karl den Körper der Frau gespürt und ihren Duft eingeatmet hatte, löste er seine Arme. Helena streifte eine Haarsträhne aus ihrem Gesicht und verabschiedete sich mit einem kaum wahrnehmbaren Nicken. Karl sah, dass ihr Wangen gerötet waren. Offensichtlich war nicht nur er von der Umarmung beeindruckt.

„Lena", stellte sich die junge Frau vor, die nicht wesentlich älter als Zwanzig war.

„Karl."

Obwohl die junge Frau, die ein weit ausgestelltes Blümchenkleid im Stil der Fünfziger Jahre trug, schüchtern wirkte, warf sie dem doppelt so alten Karl einen koketten Blick zu, bevor sie die Arme um ihn legte und ihren schmalen Körper eng an ihn presste. Karl legte ebenfalls seine Arme um die junge Frau und spürte ihre Rippen unter seinen Händen. Diese Umarmung fühlte sich anders an als die vorherige, ohne dass er sagen konnte, ob sie besser oder schlechter gewesen wäre. Erneut wurde Karl von seinen Sinnesreizen überflutet. Der Körper der jungen Frau fühlte sich zart und zerbrechlich an in seinen

Armen und löste in ihm das Bedürfnis aus, sie beschützen zu wollen. Dieser Beschützerinstinkt verstärkte sich zusätzlich, als er das Zittern ihres Körpers bemerkte – offenbar war Lena aufgeregt. Auch Karls Körper vibrierte, als würde tief in seinem Innern ein leise brummender Generator laufen. Lena duftete auch anderes als Helena. Natürlich war selbst ihm klar, dass jede Frau ihren eigenen Duft hatte, aber erst in der Umarmung wurde es ihm bewusst. Die Umarmung der jungen Frau empfand Karl als sehr intensiv und lang, da ihr Körper an ihm zu kleben schien. In Wirklichkeit dauerte sie genau zehn Sekunden, wie die vorherige Umarmung auch.

Auch für Franka waren die beiden Umarmungen eine völlig neue Erfahrung gewesen, auch wenn der Hipster Mael und der grauhaarige Gunnar nicht die ersten Männer waren, die sie umarmt hatte. Neben Rocky begrüßte sie auch dessen Kumpel stets mit einer Umarmung, wenn sie ihnen im RAW oder sonst wo über den Weg lief. Doch die heutigen Umarmungen waren anders. Die körperlichen Begegnungen mit Mael und Gunnar hatten sich weitaus angenehmer angefühlt, als wenn ihr Rockys Kumpels bei der Umarmung auf den Arsch klatschten. Außerdem rochen die beiden Männer, deren Körperwärme sie immer noch zu spüren schien, einfach besser.

Franka hatte das Gefühl, als hätte sich ihr heute Nacht mit dem Überschreiten der Schwelle des Nou eine neue, ihr bislang unbekannte Gefühlswelt geöffnet. Normalerweise war es für Franka ausgeschlossen, dass ihr ein fremder Mann so nah kommen durfte, wie es bei Don, Mael und Gunnar der Fall gewesen war; drei Männer, wie sie unterschiedlicher nicht sein konnten. Aber natürlich wusste Franka auch, dass ihr hier nichts passieren konnte. Schließlich war das eine Tanzschule und keine Kifferhöhle, wohin Rocky sie sonst mitschleppte.

Auch wenn Franka von vielen neuen Sinneseindrücken gleichzeitig durchströmt wurde und sie ihre Gefühle noch nicht einordnen und benennen konnte, wusste sie doch eins: Es war die Umarmung gewesen, welche die körperliche Begegnung so anders gemacht hatte als die sonstigen überschaubar vielen Körperkontakte, an die sie sich erinnern konnte. Die Umarmung war eng, aber nicht einengend, nah, aber nicht bedrängend, unbekannt, aber nicht beunruhigend gewesen. Sie gab ihr Sicherheit und wirkte beruhigend wie die „Umarmung" der Wolldecke in ihren Therapiesitzungen. Die Umarmung ließ sie ihren Körper spüren.

„Alle Damen bitte einen Partner weitergehen", erklang die Stimme der Tanzlehrerin.

Franka machte zwei Seitwärtsschritte und stand vor einem gutaussehenden Mann, den sie auf Mitte vierzig schätzte. Seine schwarzen Haare hatten an den Schläfen erste graue Strähnen, die seine männlichen Züge noch markanter erscheinen ließen. Dieser Eindruck wurde durch den schwarzen Anzug, zu dem der Mann ein weißes Hemd und eine schmale ebenfalls schwarze Krawatte trug, unterstrichen. Obwohl der Anzug dem heutigen feierlichen Anlass entsprach, wirkte der Mann dennoch ungemein lässig, da der weite Schnitt des Anzugs sie eher an einen Alain-Delon-Film aus den fünfziger Jahren erinnerte als an einen formellen Abendanzug.

„Hi. Ich bin Franka", stellte sie sich vor.

„Karl", erwiderte ihr Gegenüber steif und breitete seine Arme so weit aus, als wolle er zu einem Rundflug abheben.

Langsam legte Franka ihre Arme um Karl. Sie zögerte kurz, bevor sie sich an ihn schmiegte und seinen Oberkörper, seine Arme spürte, seinen Geruch wahrnahm. Sie schloss die Augen.

Karl erspürte ihren durchtrainierten Oberkörper, ihre festen Brüste, ihre Hände an seinem Rücken, ihren Geruch. Auch er schloss die Augen.

Ein Meer aus Sinneswahrnehmungen überflutete beide.

„Bitte die Umarmung lösen!“, rief Joy in ihre Umarmung hinein und klatschte dabei in die Hände. Diesmal forderte die Tanzlehrerin nicht zu einem erneuten Partnerwechsel auf, sondern warf einen kurzen Blick auf ihre Uhr. „Jeder bleibt bei dem Tanzpartner stehen, bei dem er gerade steht; egal ob Heimatpartner oder nicht. Wenn wir um Mitternacht ins Neue Jahr tanzen wollen, müssen wir uns ein bisschen sputen. Ihr habt in der letzten Stunde bereits fünf elementare Dinge des Tango Argentino kennengelernt: Tanzhaltung, Achse, Gewichtswechsel, Gehen und die Umarmung. Jetzt bringen wir euch noch den Ocho bei und dann kann die Party steigen!“

Don versammelte die Männer in einer Ecke des Saals und zeigte ihnen in Zeitlupe, wie der Führende seine Schritte zu setzen und wie er mit dem seitlich gedrehten Oberkörper der Folgenden einen Drehimpuls zu geben hatte. In der darauffolgenden halben Stunde erklärten die beiden Tanzlehrer das Element Ocho im Detail. Für Karl als Führenden waren der dabei durchzuführende Gewichtswechsel und der von seiner Körpermitte ausgehende Impuls, damit Franka als Folgende ihre Drehung vollführen konnte, eine echte Herausforderung.

Beim ersten gemeinsamen Tanz fiel Karl sowohl das Gehen als auch das Drehen des Oberkörpers schwer. Er kam sich ungelenk und ungeschickt vor, aber da Franka, die in der Zwischenzeit ihren Part in der Frauengruppe auf der anderen Saalseite von Joy demonstriert bekommen hatte, sich erstaunlicherweise genauso drehte, wie sie es vorher bei Joy gesehen hatten, schien er ja nichts Wesentliches falsch zu machen.

Wie durch Zauberei erfüllte sich Joys Voraussage eine Viertelstunde vor Mitternacht: Die Tanzpaare durchtanzten entgegen dem Uhrzeigersinn zu den Klängen der Tangolegende Carlos Gardel den kleinen Saal und alle paar Schritte baute jedes Paar voller Begeisterung einige Ochos ein. Dann schaltete Joy die Musik aus. „Ihr Lieben!“, rief sie temperamentvoll in den Saal. „In fünf Minuten ist Mitternacht und ihr tanzt in euer neues Tangoleben; ich gratuliere euch!“ Don und Joy fassten sich an den Händen und verbeugten sich. Die Tanzpaare blieben stehen und applaudierten begeistert.

„Das hätte ich niemals für möglich gehalten“, sagte Franka, während sie in die Hände klatschte. „Wir können Tango tanzen.“

Karl wusste genau, dass sie noch weit davon entfernt waren, Tango tanzen zu können. Aber, überwältigt und begeistert von dem wunderbaren Abend nickte er ihr zu und stimmte in ihr fröhliches Lachen mit ein. Er spürte, dass hier etwas passiert war, mit ihm. Er hätte es beim Tanzpartnerwechsel nicht besser treffen können; sie verstanden sich beide auf Anhieb gut. Sogar Karls Zittern legte sich, nachdem er Franka ein paar Runden durch den Saal geführt hatte.

Die Tür öffnete sich und eine der jungen Frauen von der Bar schob sich vorsichtig durch den Türspalt. In ihren Händen balancierte sie ein großes Tablett, auf dem eine Galerie Gläser und zwei geöffnete Flaschen Sekt standen, die vor Kälte beschlagen waren. „Hola!", rief sie laut den Anwesenden zu. „In vier Minuten ist es soweit – Mitternacht!"

Joy und Don eilten ihr zur Hilfe und nahmen ihr das Tablett ab. Während die junge Frau wieder Richtung Bar verschwand, öffnete Don bereits die erste Flasche. Joy nahm ihm die Flasche ab und füllte die Gläser, während einer der Tanzschüler ihr half und das Tablett hielt. „Nehmt euch alle ein Glas und dann gehen wir zu den anderen in den großen Saal!", forderte Joy die Anwesenden auf, die der Einladung nur zu gern nachkamen. „Wenn es euch heute gefallen hat, freuen wir uns, wenn wir euch am Montag zu unserem Einsteigerkurs wiedersehen. Don und ich unterrichten bis Ende Mai hier im Nou, dann fliegen wir zu einem Tang-Festival nach Lissabon. Danach geht Don zurück nach Buenos Aires und ich für ein halbes Jahr nach Indien. Nutzt eure Chance!"

Wie die meisten anderen nahm auch Karl Flyer und Sektglas vom Tablett und hielt sich dicht hinter Franka, die Joy und Don in Richtung des großen Tanzsaales folgte. Hier herrschte eine ausgelassene Stimmung. DJ Bautista spielte gedämpfte Hintergrundmusik und moderierte die Zeitspanne bis zum Countdown. „Nur noch 30 Sekunden, dann ist Mitternacht!", rief er in in die Menge und zog den Lautstärkeregler hoch, sodass der stakkatoartige Rhythmus des Bandoneons, welches ein Solo spielte, bis in den letzten Winkel des Saals drang.

Karl hätte gern etwas zu Franka gesagt. Ihm war das Herz voll und bei ihr fühlte er sich sicher. Für ihn war es der erste Jahreswechsel, den er ohne seine Mutter und mit so vielen fremden Menschen auf einem Haufen verbrachte. Ihm fehlten die Worte, um zu beschreiben, was in ihm vorging. Ein großartiges Gefühl überlagerte die Trauer um seine Mutter und die übliche Melancholie, die ihn alljährlich zum Jahreswechsels befiel: Lebendigkeit! Noch nie zuvor in seinem Leben hatte er sich so lebendig gefühlt wie in dieser Nacht! Es war unglaublich. Karl spürte das pulsierende Leben des nächtlichen Berlins, er war ein Teil davon. Es fühlte sich großartig an und er spürte, dass sich im Keller seines Bewusstseins eine Tür knarrend geöffnet hatte, die sein Leben lang verriegelt gewesen war.

„10!“, rief DJ Bautista.

„Es geht los“, sagte Franka neben ihm.

Karl nickte aufgeregt, denn er dachte gerade an Joys Worte, dass er nun in ein neues Tangoleben tanzen würde. Vorausgesetzt natürlich, er wollte das auch. Wenn er aber daran dachte, wie er in den letzten Tagen an dem kleinen Tisch in seinem Schirmgeschäft gesessen und immer wieder nach dem Flyer mit dem Tanzpaar gegriffen hatte … „Ich will“, flüsterte Karl lautlos. „Ich will es so sehr!“

„4!“, rief Bautista. „3, 2, 1! Frohes Neues Jahr!“

Begeistert johlten und riefen die Gäste durcheinander. Das Geklirr der Gläser vermischte sich mit Happy-New-Year-Rufen und fröhlichem Gelächter zu einer ausgelassenen Geräuschkulisse.

„Frohes neues Jahr, wünsche ich." Franka streckte Karl ihr Glas entgegen, der, noch etwas zittrig vor Freude, ebenfalls sein Glas erhob und mit ihr anstieß. Nachdem er einen kleinen Schluck von dem Sekt getrunken hatte, verzog er unmerklich das Gesicht. Für seinen Geschmack war der Sekt zu trocken. Seine Mutter hatte immer einen süßen Asti spumante zu Silvester gekauft. Einen anderen Sekt kannte er nicht.

Den Neujahrswünschen von Franka schlossen sich Joy, Don und alle Tanzschüler aus dem kleinen Saal an, die sich zu einem Halbkreis formiert hatten. Die ersten Gäste gingen Richtung Ausgang, weil sie draußen auf der Chausseestraße das Feuerwerk beobachten und selbst böllern wollten. Karl jedoch blieb stehen und wich den Leuten aus, die an ihm vorbei Richtung Ausgang strömten. „Du machst dir nichts aus Feuerwerk?", fragte Franka, die ebenfalls keine Anstalten machte, Joy und den übrigen Tanzschülern zu folgen.

Karl schüttelte den Kopf. „Feuerwerk mag ich schon, nur das Geböllere auf der Straße nicht."

„Kann ich gut verstehen", antwortete Franka und verzog säuerlich die Mundwinkel. „Ich mag's schon aus beruflichen Gründen nicht."

„Wieso denn das?", wollte Karl wissen und sah sie interessiert an. „Was machst du denn beruflich?"

„Ich räum den Scheiß wieder weg", antwortete Franka kurz.

Karl konnte mit der Antwort nichts anfangen, fragte jedoch nicht nach, weil er nicht neugierig erscheinen wollte und in diesem Moment ohnehin die Musik von Carlos Di Sarli erklang.

„Oh, *La Capilla Blanca*“, sagte eine dunkle Frauenstimme hinter ihm. „Eins meiner Lieblingsstücke.“

Karl wandte sich um. Vor ihm stand die blonde Laura, die ihn zu Beginn des Abends auf die Tanzfläche geschleift und sich so eng an ihn gedrückt hatte, dass er noch immer Atemnot bekam, wenn er auch nur daran dachte. „Ich wünsche dir ein chilliges neues Jahr.“ Mit laszivem Augenaufschlag hielt die Blondine ihm ihr Glas entgegen.

„Frohes neues Jahr“, erwiderte Karl knapp und hob sein Glas; es klirrte leicht, als sie anstießen. Laura nahm einen kleinen Schluck von ihrem Sekt und musterte Karl ausgiebig unter ihren langen künstlichen Wimpern. Diesmal konnte er den Blick der Blondine zuordnen, was erneut für einen Anfall von Panik sorgte.

„Willst du mich nicht auffordern?“, fragte die Blondine mit provozierend kokettem Augenaufschlag. Überrumpelt von der direkten Frage und ungeübt im Umgang mit Frauen, die sich nahmen, was sie wollten, warf Karl Franka einen hilflosen Blick zu. „Ich …“ Er suchte nach Worten, um aus dieser Situation zu entkommen, wusste aber nicht, was er sagen sollte.

„Oh, sorry.“ Mit einem entschuldigenden Lächeln legte Franka ihren Arm um Karls Hüfte und schmiegte sich eng an ihn, während sie die Blondine unschuldig ansah. „Den ersten Tanz im neuen Jahr hat er mir schon versprochen. Probier's doch später noch einmal.“

Karl warf der Blondine, deren Augen schlagartig ihren Schlafzimmerblick verloren und stattdessen wütend funkelten, ein entschuldigendes Lächeln zu und ließ sich nur allzu gern von Franka auf die Tanzfläche des großen Saals ziehen.

„Du bist mir was schuldig", kicherte Franka Karl ins Ohr, während sie die Tanzhaltung einnahm, die Joy ihnen beigebracht hatte. „Die hätte dich mit Haut und Haaren verspeist."

„Danke", erwiderte er erleichtert und legte vorsichtig seinen rechten Arm um Frankas Taille.

Während die meisten Gäste auf die Straße geströmt waren, um das Feuerwerk am nächtlichen Himmel der Hauptstadt zu beobachten, spürten Franka und Karl intensiv die Umarmung eines für sie bislang völlig fremden Menschen. Sie gaben sich zaghaft aber voller Vertrauen der neuen und für sie ungewohnten Situation hin. Vorsichtig gestatteten sie sich die Berührung und genossen die Wärme und die Nähe des anderen: Frankas Hand in Karls Hand, seine Hand auf ihrer Taille, ihre Hand auf seiner Schulter, Haarsträhnen, die die Haut streiften, Beine, die sich kurz berührten. Die sanfte melodische Tangomusik von Carlos di Sarli und Sandra Luna tat das Übrige, um diese Silvesternacht zu einem unvergesslichen Erlebnis für Franka und Karl zu machen. Außer ihnen beiden befanden sich nur noch zwei andere Tanzpaare auf dem Parkett des Nou, die tief in sich versunken tanzten, als seien sie allein auf der Welt.

Mit dieser Nacht veränderte sich das Leben von Franka und Karl grundlegend. War es der Tango oder war die Zeit einfach reif, sich aus dem Kokon zu schälen, um die Welt gemeinsam neu zu entdecken und zu erleben?

Was auch immer der Grund für diese Wende in ihrem Leben war, Franka und Karl taten das einzig Richtige – sie überlegten nicht, sie tanzten.

- 11 -

Tief unter dem Flugzeug funkelte der grünblaue Atlantik in der Mittagssonne. Langsam schob sich die Küste Portugals ins Blickfeld und je näher sie rückte, desto mehr silberne Schaumkronen tanzten auf den Wellen.

„Schau mal, wie schön – Lissabon!", sagte Franka und tippte mit dem Finger gegen die Scheibe des Flugzeugfensters.

„Ja. Wunderschön.", sagte Karl andächtig und sah unter dem Flugzeug die Mündung eines Flusses auftauchen.

„Das ist der *Tejo*!" Aufgeregt trommelte Franka mit ihren Fingerspitzen gegen die Scheibe. „Der Rio Tejo! Der Fluss fließt hier in den Atlantik; deshalb hast du hier an der Mündung auch Süßwasser und Salzwasser gleichzeitig. Das Wasser vermischt sich hier."

Ein leichtes Lächeln umspielte Karls Lippen. Seit Franka und er sich entschlossen hatten, zum Tangofestival nach Lissabon zu fliegen, kannte seine Tanzpartnerin kein anderes Thema mehr als Tango – Lissabon – Tango oder zur Abwechslung Lissabon – Tango – Lissabon. Bereits Wochen vor dem Abflug studierte Franka unermüdlich den Reiseführer mit samt seinen Stadtplänen und las Karl alles Wissenswerte über die weiße Stadt am Atlantik vor:

Geschichte, Geographie, Sehenswürdigkeiten, Fado – das komplette Programm. Ein Reiseführer allein genügte natürlich nicht. Was der eine Reiseführer nicht wusste, war im Zweifelsfall im zweiten zu finden.

„Wozu brauchst du eigentlich noch zwei Stadtpläne, wenn du schon zwei Reiseführer hast?", hatte Karl gefragt, als Franka ihm eines Abends zum Tangokurs die Handbücher und Pläne mitbrachte.

„Weil … weil … ich muss einen Plan in der Hand haben", erklärte Franka eifrig. „Ich brauch so eine Karte in groß. Die muss man ausbreiten können, drehen und … na, halt in der Hand halten."

„Und zum Fliegen verscheuchen?", neckte Karl sie feixend.

„Genau!" Franka klopfte mit dem Reiseführer auf Karls Knie. „Schlaues Kerlchen!"

„Und wieso hast du zwei Stadtpläne gekauft?", ließ der nicht locker.

Demonstrativ hatte Franka daraufhin ihre Augen verdreht und den kleinen Faltplan hochgehalten wie ein Schiedsrichter, wenn er eine gelbe Karte zeigt. „Weil diese hier kleiner ist. Und das ist praktisch. Für die Handtasche oder … so eine kleine Karte hat man immer dabei und die kann man sich auch in die Hosentasche stecken."

Karl sah sie schweigend an, während das Flugzeug langsam über Lissabon schwebte. Seit er regelmäßig mit Franka tanzte, hatte er gelernt, dass es in Bezug auf Frauen manchmal besser ist, Dinge einfach so zu akzeptieren, wie sie waren. Wenn also Franka ihre zwei Reiseführer und zwei Stadtpläne brauchte, sollte sie glücklich werden, und wenn sie noch einen dritten haben wollte, hätte er ihr den auch noch gekauft.

Franka und der Tango, das waren die zwei Dinge, die ihm völlig neue Einblicke in die Weiblichkeit eröffnet hatten. Durch die Silvesternacht „tangoisiert" hatte er sich bereits am ersten Unterrichtstag des neuen Jahres seine erste Monatskarte gekauft, der in den darauffolgenden Monaten neue folgten. Jeden zweiten Abend nahm er gemeinsam mit Franka am Einsteigerkurs teil und blieb nach den ersten neunzig Minuten Unterricht auch noch zur anschließenden Practica – eine neunzig minütige Übungsstunde, bei der die jeweiligen Tanzlehrer ein Thema vorgaben, mit dem sich die Schüler tänzerisch auseinandersetzen sollten.

Da während der Kursstunden häufige Tanzpartnerwechsel stattfanden, lernte Karl in vielerlei Hinsichten enorm viel dazu. Zum einen machte sein Sozialverhalten einen Quantensprung: Karl hatte Kontakt zu Frauen, sowohl körperlich als auch mental, er verabredete sich, lachte, scherzte und stellte fest, dass ihm Frauen, insbesondere Franka, gern zuhörten. Zum anderen lernte er, dass das Leben Spaß machen kann und wie gut sich der eigene Körper im Kontakt mit einem anderen anfühlt.

„Da. Sieh!", ein Rippenstoß von Franka lenkte Karls Aufmerksamkeit auf das langsam unter ihnen vorbeiziehende Panorama der Atlantikküste. Die ersten Gebäude Lissabons tauchten auf. „Da unten, der *Torre de Belém*."

„Wer?" Karl kniff die Augen zusammen und sah angestrengt auf die unter ihnen liegende Flussmündung.

„Der Turm von Belém", wiederholte Franka. „Der Wachtturm des Hafens von Lissabon. Aus dem fünfzehnten Jahrhundert."

„Schön", nickte Karl, dem es eigentlich egal war, aus

welchem Jahrhundert gerade dieser Wachtturm war; viel zu vielfältig waren die Eindrücke, die mit Beginn ihrer Reise nach Lissabon auf ihn eingeströmt waren.

„Sieh nur! Die Christus-Statue. Genau wie in Rio.“ Franka rückte noch näher mit ihrer Nasenspitze an die Scheibe heran und sah angestrengt nach unten.

Auch sie hatte in den vergangenen Monaten dazugelernt. Für sie war der Wechsel aus Nähe und Distanz beim Tango eine völlig neue Erfahrung gewesen. Von einem Mann respektvoll und ohne sexuelle Hintergedanken umarmt zu werden, kannte Franka bislang nicht, insbesondere seit sie in einem reinen Männerteam arbeitete. Ebenso neu war für Franka die Erkenntnis, dass auch Männer vor Aufregung zittern konnten.

Die wesentlichste Erfahrung für sie war jedoch der Beginn der Wahrnehmung ihres eigenen Körpers. Auch wenn ihr Körperempfinden noch immer nicht so war wie bei den meisten anderen Menschen – dafür lag noch ein zu weiter Weg vor ihr – so war sie zumindest nicht mehr ausschließlich auf ihre Wolldecke angewiesen, um sich wahrzunehmen. Der stabile Rahmen der Tangoumarmung ließ sie zum ersten Mal ihren eigenen Körper spüren, während sie sich bewegte – noch dazu in intimer körperlicher Nähe. Das intensive Erlernen und Trainieren der wesentlichen Tangoelemente wie bewusstes Gehen, sicherer Stand in der eigenen Körperachse und konzentrierte Körperspannung lehrten sie mehr über ihren Körper als die langjährige Therapie.

Der Tango Argentino hatte lange auf Franka und Karl gewartet und in einer Silvesternacht war die Zeit der Begegnung gekommen: El Tango te espera!

Nun führte sie der Tango gemeinsam nach Lissabon. Der Flug dorthin war Karls erste Flugreise und ein Teil zahlreicher neuer Erfahrungen, die Karl seit der letzten Silvesternacht gemacht hatte. Ihm war klar, dass die Wendung, die sein Leben seit seinem ersten Besuch im Nou genommen hatte, ein Geschenk war, keine Selbstverständlichkeit. Er war jeden Tag aufs Neue dankbar für diese Chance. So wie er auch Joys Empfehlungen, das Tangofestival in Lissabon zu besuchen, als eine Chance sah, sich auf Neues einzulassen und auszuprobieren. Eine Sichtweise, die ihm bisher genauso fremd war wie seine Begeisterung, als Franka ihm vorschlug, zum Festival nach Lissabon zu fliegen. Er hatte zwar Gefallen an der Vorstellung gefunden, sich die Show von Joy und Don in Lissabon anzuschauen – doch der Flug … „Ich bin doch noch nie geflogen", war seine erste Reaktion auf Frankas Vorschlag gewesen.

„Dann wird es Zeit!", hatte ihre Antwort gelautet – und sie hatte recht.

Zunächst hatte Karl höllischen Respekt vor dem Gedanken, auch nur ein Flugzeug besteigen zu müssen. Schon Tage vorher hatte er kaum etwas essen können und die letzten drei Nächte kaum geschlafen. Doch seine Unruhe legte sich während des Fluges, sodass er nun den Anblick des nahenden Lissabons genießen konnte. „Und da …", kam auch schon der nächste aufgeregte Hinweis seiner Tanzpartnerin. „… das Stadion *Os Belenses* und … hier …"

„Fußball?", warf Karl ein.

„… wie?" Franka warf ihm einen kurzen Seitenblick zu, um zu prüfen, ob Karls Frage ernst gemeint war; aber offensichtlich interessierte er sich tatsächlich nicht für Fußball. „Hallo!", sagte sie und klopfte Karl demonstrativ mit ihrem Stadtplan gegen die Stirn: „Portugal ist Europameister! Eine Sensation. Sieg gegen Frankreich in der 109. Minute in der Verlängerung!"

„Toll", entgegnete Karl lahm.

„Banause!", lachte Franka und wandte sich wieder zum Fenster, um sogleich in Entzücken auszubrechen. „Sieh nur, die berühmte *Ponte 25 de Abril*, die zweitlängste Hängebrücke der Welt!"

Karls Blick folgte dem ihrem. Trotz anfänglicher Angst genoss er die fantastische Aussicht aus dem Flugzeugfenster, wobei es ihm völlig egal war, wie lang die Brücke war oder aus welchem Jahrhundert die Gebäude stammten. Er staunte und freute sich über Frankas Wissensdurst und ihr Gedächtnis, in welchem sie die Angaben ihrer Stadtpläne komplett abgespeichert zu haben schien. Ohne Franka hätte Karl trotz seiner Neugier die Reise nach Lissabon nicht gemacht. Es war nicht so, dass Karl nicht mit dem Leben klarkam, aber er war eben nie aus seinem Berliner Kiez herausgekommen. Die vielen Menschen auf dem Flughafen, die Sicherheitskontrollen, das Gewusel am Check-in: All das stellte für Karl normalerweise unüberwindliche Hürden dar. Er hatte es Franka noch nicht direkt gesagt, aber er war sehr dankbar, dass sie ihm die Formalitäten abgenommen hatte.

Unter ihnen tauchten immer mehr Wohnhäuser auf und das Flugzeug sank schnell tiefer, bis der weiße Streifen der Landebahn unter ihnen auftauchte und die Maschine mit einem sanften Ruck auf dem *Aeroporto da Portela Lisboa* aufsetzte. „Wir sind da!" Mit einem Ausdruck ungläubiger Verwunderung in den Augen wandte Franka sich zu Karl und legte ihm beide Arme um den Hals.

Entgegen früherer Gewohnheit zuckte Karl bei der Berührung nicht zurück, er erwiderte sie sogar. Während ihrer gemeinsamen Tanzstunden hatte er sich an Frankas Nähe und auch an die Umarmung anderer Frauen gewöhnt. Das bedeutete allerdings nicht, dass er nichts Besonderes mehr empfand – vor allem nicht gegenüber Franka.

„Danke“, flüsterte sie ihm ins Ohr. „Ich danke dir.“

„Wieso bedankst du dich?“, wollte er wissen. „Ich hab’ doch gar nichts getan.“

„Oh doch, du Dummkopf“, flüsterte sie. „Du bist da.“

In den vergangenen fünf Monaten war Karl neben Rocky zu einem der wichtigsten Menschen in Frankas Leben geworden. Franka war Rocky unendlich dankbar dafür, dass er ihre „Fettschmelze” eingeleitet und jahrelang ihr fehlendes Körpergefühl kompensiert hatte. Aber an jenem Silvesterabend hatte sie ein neues Kapitel in ihrem Leben aufgeschlagen und es war fast so, als habe Karl die Rolle von Rocky – als Begleiter auf ihrem Weg zu sich selbst – übernommen. Franka hatte Rocky seither wie gewohnt zur Inspektion ihrer „Fettschmelze“ getroffen, aber sein Urteil hatte immer mehr an Bedeutung verloren. Die Körperlichkeit des Tango Argentino hatte ihr den Zugang zu ihrem eigenen Körper erschlossen. Die Stabilität der Umarmung und die Kombination aus Nähe und Distanz zu Karl während ihrer gemeinsamen Tanzstunden hatten Rockys Kontrolle entbehrlich werden lassen. Ihr Seelengefängnis hatte sie zwar noch nicht gänzlich verlassen können, aber die Mauer hatte große

Lücken bekommen, durch die Franka immer wieder schlüpfte, um Ausflüge in das Wahrnehmen ihrer eigenen Körperlichkeit und ihrer Weiblichkeit zu unternehmen. Ausflüge die immer ausgedehnter wurden. In nicht allzu ferner Zukunft würde sie auch die Nacht außerhalb der alten Mauerreste verbringen wollen und – es auch können.

Erstaunlich dabei war, dass Frankas Beziehung zu Karl eine rein platonische war. Trotz der Intensität und Intimität ihrer körperlichen Nähe beim Tanzen blieb die körperliche Anziehung, die sie Rocky gegenüber immer gespürt hatte, aus. Beide fanden den jeweils anderen zwar attraktiv und es hatte sich eine weit über das Niveau einer Tanzpartnerschaft hinausreichende freundschaftliche Beziehung entwickelt, aber Liebe – nein, Liebe war es nicht zwischen den beiden. Vielleicht eine Liebe, wie sie zwei Geschwister oder Seelenverwandte füreinander empfinden, aber nicht die eines Paares. Zwar keimte bei gewissen Gelegenheiten in ihr das Gefühl sexueller Lust auf, doch so schnell, wie es kam, so schnell war das Gefühl auch wieder verflogen.

Da auch Karl niemals Frauen erwähnte, außer wenn beide sich hinter vorgehaltener Hand über Mitschüler lustig machten, hegte Franka manchmal den Gedanken, dass ihr Tanzpartner entweder schwul oder asexuell war. Wäre er jedoch schwul, hätte er doch sicher schon einmal etwas von einem Mann erzählt oder würde lieber mit einem Mann tanzen, was in der Tangoszene durchaus üblich war. Blieb also nur noch Asexualtität; ein Zustand, der Franka nicht unbekannt war. Vielleicht würde sich hier in Lissabon eine Gelegenheit ergeben, wo sie ihn beiläufig fragen konnte. Nicht, dass Franka mehr als eine Freundschaft mit Karl anstrebte, aber er reizte sie irgendwie und war ein richtig netter Kerl: immer höflich und aufmerksam, lustig, wenn er mal aufgetaut war; und er konnte sogar charmant sein, was ihm nicht bewusst war und ihn zugleich noch charmanter wirken ließ. Wenn sie mit Karl tanzte, ging Franka oft die Frage durch den Kopf, weshalb ein solch gutaussehender Mann offenbar allein durchs Leben ging.

„Wir müssen aussteigen“, sagte Franka und hauchte Karl einen Kuss auf die unrasierte Wange. Als sich eine Lücke in der Reihe der aussteigenden Fluggäste auftat, standen Franka und Karl auf und schulterten ihre Rucksäcke, die sie als Handgepäck dabeihatten. Geduldig reihten sie sich in die Schlange ein, die dem Ausstieg zustrebte.

Der Aeroporto de Lisboa war ein moderner, übersichtlicher Flughafen mit einem gut ausgeschilderten Wegesystem, sodass beide keine Probleme hatten, die Gepäckausgabe zu finden. Nachdem Franka und Karl ihre Koffer vom Gepäckband gefischt hatten, durchquerten sie das Flughafengebäude mit den übergroßen kreisförmigen Oberlichtern, durch die helles Sonnenlicht fiel.

„Oh, mein Gott! Ist das grell!“, stöhnte Franka gequält auf und hielt sich schützend die Hand vor ihre Augen, als sie aus dem Eingang des Flughafengebäudes traten.

„Da drüben sind Taxen!“ Karl wies mit dem ausgestreckten Arm zum Vordach des Gebäudes. Ein kleiner Taxifahrer stand neben seinem schwarz-weißen Taxi, einem etwas in die Jahre gekommenen Peugeot. Das Dach und die Türen waren weiß, die Motorhaube und der Kofferraum schwarz lackiert. Er begrüßte sie mit einem freundlichen: „Olá!“

„Olá“, erwiderten beide den Gruß und halfen dem Fahrer dabei, ihr Gepäck in den Kofferraum zu verstauen. Erleichtert und aufgeregt vor lauter Vorfreude ließen sich Franka und Karl anschließend auf den Rücksitz des Taxis fallen. „*Beco dos Agulheiros*“, las Franka die Adresse von einem kleinen Zettel ab, den sie aus der Seitentasche ihre Cargo-Hose zog.

„Ah. *Alfama*!“, strahlte der Fahrer und zeigte zwei Reihen schief stehender Zähne, in denen vereinzelt Goldkronen glänzten. Mit einem Lachen fügte er ein „Bem vindo a Lisboa!“ hinzu.

Die Fahrt in die Altstadt Lissabons, der sogenannten Alfama, dauerte nicht länger als eine Viertelstunde. Fuhr das Taxi zunächst noch auf der mehrspurigen Hauptstraße *Avenida Almirante Gago Coutinho* entlang, bog der schwarz-weiße Peugeot, nachdem die Straßennamen einige Male gewechselt hatten, in die schmalere *Rua Cavaleiros* ein, um nach ein paar Minuten in eine kleine mit Kopfstein gepflasterte Gasse abzubiegen.

„Will der hier durch?“, sagte Franka ungläubig und reckte den Hals, um dem Fahrer über die Schulter zu schauen. Auch Karl hätte es nicht geglaubt, wenn er nicht selbst in dem Wagen gesessen hätte. Der Fahrer lenkte tatsächlich sein Taxi in eine Straße, die nicht mehr als eine Handbreit Luft zwischen Blech und Hauswand ließ.

„Und jetzt?“ Franka stupste Karl an und deutete durch die Windschutzscheibe Richtung Kühlerhaube, vor der einige Passanten aufgetaucht waren. Der Taxifahrer tippte kurz auf die Hupe; nicht wie in Deutschland aus Ärger oder weil der die Fußgänger verscheuchen wollte, sondern um auf sich aufmerksam zu machen. Ebenso entspannt und unaufgeregt drückten sich die zwei Passanten mit dem Rücken an die Hauswand und grüßten freundlich, als das Taxi langsam an ihnen vorbeifuhr. Ein paar Meter weiter hatten zwei gegenüberliegende Läden ihre Waren in Kisten vor den Eingängen aufgebaut. Diesmal hupte der Taxifahrer nicht, sondern stieg aus und half den Ladenbesitzern dabei, mit ein paar Handgriffen ihre Obst- und Gemüsekisten im Hauseingang aufeinander zu stapeln. Ein Kellner hob eine Schiefertafel hoch, die aufgeklappt mitten auf der Straße stand und das *Menu Especial* anpries: *Sopa Du Salada, Prato Do Dia, Bebida, Pão* und *Café.*

„Die sind ja gut drauf", staunte Franka. „Stell dir das mal im Wedding oder in Neukölln vor."

„Da würde das Taxi Mus aus dem Gemüse machen", lachte Karl.

Der Taxifahrer wechselte noch ein paar Worte mit den Ladeninhabern und schob sich mit eingezogenem Bauch durch den schmalen Spalt der Fahrertür. „Desculpe. Sorry", sagte er und startete den Motor.

„It's okay, no problem!", winkte Franka ab.

Der Wagen setzte sich wieder in Bewegung, um nach rund fünfzig Metern erneut zu stoppen, da zwei junge Burschen mit ihren Bauchläden den Verkehr in der kleinen Gasse zum Erliegen brachten. Auch diesmal erwies sich ihr Fahrer als nervenstarker Gemütsmensch; was auch dringend nötig war, da die verkaufstüchtigen Jungs Sekunden später die hinteren Seitenscheiben des Taxis umlagerten, um Franka und Karl von den Vorzügen ihrer Souvenirs zu überzeugen: kleine bunte emaillierte Ansteckbuttons, die wie traditionelle Keramikfliesen bedruckt waren, Kugelfische und Seesterne in Form winziger Keramikfigürchen und handgeschnitzte Fische als Ohranhänger mischten sich mit allerlei anderem touristischen Schnickschnack. Verlegen winkte Karl ab, als einer der barfüßigen Jungs mit einem aus Holz geschnitzten Hahn, der in den traditionellen Farben schwarz und hellrot bemalt war, an die Seitenscheibe klopfte.

Erleichtert atmeten Franka und Karl auf, als sich das Taxi wieder in Bewegung setzte und die beiden Jungs mit ihren Bauchläden nach fünf Metern dann doch die Verfolgung aufgaben. „Ich hätte nicht gedacht, dass die Straßen so eng sind", staunte Karl.

„Und ich glaub' nicht, dass das Taxi tatsächlich hier durchpasst." Franka kam ebenfalls nicht aus dem Staunen heraus, als aus der Handbreit Luft ein Spalt wurde, in der sich gut und gern eine Zigarettenschachtel festgeklemmt hätte. „Hier kann man vom Auto aus shoppen", lachte sie und grüßte freundlich eine Verkäuferin, die ihnen fast auf Tuchfühlung gegenüberstand, als das Taxi einen Ladeneingang passierte.

Langsam rumpelte der schwarz-weiße Peugeot weiter über das Kopfsteinpflaster und bog, nachdem der Wagen mehrere handtuchbreite Seitengassen passiert hatte, in eine schmale Straße ein, die nach wenigen Metern vor einem Absperrgitter endete. Von da aus führte nur eine schmale Steintreppe weiter abwärts, die in eine noch schmalere Gasse mündete. „Beco dos Agulheiros", sagte Fahrer und machte eine ausladende Handbewegung Richtung Treppe.

Während Franka den Taxifahrer bezahlte und ihm ein großzügiges Trinkgeld zusteckte, lud Karl die Koffer aus und stellte sie an den Straßenrand. Die Treppe war breit und die Stufen flach, sodass Franka und Karl keine Probleme hatten, ihre Koffer in die weiter unterhalb liegende Gasse zu befördern. Beeindruckt von der engen kopfsteingepflasterten Gasse mit ihrem mediterranen Altstadtcharme zogen die beiden mit ihren Gepäckstücken an den gelb und rosa gestrichenen Hauswänden entlang.

„Guck mal, wie praktisch." Franka deutete auf die eisernen Haken, die sich unter den Fenstern über ihnen befanden und zwischen denen Wäscheleinen aufgespannt waren. „Hier kannst du beim Fernsehen die Wäsche aus dem Fenster hängen."

„Was einige auch machen", bestätigte Karl und legte den Kopf in den Nacken, um die über ihnen hängende Wäsche näher zu betrachten. Während sich vor einem Balkon weiße Bettlaken im Luftzug der Gasse blähten, hing auf dem Nachbarbalkon die Wäsche einer Kleinfamilie: die blaue Arbeitskleidung eines Handwerkers, diverse Röcke und Blusen sowie eine Sammlung verschiedenfarbiger Strampelanzüge; sogar die schmalen Stoffstreifen pinkfarbener Stringtangas flatterten im Wind. „So kannst auch du deine Wäsche bei gutem Wetter in Berlin trocken", lachte er amüsiert.

Franka feixte: „Das wär' mir nix. Damit die ganze Straße weiß, welche Schlüpper ich trage? Ne, danke!"

Lachend und miteinander herumalbernd erreichten sie eine hölzerne rot lackierte Haustür. Mit einem Blick auf ihren Zettel vergewisserte sich Franka, dass es die richtige Hausnummer war, und griff nach dem eisernen Türklopfer. Einen kurzen Moment später öffnete ihnen eine junge Frau und begrüßte sie freundlich. Wie erwartet handelte es sich um die Hausverwalterin des Appartements, welches Franka und Karl auf einen Tipp von Joy hin von Deutschland aus angemietet hatten. Bei dem zwei Querstraßen entfernt liegenden Appartement handelte es sich um eine bei Tangotänzern beliebte Unterkunft, weil die Veranstaltungsorte von dort aus schnell und meist zu Fuß erreicht werden konnten. Franka erledigte die Formalitäten und bezahlte auch gleich die Miete für die ganze Woche, in der sie von diesem Appartement aus die Stadt erkunden und zu den abendlichen Milongas aufbrechen wollten. Höhepunkt ihrer Tangoreise sollte der Samstagabend in zwei Tagen sein, an dem Joy und Don ihren Auftritt im *Teatro Nacional de São Carlos*, dem Opernhaus von Lissabon hatten.

„Wir freuen uns wahnsinnig auf dieses Event!“, hatte Joy ihnen mit funkelnden Augen erzählt, als sie nach dem abendlichen Kurs an der Bar standen und etwas zusammen tranken. „Das *Festival Internacional de Tango Lisboa* läuft fünf Tage lang: von Mittwoch bis Sonntag. Alle Tanzschulen der Stadt machen mit und es gibt fünf Tage und Nächte lang Tango in Lisboa. Tagsüber Unterricht, Kurse, Workshops in den Tanzschulen und nachts Milongas in den Clubs und Bars. Der Höhepunkt des Festivals aber ist der Samstagabend in der Oper. Die Veranstalter haben im Foyer einen Tanzboden ausgelegt, aber als absolutes Highlight können alle Gäste auch auf der Bühne tanzen. Stellt euch das vor: die Opernbühne des *Teatro Nacional*! Ein Wahnsinn!“

Joys Erzählungen hatten in Franka und Karl den sehnlichen Wunsch entfacht, bei diesem Festival dabei zu sein. Während sich Karl zunächst etwas zierte, war Franka sofort Feuer und Flamme. „Oh, wie schön muss das sein!“, hatte sie bereits am nächsten Unterrichtsabend geschwärmt und Karl den Reiseführer von Lissabon, der in den darauffolgenden Wochen zu ihrem täglichen Begleiter wurde, unter die Nase gehalten.

Ebenso wie Franka war auch Karl von der Vorstellung, in Lissabon Tango zu tanzen, fasziniert; allerdings nicht nur vom Tango allein. Schon die Vorstellung zu verreisen, löste in Karl ein sehnsuchtsvolles Ziehen aus. Er war noch nie verreist – nicht einmal mit seiner Mutter – wohin auch? Doch so sehr ihn die Aussicht, in ein ihm gänzlich fremdes Land zu verreisen, mit Euphorie erfüllte, so sehr ängstigte sie ihn auch. Es war nicht nur die Furcht vor der ihm unbekannten Sprache oder die Angst, sich in einer völlig fremden Stadt zu verlaufen. Auch der Gedanke an die vielen Menschen, die sich auf einem Festival befanden, und die Tanzpaare, die sicherlich alle viel besser tanzten als er, ängstigte ihn. Er konnte sich nur blamieren. Was, wenn er wirklich den Mut fand, eine fremde Frau, die vermutlich viel besser als er tanzte, aufzufordern und er sich vollkommen blamierte? Gut, es kannte ihn dort niemand. Aber trotzdem. Der Gedanke daran, dass eine Frau, die er auffordern wollte, aus Desinteresse ihren Blick abwandte oder von allen Augen angestarrt zu werden, wenn er sich auf der Bühne der Oper von Lissabon zum Deppen machte, ließ ihn schon jetzt in eine Angststarre verfallen. Aber nun waren sie hier. Karl hatte noch immer nicht wirklich realisiert, dass er tatsächlich den Mut zu dieser Reise aufgebracht hatte.

„Hier müssen wir lang", stellte Franka fest und zeigte auf ein schwarzes Quadrat an einer Hausecke, welches die Art von Straßenschildern ersetzte, die Karl kannte, und auf dem große weiße Lettern verkündeten, dass sie ihr Reiseziel erreicht hatten: *BECO DOS LOIOS.*

„Ist es denn noch weit bis zu dem Apartment?" Karl war es nicht gewohnt, länger als fünf Minuten zu laufen. In Berlin gab es immer eine Möglichkeit, den Fußweg durch eine Fahrt mit U- oder S-Bahn abzukürzen. Bereits an der nächsten Ecke wurde er für seine Mühe belohnt: Lisboa präsentierte sich von seiner charmantesten und malerischsten Seite. Vor ihnen lag eine schmale kopfsteingepflasterte Gasse, deren Hauswände sie mit ausgebreiteten Armen beinahe berühren konnten. In Abständen von etwa zehn Metern waren jeweils zwei Stufen eingelassen, die im Verlauf vieler Jahrzehnte von unzähligen Füßen ausgetreten worden waren. Der blassrosa Putz blätterte an vielen Stellen von den Hauswänden ab und auch hier hing vor den Fenstern und auf den Balkonen Wäsche – allerdings nicht nur *auf* den Balkonen. Karl zog eilig seinen Kopf ein, weil ihm sonst ein übergroßer verwaschener Damenschlüpfer ins Gesicht geflattert wäre.

„Krass", lachte Franka amüsiert. „Solche Schlüpper hat meine Oma immer getragen."

Karl wich einer ganzen Reihe weiterer Damenunterwäsche aus, die fein säuberlich auf einer Wäscheleine quer über der Straße hing.

„Ich glaub's nicht!" Franka zog eine Grimasse und deutete auf einen seitlich hängenden Damenschlüpfer im Überformat, der an der Vorderseite gelblich verfärbt war. „Da war der weiße Riese wohl im Urlaub!" Auch Karl bekam große Augen, als er das riesige Wäschestück sah. Kurz darauf erblickte er drei Damen, die mit verschränkten Armen an einer Hauswand auf Stühlen saßen und der Wäsche beim Trocknen zusahen. Verlegen senkte Karl den Blick aufs Kopfsteinpflaster und merkte, wie ihm vor lauter Scham das Blut ins Gesicht schoss.

„Boa Tarde“, begrüßte Franka im Vorbeigehen die drei Ladys, die sie schweigend musterten.

„Olá“, erklang es gelangweilt.

„Wir sind da!“, verkündete Franka in diesem Moment. „Die Nummer 20!“

Dankbar über die Ablenkung folgte Karl Frankas Blick und sah auf das blaue Metallschild mit der weißen Ziffer, welches über dem unverputzten Hauseingang mit der schmalen, doppelflügeligen Holztür hing. „Die Tür ist nur angelehnt“, stellte Karl fest und streckte die Hand aus, um sie aufzudrücken.

„Ach herrje!“, entfuhr es beiden gleichzeitig, als sie sahen, was sich hinter der Tür verbarg: die schmalste Holztreppe mit den höchsten und zahlreichsten Stufen, die beide jemals gesehen hatten. Zwölf Stufen, von denen jede einzelne doppelt so hoch wie eine gewöhnliche Stufe zu sein schien, führten auf einen schmalen Treppenabsatz, von dem jeweils links und rechts eine Haustür abging. Weitere zehn Stufen führten hinauf zu einem alten Holzfenster mit Butzenscheiben, vor dem eine Sammlung verstaubter Gummibäume stand. Von da an verschwand die hölzerne Treppe um die Ecke und führte im schlimmsten Fall noch weiter nach oben. Karl wurde schwindelig.

„Na denn mal los!“ Franka schob sich durch den rechten Flügel der Eingangstür und nahm die unmittelbar hinter der Schwelle liegende Stufe mit einem großen Schritt, während sie gleichzeitig den Griff ihres Koffers umklammerte. „Puh! Was sind das denn für Stufen? Das ist ja wie Bergsteigen.“

Karl tat es Franka nach, musste sich allerdings seitlich durch die schmale Türöffnung quetschen und zerrte an seinem Koffer, der sich in dem engen Türspalt verklemmt hatte. Es dauerte eine Weile, bis die beiden ihre Koffer bis zu dem Treppenabsatz hochgewuchtet hatten, wo die Treppe eine Biegung machte, und – vor ihnen lagen weitere dreißig Stufen: noch steiler, noch schmaler. Schweratmend und vollkommen außer Atem erreichte Karl die oberste Stufe, während Franka das anstrengende Hochklettern auf der steilen Treppe nicht anzumerken war.

„Das nenne ich aber mal eine gut gesicherte Tür“, murmelte Franka, während sie das Schloss des quer über das Türblatt reichenden Panzerriegels öffnete. Anschließend musste sie nacheinander die zahlreichen Schlüssel des unhandlichen Schlüsselbunds an zwei weiteren Sicherheitsschlössern ausprobieren, bis sie endlich die passenden gefunden hatte.

Die Wohnung lag im Halbdunkeln, da die Lamellentüren der Balkone geschlossen waren. Karl ließ seinen Koffer an der Türschwelle stehen und tastete sich voran. Goldenes Sonnenlicht durchflutete den Wohnraum, als er die Balkontüren öffnete. Es dauerte ein paar Sekunden, bis sich seine Augen an die Helligkeit gewöhnt hatten. Er hörte, dass Franka es ihm gleichtat, die Tür des zweiten Balkons öffnete und einen Freudenschrei ausstieß: „Sie dir das an!“

Karl blinzelte in die Sonne und spürte im gleichen

Moment, wie ihm vor Freude über das vor ihm liegende Panorama Tränen in die Augen stiegen. Verstohlen wischte er sich über das Gesicht. Er wusste nicht, wohin er zuerst schauen sollte. Über ihm spannte sich ein azurblauer Himmel, an dem nur einige wenige weiße Wolken wie von einem Maler hingetupft leuchteten. Vor ihm erstreckten sich die terrakottafarbenen Dächer der Alfama bis zum ebenfalls azurblauen Meer, auf dem zum Greifen nahe ein riesiges Kreuzfahrschiff ankerte, welches die ersten beiden Häuserreihen um mehrere Etagen überragte. Über allem lag das weiche Licht der Sonne, die nicht nur Karls Haut, sondern auch sein Herz wärmte. Frankas Arme legten sich von hinten um Karls Oberkörper und er spürte, wie sie ihren Kopf an seine Schulter legte: „Ich bin so glücklich“, flüsterte sie ihm ins Ohr. „Ich will hier nie wieder weg. Danke, dass wir hierhergekommen sind.“

Karl durchströmte eine Welle von Zuneigung und er spürte, wie ihm vor Ergriffenheit eine kleine Träne die unrasierte Wange hinunterzulaufen drohte. „Ich habe dir zu danken“, erwiderte er mit rauer Stimme. „Ohne dich wäre ich niemals hierhergeflogen!“

„Und ich danke dir für unsere wunderbare Freundschaft“, sagte Franka und gab ihm einen Kuss auf seinen Bartschatten.

Gemeinsam traten sie auf den schmalen handtuchbreiten Balkon und genossen das fantastische Panorama, das sich vor ihnen erstreckte. Karl reckte den Hals und sah über das eiserne Geländer in die unter ihnen liegende Gasse, in der nur ein kleiner Hund entlangtapste und an jedem Mauervorsprung schnupperte, um hier und da sein Bein zu heben. Links zum Ende der Gasse ragte die rückwärtige Fassade der angrenzenden Häuserzeile mit Erkern, Fenstern und offenstehenden Balkontüren hervor, durch die man bis in die dahinterliegenden Wohnungen schauen konnte. Rechts ging der Blick die Gasse entlang bis zur parallel verlaufenden Hauptstraße, von der man nur eine Fahrbahnhälfte sah und gedämpfte Motorengeräusche hörte, da große Bäume die Straße abschirmten. Auf der gegenüberliegenden Straßenseite hingen vor fast jedem Balkon Wäscheleinen, auf denen die Wäsche der Bewohner munter vor sich her flatterte.

Karls Blick fiel auf den Balkon, der sich schräg gegenüber eine Etage tiefer befand und auf dessen Wäscheleine eine Auswahl BHs und knapper Slips aus schwarzer Spitze hingen. Karl spürte Neugier in sich aufsteigen. Nur zu gern hätte er einen Blick auf die Besitzerin der im Wind wehenden Wäschestücke geworfen; er wandte sich ab und folgte Franka zurück ins Appartement.

Die nächste halbe Stunde brachten beide mit dem Auspacken ihrer Koffer zu. Das Appartement war sehr geräumig: Es verfügte über ein Wohn- und ein Schlafzimmer sowie eine große Küche, die mit allen notwendigen Küchenutensilien ausgestattet war, und ein kleines Badezimmer ohne Fenster. Beide einigten sich darauf, dass Franka das hintere Zimmer, welches als Schlafzimmer eingerichtet war, belegen und Karl im Wohnzimmer auf der breiten Couch schlafen würde. Das metallene Klappbett, welches als stille Reserve in einer Ecke stand, erschien ihnen als Schlafstätte zu schmal. Wahrscheinlich würde Karl nach der ersten Nacht auf dem schmalen Bett seine Bandscheiben neu durchnummerieren müssen.

„Wir müssen unbedingt ein paar Lebensmittel einkaufen“, stellte Franka nach einem Blick in Kühl- und Küchenschränke fest und hob eine zerdrückte Pappschachtel hoch. „Hier sind nur noch ein paar traurige Teebeutel.“

Mit Frankas Stadtplan bewaffnet machten sich die beiden auf den Weg. Karl zählte beim Hinuntergehen die Stufen des Treppenhauses. „Zweiundfünfzig“, stellte er am Fuß der Treppe fest. „Wer hier wohnt, bleibt fit.“ Franka hakte sich bei Karl unter und ausgelassen machten sich beide auf den Weg, Lissabons Alfama zu erkunden. Ohne auf den Stadtplan zu schauen, ließen sich Franka und Karl durch die engen Gassen treiben. Sie stiegen unzählige Treppenstufen hinauf und wieder hinab, bogen in Toreinfahrten ein, um überrascht festzustellen, dass sie die Abkürzung zu einer Parallelstraße gefunden hatten.

„Sind das Fliesen?“ Karl blieb vor einem Haus stehen, dessen gesamte Vorderfront mit meergrünen Kacheln bedeckt war. Franka nickte. „Ja, das sind die berühmten portugiesischen Azulejos …“

„Azu… was?“, lachte Karl. „Was du dir alles reinziehst.“

„… Kacheln aus Keramik“, fuhr Franka ungerührt in ihrem Vortrag vor. „Die Kacheln sind eine Hinterlassenschaft der Mauren. Mit den Kacheln hatten diejenigen, die es sich leisten konnten …“

„Also wir nicht“, unterbrach Karl erneut Frankas Vortrag.

„… ihre Häuser gekachelt“ Franka gab Karl einen kleinen Klaps, bevor sie fortfuhr. „Denn die Azulejos schützten die Häuser vor dem Mittelmeerklima.“ Mit einem herausfordernden Grinsen klopfte Franka auf ihre hintere Gesäßtasche, in der sich ihr Stadtplan befand. „Steht alles hier drin. Solltest du auch mal lesen.“

„Wieso?“, grinste Karl. „Du bist doch eine hervorragende Fremdenführerin.“

Franka dirigierte ihn mit einem freundschaftlichen Knuff ihres Ellbogens in die nächste Querstraße. „Wenn ich mich nicht irre, kommen wir hier zur *Rua Sá Tomé.* Dort fährt die Straßenbahn.“

Karl nickt begeistert. Er hatte schon viel von der alten Elétricos gelesen, den historischen Straßenbahnen, die es seit über 140 Jahren in Lissabon gab und die nach wie vor tagein tagaus die Hänge der Stadt hinauf- und hinunterzuckelten; manchmal so beängstigend nah an den Hauswänden entlang, dass noch nicht einmal die Zigarettenschachtel von der Taxifahrt zwischen Bahn und Hauswand gepasst hätte.

Kaum hatten Franka und Karl die Hauptstraße überquert, kam schon die erste Elétrico der legendären Linie 28 mit lautem Gequietsche angerattert. Im Laufschritt flitzten sie zur Haltestelle, die sich glücklicherweise nur wenige Meter entfernt befand, und sahen gespannt der alten Straßenbahn entgegen. Die Elétrico sah mit ihrem engen Radstand zierlich und hochbeinig aus. Hinter der mittleren Scheibe der dreiteiligen Front konnten Franka und Karl den Straßenbahnschaffner erkennen, der eine Kurbel drehte. Vorn auf der Straßenbahn war die Werbeaufschrift einer irischen Whiskeymarke in grünen Lettern angebracht: *Born in Dublin – Enjoyed in Cais Do Sodre.*

Franka zahlte beim Fahrer und hielt triumphierend beide Tickets hoch: „Unsere erste Fahrt mit der Tram in Lisboa!“ Die Bahn war an diesem Nachmittag erfreulicherweise nicht voll besetzt, sodass Franka und Karl zwei hintereinanderliegende mit grünem Kunstleder bezogene Sitze ergattern konnten. Aufgrund der sommerlichen Temperaturen waren alle Luken in der Straßenbahn geöffnet. Der Duft gebratenen Fischs wehte durch das offene Fenster und Karl legte seinen Arm auf das warme Holz. Rumpelnd setzte sich die Bahn in Bewegung und er überließ sich ihrem urtümlichen Schaukeln.

Während Karl seinen Blick über die kunstvoll gekachelten Hauswände schweifen ließ, stiegen längst vergessene Erinnerungen an eine Straßenbahnfahrt mit seiner Mutter in ihm auf. Ein leichtes Gefühl der Melancholie überkam ihn und Traurigkeit, als er merkte, dass er sich bereits nicht mehr an das Gesicht seiner Mutter erinnern konnte. Er spürte Frankas Hand auf seinem Arm und beugte sich aus seinem Fenster, um sie durch den dahinterliegenden Fensterrahmen anzuschauen. „Die Straßenbahn fährt an der Catedral Sé Patriarcal, der Kathedrale von Lissabon vorbei", rief sie ihm über das metallische Rattern der Räder hinweg zu. „Wollen wir dort mal aussteigen und ein bisschen bummeln?"

„Klar. Gerne." Karl nickte zustimmend. Es waren nur wenige Haltestellen, an denen die Elétrico anhielt, um Fahrgäste aufzunehmen oder aussteigen zu lassen. Eine weitere Eigenheit war die spürbare Abwesenheit von Stoßdämpfern oder sonstigem modernen Komfort. Jede Kurve ihrer Schienen, jede Unebenheit der Gleise wurde pur und authentisch an die Fahrgäste weitergegeben. Die Hinweisschilder in der Bahn, sich einen festen Halt zu suchen, hatten zweifelsohne ihre Berechtigung. Mit einer eleganten, aber harten S-Kurve wedelte die Elétrico an der Sé Patriarcal vorbei und kam an einer Haltestelle, die neben einem runden Kiosk lag, zum Stehen. Franka und

Karl sprangen die eisernen Stufen der Elétrico hinunter und schlenderten gemächlich zu der beeindruckenden Kathedrale, die mit ihren beiden gewaltigen in den Himmel aufragenden zinnenbewehrten Türmen eher einem irischen Castle als einem portugiesischen Gotteshaus ähnelte.

Langsam stiegen sie die breiten ausladenden Stufen zum Eingang der Kirche empor. Franka machte Karl mit einem Stups ihres Ellenbogens auf eine am Boden liegende Gestalt seitlich des Eingangs aufmerksam. Karl drehte den Kopf und sah zu der dunklen Gestalt hinüber. Neben dem halb liegenden, halb sitzenden Häuflein lag eine Gehstütze flach auf dem Boden. Die Frau war komplett in schwarze Gewänder gehüllt. Auch ihr Gesicht war bis auf die Augenpartie bedeckt. Nur ein paar graue Haarsträhnen lugten hervor. Ihre Hand umklammerte einen fleckigen alten Kaffeebecher, in den Touristen ein paar Münzen hatten fallen lassen. „Genau wie bei uns", sagte Karl und griff in die Hosentasche, um Kleingeld hervorzukramen.

„Nur mit dem Unterschied, dass diese hier echt zu sein scheint", entgegnete Franka. Sie sprach auf die gut organisierten Bettlerbanden in Berlin an, die an den touristischen Hot Spots ihrem Tagewerk nachgingen.

Beide gingen zu der alten Bettlerin hinüber und Karl bückte sich, um die Münzen, die er hervorgekramt hatte, in den Pappbecher fallen zu lassen. Obwohl die schwarz verhüllte Bettlerin das Klimpern der Münzen gehört haben musste, regte sie sich nicht und gab auch keinen Laut von sich. „Wenigstens Danke hätte sie ja sagen können", flüsterte Franka Karl zu und wandte sich verstohlen zu dem verhüllten Wesen um. „Irgendwie gespenstisch die Alte.“

„Vielleicht hat sie's ja nicht gehört“, nahm Karl die Bettlerin in Schutz, gab Franka aber insgeheim recht. Sie hätte zumindest irgendein Geräusch von sich geben können. Sie hatte etwas Unheimliches an sich, als wäre sie ein uralter Teil der Kathedrale, ein mahnender Geist – irgendwie anders. Schnell schob er den Gedanken von sich und betrat mit Franka die kühle Eingangshalle der Catedral Sé Patriarcal de Lisboa.

- 12 -

„Magst du noch?“ Franka hob die Weinflasche. Bereits seit einer Stunde saßen sie an einem kleinen runden Tisch und blickten über den hell erleuchteten Hafen Lissabons.

Nach dem Besuch der Kathedrale brauchte Karl eine Weile, um wieder in der Gegenwart anzukommen. Sie waren die Hauptstraße entlanggeschlendert und zufällig auf das kleine Restaurant *Terraço Santa Luzia* gestoßen, das oberhalb der Stadtmauer am gleichnamigen Weg lag. Es hatte direkte Hanglage mit einem fantastischen Blick über die Dächer der Alfama und den Tejo mit seinem direkt unter ihnen liegenden Hafen. Links von dem schlauchförmigen Lokal mit seinen weißen Metalltischen thronte das *Castelo de São Jorge*, eine maurische Königsburg aus dem 11. Jahrhundert.

Als er nach seinem Rotweinglas griff, um es Franka hinzuhalten merkte Karl, dass er nicht mehr so sicher in seinen Bewegungen war wie sonst. Normalerweise trank Karl überhaupt keinen Alkohol, aber heute war kein normaler Tag. Karl war glücklich.

Wäre nicht an jenem Abend der Eingang zum U-Bahnhof Naturkundemuseum gesperrt gewesen und wäre er auf seinem Nachhauseweg nicht den drei besoffenen

Engländern in die Arme gelaufen, hätte er das Nou wahrscheinlich niemals kennengelernt. Vermutlich würde er auch heute wie gewohnt an dem kleinen Tisch mit der verblichenen Wachstischdecke in seinem Schirmladen sitzen und den Passanten nachschauen. Ihm war vollkommen klar, dass das Schicksal ihm an diesem Abend eine goldene Brücke gebaut hatte – und er war hinübergelaufen. Der erste Schritt war ihm unendlich schwergefallen. Er hatte einen regelrechten Kampf mit sich ausgefochten, bis am Ende das Gefühl und die Neugier siegten. Zu groß war die Wirkung des Tangopaars auf dem Werbeflyer gewesen, um die diffuse Sehnsucht zu ignorieren, die das Bild in ihm ausgelöst hatte. Aber auch wenn er am Silvesterabend den Mut aufgebracht hatte und seinem Gefühl gefolgt war, bedeutete noch immer jeder weitere Schritt eine Überwindung für ihn. Jeder Besuch im Nou, jede Tanzstunde und jede Umarmung mit einer Tanzpartnerin waren für ihn eine Herausforderung. Jeder Schritt jedoch, den er tat, brachte ihn weiter in seiner Entwicklung und mit jedem Tango ließ er die Einsamkeit seiner kleinen Welt im Schirmladen hinter sich. Beharrlich hatte er viele kleine Schritte gemacht, die ihn schließlich hierher nach Lissabon geführt hatten.

„Was hältst du davon, wenn wir irgendwo zu Abend essen?“, riss ihn Franka aus seinen Gedanken, als sie ihr Handy in die Seitentasche ihres kleinen Rucksacks steckte. Nicht nur der war ein Zeichen für die Veränderung in Franka, die sich ebenso wie Karl auf den Weg zu anderen Facetten ihrer selbst gemacht hatte. Auch das luftige Sommerkleid mit den großen Blumen, das ihre nackten Beine umspielte, war ein sichtbares Zeichen für Frankas Selbstfindung. Der Tango Argentino mit seiner Körperlichkeit und der ständigen Auseinandersetzung mit dem eigenen Körper, den besonderen Aspekten von Achse, Haltung und Körperspannung und insbesondere das Spüren der eigenen Weiblichkeit hatte sie verändert. Franka nahm ihren Körper immer mehr in seiner Gesamtheit wahr.

Eines Abends nach einer Übungsstunde, in der es um die Haltung von Hüfte und Becken gegangen war, hatte sich Franka daheim nackt vor den Spiegel gestellt, um ihre Tanzhaltung zu trainieren. „Verdammt!", hatte sie geflucht. „Das kann doch nicht so schwer sein, das Kreuzbein leicht nach hinten zu schieben und gleichzeitig das Brustbein nach vorne zu drücken." In diesem Moment, als sie nackt in Tanzhaltung vor dem Spiegel stand, eröffnete sich ihr eine vollkommen neue Sicht auf ihren Körper, auch das Gefühl war ein anderes.

Unsicher hatte Franka nach ihrem Handy gegriffen und sich nackt, wie sie war, vor dem Spiegel fotografiert. Beklommen betrachtete sie das Foto. Ihre Augen füllten sich mit Tränen, als sie sich das erste Mal wirklich erkannte. Sie war groß, schlank und hatte ihre Rundungen an den richtigen Stellen. Sie war überhaupt nicht fett. Sie hatte das zwar während Rockys wöchentlicher Inspektionen und auch durch ihre neue Freundin Biene immer wieder zu hören bekommen, doch dieser nackte Moment vor dem Spiegel hatte ihr die Augen geöffnet. Sie verstand jetzt, dass es der Tango war, der ihr die Tür zu ihrem wahren Ich geöffnet hatte. Nun war es an ihr, die Schwelle zu überschreiten und sich zu akzeptieren, was ihr bislang allein nicht gelungen war.

„Gute Idee", unterbrach Karl ihre Gedanken. „Ich habe

auch so langsam Hunger. Aber warum essen wir nicht hier?"

„Weil die hier nur Hamburger, Quiche und Hot Dogs haben." Franka zeigte auf die in Plastik eingeschweißte Speisekarte, die in einem Aufsteller auf dem Tisch stand. „Ich brauche etwas Richtiges!"

Karl wusste zwar nicht, was an einem Hamburger falsch sein sollte, nickte aber – wenn auch widerstrebend. Franka hatte schon recht, ein Restaurant war das Santa Luzia nicht, eher ein Imbiss. An dem kleinen mit einem Paravent überdachten Tresen bestellte man, was man essen wollte, und holte seine Bestellung auf Zuruf ab. „Wonach ist dir denn?", wollte Karl wissen.

„Fisch!", strahlte Franka. „Wir sind hier in einer Hafenstadt und da gibt's sicherlich Fisch!"

Karl bezahlte ihre Getränke am Tresen und stieg mit Franka die Stufen zur unterhalb des Lokals liegenden mächtigen Stadtmauer hinunter. „Ich kann mich an dem Panorama einfach nicht sattsehen!", sagte er und blieb an der ockergelben Stadtmauer stehen, die von einem romantischen Laubengang überdacht wurde. Lissabon erstreckt sich über sieben Anhöhen, was Franka und Karl bereits als beginnenden Muskelkater in ihren Waden spürten. Von der Stadtmauer des Burghügels hatten sie den gleichen eindrucksvollen Blick wie von der über ihnen liegenden Lokalterrasse: die Häuserkaskaden mit ihrem Gassenlabyrinth der Alfama reichten bis zum Ufer des Tejo hinunter und waren von einem bunten Gewimmel Einheimischer und Touristen und der Geräuschkulisse südländischer Lebensart erfüllt.

„Apropos sattsehen …", ließ sich Franka trotz des

grandiosen Blicks über den Tejo bis hin zur gigantischen Hängebrücke ungeduldig vernehmen. „… Hunga!“

Untergehakt schlenderten die beiden wie ein Liebespaar zur *Rua Limoeiro*, die als Hauptstraße durch die Altstadt verlief. Schon nach ein paar hundert Metern blieben sie neugierig vor dem winzigen Schaufenster einer kleinen Taverne stehen. Das Fenster, durch welches man in die Taverne schauen konnte, diente gleichzeitig als rundum einsehbare Kühltheke, in der riesengroße silbrig glänzende Fische an Haken hingen und sich ein Berg kleiner Fische am Boden stapelte.

„Hier sind wir richtig!“ Unvermittelt zog Franka Karl zur Eingangstür des Lokals, wo sie freundlich begrüßt und sogleich von zwei Kellnern umschwärmt wurden. Eifrig machte sich Franka über die Vorspeisen her, die ihnen einer der Kellner mit einem für beide unverständlichen Redeschwall auf den Tisch stellte: kleine Salate, geröstete Tintenfischringe, verschiedenste Sorten Käse, die appetitlich auf zwei kleinen Tellern angerichtet waren. „Köstlich!“ Franka verdrehte genießerisch ihre Augen. „Probier doch auch mal.“

Obwohl Karl die Großzügigkeit des Lokals etwas merkwürdig vorkam, wurde auch er beim Anblick der kleinen Köstlichkeiten schwach und griff zur Käseplatte. Denn auch Karls Essgewohnheiten hatten sich geändert. Daran waren nicht zuletzt die gemeinsamen Tango-Workshops oder Tango-Cafés an den Wochenenden schuld, denn dort wurden die Gäste mit allerlei Leckereien verwöhnt. Heute gab sich Karl nicht mehr mit zwei mageren Scheiben Knäckebrot zufrieden.

Als später der gebratene Schwertfisch mit Kapern und

Oliven serviert wurde, hatten sie sich schon an den Vorspeisen fast satt gegessen. Und dann, als krönender Abschluss: Stockfisch. Das Foto des traditionellen Bacalhau in der Speisekarte sah so appetitlich aus, dass sie den nicht gerade günstigen Preis einfach ignorierten.

„Bisschen scharf, aber gut“, sagte Karl und verzog das Gesicht.

„Dann spül doch mit Wein nach. Heute darfst du ruhig ein Glas mehr trinken. Morgen geht's zur Tanzschule, dann ist Schluss mit ner Fahne!“, lachte Franka.

Karl hatte zwar schon auf der Terrasse des Terraço Santa Luzia eine halbe Flasche Rotwein getrunken, aber Franka hatte recht; heute war ein ganz besonderer Tag! Morgen würden sie zu *L.E. Tango I Lisboa em Tango* gehen, die Tanzschule für argentinischen Tango, die Joy und Don ihnen wärmstens empfohlen hatten. Da durfte man am Vorabend auch schon mal ein Gläschen mehr trinken. Karl bestellte eine Flasche Wein, die auch prompt kam.

„Uff!“, stöhnte Franka und legte ihr Besteck auf ihren Teller. „Ich bin pappsatt. So einen leckeren Stockfisch habe ich noch nie gegessen.“

„Du hast doch noch nie Stockfisch gegessen“, entgegnete Karl und spießte eine letzte Olive mit der Gabel auf.

„Ja, eben drum.“ Franka kicherte und griff zum Weinglas. „Prost, Carlos!“

Karl lachte und griff ebenfalls zu seinem Weinglas. „Carlos?“

„Na sicher.“ Sie hob das Glas. „Wir sind in Lissabon. Du tanzt Tango Argentino. Du bist Carlos!“

Der samtige Rotwein funkelte in den Gläsern, die einen dezenten Ton von sich gaben, als Franka und Karl gemeinsam anstießen. Beide lachten und leerten ihre Gläser. Der Wein und der Zauber Lissabons hatten beide vollkommen in den Bann geschlagen. Auch als sie die Rechnung für ihren Bacalhau bekamen und feststellten, dass der Preis für die Vorspeisen doppelt so hoch war wie beide Portionen Fisch zusammen, konnte das ihre gute Laune nicht trüben.

„Touristenfalle!“ Franka lachte ungeniert und laut. „Ich glaub's nicht. Unser erstes Abendessen und wir landen prompt in einer Neppkaschemme.“ Karl zuckte mit den Schultern und kramte nach seiner Geldbörse. „Aber der Fisch war gut.“

Untergehakt und mit deutlich unsicherem Gang verließen Franka und Karl das Restaurant. „Lass uns noch mal rüber zur Mauer gehen“, bat Karl und zog Franka auf die gegenüberliegende Straßenseite. Nach einem kurzen Fußweg tauchte vor ihnen der Arkadengang auf, der sich wie ein Scherenschnitt vor dem von einem prallen Vollmond beleuchteten Nachthimmel abzeichnete.

„Das ist so … so unglaublich kitschig“, seufzte Franka, „und so wunderschön!“

Obwohl es eine milde Sommernacht und noch nicht allzu spät war, lagen die Stadtmauer und die in die Steine eingelassenen Sitznischen einsam im Mondlicht. Franka und Karl setzten sich und sahen fasziniert auf die sich unter ihnen ausbreitende Altstadt. Die vielen engen Gassen, steilen Treppen und kopfsteingepflasterten Wege lagen im behaglichen Lichterschein der vielen historischen Laternen, die sich an jeder Straßenecke zu befinden schienen. Am Ufer des an die Altstadt angrenzenden Tejo, der silbern im Licht des Vollmonds glitzerte, lag ein hell erleuchtetes mehrstöckiges Kreuzfahrtschiff, von dessen Promenadendeck leise Musikfetzen durch die Nacht wehten. Franka griff in ihre Handtasche und zog ihr Handy hervor. Sie gab ihren Freischaltcode ein und scrollte durch ihre Musikdateien, bis sie die Playliste ihrer Lieblingstangos gefunden hatte. Auch wenn Franka und Karl sehr dem klassischen Tango zugetan waren, hatten sie auch den Electrotango für sich entdeckt und waren große Fans der spanisch-argentinischen Gruppe *Otros Aires.* Sie scrollte kurz durch die Liste und nur wenige Sekunden später erklang die Stimme von Miguel Di Genova, der mit rauer Stimme den *Perfect Day* besang.

Franka und Karl hatten in den letzten Monaten große Fortschritte gemacht und auch schon auf diversen Milongas miteinander getanzt, doch das berühmte Tango-Feeling hatte sich bislang noch nicht eingestellt. Zu sehr achteten sie noch auf Technik und Körperhaltung; zu sehr waren sie noch darauf bedacht, keine Fehler zu machen und auf der Tanzfläche mit niemandem zusammenzustoßen. Oft bremsten sich beide im Tanzfluss aus, wenn sie die Figur im Kopf vorzeichneten und verzweifelt versuchten, nicht den Faden zu verlieren. Doch dieser Abend war anders.

Karl erhob sich und sah Franka schweigend an. Sie standen sich im Mondlicht unter den Arkaden von Santa Luzia gegenüber. Karls Körper straffte sich und er öffnete seine Arme. Franka glitt in Karls Umarmung; ihre Körper berührten sich. Ohne an die so oft gehörten Ermahnungen seines Tanzlehrers Thomas zu denken, zeichnete Karl zur Eröffnung ihrer Mondschein-Tanda mit seinem Spielbein einen imaginären Kreis auf dem Steinboden, einen sogenannten *Lápiz* und setzte seinen ersten Tangoschritt auf Lissaboner Boden.

In dieser Vollmondnacht dachten beide keinen Moment an ihren Unterricht. Sie dachten auch nicht daran, wer sie waren und welche Stolpersteine ihnen das Leben bislang in den Weg gelegt hatte. Heute Nacht war Karl nicht mehr der Karl aus dem Weddinger Schirmgeschäft; heute Nacht war er Carlos, der Tanguero! Und Franka war in dieser Nacht nicht die BSR-Franka mit orangefarbener Latzhosen, die mit ihrem Besen den Dreck von Berlins Straßen fegte, sondern eine atemberaubend schöne Tanguera, die ihrem Tanguero voller Temperament und Leidenschaft folgte. Die Seele des argentinischen Tangos hatte Franka und Karl berührt und in ihnen eine Flut intensivster Gefühle ausgelöst: Euphorie, Glückseligkeit, Dankbarkeit, Melancholie. Egal ob Karl intuitiv einen Ocho führte oder Frankas Schritt mit einer Parada stoppte, sodass sie ihr freies Bein eng an seiner Wade entlangführen musste – alles, was sie tanzten, gelang ihnen mit sinnlicher Leichtigkeit und der Prise Erotik, die den Tango Argentino zu dem machte, was er war: wortloses Verstehen und intime Umarmung.

Franka hatte ebenso wie Karl ihren Kopf ausgeschaltet, auch sie wurde vom Zauber der Musik und ihrem sinnlichen Tanzfluss getragen. Erst als sie Karls Erektion durch den Stoff ihrer Kleidung spürte, kam sie schlagartig zu sich. Sie versuchte Abstand zu gewinnen, doch je mehr sie mit ihrem Unterkörper auswich, umso enger presste Karl sie an sich. Sie spürte Panik in sich aufsteigen, spürte Enge und Ausweglosigkeit. Eine ungleich stärkere Angst als in vergleichbaren Momenten überwältigte sie, während Karl noch immer die Augen geschlossen hatte und einen entrückten Eindruck machte. Abrupt blieb Franka stehen und wand sich gewaltsam aus Karls Umarmung, sodass dieser sein Gleichgewicht verlor und strauchelte. Überrascht schlug Karl die Augen auf und blinzelte irritiert. „Was … was ist …?“, stammelte er und sah sie verblüfft an. Erst jetzt bemerkte auch Karl seine Erektion und fuhr zusammen.

Nahmen ältere Männer sie als ein Geschenk des Lebens dankbar an, versanken Generationen junger Männer in ihrer Gegenwart vor Scham in den Boden – die Spontanerektion! Pure Peinlichkeit in gänzlich unpassenden Situationen: beim Militärarzt während der Musterung, in der Sportstunde, der ersten Tanzstunde, der Sauna während des Aufgusses, Sekunden vor einer beruflichen Präsentation oder Prüfung. Die Möglichkeiten, sich als Mann mit einer spontanen Erektion zu blamieren, sind überaus vielfältig und eine Erfahrung, die Karl bislang noch nicht gemacht hatte. Mehr noch: Körperliche Erregung hatte in Karls Leben noch nie eine große Rolle gespielt. Er hatte sich selten bis nie selbst berührt und optische Reize hatte er bis er zum Beginn seiner Tangoerfahrungen nur bedingt wahrgenommen. Zugegeben, die Umarmungen mit den unterschiedlichen Tanzpartnerinnen waren neu für ihn und hatten ihn aufgewühlt; allerdings nicht auf sexueller Ebene. Dafür waren die Eindrücke zu umfassend, als dass sie sich in Erektionen ausdrückten. Heute Nacht allerdings schien es so, als hätte ihn der Zauber der Vollmondnacht nicht nur in seiner Seele, sondern auch bis in die letzte Faser seines Körpers berührt. Die Gefühle hatten ihn mitgerissen und nun traf ihn sein Schamgefühl wie eine Ohrfeige, die noch intensiver brannte als die, die Franka ihm mit einem laut durch die Nacht klatschenden Geräusch gab.

„Du Scheißkerl!" Frankas Augen schienen Blitze zu versprühen, obwohl ihr Gesicht kreidebleich und ohne sichtbare Regung war. „Ich dachte, du bist mein Freund."

„Bin ich doch auch ... ich ... Franka, du musst mir glauben ...", stotterte Karl verwirrt und voller Scham. „Das wollte ich nicht!"

„Du bist auch nicht anders als ..." Frankas Gesicht verzog sich bitter vor Enttäuschung. Eine eisige Kälte umschloss die eben noch wunderbar leichten Gefühle, denen sie sich gerade noch voller Sinnlichkeit und Freude hingegeben hatte. „Du ..." Ihr schnürte es beinahe die Kehle zu. „Ich habe dir vertraut!"

Noch vor wenigen Minuten ging es ihr wunderbar: Sie war einem vertrauten Freund nah und fühlte sich sicher und geborgen. Dann spülte Karls körperliche Reaktion den Bodensatz ihres unbearbeiteten Seelenmülls aus der Kindheit wie eine aufgeplatzte Eiterblase in ihr Bewusstsein zurück. Frankas Fäuste ballten sich hilflos vor Wut und Enttäuschung. Vielleicht wäre die Situation noch zu retten gewesen, hätten sie miteinander geredet, Fragen gestellt, sich erklärt. Aber für Franka war diese Situation schlimmer als alles bisher erlebte – fast alles.

Sie hatte Karl vertraut, sich ihm geöffnet und wurde nun aus einer vermeintlichen Sicherheit, einer unvergleichlich entspannten, romantischen Situation, wie Franka sie noch nie erlebt hatte, herausgerissen und bis ins Mark hinein enttäuscht.

„Es tut mir ... ich wollte doch nicht ..." Hilflos suchte

Karl nach Worten. Er griff nach Franka, die ihm jedoch auswich.

„Fass mich nicht an!“, fauchte sie.

„Du … ich …“ Karl machte einen Schritt auf Franka zu. Die zweite Ohrfeige traf ihn mit der Wucht eines Faustschlages und riss seinen Kopf herum. Vor seinen Augen flammten rote Schleier auf. Franka hatte sich in der Vergangenheit bereits einige Male gegen aufdringliche Annäherungen wehren müssen und war in ihrer Antwort knallhart und kompromisslos, was für die Betreffenden stets eine schmerzliche Erfahrung gewesen war. Ihr tägliches Hanteltraining tat das Übrige dazu, dass der Betreffende sich lange an Frankas Antwort erinnern sollte.

Karl stand regungslos vor ihr und sah sie mit fassungslosem Blick an. Seine Arme hingen leblos herab, seine Handflächen zeigten in einer hilflosen Geste Richtung Franka. Er war noch nie von einer Frau geschlagen worden. Nur langsam löste sich der rote Nebel vor seinen Augen auf, während der Adrenalinschub noch immer durch seine Adern brauste.

„Ich will dich nicht mehr sehen! Nie wieder!“ Zwei Wimpernschläge lang sah Franka ihren Tanzpartner an, zu dem sie bis vor einer Minute noch das freundschaftlichste und tangointimste Verhältnis hatte, was man sich nur wünschen konnte. Von einem Moment auf den anderen lag all das in Scherben. Mit ein paar Sätzen stand sie an der alten Stadtmauer und griff nach dem Handy, aus dem Carlos Gardel das sentimentale Lied *Por Una Cabeza* anstimmte. Eine Daumenbewegung ließ die Musik verstummen. Franka klemmte sich ihre Tasche unter den Arm und behielt das Handy in der Hand. Langsam wie in Zeitlupe ging sie an Karl vorbei, der noch immer wie zur Salzsäule erstarrt unter den Arkaden stand.

Als sie sich Schulter an Schulter mit ihm befand, verharrte sie einen Moment in ihrer Bewegung und sah ihn mit tiefer Traurigkeit an. „Du hast alles kaputt gemacht“, sagte sie tonlos. „Adieu, Carlos.“ Franka wandte sich von Karl ab und ging langsam, als hingen Bleigewichte an ihren Beinen, Richtung Hauptstraße.

Benommen hob Karl den Kopf und löste seinen Blick von der Kreidetafel mit dem Tagesmenü der Terrace Santa Luzia. Unfähig, einen einzigen klaren Gedanken zu fassen, sah er seiner ehemaligen Freundin und Tanzpartnerin hinterher, bis sie an der *Rua Limoeiro* rechts abbog und aus seinem Blickfeld verschwand.

- 13 -

Zwei Spatzen stritten miteinander um einen Brotkrumen, der im Straßenstaub lag. Gleichgültig blickte Karl in ihre Richtung, ohne die beiden Streithähne wirklich zu sehen. Es wurde langsam hell. Die Morgendämmerung wich den sanften morgendlichen Strahlen. Auch heute würde es ein warmer sonniger Tag in Lissabon werden und die Sonne würde Straßen, Plätze und Gassen der Stadt mit dem für Lisboa typisch weichen und goldenen Sonnenlicht fluten. Karl spürte die Wärme der ersten Sonnenstrahlen auf seinem von der Nacht ausgekühlten Gesicht und kniff die Augen leicht zusammen. Die erste Elétrico rumpelte vor ihm vorbei und bog ratternd in die Kurve vor der Catedral Sé auf deren Steinstufen er kauerte.

Die nächtliche Auseinandersetzung hatte ihn komplett aus der Bahn geworfen. Er fühlte sich so einsam und verlassen wie nie zuvor – kein Wunder, war Franka doch, neben seiner Mutter, bislang die einzige Frau in seinem Leben, zu der er irgendeine Beziehung pflegte. In den vergangenen Monaten war Franka zu einer Art Schwester für ihn geworden. Er freute sich jedes Mal, wenn sie zum Tanzen miteinander verabredet waren, und hatte das Gefühl, dass es ihr ebenso ging. Niemals war es Karl in den

Sinn gekommen, in Franka mehr als eine Freundin zu sehen. Für einen Außenstehenden mag es anders ausgesehen haben, immerhin tanzte Karl mit keiner der anderen Frauen aus dem Tangokurs so tief versunken wie mit Franka. Doch diese vertraute Tanzverbundenheit gehörte seit letzter Nacht der Vergangenheit an.

So sehr sich Karl den Kopf zermarterte, wie es dazu kommen konnte, gab es für ihn nur eine Erklärung: Die Gefühle des Moments und der Wein hatten ihn übermannt. Das allerdings konnte nach seinem konservativ geordneten Wertesystem weder Rechtfertigung noch Entschuldigung sein und half ihm im Moment auch nicht weiter.

Karl war den Rest der Nacht niedergeschlagen, mit schlechtem Gewissen und dumpf in ihm brodelndem Schamgefühl durch die Gassen der Alfama geirrt. Zwar hatte er ebenso wie Franka einen Schlüssel zu dem Appartement in der Beco dos Loios, aber auch Angst davor, ihr dort zu begegnen. Und so saß er seit Stunden vor der Kathedrale in Lissabon wie einen Tag zuvor die Frau im schwarzen Gewandt und wusste nicht, wie es weitergehen sollte. Niemals würde er Frankas enttäuschtes Gesicht und die Wut in ihren Augen vergessen. Ihr kalter Blick, mit dem sie Adieu gesagt hatte, tat ihm in der Seele weh. Was war nur mit ihm geschehen? Wie sollte er das jemals wiedergutmachen, jemals wieder Franka unbefangen unter die Augen treten, geschweige denn eng mit ihr tanzen. Karl seufzte und hoffte, dass sich der nächtliche Vorfall irgendwie wieder einrenken würde und sie an dem geplanten Tangounterricht und den Workshops zusammen teilnehmen konnten. Ganz abgesehen von Joys und Dons Show, auf die sie sich so lange gefreut hatten. Franka fehlte ihm so sehr, dass es weh tat.

Allein zu den Workshops zu gehen und dort auf Franka zu treffen, nicht mit ihr reden zu können und mit anderen Frauen zu tanzen; das konnte er sich nicht vorstellen. Ebenso wenig konnte er es sich vorstellen, allein durch Lissabons Nächte zu streifen, um auf den diversen Milongas zu tanzen. In einem fremden Land, deren Sprache er nicht sprach, in einer fremden Stadt, die er nicht kannte und in der er sich mit Sicherheit verlaufen würde, mit fremden Frauen, deren Erwartungen er möglicherweise nicht erfüllte – vollkommen ausgeschlossen! Allein der Gedanke daran, dass er in einem der Lisboa Tango Cafés eine fremde Frau auffordern sollte, trieb ihm den Angstschweiß auf die Stirn.

Während es rund um die Kathedrale zunehmend lebhafter und geschäftiger zuging und sich auch bereits die ersten Touristen zeigten, versuchte Karl sich selbst Mut zuzusprechen: „Es ist ja nur Tango. Und hier kennt mich niemand. Aber was ist, wenn ich führe und die Frau versteht mich nicht? Dann stolpere ich auf der Tanzfläche herum und blamiere mich bis auf die Knochen!“ Natürlich wusste Karl, dass auch schönes und intensives Gehen für eine gelungene Tanda ausreichte, weil es beim Tango mehr auf das Gefühl und die Improvisation des miteinander tanzenden Paares ankam als auf die Technik. Das hatten ihm die Tanzlehrer oft genug versichert. Aber er hatte auch schon auf Milongas inmitten unterkühlt dreinschauender Tangueras gesessen, die mehr oder weniger diskret ihre Tanzerfahrungen miteinander austauschten: „Kennst du den?“

„Ja, kannst du vergessen. Der führt wie ein Weißbrot. Aber der da drüben ist gut!“

„Ne, der geht gar nicht! Der riecht immer so muffig.“

„Ich will ja nichts sagen, aber die Jungs hier – von Männern will ich mal gar nicht reden – könnten ruhig besser im Unterricht aufpassen. Dann könnten sie auch gescheit führen!“

Franka hatte ihm erklärt, dass er solche Sprüche nicht auf sich beziehen solle, da einige der auf den Milongas anwesenden Damen nicht nur tanzen wollten. Dennoch war Karl immer mulmig, wenn er diese oder ähnliche Kommentare hörte. Dabei fiel ihm auch gleich immer seine Begegnung mit der blonden Laura am Silvesterabend ein.

Je öfter Karl zum Unterricht gekommen war und je mehr Leute er kennengelernt hatte, desto besser konnte er die Szene unterscheiden. Ja, es gab tatsächlich Tangueras, deren Tanzpartnerwünsche den Kontaktanzeigen in der Samstagsausgabe der Morgenpost ähnelten: groß, athletisch, langhaarig, studiert und eloquent – wobei Karl sich erst einmal von Franka erklären lassen musste, was dieser letzte Begriff bedeutete. Sein Tanzlehrer hatte zwar schon mehrfach erklärt, dass der Stress der führenden Personen hausgemacht sei, weil sie eigene Ängste auf vermeintliche Erwartungen der Folgenden projizierten. Trotzdem war Karl der Meinung, dass die folgende Tanzpartnerin, welche er auf einer Milonga aufforderte, durchaus Erwartungen an ihn als Mann und Führenden haben durfte und vermutlich auch hatte. Und natürlich machte ihm dieser Gedanke Stress und auch etwas Angst, aber da musste er eben durch.

Mit Franka war das anders. Sie wusste, welche Techniken er mittlerweile tanzen konnte, und auch wenn sie schneller lernte als er, hatte er bei ihr nie das Gefühl, sich ihr gegenüber beweisen zu müssen. Sie waren ein eingespieltes Team. Das wussten beide und das wussten auch die anderen im Nou. Er durfte gar nicht daran denken, wie es in Berlin mit dem Unterricht weitergehen sollte, wie es sein würde, wenn er Franka erst dort wieder gegenüberstünde. Konnte er überhaupt noch, ohne rot zu werden, ins Nou gehen? Auch wenn er sich sicher war, dass Franka über den nächtlichen Vorfall kein Wort verlieren würde, wie sollte er den anderen erklären, dass sie nicht mehr zusammen zum Unterricht kamen?

„Vielleicht steigere ich mich auch einfach nur in etwas hinein?", fuhr es ihm durch den Kopf. „Ich hab' sie doch nicht bewusst belästigt. Das ist einfach so passiert." Einfach so passiert … Auch wenn es so war, kam ihm seine Erklärung so fadenscheinig vor, dass sie eher zu dem Typen passte, der ihm bei einem seiner ersten Besuche im Nou auf der Herrentoilette erklärt hatte, dass er zum Frauenaufreißen Tangounterricht nahm. Karl wusste auch aus Erzählungen von anderen Tanzpartnerinnen, dass bestimmte Typen sich darin gefielen, sich erigiert an ihrer Tanzpartnerin zu reiben. Plumper ging's nicht. So einer wollte Karl nicht sein. Niemals!

„Olá", sagte eine Stimme neben ihm und Karl spürte, wie ihn jemand anstupste. Schwerfällig drehte Karl seinen Kopf. Die alte Bettlerin vorm Vortag hatte sich auf ihren Knien niedergelassen und streckte ihm einen Pappbecher entgegen. Auch heute trug sie dieselben abgetragenen schwarzen Klamotten, die ihr mehrere Nummern zu groß zu sein schienen und beinahe alles bis auf die Augen und ein paar Haarsträhnen bedeckten. Zu Karls Überraschung stank die Bettlerin nicht, wie es der fleckenübersähte Wollpullover vermuten ließ. Er meinte sogar den Duft einer Körperlotion zu riechen, was er aber angesichts der in alten Lumpen gehüllten Gestalt absurd fand. Mit Sicherheit kam der Geruch von der jungen Bedienung des Kiosks gegenüber, die gerade ihren Stand öffnete und die aufeinandergestapelten Stühle in Gruppen um die runden Tische verteilte.

„Ich habe selbst nichts", sagte Karl mit leiser Stimme und schüttelte langsam den Kopf.

Der Arm der Alten mit dem Pappbecher in der Hand blieb ausgestreckt.

„Lassen Sie mich bitte in Ruhe." Wieder schüttelte Karl mit dem Kopf und blickte zu Boden. „Ich hab' kein Geld dabei."

Die Alte rutschte ein paar Zentimeter näher an ihn heran und hielt ihm den Pappbecher fast unter die Nase.

„Nein", unwillig schüttelte Karl erneut den Kopf. „Ich hab' nichts!"

„Nix!", sagte die Alte und hielt ihm den Becher jetzt wirklich unter die Nase. „Ich will nix. Für dich."

Überrascht hob Karl den Kopf. Die Alte sah ihn mit erstaunlich hellen und klaren Augen an, die ebenso wenig wie ihre weiche Stimme zu einer alten Frau passen wollten. Bevor er sich aber weitere Gedanken über die seltsame Alte machen konnte, kitzelte ihn der köstliche Kaffeeduft in der Nase. Er sah auf den Becher und griff automatisch zu. Sie hatte ihm einen Kaffee gebracht. Offenbar hatte sie Mitleid mit ihm.

„Sie sprechen Deutsch?" Karl sah sie verblüfft an.

„Bebida!", forderte sie ihn mit einer Geste auf. „Trink. Ist guter Kaffee!"

„Danke", erwiderte er und nahm einen kräftigen Schluck.

„Obrigado", entgegnete sie und schien hinter dem grauen Schal, der ihr Gesicht bis zu den Augen verdeckte, zu lächeln. „Heißt Danke. Als Mann. Als Frau heißt es Obrigada."

„Wieso sprechen Sie Deutsch?" Karl starrte die Bettlerin noch immer verblüfft an.

„Touristen." Die Alte zuckte mit den Schultern. „Ich lerne viel von Touristen: Thank you. Danke schön. Gracias. Podziękować. Merci."

Unvermittelt musste Karl lächeln: „Obrigado! Das war sehr nett von Ihnen."

Sie schob ihm eine Papiertüte mit dem Aufdruck des Kiosks zu und erhob sich erstaunlich gelenkig für eine alte Frau, die beim Betteln einen Gehstock neben sich auf den Treppenstufen liegen hatte. „Adeus." Freundlich winkte sie ihm zu. „Nicht mehr traurig sein!"

Karl sah, wie die zerlumpte Alte flink die Treppen der Kathedrale hinunterstieg und hinter einem Mauervorsprung verschwand. „Was war das denn? Unglaublich!" Karl konnte noch immer nicht fassen, was ihm gerade widerfahren war, da fiel sein Blick auf die braune Papiertüte, die er im nächsten Augenblick mit noch von der Nachtkälte steifen Fingern öffnete. Als er die beiden appetitlich belegten Brötchen sah, griff er ohne lange zu überlegen zu und bis herzhaft hinein. Er hatte bis zu diesem Moment noch nicht bemerkt, wie hungrig er war. Plötzlich fiel eine Münze neben ihm auf den Boden. Karls Kopf ruckte hoch und er sah ein älteres Paar, offensichtlich Touristen, an sich vorbeigehen. Im ersten Moment wollte er dem Rentnerpaar hinterherrufen, dass es nicht so war, wie es aussah, entschied sich dann aber lieber für ein freundliches „Obrigado“ mit vollem Mund.

Eigentlich hätte es ihm peinlich sein müssen, von den vorüberschlendernden Passanten und Touristen für einen Bettler gehalten zu werden; war es aber erstaunlicherweise nicht. Obwohl ihm der Magen knurrte, ließ er sich mit dem zweiten Brötchen Zeit und kaute langsam und genussvoll. Zwischen den Bissen spülte er mit Kaffee nach.

Als Karl sein Frühstück beendet hatte, erhob er sich von den Stufen der Sé Patriarcal und streckte seine Glieder, die sich von der Nacht auf den harten Steinstufen kalt und steif anfühlten. Mit langsamen Schritten machte er sich auf den Weg zum Appartement. Was hätte er auch sonst tun sollen? Die Straße führte bergauf und nach den ersten hundert Metern spürte Karl bereits ein schmerzhaftes Ziehen in seinen Waden. Er ignorierte den Schmerz und bog nach zehn Minuten rechts ab. Als er an einem kleinen Supermarkt vorbeikam, fiel ihm ein, dass er eigentlich gestern mit Franka Lebensmittel einkaufen wollte. Die vielen faszinierenden Eindrücke ihres ersten Spaziergangs und das köstliche Abendbrot hatten sie das Einkaufen vergessen lassen.

Da Franka auf ihrem nächtlichen Heimweg nicht einkaufen konnte, war davon auszugehen, dass im Kühlschrank ihres Appartements noch immer gähnende Leere herrschte. Kurzentschlossen deckte Karl sich in dem kleinen Laden mit dem Notwendigsten ein: Pulverkaffee,

Brot, Eier, Butter, Milch und frisches Obst. An der Käsetheke hatte er die Qual der Wahl, die Auslage war voll mit den unterschiedlichsten Käsesorten, von denen Karl noch nie gehört hatte. Er entschied sich für zwei verschiedene Sorten Schnittkäse und ließ sich an der Wursttheke eine der verführerisch duftenden weißen Salamis einpacken. Kurz bevor er den Laden verlassen wollte, blieb er vor dem Weinregal stehen. Er schüttelte mit dem Kopf. Besser nicht. In der vergangenen Nacht hatte der Wein zu seiner Entgleisung geführt, oder steckte mehr dahinter? Allein der Wein wäre als Erklärung zu einfach gewesen. Karl spürte, wie sich erneut sein schlechtes Gewissen meldete. Der Gedanke, dass er dabei auch ungerecht gegenüber sich selbst und seinem Körper war, kam ihm nicht. Er hatte seinen Körper und dessen Bedürfnisse nie so recht akzeptiert, ihn immer als etwas Störendes empfunden.

Beladen mit seinem Einkauf, den er in einer braunen Papiertüte vor dem Bauch trug, setzte er seinen Weg zu ihrer Unterkunft fort. Mit jedem Schritt, mit dem er sich dem Appartement näherte, wuchs sein Unbehagen vor der Begegnung mit Franka. Er hatte keine Ahnung, was er ihr sagen sollte. Tief in ihm brannte noch immer die Scham über das, was in der vergangenen Nacht zwischen ihnen geschehen war. Karl war weit davon entfernt, seine eigene Sexualität zu verstehen oder auch nur verstehen zu wollen. Zu sehr verstörten ihn die Gefühle und Regungen, die er nicht kannte und die dennoch unentwegt in ihm aufwallten. Was er wusste, hatte er aus seinen Büchern: dass nicht jede Erektion gleichzusetzen war mit sexueller Erregung, dass sie auch körperlicher Ausdruck eines besonderen Wohlbefindens oder starker Glücksgefühle sein konnte. Aber wie sollte er das Franka erklären, wenn er es selbst nicht verstand? Er konnte ja schlecht einfach sagen, dass er sich so glücklich gefühlt hatte, dass er vor lauter Freude eine Latte bekam.

Karl bog an dem kleinen dreieckigen, gepflasterten Platz rechts ab und ging auf ein Eckhaus zu, dessen Putz großflächig von der Fassade abblätterte. Die fleckig grüne Markise hing in Fetzen vor dem mit einer grünen verwitterten Holztür versperrten Restaurant. Der leere Fensterrahmen eines alten Holzfensters in der ersten Etage stand offen. Unterhalb des Fensters hing eine gusseiserne Straßenlaterne, von der ein Stromkabel herabbaumelte und in einem Wust von Kabeln verschwand, die ebenfalls auf dem Putz der Fassade angebracht waren.

„Das hier überhaupt jemand den Durchblick hat", wunderte sich Karl und ließ seinen Blick über das Kabelgewirr hoch über seinen Kopf gleiten, bevor er in die Beco de Loios einbog und die Stufen der Gasse hochstieg. Vor der schmalen zweiflügeligen grünen Holztür mit dem blauen Schild, auf dem in weißer Farbe die Nummer 20 aufgedruckt war, blieb er stehen. Einen Haustürschlüssel benötigte er nicht. Als er die Türklinke hinunterdrückte, sprang der rechte Flügel der hölzernen Tür auf. Seitlich gehend zwängte sich Karl durch die extrem schmale Türöffnung und stieg mit schweren Schritten die 52 Stufen hoch, die er bei ihrer Ankunft gezählt hatte. Jeder Schritt ließ sein Herz ein wenig schneller schlagen. Oben angekommen zögerte er einen Moment, bevor er den flachen Schlüssel in das Schloss des Panzerriegels einführte. Die beiden anderen Sicherheitsschlösser waren nicht verschlossen, was ihm die nervige Fummelei mit den kleinen Schlüsseln ersparte. Mit leisem Klacken öffnete sich die Tür und gab den Blick auf das Wohnzimmer des Appartements frei.

„Franka?“ Vorsichtig streckte Karl seinen Kopf durch den Türspalt. „Franka. Bist du da?“ Nichts rührte sich. Karl schlüpfte aus seinen Schuhen und stellte sie leise innen neben die Tür. Er betrat den kleinen Wohnraum, der im strahlenden Licht der aufgehenden Sonne lag. Die Jalousie des Zimmers war noch genauso weit geöffnet, wie sie Franka und Karl gestern zurückgelassen hatten. Die Tür zu Frankas Schlafzimmer war geschlossen. Offenbar schlief sie noch.

Auf Zehenspitzen durchquerte Karl den Raum und trat auf den kleinen Balkon ins morgendliche Sonnenlicht hinaus. Karl fühlte sich wie in einem Theater, in der die aufgehende Sonne am strahlendblauen Himmel der Star war und selbst dem Kreuzfahrtriesen die Show stahl, der wie ein schneeweißes Traumschiff im Hafen lag und die vor ihm liegenden Häuser um mehrere Stockwerke überragte. Die Aussicht war überwältigend. Auch wenn Karl gestern schon ausgiebig das Panorama bewundert hatte, raubte ihm der Blick über das Dächermeer, über dem sich der strahlendblaue Himmel bis zum Horizont spannte, auch heute wieder den Atem. Die Luft war weich wie Seide und die Sonnenstrahlen wärmten Karl, dessen Körper noch immer von der Nacht auf der Steintreppe ausgekühlt war.

Karl stützte sich mit den Unterarmen auf das Metallgitter, welches den Balkon auf Hüfthöhe umlief. Das Metall fühlte sich warm an. Er schaute hinunter in die enge

Gasse. Die gegenüberliegende Häuserfront war nur einen Katzensprung entfernt. In diesem Moment erschien ein kleines schwarzweißes Kätzchen auf dem Sims gegenüber. Es peilte offensichtlich den Mauervorsprung neben Karls Balkon an. Mit einem eleganten Sprung hob es ab, verweilte kurz in der Luft und verfehlte nur knapp sein Ziel. Mit einem kläglichen Aufschrei stürzte es in die Tiefe.

Erschrocken blickte Karl nach unten ins Halbdunkel der Gasse. Seine Augen suchten das Kopfsteinpflaster ab, aber er konnte kein zerschmettertes Fellbündel sehen, wie er es erwartet hatte. Dann hörte er ein klägliches Miauen. Karl fuhr herum und erblickte schräg unter sich das kleine Kätzchen verängstigt auf einer Strebe sitzend, die zu einem Baugerüst gehörte. „Na, du Kamikazepilot", lachte Karl erleichtert. Die Katze hatte zweifaches Glück im Unglück gehabt. Zum einen bestand der Mauervorsprung, den sie verfehlt hatte, fast nur aus Nagelbrettern zum Schutz gegen die Tauben und zum anderen war sie exakt auf einer irrwitzig schmalen Metallstrebe, die den Sturz in die Gasse verhinderte, gelandet.

„Ganz ruhig", versuchte Karl das Kätzchen mit einschmeichelnder Stimme zu beruhigen, während er sein Bein über das Balkongitter schwang. Mit der rechten Hand hielt Karl das Balkongitter umklammert, während er in die Hocke ging und seine Hand nach der kleinen Katze austreckte. Doch so sehr er sich auch reckte, es fehlten ein paar Zentimeter, um das Kätzchen packen zu können. „Komm näher, du …", flüsterte Karl eindringlich und reckte sich noch ein paar Millimeter näher an die Katze heran. „Noch näher … du … Mistvieh!"

Während er sich abmühte und verzweifelt versuchte,

die wenigen Zentimeter zu überbrücken, beobachtete die Katze jede seiner Bewegungen. Offenbar interessierte sie sich trotz ihrer Ängstlichkeit sehr für die akrobatischen Übungen, die ihr Gegenüber gerade vollführte. Vorsichtig machte sie zwei Schritte auf Karls Fingerspitzen zu und streckte ihr Köpfchen vor.

„So ist gut, Mieze", lobte Karl sie mit zuckersüßer Stimme. „Komm! Nur noch ein Stückchen." Das Kätzchen stellte die Ohren auf und horchte auf den Klang von Karls Stimme. Offenbar war sie mit dem, was sie hörte, zufrieden, denn sie kam tatsächlich noch ein paar Zentimeter näher und beschnüffelte mit ihrer kleinen herzförmigen Nase Karls ausgestreckten Zeigefinger. „Verdammt!", stöhnte Karl gequält auf. „Du sollst nicht schnüffeln. Du sollst näherkommen!"

Als Antwort auf Karls Aufforderung streckte sie ihre kleine rosafarbene Zunge heraus und begann Karls Zeigefinger abzuschlecken. „Oh, nein!", stöhnte Karl erneut. „Blödes Vieh!" Lange würde er es nicht mehr in dieser Stellung an dem Balkongitter aushalten. Karl merkte, wie seine Finger, die sich um das Gitter klammerten, langsam taub wurden. Wenn er nicht riskieren wollte, selbst auf dem Kopfsteinpflaster zu enden, würde er sich bald etwas einfallen lassen müssen oder die Katze ihrem Schicksal überlassen. In diesem Moment schaltete sich der Schutzengel erneut ein und sandte eine dicke Taube, um das Drama über den Dächern Lissabons zu beenden. Mit lautem Flattern und Gurren landete sie auf der Metallstrebe hinter dem Kätzchen, die erschrocken einen Satz Richtung Karl machte. Der reagierte geistesgegenwärtig und packte die kleine Katze mit einem Griff ins Nackenfell.

Bevor die Katze flüchten konnte, zog er das wütend fauchende Fellbündel zu sich herauf und kletterte zurück auf den Balkon. Mit ausgefahrenen Krallen wischte die Katze mit einer ihrer Pfoten über Karls Hand und Unterarm, wo die kleinen, aber scharfen Krallen drei Kratzer hinterließen, in denen sich sofort kleine Blutstropfen bildeten.

„Au!", fluchte Karl und drückte die wild um sich strampelnde Katze fest an seine Brust. „Ist das vielleicht der Dank dafür, dass ich dich gerettet habe?" Er warf einen Blick hinunter in die Gasse und verzog das Gesicht. Er war zwar weitestgehend schwindelfrei, aber über den Dächern Lissabons auf einem Balkonsims herumzuturnen, zählte sicherlich nicht zu seinen Lieblingsbeschäftigungen. Erleichtert darüber, dass die kleine Katze ihren Dachspaziergang wohlbehalten überlebt hatte, setzte Karl sich mit dem Kätzchen auf den verwitterten Holzstuhl, der die Hälfte des schmalen Balkons einnahm. Mit beruhigender Stimme sprach er auf das strampelnde Fellbündel auf seinem Schoß ein, das nach und nach immer friedlicher wurde und bald zu schnurren begann.

Während Karl ihr den Nacken kraulte, öffnete sich irgendwo in der Gasse unter ihm ein Fenster und melodische Klänge einer Gitarre wehten herauf. Der klagende Gesang einer Frau erklang und Karl spürte, wie die Melancholie ihrer Stimme Gänsehaut auf seinen Unterarmen hervorrief. Im ersten Moment dachte Karl, dass es sich bei der Musik um einen Tango handelte, erkannte aber nach ein paar Akkorden, dass die Musik dem Tango Argentino zwar ähnelte, es aber ein gänzlich anderer Musikstil mit anderen Instrumenten war. Mit der Katze auf dem Arm beugte er sich über das Balkongitter und spähte in die Richtung, aus der die Musik erklang, konnte aber nicht ausmachen, woher sie kam. Zwar standen an der gegenüberliegenden Häuserfront zwei Fenster sowie eine Balkontür – vor der noch immer die schwarze Spitzenwäsche sacht hin und her wehte – offen, die Musik schien jedoch von irgendwo anders herüberzuwehen. Karl hörte sich noch zwei weitere der melancholischen Lieder an, warf einen Blick auf seine Armbanduhr und ging dann mit der Katze auf dem Arm zurück ins Wohnzimmer. Jetzt war die richtige Zeit für ein kräftiges Frühstück. Zuerst stellte er dem Kätzchen ein Schüsselchen mit Milch hin, das sie zunächst leise miauend nur argwöhnisch musterte. Da aber die Neugier und der Hunger stärker als ihre Angst waren, schleckte sie schon bald genüsslich die Milch.

Karl beobachtete die kleine Katze noch einen Moment und machte sich dann an die Zubereitung des Frühstücks für Franka und sich. Er füllte den Wasserkessel frisch und setzte ihn auf die Herdplatte, dessen Schalter er erst nach längerem Suchen an der Außenkante des Herdes fand. Obwohl Karl normalerweise nur Kamillen- oder Fencheltee trank, stellte er zwei Kaffeetassen auf den kleinen Holztisch im Wohnzimmer. Im Moment fühlte er sich sicherer als noch in der Nacht zuvor; er würde seine Angst überwinden und mit Franka gemeinsam Kaffee trinken. Der heiße Kaffee der Bettlerin hatte ihm Mut gemacht: einfach auf den anderen zugehen. So wie es die Bettlerin getan hatte. Zehn Minuten später hatte Karl den Frühstückstisch eingedeckt, die Brötchen aufgeschnitten, Wurst und Käse appetitlich angerichtet und sogar zwei Portionen Rührei zubereitet. Neben Frankas Frühstücksteller stellte er einen Strauß Wiesenblumen, den er als Entschuldigung für die vergangene Nacht in dem kleinen Supermarkt gekauft hatte.

Er prüfte sein Arrangement mit kritischem Blick. Dann nickte er zufrieden. Dafür, dass er normalerweise nur Teller, Teebecher, Knäckebrot und ein Marmeladenglas benötigte, hatte er das Frühstück gut hinbekommen. Entschlossen wandte er sich um und ging auf Frankas Schlafzimmer zu. Vor der weiß lackierten Holztür blieb er stehen und zögerte einen Moment mit erhobener Hand; kaum hörbar klopfte er mit seinen Fingerknöcheln gegen das Holz. Hinter der Tür regte sich nichts. Offenbar schlief Franka noch immer tief und fest. Erneut klopfte Karl. Diesmal etwas fester. Er wartete ein paar Sekunden und machte sich erneut bemerkbar: diesmal laut und energisch. Vorsichtig legte er sein Ohr ans Holz. Nichts. Es war noch immer kein Geräusch zu hören.

Unruhe stieg in Karl auf. Auch wenn Franka tief wie ein Murmeltier schlief, das letzte Klopfen sollte sie doch gehört haben. Erneut pochte er an die Tür. Diesmal so laut, dass sie es hören musste, selbst wenn sie taub oder … Karl spürte eine diffuse Angst in sich aufsteigen. Mit einem Griff drückte er die Türklinke nach unten und schob die Tür einen Spalt auf. „Franka?“, fragte er leise in den Raum hinein. „Frühstück ist fertig. Schläfst du noch?“ Er steckte den Kopf durch den Türspalt und warf einen Blick ins Schlafzimmer. Auch Frankas Kammer war vom Sonnenlicht durchflutet. Die Balkontüren mit den Jalousien standen ebenso offen wie die im Nachbarraum. Noch bevor Karl die Tür ganz geöffnet hatte, wusste er Bescheid. Frankas Bett war leer, ihr Gepäck fehlte.

Ein kleiner Notizzettel lag wie achtlos hingeworfen mitten auf der Bettdecke. Unfähig einen klaren Gedanken zu fassen, stand Karl wie benommen vor dem unberührten Bett. Was sollte er nur ohne sie machen? Er verspürte eine tiefe Traurigkeit; Tränen stiegen ihm in die Augen. Ok, es war nicht in Ordnung gewesen, dass er sich während des Tanzens mit seiner Erektion an Franka gedrückt hatte, dafür schämte er sich noch immer; obwohl er sich nicht an eine bewusste Handlung erinnern konnte, so sehr er sich auch den Kopf zermarterte. Aber das Franka ihn hier allein ließ – ihn einfach sich selbst überließ … obwohl sie ganz genau wusste, dass er noch nie verreist war und sich von den vielen Eindrücken überfordert fühlte. Was sollte er jetzt nur machen – ganz allein?

„Ich hatte mich doch so sehr gefreut …“, flüsterte er mit tonloser Stimme und starrte auf den Zettel, den Franka ihm auf dem Bett hinterlassen hatte. „… so sehr gefreut.“ Mit zitternden Händen griff er nach dem Stück Papier. *Bin weg,* stand in akkuraten Druckbuchstaben darauf; mehr nicht, keine Erklärung, kein Weshalb und Wieso, aber auch keine Beschimpfungen oder Vorwürfe. Seine Schuldgefühle schienen Karl nun schier zu überrollen. Nicht nur er hatte sich wahnsinnig auf das Tangofestival und die Show von Joy und Don gefreut. Auch Franka war deswegen schon seit Wochen aufgeregt gewesen. Sie war mit Sicherheit ebenso enttäuscht wie er.

Karl lies den Zettel aufs Bett fallen und ging mit langsamen Schritten zurück ins Wohnzimmer. Er würdigte den Frühstückstisch keines Blickes, sondern ging auf direktem Wege in die Küche und griff sich den metallenen Abfalleimer. Zurück im Wohnzimmer fegte er mit einer weitausholenden Handbewegung das gesamte liebevoll aufgebaute Arrangement in den Eimer: Teller, Tassen, Brötchen, Käse, Butter – alles! Zuletzt griff er ohne zu Zögern nach der Blumenvase mit den hübschen Wiesenblumen und ließ sie mit lautem Scheppern ebenfalls in den Metalleimer plumpsen. Das Klirren des zersplitternden Glases versetzte ihm einen Stich ins Herz. Er hatte Franka mit seiner Geste für den Vorfall der vergangenen Nacht um Entschuldigung bitten und ihr eine kleine Freude machen wollen – zu spät.

Die kleine Katze war beim Klirren des Geschirrs erschrocken zusammengezuckt und beäugte Karl aufmerksam über den Rand ihres Milchschälchens hinweg. Sie spürte, dass ihr von dem Mann keine Gefahr drohte und tapste mit einem Milchbart unbeholfen hinter Karl her, der gerade in der Küche nach der Pfanne mit dem Rührei griff, die er ebenso wie das frisch geschnittene Brot in den Mülleimer warf. Mit einem prüfenden Blick in die Runde vergewisserte sich Karl, dass er nichts vergessen hatte. Er zog er die Mülltüte aus dem Mülleimer und band diese zusammen. Mit einem Griff fischte er den Haustürschlüssel vom Tisch und öffnete die Wohnungstür, um mit der Mülltüte in der Hand hinunter zu stapfen und, so wie es die Hausverwalterin ihnen erklärt hatte, den zugebundenen Müllsack rechts neben die Eingangstür auf das Kopfsteinpflaster zu stellen. Die schmale Gasse war menschenleer. Nur die leisen melancholischen Klänge, die ihn an argentinischen Tango erinnerten, schwebten entlang der alten Häuser, deren Farbe an dieser Stelle der Gasse von den Fassaden abblätterte. Amália Rodrigues, die bedeutendste Fado-Sängerin Portugals sang ein trauriges Lied und erzählte eine Geschichte von Liebe, Trennung und Schmerz. Treffender hätte sich kein Regisseur den musikalischen Hintergrund zu Karls derzeitigem Gefühlschaos ausdenken können.

Schwer atmend vom Treppensteigen drückte er die Haustür hinter sich ins Schloss und ließ sich erneut auf den Holzstuhl fallen, der auf dem Balkon stand. Das Kreuzfahrtschiff lag noch immer vor Anker und erinnerte an ein Werbeprospekt. Auch die Sonne schien so unverschämt schön. Zu schön für Karls derzeitiges Empfinden. Er konnte noch immer keinen klaren Gedanken fassen. Was sollte er jetzt tun? Allein in Lissabon, ohne Franka und ihr Organisationsgeschick? Ohne seine vertraute Tanzpartnerin?

Mit einem eleganten Satz sprang ihm die kleine Katze auf den Schoß und biss ihm in die Hand, um auf sich aufmerksam zu machen. Für einen kurzen Moment umspielte ein Lächeln Karls Mundwinkel. Er nahm das kleine Fellbündel auf den Arm und kraulte dem Kätzchen gedankenverloren durchs Fell. Ein Gefühl tiefer Einsamkeit erfasste ihn. Traurig ging sein Blick über die Dächer der Alfama.

- 14 -

Franka saß mit übereinandergeschlagenen Beinen auf einem weiß lackierten Holzstuhl, der vor einem kleinen Bistro auf dem schmalen Bürgersteig am *Largo da Graça* stand. Das kleine Bistro, auf dessen gelb-weißer Markise der Name *Nicola* stand und das neben einem Minisupermarkt lag, war ein winzig kleines Ladenlokal, ausgestattet mit ausgesessenen Sitzmöbeln, Holzstühlen und einem kleinen hölzernen Schanktisch.

Mit der Fingerspitze wischte sie sich eine Träne aus dem Augenwinkel. Die Erinnerung an die vergangene Nacht wirkte noch immer nach. Die Enttäuschung hatte sie schmerzhaft getroffen und sie war sich erneut ihres unbearbeiteten Seelenmülls bewusst geworden. Doch sie würde ihren Weg weitergehen – stolpern, aufstehen und weitergehen! Franka stieß einen langgezogenen Seufzer aus und versuchte ihre trüben Gedanken für einen Moment zu vergessen. Sie ließ ihren Blick über die Tische des Bistros hinweg die Straße entlang schweifen.

Wie sie inzwischen von ihrem treuen Begleiter dem Reiseführer wusste, war das Bistro ein beliebter Treff von Schriftstellern, Theaterleuten und Straßenkünstlern. Die gesamte Häuserfassade des mehrstöckigen Wohnhauses, in dem sich Bistro und Minisupermarkt befanden, war mit mintgrünen portugiesischen Kacheln verblendet. Neben den beiden mit Markise überspannten Eingängen befand sich ein imposantes Eingangsportal mit zwei Säulen. Darüber prangte in weißen Druckbuchstaben der Name des Hauses: *VILLA SOUSA*.

Die ebenso imposante doppelflügelige dunkelgrün lackierte Holztür stand offen und gab den Blick in den dahinterliegenden kopfsteingepflasterten Gang frei, der zum Hinterhaus des Gebäudekomplexes führte. In der Mitte des im Halbdunkel liegenden Ganges befand sich eine unscheinbare Haustür, die zu einer großen Wohnung mit sechs Zimmern und einem riesigen Badezimmer führte. Die Wohnung wurde von einer sechsköpfigen Wohngemeinschaft bewohnt, in der unter anderem zwei ehemalige Theaterleute lebten, die sich, nachdem das renommierte Nationaltheater Lissabon der noch immer tobenden Schulden- und Wirtschaftskrise zum Opfer gefallen war, irgendwie durchs Leben schlugen. Seit letzter Nacht kannte auch Franka diese Wohngemeinschaft.

João, ein Freund der Bewohner, hatte Franka mit seinem Tuk-Tuk vergangene Nacht vollkommen aufgelöst und allein mitsamt Gepäck am Straßenrand sitzend auf der Uferpromenade von Lissabon aufgegabelt. Er war ihr von Anfang an sympathisch gewesen mit seinem warmen Lächeln und dem zerfransten Strohhut auf dem Kopf.

„Do you speak English?“, hatte er sie gefragt, gleich nachdem er angehalten hatte.

Allein schon seine Frage hatte Franka heiße Tränen in die Augen getrieben und ihr gelangen nur ein gequältes Lächeln und ein zitterndes „Yes“.

„Well“, hatte der Fahrer lediglich erwidert und mit einem verständnisvollen Lächeln den Zündschlüssel von seinem Tuk-Tuk abgezogen, sodass dessen Zweitakter abrupt verstummte. Lässig war er von seinem Sitz heruntergerutscht und hatte aus der Seitentür der Rikscha zwei Dosen Bier hervorgezogen, die vor Kälte beschlagen waren. João hatte sich auf dem Heimweg in einem der kleinen Lissabonner Mini Mercados mit einem Schlummertrunk eingedeckt, den er vorm Schlafengehen auf seinem Balkon trinken wollte.

Wie João ihr später berichtet hatte, war er Humanist, Idealist und im Grunde seines Herzens noch immer der Hippie, der er bereits in den siebziger Jahren gewesen war. Er hatte jahrelang studiert, allerdings ernährten ihn die sogenannten Orchideenfächer, wie brotlose Studiengänge gern genannt werden, nicht. Philosophie, Buddhismus und die Geistesgeschichte Südasiens waren für João zwar eine intellektuelle Offenbarung gewesen, die ihn zwar stark geprägt, ihm aber nicht die Festanstellung beschert hatten, die ihm den Kühlschrank füllte und ihn seine Miete zahlen ließ. Vor einigen Jahren hatte er es aufgegeben, einen Bürojob zu finden, und sich von der kleinen Erbschaft, die ihm sein Vater hinterlassen hatte, ein gut erhaltenes gebrauchtes Tuk-Tuk gekauft. Mit einem versonnenen Lächeln auf den Lippen erzählte João davon, dass er drei unterschiedlich lange Touren mit seiner Rikscha anbot und Touristen kreuz und quer durch Lissabon zu den verschiedenen Sehenswürdigkeiten kutschierte.

João hatte ein sonniges Gemüt und nahm Menschen bereits in den ersten Sekunden des Kennenlernens für sich ein. Sein Tuk-Tuk war mit Blumengirlanden und hennaroten Sitzkissen geschmückt. In einem kleinen Ständer, den er neben seiner Lenkstange am Rahmen des Gefährts aufgeklebt hatte, glimmte stets ein Räucherstäbchen. Und vielleicht war es genau dieser wohlriechende Duft zusammen mit Joãos gewinnendem Lächeln und den kleinen Lachfalten rund um seine Augenwinkel, der Franka in jener Nacht dazu veranlasst hatte, eine eisgekühlte Dose Bier von einem völlig Fremden anzunehmen.

„Danke", sagte sie und hielt sich die vor Kälte beschlagene Dose abwechselnd unter beide Augen, um sie zu kühlen. Unaufgefordert setzte sich João neben Franka auf die Kaimauer und öffnete seine Bierdose mit einem lauten Zischen.

„Saúde", sagte er und prostete Franke zu. Sie musterte ihre Bierdose, mit der sie sich gerade noch die Augen gekühlt hatte, und zog an der Blechlasche. Es zischte laut und eine kleine Bierfontäne sprudelte hervor und lief ihr über die Hand. João lachte und reichte ihr ein Papiertaschentuch, das er aus der Seitentasche seiner Hose zog.

Das Bier schmeckte wunderbar: würzig und leicht süßlich. Franka tat es João gleich und nahm einen kräftigen Schluck.

Mit einem tiefen Seufzer setzte sie die Bierdose ab. Auf ihrer Oberlippe war ein schmaler Schaumbart zu sehen. João lachte und machte eine Geste, indem er mit der Fingerspitze über seine eigenen Lippen fuhr. Franka stimmte in sein Lachen ein und wischte sich mit dem Handrücken über den Mund.

„Francês – Italiano – Alemão?", zählte João auf und sah sie fragend an.

„Deutsch“, antwortete Franka. „Berlin. Ich komme aus Berlin.“

„Ah. Berlin!“ Joãos Augen leuchteten begeistert auf. „Kreuzeberge … Rammstein … Nina Hagen!“ Die nächste Viertelstunde hatte João in einem wilden Mix aus Portugiesisch und Englisch nicht nur alle Berliner Bands und Orte aufgezählt, die er kannte, sowie die Love Parade und den Christopher Street Day, sondern auch blumenreiche Anekdoten von Freunden erzählt, die schon einmal in Berlin gewesen waren.

Auch wenn Franka nur einen Bruchteil von seinen Erzählungen verstanden hatte, war sie ihm dankbar für die Ablenkung von ihren eigenen trüben Gedanken. Sicher, sie hatte dennoch immer wieder an Karl denken müssen. Wie konnte sie ihn, der kein Wort Englisch verstand, nur allein lassen? Doch dann dachte sie wieder an den Vorfall auf der Stadtmauer – und ihre Wut auf Karl unterdrückte ihr aufkommendes schlechtes Gewissen.

Bis tief in die Nacht hatte Franka gemeinsam mit João auf der Kaimauer am Ufer des Tejo gesessen, geplaudert und gelacht, obwohl beide kaum ein Wort von dem, was der jeweils andere gesagt hatte, verstanden. Was sie nicht verstanden, erklärten sie einander in Zeichensprache oder durch Zeichnungen, die sie mit einem Stöckchen in den Sand malten. Es kam Franka so vor, als würde sie João bereits seit Jahren kennen und als er ihr das Angebot machte, die Nacht bei einem Freund in einer Wohngemeinschaft zu verbringen, war es ihr wie das Selbstverständlichste der Welt vorgekommen, zu João in dessen orangefarbenes Tuk-Tuk zu steigen und sich zu ihrer neuen Bleibe, der Villa Sousa am Largo da Graça fahren zu lassen.

Als sie ankamen, waren Hugo und Marcos, Joãos Freunde in der Wohngemeinschaft, noch wach und begrüßten Franka mit einer herzlichen Umarmung. Die Wohnung war geräumig, verwinkelt und voller Theaterutensilien und -kostüme. Die beiden gehörten anscheinend zum Personal des Theaters und hatten sich, wie sie Franka in einem erstaunlich guten Deutsch erklärten, mit ausgemusterten Kostümen eingedeckt, bevor das Nationaltheater für die anstehende Renovierung seine Pforten geschlossen hatte. Sie schlugen sich als Straßenkünstler durch und konnten dafür die Souvenirs, wie sie es nannten, aus dem Theater gut gebrauchen. Natürlich hofften sie darauf, nach der Sanierung des Nationaltheaters Lissabon wieder eingestellt zu werden und in ihren angestammten Berufen arbeiten zu können.

Nachdem Franka von ihrer derzeitigen misslichen Lage erzählt hatte, schnalzte Hugo nur mit der Zunge und schaute seinen Freund Marcos vielsagend an: „Tango Argentino …"

Kurz darauf hatte sich João mit einer herzlichen Umarmung und einem Kuss auf ihre beiden Wangen verabschiedet: „Boa Noite."

Franka gähnte und streckte sich. Noch immer war kein Mensch zu sehen an diesem frühen Morgen. Nur ein paar Tauben gurrten in irgendeinem Häuserwinkel. *Boa Noite.* Sie musste bei dem Gedanken an seine Worte unweigerlich lächeln. Leider war die folgende Nacht alles andere als gut gewesen.

Franka hatte kaum ein Auge zugemacht. Ständig waren ihre Gedanken um den nächtlichen Vorfall mit Karl gekreist. Sie hatte schon oft in ihrem Leben mehr oder weniger offensichtlich anzügliche Angebote bekommen. Ob sie mit Rocky im *Zwiespalt* abhing, im Fitness Studio trainierte oder an ihrem Arbeitsplatz war, über einen Mangel an Anmachen konnte sie nicht klagen. Einzig Rocky hatte es niemals darauf ankommen lassen, dabei war er der Einzige, dem sie sich geöffnet hätte. Und dann tauchte der Tango Argentino in ihrem Leben auf – und mit ihm Karl – ein zugegeben verdammt gut aussehender, aber völlig lebensfremder Mann, der mit Frauen genauso wenig Erfahrung hatte wie sie gute mit Männern. Niemals hätte sie es für möglich gehalten, dass Karl, der Karl, der ihr gegenüber immer vollkommen zurückhaltend gewesen war, sie eines Tages anmachen würde.

Obwohl: Hatte er sie eigentlich angemacht? Es kam für sie völlig unerwartet, während ihrer engen Tangoumarmung eine Erektion bei ihm zu spüren. Andererseits hatte er sie umso fester an sich gepresst, je stärker sie sich befreien wollte. Es war also absolut gerechtfertigt, dass sie ihm eine schallende Ohrfeige verpasst hatte. Oder?

Sie erinnerte sich wieder, wie verunsichert sie bei diesen Gedanken in der vergangenen Nacht ihre Beine umklammert hielt, während sie in einem fremden dunklen Zimmer auf einem Sofa irgendwo in Lissabon gehockt hatte. Immer wieder war Karls entsetztes Gesicht vor ihrem geistigen Auge aufgetaucht, wie er die Augen aufgerissen und sie verständnislos angestarrt hatte. In seinem Gesicht hatte der blanke Schrecken gestanden. Konnte es sein, dass ihm gar nicht bewusst gewesen war, was er getan hatte? Er hätte sie nicht an sich pressen dürfen, als sie sich von ihm losmachen wollte! „Du hast vielleicht nicht sofort kapiert, was Dir da gerade passiert ist. Ok! Aber als du es gemerkt hast, hättest du loslassen und mich nicht noch enger an dich ziehen sollen. Das hättest du nicht tun dürfen!", hatte Franka in die Dunkelheit des Zimmers hinein gesagt. Nun loderte in ihr erneut Wut auf. „Das hättest du nicht tun dürfen!"

Sie starrte in die leere Gasse vor dem Bistro, in dem sie saß. Was sollte sie jetzt tun: die Tangoreise abbrechen und mit dem nächsten Flug heimfliegen? Allein Tango tanzen? Ohne Karl Lissabon erkunden? Oder sich mit ihm versöhnen? Mit Tränen in den Augen starrte Franka in den morgendlichen Himmel über Lissabon und entschied sich, genau das zu tun, weshalb sie hierhergekommen war: Tango zu tanzen! Auch wenn sie Karl als Freund und Tanzpartner verloren hatte, ging es beim Tango in erster Linie ganz allein um sie! Seit sie in der Silvesternacht die Straße überquert und die Treppen des Nou hochgestiegen war, gehörte ihr Herz dem Tango. Ihm hatte sie es zu verdanken, dass sie zum ersten Mal in ihrem Leben sich und ihren Körper, ihre Bewegungen, ihre Gefühle wahrnahm.

Sie lächelte. Nicht nur, weil sie erkannte, dass sie noch immer den Tango hatte, sondern auch, weil es Menschen gab, die ihr Gutes wollten.

Als sie vor wenigen Stunden blinzelnd erwacht und verschlafen in die Küche der Wohngemeinschaft getapst war, hatte sie gerührt festgestellt, dass Hugo und Marcos ihr ein Frühstücksgedeck hingestellt hatten. Neben dem Teller stand ein Wasserglas mit einer einzelnen gelben Wiesenblume, die ihr stellvertretend für ihre Gastgeber einen guten Morgen wünschte. Auf dem beigefügten Zettel teilten ihre Gastgeber in krakeliger Schrift mit, dass João sie gegen neun Uhr im Bistro abholen würde, und luden sie ein, sich im Kühlschrank zu bedienen sowie die vorbereitete Kaffeemaschine mit einem Knopfdruck zum Leben zu erwecken. Eine Einladung, der sie nach dieser Nacht nur zu gern nachkam. Während der Kaffee langsam und geräuschvoll durch den Filter röchelte und die Küche mit einem wunderbar aromatischen Kaffeeduft erfüllte, stieg Franka schnell unter die Dusche, fischte im Anschluss daran einen frischen Slip, Jeans und ein Shirt aus ihrem Rucksack und legte ihr Sommerkleid sorgfältig zusammen. Ihre Haarmähne bändigte sie mit einem Haarband. Aufs Make-up verzichtete sie wie üblich. Den Kaffee trank sie gern, aber den Kühlschrank ließ Franka unberührt. Auch wenn die Gastfreundschaft von Hugo und Marcos echt und herzlich war, hatte sie das Gefühl, diese zu überstrapazieren, wenn sie sich jetzt auch noch den Bauch vollgeschlagen hätte. Franka suchte und fand in der kleinen Küche einen Stift und bedankte sich auf der Rückseite des Morgengrußes bei ihren Gastgebern. Schließlich hatte sie ihre kleine Reisetasche und den Rucksack in die Hand genommen, die Eingangstür hinter sich ins Schloss gezogen und saß nun hier im Bistro Nicola.

Franka bestellte sich einen weiteren Kaffee und konnte den unter einer Glasvitrine angerichteten köstlich anzusehenden Törtchen aus Blätterteig nicht widerstehen. Sie bestellte sich drei *Pastéis de Belém* und verdrehte genießerisch ihre Augen, als sie in den knusprig braunen Blätterteig biss und deren köstliche Füllung aus Sahnepudding zart auf ihrer Zunge zerging. Den köstlichen Pastel-de-Belém-Törtchen wurde nachgesagt, dass sie einen mit der Welt versöhnen können, falls das Schicksal es einmal nicht so gut mit einem meint. Franka hätte keine bessere Wahl bei der Zusammenstellung ihres Frühstücks treffen können: einen großen Café au Lait und drei ofenwarme karamellisierte Pastéis de Nata, worunter das Eierpuddinggebäck auch bekannt ist.

Franka hatte gerade ihr Frühstück beendet, als Joãos orangefarbenes Tuk-Tuk knatternd vorfuhr. „Olá", begrüßte ihr nächtlicher Retter sie gutgelaunt Sie erhob sich von ihrem Stuhl und begrüßte den Tuk-Tuk-Fahrer mit einer herzlichen Umarmung. João mit seinem sonnigen Gemüt musste man einfach gernhaben. Seine entspannte und ausgeglichene Lebenseinstellung wirkte auf Franka beruhigend und anregend zugleich. Was sie zunächst erstaunte, da sie sich nur in einem Deutsch-Portugiesisch-Englisch-Wörtermix verständigen konnten. Doch was für die einen vor allem Einschränkung bedeutete, sorgte bei Franka und João für Kreativität. Wahrscheinlich hätten sie sich nicht so unverkrampft und kreativ unterhalten können, wenn sie die gleiche Sprache gesprochen hätten.

João ließ sich neben ihr auf dem zweiten Metallstuhl nieder und bestellte ebenfalls einen Kaffee. Obwohl auch seine Nacht kurz gewesen sein musste, machte ihr Gegenüber einen munteren und ausgeschlafenen Eindruck. Nach einer Weile deutete João auf seine Uhr. Franka hatte ihm letzte Nacht erklärt, dass sie wie geplant die Workshops von Joy und Don besuchen wollte. Ohne Tango zu tanzen, würde sie nicht nach Hause heimkehren. Falls auch Karl sich entschließen würde, wie ursprünglich geplant an den Workshops teilzunehmen – umso besser! Sie würde ihm keine Szene machen und sich irgendwie mit ihm aussprechen. Er war ja kein schlechter Mensch; ganz im Gegenteil. In den letzten Monaten während ihrer gemeinsamen Tanzstunden war er ein guter Freund geworden. Ein zu guter Freund, um ihm nicht zu verzeihen.

João freute sich sichtlich über ihre Entscheidung. Er erklärte ihr sogleich wort- und gestenreich, dass Hugo und Marcos ihn gebeten hatten, ihr mitzuteilen, dass sie sich freuen würden, wenn Franka während ihres Aufenthaltes in Lissabon weiterhin Gast in der Villa Sousa bleiben würde. Einem ersten Impuls folgend wollte Franka das Angebot zunächst dankend ablehnen. Sie mochte niemandem auf der Tasche liegen, schon gar nicht solch netten Menschen. Als aber João ihr erklärte, dass die beiden nichts gegen einen kleinen Obolus für die Übernachtungen haben würden, sagte sie erfreut zu. Wenn sie Hugo und Marcos etwas für die Schlafmöglichkeit zahlen konnte, hatten alle etwas davon. Ihre Gastgeber konnten das im Moment leerstehende Zimmer ihres Mitbewohners untervermieten und Franka hatte kein schlechtes Gewissen und eine sehr kostengünstige Übernachtungsmöglichkeit. Ihr Budget würde diese erschwingliche Unterkunft verkraften, sodass sie tatsächlich wie geplant in Lissabon bleiben und Karl das Appartement allein überlassen konnte. Ihr war klar, dass sie einem klärenden Gespräch mit Karl auswich, aber sie brauchte einfach noch Zeit, um die Geschehnisse der letzten Nacht zu verdauen.

„Obrigada, João!“, sagte Franka und nickte zustimmend. „Sag Hugo und Marcos, dass ich bleibe.“ Sie tippte sich mit ihrem Zeigefinger gegen die Brust und zeigte dann hoch zur Wohnung ins Obergeschoss des Hauses.

„Great!“ Begeistert klatschte João in die Hände und umarmte Franka über den Tisch hinweg. „That’s nice for you! For Hugo and Marcos also.”

Franka zog eine hellgrüne Dokumentenhülle aus ihrem Rucksack, in dem sie ihre Reiseunterlagen, Stadtpläne und Tango-Informationen aufbewahrte. Sie fischte ein Blatt hervor und wies mit ihrem Zeigefinger auf eine Adresse. *„A Todo Tango. Rua dos Fanqueiros 286.“* Dann zeigte sie auf Joãos Gefährt: „Tuk-Tuk!“

„Sim.“ João lachte zustimmend und antwortete in einem Portugiesisch-Englisch-Mix: „Sim. No Problem. I’ll go back up.“

Nachdem Franka am Tresen des Nicola ihr Frühstück und Joãos Kaffee bezahlt hatte, brachte sie freudig ihre kleine Reisetasche zurück in ihr neues Zuhause. Anschließend setzte sie sich mit ihrem Rucksack auf die Rückbank von Joãos dreirädriger Motorrikscha, die auch heute mit hennafarbigen Kissen und Wimpeln geschmückt war. João zündete ein indisches Räucherstäbchen an und die intensive Mischung aus Kräutern, Blumen und Honig löste einen kurzen Hustenreiz bei Franka aus. An diese Form der Entspannung musste sie sich erst noch gewöhnen. Während João sein Tuk-Tuk entspannt durch die morgendliche Rushhour lenkte, die es auch in Lisboa gab, und Franka auf allerlei Sehenswertes aufmerksam machte, lehnte sie sich gelöst in den Sitz zurück und genoss die offene Fahrt durch die vom warmen Licht gefluteten Straßen.

Es dauerte nicht lang, bis sie die Rua dos Fanqueiros erreichten, eine geschäftige Hauptstraße mit zahlreichen Läden und quirligem Straßenverkehr. Sie befand sich nur wenige Minuten westlich des Castelo de São Jorge am Rande der Alfama. João hielt rechts am Straßenrand und deutete auf die gegenüberliegende Straßenseite.

„A Todo Tango!", rief er laut über seine Schulter, um den Straßenlärm und das Tuckern des Zweitakters zu übertönen. Franka kletterte vom Rücksitz und verabschiedete sich mit einer herzlichen Umarmung von João. Sie steckte ihm einen Geldschein zu, den der mit einem Lachen ablehnte. „No, no. Nein!"

Franka wurde energisch, schnappte sich Joãos Strohhut und schob den Schein unter das ebenfalls hennafarbige Hutband mit der bunten Vogelfeder. „Não! Comprende! Du hast mich schon gestern durch die halbe Stadt kutschiert. Ich habe zwar auch nicht viel, aber aushalten lassen geht gar nicht!" Auch wenn João ihre energischen Worte nicht verstand, spürte er an Frankas Tonfall, dass sie es ernst meinte, und ließ sich von ihr widerspruchslos seinen Sombrero mit dem Geldschein tief in die Stirn drücken. Schnell gab Franka ihm noch einen Kuss auf die stoppelige Wange und schlängelte sich dann gewandt durch den Straßenverkehr. Von der anderen Straßenseite aus winkte sie João zu, der ihre Handbewegung lachend erwiderte, bevor er sich elegant mit seinem tuckernden Gefährt wieder in das Gewimmel von Autos, Taxen und anderen Tuk-Tuks einfädelte.

Franka drehte sich um und sah an der schmucklosen Fassade des dreigeschossigen Wohn- und Geschäftshauses empor. In der ersten Etage waren drei Fenster geöffnet, die Oberlichter standen ebenfalls auf Kipp. Auf dem vor den Fenstern liegenden schmalen Balkon war ein Transparent befestigt, auf dem zu lesen stand: *Academia Recreio*

Artístico. Sie machte zwei Schritte auf den Hauseingang mit der Nummer 286 zu und musterte die beiden Messingschilder, auf denen neben diversen Namen *Advogados* und *Massagist* eingraviert war. „Ok“, lachte sie. „Rechtsanwälte, Masseure und Artisten. Das passt ja super zusammen.“

Sie betrat den halbdunklen Hauseingang, dessen Scherengitter zur Seite geklappt war. Ihre Augen brauchten einen Moment, um sich an das Dämmerlicht zu gewöhnen. Seitlich vom Gang führte eine Tür in ein Treppenhaus mit ausgetretenen Holzstufen, in dessen Mitte ein weinroter, leicht abgewetzter Treppenteppich lag, der auf jeder Stufe von Messingstangen gehalten wurde. Als Franka die Tür zum Treppenhaus öffnete, wusste sie, dass sie hier richtig war. Ein Klangteppich aus Tangomusik wehte ihr entgegen. Langsam stieg sie die Stufen zur ersten Etage hoch und blieb vor einer geöffneten Tür stehen. Neben dem weißlackierten Türrahmen, an dem sichtlich der Zahn der Zeit genagt hatte, hing ein schlichtes weißes Emaille-Schild mit dem Aufdruck: *A Todo Tango.*

Franka betrat eine Art Wohndiele, von der mehrere halb offenstehende Türen abgingen. Sie wählte die Tür, aus der die Tangomusik erklang. In dem kleinen Vorraum stand ein kleiner Tisch mit einem Holzstuhl dahinter. Auf dem Tischchen lagen verschiedene Werbeprospekte der Tanzschule aus, sodass Franka annahm, dass es sich bei dem Vorraum um den Empfang handelte. Da aber weit und breit niemand zu sehen war, ging Franka einfach an dem Tischchen vorbei und betrat den dahinterliegenden Raum, offenbar der Tanzsaal.

„Wow!“, machte Franka leise und betrat mit vorsichtigen Schritten den edel glänzenden Parkettboden. „Das ist der Hammer!" Andächtig ging sie in die Hocke, streckte die Hand aus und strich fast zärtlich mit ihren Fingerspitzen über das seidig schimmernde Holz. Sie sah sich in dem eleganten Saal um, den man ohne zu übertreiben als Ballsaal bezeichnen konnte. Links des Eingangs befand sich ein riesiges Ölgemälde in einem goldenen Rahmen, welches von der einen Wand bis zur anderen reichte. Das Bild zeigte eine Ballettszene: Vor einer antiken Kulisse mit alten Säulen bauen sich in einem Halbkreis die Tänzerinnen eines kompletten Ballettensembles in weißen Ballettröckchen auf und zollen dem in der Mitte in stolzer Pose stehenden einzelnen Paar ihren Respekt durch anmutige Verbeugungen.

In die Frontseite des ganz in weißem Holz getäfelten Saals waren zwei ebenfalls weiß getäfelte Erker mit offenstehenden verglasten Holztüren eingelassen. Sie erkannte den kleinen Balkon mit dem Banner, den sie bereits von der Straße aus gesehen hatte. Die rechte Seite des Saals wurde von einer Bühne eingenommen, die ebenfalls wie das Ölgemälde von einer Wand zur gegenüberliegenden reichte. Auf der Bühne standen ein abgedeckter Mikrofonständer sowie eine Reihe nebeneinanderstehender Polsterstühle mit Metallgestell, ähnlich denen des Berliner Nou. Von der Decke hingen ebenfalls mehrere Kristalllüster, die den Saal in Verbindung mit dem von draußen hereinfallenden warmen Licht in einen feenhaften Glanz tauchten.

„Te gusta el Suelo?", erklang eine sonore Stimme hinter ihr. Wie ertappt fuhr Franka herum und erhob sich schnell. Vor ihr stand Don, der argentinische Tanzlehrer, bei dem sie an Silvester Unterricht gehabt und den sie seitdem nie wiedergesehen hatte.

„Oh“, japste Franka und presste erschrocken ihre Hand auf die Brust. „Haben Sie mich erschreckt … ehm … hast du mich erschreckt“, korrigierte sie sich, da ihr einfiel, dass sie sich bereits in der Silvesternacht geduzt hatten und dass das Du in der Tangoszene eine übliche Ansprache war.

„Entschuldigen. Sorry“, erwiderte Don mit einem charmanten Lächeln und sah sie amüsiert an. „Bist du Deutsch?“

Franka nickte und erwiderte Dons Lächeln. „Ja, bin ich. Franka. Aus Berlin.“

„Ah! Bärlin!“, sagte Don mit einer starken Betonung auf dem „e“ und löste sich vom Türrahmen, an dem er lässig gelehnt hatte. „Franka. Ich erinnere mich – Silvester!“

„Stimmt genau. Du und Joy, ihr hattet uns auf eure Show neugierig gemacht.“ Franka breitete die Arme aus: „Und da bin ich! Nicht zur Show, aber zu den Workshops.“ Eigentlich hatte Franka erwartet, dass Don sich freuen würde. Aber stattdessen zog er ein trauriges Gesicht.

„Kein Show. Nix Workshop.“

Franka sah ihn entgeistert an. „Wie jetzt? Es fällt alles aus?“

Don nickte und sah sie aus seinen grünen Augen traurig an. „Morgen geht mein Flug nach Berlin.“

„Wieso?“, fragte Franka ungeduldig. „Wo ist denn eigentlich Joy?“

„Unfall.“ Don seufzte. „Gestern. Sie hat sich die Hinterfüße gebrochen.“

„Hinterfüße?“ Franka sah ihn irritiert an. „Was denn für Hinterfüße?“

„Hier.“ Der Tanzlehrer griff sich an den Knöchel. „Hinterfuß.“

„Knöchel meinst du“, entgegnete Franka.

Don nickte. „Si.“

„Wie ist das denn passiert?“

Don zuckte die Schultern. „Auf der Toilette. Am Flughafen, hier in Portugal. Als wir ankamen.“

„Ach du Scheiße“, rutschte es Franka heraus. „Oh, Sorry.“

Don zuckte mit den Achseln. „Großer Scheiße. Hinterfüße kaputt. Nix Show. Nix Geld.“

„Wo ist Joy?“, wollte Franka wissen. „Im Krankenhaus?“

Don schüttelte mit dem Kopf. „No. Gestern vom Flughafen in Klinik. Dort Gips und heute Morgen zurück nach Berlin.“

„Die arme Joy.“ Franka sah Don betreten an. „Hoffentlich wird sie schnell wieder gesund.“

Don verzog das Gesicht. „Doctore sagen sechs Wochen Gips, dann wieder ok.“

Franka fühlte sich plötzlich sehr niedergeschlagen. Welche Enttäuschung. Zuerst der Krach mit Karl vergangene Nacht und jetzt fielen obendrein noch Workshop und Show aus. „Elendiger Mist!“, fluchte sie.

„Nicht traurig sein“, sagte Don. „Leben ist so. Comme ci, comme ça.“

Franka seufzte.

„Hallo erst mal.“ Don breitete beide Arme aus, durchquerte langsam mit den kraftvollen und geschmeidigen Schritten eines Tigers den Raum und umarmte sie kräftig.

Franka erwiderte Dons Umarmung ebenso wie seine beiden Küsse, die er ihr auf jede Wange gab. Bevor Franka reagieren konnte, kniete der argentinische Tanzlehrer sich vor sie und umfasste ihren rechten Fuß. Geschickt wie ein Taschenspieler löste er die Schnürbänder eines ihrer Sneakers und streifte ihn ihr vom Fuß. Mit der gleichen zarten Bewegung verlor Franka auch ihren zweiten Schuh und stand, noch bevor sie überhaupt wusste, was Don von ihr wollte, barfuß vor dem gutaussehenden Tanzlehrer.

Franka sah Don wie gebannt zu, als er seine eigenen Slippers mit einem lässigen Schlenker durch den Raum schlittern ließ. Unzählige waren ihm bereits verfallen, dass wusste sie – junge Mädchen ebenso wie Frauen, die mit beiden Beinen fest im Leben standen, selbstbewusste Tangueras ebenso wie die Sekretärin oder die Ärztin aus dem Anfängerkurs. Don sah unverschämt gut aus mit seinem athletischen Körper, den blitzenden Zähnen, geheimnisvollen grünen Augen und den langen verwegenen Haaren, die er heute straff nach hinten gekämmt und mit einem schwarzen Haarreif gebändigt hatte. Sein Hemd war bis zum Bauchnabel aufgeknöpft, genauso wie Franka ihn in der Silvesternacht kennengelernt hatte. Die Nadelstreifenhose hatte er jedoch gegen eine lässige, weiße Leinenhose getauscht, zu der das schwarze offenstehende Hemd einen klassischen, aber dennoch ungeheuer reizvollen Kontrast bot.

Wenn Don eine Frau ins Auge fasste, ähnelte er einer Raubkatze auf Beutezug, die aufmerksam jede noch so kleine Bewegung seiner anvisierten Beute beobachtete. Dons Augen funkelten und er sah Franka mit dem dominanten Blick eines Jägers an; so, als würde er sie jeden Moment fressen wollen.

„Was…“, begann Franka.

Statt einer Antwort nahm der argentinische Tanzlehrer die klassische Tanzhaltung eines Tanguero ein. Er blickte sie aus dunklen Augen an und sein Blick sagte ihr stumm, was er wollte!

Franka zögerte nur einen Wimpernschlag lang und nahm Dons Einladung an. Sie machte zwei Schritte auf ihn zu, nahm ihre Tanzhaltung ein und fand seinen Körper in einer solch intensiven Umarmung, dass es sie nicht gewundert hätte, wenn es Funken gesprüht hätte, als ihre Körper sich berührten. Franka schloss ihre Augen und gab sich widerstandslos Dons Führung hin.

- 15 -

Bis morgens um drei wehten die wehmütigen Lieder und Melodien verschiedener Fado-Sängerinnen durch die im goldenen Licht der alten Wandlaternen liegenden schmalen Gassen der Alfama. Karl hatte den schwermütigen und teilweise temperamentvollen Liedern mit ausdruckslosem Blick gelauscht: Ana Moura, Mariza, Deolinda, Gisela João und natürlich die Königin des Fado: Amália Rodrigues. Natürlich verstand Karl kein einziges Wort, aber wahrscheinlich handelte es sich wie bei jedem Tango immer um die gleichen Themen, wie Joy ihnen in der Silvesternacht erklärt hatte: Einsamkeit, keine Liebe, tragische Liebe, zu viel Liebe, keine Arbeit, kein Geld, Mama, Einsamkeit, Tod und wieder Liebe. Im Grunde war es egal, worum es in den wehmütigen Fados ging, die Lieder berührten Karl tief in seinem Herzen und darum ging es doch letztlich: berührt zu werden. Er sehnte sich sehr nach der Berührung eines anderen Menschen; am meisten nach der von Franka. Wie gern hätte er Franka umarmt und ihr gesagt, wie schrecklich leid ihm der peinliche Vorfall tat. Aber Franka war verschwunden.

Zunächst hatte er sich große Sorgen um sie gemacht, die sich aber beim näheren Überlegen zerstreut hatten.

Karl wusste, dass Franka ausreichend Bargeld und auch ihre Kreditkarte dabeihatte, um ein Quartier bezahlen zu können. Hinzu kam, dass er es Franka eher zutraute, ein paar Tage in einer ihr fremden Stadt klarzukommen, als sich selbst. Den Workshop ließ er Workshop sein. Er würde Franka noch früh genug begegnen.

Als die Fadoklänge irgendwann mit dem Zuklappen eines hölzernen Fensterladens verstummten, hatte Karl eine ganze Flasche Rotwein geleert. Er lehnte sich in seinem Stuhl zurück und legte seine Beine auf das Balkongeländer. Sein Blick ging hinaus zum Hafen, wo das riesige Kreuzfahrtschiff im Schein der nächtlichen Notbeleuchtung glitzerte. Langsam schlief er ein.

Erst als ihm die Sonne auf die geschlossenen Augenlider brannte, erwachte Karl wieder. Zum Blinzeln war es zu hell, also versuchte er sich mit geschlossenen Augen zu orientieren.

Wo war er? Warum war es so hell? Die Erinnerung ließ nur einen kurzen Moment auf sich warten, bis sie ihm gleißend wie die morgendliche Sonne ins Bewusstsein schoss. „Verdammt … oh, mein Gott!“ Unterdrückt stöhnte Karl auf. „Mein Kreuz! Meine Beine! Taub! Ich kann mich ja überhaupt nicht mehr bewegen.“

Schwerfällig versuchte er seine Beine von der Balkonbrüstung zu schwingen, was ihm aber nicht gelang, weil beide eingeschlafen und so gefühllos und taub waren, dass ein Chirurg ihn ohne Betäubung hätte operieren können.

„AAH!“, schrie er auf, als seine Beine vom Balkongeländer rutschten und seine Füße auf den Boden knallten. Ein pelziges Kribbeln durchfuhr seine Gliedmaßen und schien sich bis ins Knochenmark vorzuarbeiten. Karl ächzte erneut auf und versuchte sich hinzustellen. Vergeblich. Schon der Versuch ließ ihn wieder zurück auf den Holzstuhl fallen. Zumindest aber hatte er schon die Augen geöffnet.

Ein Blick auf seine Armbanduhr zeigte zu seinem Erstaunen, dass es noch immer sehr früh am Morgen war. Es war gerade mal halb sieben und schon erstrahlten die Häuser der Alfama im hellen Schein der Morgensonne. Das Wasser im Hafen leuchtete ebenso strahlend blau wie der südliche Himmel und die Luft war voll von dem Duft des Atlantiks, von Salz und den verschiedensten exotischen Gerüchen. Unter ihm schlug mit einem Knall ein hölzerner Fensterladen auf. Fadomusik erklang. Der Nachbar unter ihm schien nichts anderes zu hören. Keine Nachrichten, keine Wettervorhersage, keine Werbung, nix! Nur Fado – pur: vom Sonnenaufgang bis tief in die Nacht.

Mühsam quälte sich Karl auf die Beine und stützte sich schwer auf das Balkongeländer. Sein Blick glitt durch die enge Gasse an den Häuserfassaden mit den vielen Wäscheleinen entlang, auf denen von der Bettwäsche über den Blaumann bis zum String-Tanga alles friedlich im Morgenwind vor sich hin flatterte. Kann es denn sein? Er kniff die Augen im Sonnenlicht zusammen und glaubte im ersten Moment, seinen Augen nicht zu trauen. Und doch war sie es! Das kleine schwarz-weiße Fellbündel von gestern turnte auf dem gegenüberliegenden Balkongeländer herum. „Wie bist du denn dahin gekommen?“, brummte Karl. Er sah der Katze zu, wie sie geschmeidig zwei Pflanzentöpfe umrundete, ohne diese umzuwerfen, sich vor die geschlossene Balkontür des gegenüberliegenden Balkons setzte und zu miauen begann. „Da ist wohl niemand zuhause“, rief Karl der Katze zu. „Wärst du mal lieber hiergeblieben!“

Vielleich war es das Miauen des Kätzchens oder Karls Stimme – kurz darauf öffneten sich die hölzernen Jalousien und ein verwuschelter Haarschopf tauchte auf. Er gehörte einer schlanken, jungen Frau, die mit verschlafenen Augen ins morgendliche Sonnenlicht blinzelte. Barfuß und mit einem dünnen Schlafshirt bekleidet, welches den Po nur knapp zur Hälfte bedeckte, tapste die dunkelhaarige Frau schlaftrunken auf den Balkon und ging in die Hocke, um das Kätzchen hochzuheben. „Coco! Lá está você, meu querido!“, sagte sie und drückte das Fellbündel gegen ihre Brust. „Onde você esteve?“

Karl hatte noch nie ein solch schönes und bezauberndes Wesen gesehen! Auch wenn die dunkelhaarige Frau auf dem gegenüberliegenden Balkon, die Karl auf Anfang bis Mitte dreißig schätzte, verschlafen, ungeschminkt und verwuschelt mit nackten Füßen und halb geschlossenen Augen in den Morgen blinzelte, verzauberte sie ihn vom ersten Moment an. Ob es Liebe auf den ersten Blick gab? Die Antwort erhielt Karl prompt, als die Frau von Gegenüber ihren Kopf hob und ihm direkt in die Augen sah. Ihr Blick aus haselnussbraunen Augen traf ihn wie der vielzitierte Blitz aus heiterem Himmel mitten ins Herz.

Jede Plattitüde bekommt eine tiefe Bedeutung für denjenigen, den sie betrifft.

Sie standen sich zum ersten Mal auf ihren Balkonen gegenüber. Die Frau musterte ihn aufmerksam, so, als würde sie überlegen, ob sie ihn nicht doch schon einmal gesehen hatte. Dann wurde ihr Blick weich und ihr Gesicht erstrahlte. „Bom Dia“, sagte sie mit dem schönsten Lächeln, das ihm jemals eine Frau geschenkt hatte.

Da Franka ihm während ihres Fluges nach Lissabon die allgemeine portugiesische Begrüßung für guten Morgen, guten Tag und gute Nacht mehrfach aus ihrem Reiseführer vorgelesen hatte, wusste Karl, dass die Frau mit dem zauberhaften Lächeln ihm gerade einen guten Morgen gewünscht hatte. „Boa Noite“, antwortete er im Glauben, den Morgengruß zu erwidern.

Dem verdutzten Blick der Frau folgte ein herzhaftes Lachen. „Danke vielmals“, lachte sie ihn über das Balkongeländer hinweg an. „Aber ich bin gerade erst aufgestanden. Du kommst aus Deutschland, gell?“

Karl nickte und sah die Frau ebenso überrascht wie gebannt an. Ob er sich mit seinen paar Brocken Portugiesisch oder Englisch, was er ja nun überhaupt nicht beherrschte, gerade blamiert hatte, war ihm völlig egal. „Ja. Aus Berlin“, bestätigte er. „Und wieso sprechen Sie so gut Deutsch?“

„Maria“, stellte sich die dunkelhaarige Frau vor, während sie dem schnurrenden Kätzchen die Ohren kraulte. „Ich heiße Maria. Wir können uns gerne duzen.“

„Karl“, erwiderte er die Begrüßung und hatte das Gefühl, als ob sein Herz wie wild flatterte.

„Ich habe ein paar Jahre in Wiesbaden beim Theater gearbeitet. Dann bin ich wieder zurück nach Lisboa gegangen.“ Für einen kurzen Moment schien ein trauriger Schleier über Marias Gesicht zu huschen. „Und du gehörst zu den Tangoleuten, gell?“

Verblüfft nickte Karl. „Ja, stimmt.“ Dass er sich gerade mit dem Gedanken trug, seinen Rucksack wieder zu packen und mit dem nächsten Flug zurück nach Berlin zu fliegen, musste sie ja nicht wissen. „Woher weißt du das?", entgegnete er.

Maria lachte. „Weil das ein Tango-Appartement ist. Alle Leute, die dort wohnen, kommen wegen *Tango in Lissabon*, obwohl es eigentlich Lisboa heißen müsste: *Tango in Lisboa!* Ich kann auch Tango. Ein … wie heißt das nochmal: klein …?"

„Bisschen", half Karl ihr aus.

„Korrekt", lachte sie. „Ein bisschen. Ich tanze ein bisschen. Siehst du?" Mit der kleinen Katze auf dem Arm und ihren nackten Füßen vollführte Maria eine Drehung auf den grünen Mosaikplatten, mit denen ihr Balkon ausgelegt war. Elegant tippte sie mit ihrem Fuß, an dem perfekt lackierte rote Fußnägel leuchteten, ein paar Verzierungen neben den Blumenkästen auf die Fliesen, um dann mit einer eleganten weiteren Drehung eins ihrer langen Beine auf das Balkongitter zu legen. „Olá!", rief sie übertrieben dramatisch und streckte dabei das Kätzchen in die Luft.

Karl hatte ihr gebannt zugesehen und als Maria ihr Bein auf das Gitter warf, applaudierte er begeistert. Im gleichen Moment klatschte auch unter ihm jemand in die Hände. Allerdings nicht vor Begeisterung, sondern missbilligend. Karl schaute nach unten und sah eine ältere Frau mit schwarzen Kopftuch. Anscheinend war es jene Nachbarin, aus deren Fenster von morgens bis abends Fado erklang.

„Maria. Parar!", rief die Frau von unten und ihre Stimme klang wütend.

„Oh", Maria zog rasch ihr Bein vom Balkongitter zurück, denn im gleichen Moment wie die Nachbarin sie zurechtwies, war ihr eingefallen, dass sie unter ihrem Schlafshirt überhaupt kein Höschen trug. „Desculpe, Marta! Desculpe!“

Maria warf Karl einen verschwörerischen Blick zu und verschwand blitzschnell mit ihrem Kätzchen auf dem Arm in ihrer Wohnung. Mit lautem Knall klappten die hölzernen Balkonläden zu. Ebenso laut knallte unter ihm der Fensterladen und die Fadomusik verstummte. Karl stand regungslos auf dem Balkon und schaute auf die dunkelgrün lackierten Jalousien, hinter denen Maria, die wunderschöne Maria mit dem strahlenden Lächeln verschwunden war.

Sein Leben lang hatte er gelesen: Abenteuergeschichten, Räuber- und Piratengeschichten. Historisches, Politisches, Belletristik, Krimis, Thriller … alles, was die Schiller-Bibliothek in der Müllerstraße hergab. Oft spielten Gefühle in den Büchern eine entscheidende Rolle; Hass, Neid, Eifersucht, Wut, aber die stärkste Kraft war und blieb die Liebe – hatte er gelesen. Gelesen! Er hatte von Liebe gelesen. Abgesehen von der Liebe eines Sohnes zu seiner Mutter hatte Karl die Liebe zu einer Frau noch nie erlebt. Er wusste nicht, wie sich Liebe anfühlt. War das Liebe, was ihn getroffen hatte, als er Maria auf dem Balkon gesehen hatte? In Karl tobte ein Gefühlschaos: zuerst die Geschichte mit Franka und nun das. Mit weichen Knien setzte er sich auf den Holzstuhl und starrte den gegenüberliegenden Balkon an. Was sollte er jetzt tun? Karl hoffte darauf, dass Maria die Balkontüren wieder öffnen würde, wenn sie sich umgezogen hatte. Mit diesem brennenden Wunsch blieb er weitere zwei

Stunden auf dem Balkon sitzen und dachte an Franka. Was war das für ein Gefühl, was sich zwischen ihnen entwickelt hatte? Zuneigung, Freundschaft oder etwas, was über freundschaftliche Gefühle hinausging?

Ein knurrender Magen und quälender Durst trieben ihn in die Küche seines Appartements. Schnell trank er zwei Gläser aus dem Wasserhahn und griff sich Margarine und Käse aus dem Kühlschrank sowie ein Messer und den Rest vom Brot, was er nicht aufgeschnitten hatte. So schnell er konnte, kehrte er auf den Balkon zurück, wo er frühstückte und bis zum Mittag darauf wartete, dass Maria sich noch einmal sehen ließ. Doch die grünen Jalousien blieben geschlossen!

Ebenso wie die Türläden behielt Karl auch die Haustür in der unter ihm liegenden Gasse im Blick. Schließlich konnte er nicht davon ausgehen, dass Maria den ganzen Tag ihre Wohnung nicht verließ. Sicherlich musste auch sie arbeiten. Jedoch sah er niemanden bis auf eine alte Frau mit schwarzem Kopftuch und langen Röcken das Haus verlassen. Auch das Kätzchen blieb verschwunden.

Als lautes Glockengeläute aus den Gassen der Alfama die Abendstunde verkündete und die Sonne einen roten Schein über den Horizont legte, gab Karl auf. Mit steifen Gliedern vom stundenlangen Ausharren auf dem unbequemen Holzstuhl stand er schwerfällig auf und streckte sich ausgiebig. Er warf noch einen letzten prüfenden Blick auf den gegenüberliegenden Balkon. Als noch immer kein Lebenszeichen von Maria zu sehen war, begab er sich zurück in die Wohnung.

Er hatte den ganzen Tag auf dem Balkon mehr als genug Zeit gehabt, sich Gedanken darüber zu machen, wie es nun weitergehen sollte. Als er im Morgengrauen aufgewacht war, hatte sein Entschluss zunächst festgestanden: Umbuchen und zurück nach Berlin. Doch das unerwartete Auftauchen der dunkelhaarigen Maria und die Gefühle, die ihr Balkongeplauder in ihm ausgelöst hatte, ließen ihn diese Entscheidung verwerfen. Karl wollte in Lissabon bleiben. Er wollte Maria kennenlernen. Und er wollte Tango tanzen. Er war schließlich nicht nach Lissabon geflogen, um bei den kleinsten Problemen wieder zu verschwinden. Er wollte sich seinen Ängsten stellen, und er wollte sich mit Franka versöhnen. Er würde vor sie hintreten und ihr einfach erklären, dass er überhaupt nicht bemerkt hatte, welchen Streich ihm sein Körper gespielt hatte. Natürlich würde er die Schuld auf sich nehmen und sie um Verzeihung bitten. So wie er Franka kennen und als Freundin schätzen gelernt hatte, würde sie ihn anhören und – wenn sich ihre erste Aufregung gelegt und sie sich etwas beruhigt hatte – erkennen, dass er ihr nicht zu nahetreten wollte; auch wenn sein Körper eine andere Sprache gesprochen hatte. Eine Sprache, die auch für ihn neu und verwirrend war. Doch um ihr das zu erklären, musste er sie erst einmal finden.

Karl hatte zwar den geplanten Workshop sausen lassen, aber aufs Tanzen wollte er nicht verzichten. Deshalb würde er zu einer der parallel stattfindenden Milongas gehen, die während des Festivals in Lissabon stattfanden. Vielleicht würde er dort auch auf Franka treffen.

Nach einer ausgiebigen Dusche stellte Karl mit einem prüfenden Blick in den Spiegel fest, dass sein Viertagebart noch immer akzeptabel war. Ein paar Spritzer Eau de Toilette – fertig! Für die heutige Milonga suchte sich

Karl etwas Klassisches aus seinem kleinen Koffer zusammen: schwarze Hose und schwarzes Hemd, dazu bequeme schwarze Slipper. Karl steckte seinen Ausweis und ein paar Geldscheine ein. Den Beutel mit seinen Tangoschuhen nahm er in die Hand und warf einen letzten Blick zu der noch immer verschlossenen Balkontür von Maria.

Karl zog die Wohnungstür hinter sich zu und stieg die 52 Stufen hinunter. Vorn an der Hauptstraße befand sich ein Taxistand. Karl würde sich einfach zu der Milonga ins *Casa de Tomar* fahren lassen und darauf vertrauen, dass er sich irgendwie verständlich machen konnte. Außerdem brauchte er beim Auffordern ohnehin nichts sagen.

In der Theorie hörte sich sein Plan für den heutigen Abend schlüssig an. Aber statt Vorfreude verspürte Karl eine ängstliche Beklommenheit in sich. Es war noch immer eine große Herausforderung für ihn, eine fremde Frau zum Tanz aufzufordern. Mittlerweile wusste er zwar, dass einige der Frauen, die er in den Tanzstunden kennengelernt und mit denen er getanzt hatte, die gleiche Beklommenheit, Aufregung und sogar Angst verspürten – das half ihm aber bei der Überwindung seiner eigenen Berührungsängste nicht wesentlich weiter. Ihm schlug noch immer das Herz bis zum Hals, wenn ein Tanzpartnerwechsel vom Tanzlehrer ausgerufen wurde und er darauf wartete, dass sich der Kreis der Folgenden drehte und eine der Kursteilnehmerinnen vor ihm stehen blieb. Stand dann die unbekannte Tanzpartnerin vor ihm und wartete darauf, dass er die Initiative übernahm, trieb das Adrenalin seinen Blutdruck dermaßen in die Höhe, dass er sich mehr darauf konzentrieren musste, flach zu atmen, als seine Schritte richtig zu setzen. Von einem entspannten Tanzgefühl war Karl noch immer sehr weit entfernt.

Aber er hatte nie daran gezweifelt, was er wollte. Er wollte genauso tanzen wie die Paare, die er in der Silvesternacht im Nou gutgelaunt und entspannt hatte tanzen sehen. Abgesehen von der Peinlichkeit seiner ungewollten Erektion hatte er in der Nacht über den Dächern der Alfama im Tanz mit Franka zum ersten Mal die Seele des Tangos gespürt. Er hatte getanzt – ganz ohne auf seine Achse, die Technik der Schritte, geschweige denn auf seine Atmung zu achten. Er hatte einfach nur getanzt und je länger er darüber nachdachte, desto mehr sah er seine Erektion als das an, was sie gewesen war: eine körperliche Reaktion auf das Glücksgefühl, welches ihn in jener Nacht erfüllt hatte. Karl wusste: ¡El tango te espera! Der Tango wartete auf ihn – auch heute Nacht.

„Es ist doch nur Tango!“, flüsterte er seinen Ängsten zu, als er langsam die Stufen der Gasse hinunterging. Gleichzeitig spürte Karl aber auch tief in seinem Innern, dass der Tango für ihn mehr war, als nur ein Tanz. Die Begegnung mit dem Tango war der Weg zu ihm selbst, zu seinen Gefühlen, seinen Ängsten, seinem Glück – seiner Zukunft.

- 16 -

Frankas Körper schien von allein zu reagieren, als Don ihr wortlos gegenüberstand und einladend seine Arme öffnete. Wie von einer magischen Energie angezogen glitt sie in die Arme des argentinischen Tanzlehrers und schmiegte sich an ihn, als wäre sie sein Schatten.

Ihre Körper berührten sich, wo sie sich berührten.

Franka spürte Dons durchtrainierten Oberkörper so deutlich und präsent an Brust und Bauch, als würde sie keine Kleider tragen. Seine Hand fühlte sich warm und trocken an, als sie die ihre hineinlegte. Durch den dünnen Stoff seines weißen Leinenhemds spürte Franka die Muskeln seines Oberarms, als sie sich in enger Tanzhaltung umarmten. Und als sie ihre Stirn gegen Dons Wange legte und seinen Duft einatmete, der dezent nach Leder und Sandelholz roch …

In der Tanzschule hatte Franka schon oft das enge Tanzen geübt. Nicht immer war diese sehr intime Tanzhaltung beim Tanzpartnerwechsel für sie eine Freude gewesen. An Genuss war in manchen Fällen überhaupt nicht zu denken. Nicht nur, dass die enge Tangoumarmung mitunter eine echte Zumutung für ihren Geruchssinn war, Franka spürte auch nicht bei jedem der Tänzer die deutliche und klare Führung, die sie als Folgende erwartete. Sie hatte sich schon dabei ertappt, dass sie, ohne es zu wollen, die Führung übernommen hatte. Nicht so bei Don. Mit der ersten Berührung spürte sie seine Präsenz.

Aus den in der Decke verborgenen Lautsprechern setzte Musik ein. Die rhythmischen Klänge eines Neotangos erklangen. Franka erkannte den Song *Santa María (del Buen Ayre)* sofort an seinen unverwechselbaren Bandoneon-Klängen. Sie liebte den erotischen Song von dem Moment an, als sie Richard Gere eng umschlungen mit Jennifer Lopez in einem Tanzfilm Tango Argentino hatte tanzen sehen.

Franka schloss ihre Augen, während sie ihren Tanzpartner umarmte. Don führte sie sanft, fast zärtlich und dennoch mit einer maskulinen Dominanz, sodass Franka in jedem Moment und bei der kleinsten Bewegung seines Körpers wusste, was er von ihr wollte. Sie erlebte die gleiche Leichtigkeit, die sie mit Karl in jener Vollmondnacht unter den Arkaden von Santa Luzia verspürt hatte. Auch heute war ihr Kopf ausgeschaltet und sie versank im Tango wie in Trance. Wie von selbst ergaben sich Tanzelemente, die Don zwar führte, die sie als Folgende aber aktiv interpretierte und mit spielerischer Erotik erwiderte. Franka spürte Dons herbe Männlichkeit und ihre eigene erotische Weiblichkeit in jeder Sekunde ihrer Umarmung.

Seit Franka Don in der Silvesternacht mit Joy hatte tanzen sehen, wusste sie, dass er ein Maestro seines Faches war. Jetzt spürte sie, dass Don sie mit seiner Präsenz und so einfühlsam und gleichzeitig klar führte, wie es nur ein Tanguero tun kann, dem der Tango im Blut liegt. Die

Leichtigkeit und erotische Eleganz aber, mit der Franka in Dons Armen tanzte, war in erster Linie auf sie selbst zurückzuführen. Franka hatte sich in Dons Umarmung fallen lassen: mit geschlossenen Augen und voller Urvertrauen. Heute brauchte sie weder Therapie noch Wolldecke, um sich zu spüren: Heute spürte Franka sich und ihren Körper bis in die letzte Faser. Dieses Gefühl würde sie nie wieder hergeben!

Nach dem dritten Tango beendete Don ihre private Milonga mit einer eleganten Drehung und umschlang in demonstrativ dramatischer Pose mit seiner Hand ihren Oberschenkel, während Franka ihn gegen seine Hüfte presste. „Gracias, mi Señora." Sanft ließ Don ihr Bein los.

Nur widerwillig öffnete Franka ihre Augen. Ihr Puls flatterte kurz, als sie in Dons jadegrüne Augen sah, deren intensiver Blick eine Gänsehaut in ihrem Nacken auslöste. „Ich habe zu danken, Don", entgegnete sie mit vibrierender Stimme. „Es war unglaublich schön, mit dir zu tanzen."

Seine Augen funkelten sie an. „Dieses Kompliment erwidere ich gerne. Du tanzt sehr gut."

Franka machte eine verlegene Kopfbewegung. „Ach … Anfänger."

„No, no." Don schüttelte den Kopf. „Du tanzte wirklich sehr gut. Sehr … weiblich und Erotika."

Dons Kompliment machte Franka stolz und verlegen zugleich. Sie merkte, wie ihr das Blut in die Wangen stieg, und wandte sich ab. „Wann geht dein Flieger morgen?", fragte sie, um ihre Unsicherheit zu überspielen.

Don musterte sie aus seinen grünen Augen und antwortete nach einer kurzen Pause. „Sehr früh. Um Acht."

„Wollen wir zusammen essen gehen?“ Franka erschrak vor ihrer eigenen Frage, die ihr, ohne zu überlegen, herausgerutscht war.

Ein Lächeln umspielte Dons fein gezeichnete Lippen. Er warf einen Blick auf seine Armbanduhr. „Zum Mittagessen ist es noch zu früh. Ich mache Vorschlag. Als Entschuldigung für das geplatzte Show, gebe ich dir heute Unterricht – privat. Dann gehen wir essen.“

Frankas Herz machte einen Freudensprung. Sie bekam von dem besten Tänzer, mit dem sie je getanzt hatte, Privatunterricht. Wenn das keine angemessene Entschädigung für den ausgefallenen Workshop war, was dann? „Sehr gerne!“ Sie nickte begeistert. „Ich würde mich riesig freuen!“

Don nickte erfreut und griff nach seinem Handy, das auf einem Bord lag und durch ein Kabel mit der Musikanlage verbunden war. Mit geübten Fingern scrollte er sich durch sein Musikprogramm und tippte ein paar Befehle ein. Erneut erklang Musik. Franka erkannte *Pampa*, das beliebte Musikstück von Francisco Canaro, zu dem in den Tanzstunden oft Gehübungen stattfanden. „Wir fangen mit ein paar Gehübungen an“, verkündete Don nicht überraschend. Franka machte eine kleine elegante Drehung auf ihrem Vorderfuß und nahm ihre Tanzhaltung auf der äußeren Bahn des Saals ein. Sie horchte auf den Takt der Musik, die sehr deutlich die einzelnen Noten betonte. Auf der Eins klatschte Don in die Hände. Franka stieß sich mit ihrem Standbein kraftvoll vom Parkett ab und schritt mit dem aufrechten stolzen Gang einer Tanguera entgegen dem Uhrzeigersinn durch den Tanzsaal. Sie setzte jeden ihrer Schritte so konzentriert, wie sie es im Unterricht gelernt hatte.

Franka absolvierte in den folgenden Stunden – von einigen kleinen Pausen abgesehen – mit Don ein schweißtreibendes intensives Tanztraining. In den sechs Stunden mit dem argentinischen Maestro vertiefte sie die Basics wie Gang, Achse, Körperspannung und Torsion bei Drehungen und Ochos ebenso wie technische Elemente, die sie sehr liebte, aber nur unsicher tanzen konnte: Ganchos, Sacadas und Boleos. Im Gegensatz zu den Basics erwies sich die Übung der Tanzelemente als entspannend und anregend. Leicht und spielerisch folgte sie Dons Führung und schien in seiner Umarmung über das Parkett des A Todo Tango zu schweben. Und dann war es vorbei. Franka hatte das Gefühl, als sei die Zeit wie im Flug vergangen. Als die letzte Melodie verklungen war und Don den letzten Tango des Tages mit einer sanften Drehung beendete, löste sich Franka spontan aus ihrer Tanzhaltung und schlang beide Arme um den Hals ihres Privatlehrers. „Es war ganz wunderbar, Don!“, sagte sie voller Begeisterung und küsste ihn innig auf die unrasierte Wange. „Ich weiß gar nicht, wie ich dir für diesen wundervollen Tag und deinen fantastischen Unterricht danken soll.“

Don erwiderte ihre Umarmung und küsste sie ebenfalls auf beide Wangen. „Ich habe zu danken. Du warst eine Fantastico Schülerin!“, sagte er charmant.

Franka lachte. „Du Charmeur.“

Während Franka sich auf einen der Stühle niederließ, ihre Tangoschuhe mit den hohen Absätzen auszog und mit einem leisen Seufzer ihre langen Beine von sich streckte, betrat eine junge schwarzhaarige Frau den Saal und begrüßte sie mit einem freundlichen „Olá!“

Don hatte Franka zuvor erklärt, dass am Nachmittag

eine Mitarbeiterin der Tanzschule auftauchen würde, um die Schlüssel entgegenzunehmen, die eigentlich für den Workshop gedacht gewesen waren. Don wechselte ein paar Worte mit der jungen Frau und übergab ihr die Schlüssel. Anschließend brachen Franka und Don auf, um sich ein kleines Restaurant zu suchen, wo sie ihr intensives Tanztraining mit einem gemütlichen Essen ausklingen lassen konnten.

Als Don ihr zu Beginn des Tages ihre Schuhe ausgezogen hatte, wäre Franka am liebsten willenlos zu Dons Füßen auf das glänzende Parkett gesunken und hätte ihn nicht daran gehindert, wenn er seine Fingerfertigkeit weiter auf ihren gesamten Körper ausgedehnt hätte. Diese Bereitschaft verspürte Franka während des Essens mit Don nicht mehr in der Intensität. Der gutaussehende Tanzlehrer hatte während ihres Tanztrainings nichts von seiner Attraktivität eingebüßt und dennoch hatte Franka nicht mehr die weichen Knie wie noch am Morgen. Den ganzen Tag über hatte Don sie trotz der Intimität des Tangos, der subtilen und provozierenden Erotik ihrer tänzerischen Umarmung und der Körperlichkeit ihres Miteinanders wie ein Gentleman behandelt. Er war ihr zu keiner Sekunde ihres teilweise sehr intimen Tanzes nähergetreten, als es ein professioneller Tanguero mit guten Manieren einer Tänzerin gegenüber tat.

Franka war ihm trotz ihrer anfänglich weichen Knie und ihres eigenen Dahinschmelzens unendlich dankbar für dieses Verhalten. Sie war keine einzige Sekunde lang auf die Idee gekommen, dass er sie nicht attraktiv finden würde, nur weil er sie nicht anmachte. Sie spürte ganz genau seine Blicke und seine Reaktion auf die gemeinsame

Intimität; aber genau das war eins der Dinge, die Tango Argentino zu dem legendären sinnlichsten Tanz der Welt machte: Musikalität, Eleganz, Erotik und die intime Begegnung der Umarmung mit einem Fremden. Ein echter Tanguero ließ diese Emotionen dort wo sie hingehörten – auf der Tanzfläche. Don war ein echter Tanguero!

Nachdem sie in einem kleinen Restaurant in der sogenannten Oberstadt, dem *Bairro Alto* – ein Lissabonner Szeneviertel –, gegessen und eine Flasche Rotwein getrunken hatten, machten sie einen Spaziergang durch die kleine Parkanlage *São Pedro de Alcântara*. Franka hakte sich bei Don ein, was sich dieser gern gefallen ließ. Schon den ganzen Abend während des Essens brannte ihr etwas unter den Nägeln. Eine Frage, die sich aus seinem Verhalten ihr gegenüber ergab. „Du, Don …", begann sie zaghaft, „… ich hätte da mal eine Frage."

Don wandte ihr mit einem Lächeln den Kopf zu. „Was denn? Frag nur."

Franka schaute verlegen zu Boden. „Es ist mir ein bisschen peinlich, aber … sehr wichtig."

„Möchtest du wissen, ob ich eine Freundin habe?" Dons grüne Augen zwinkerten ihr freundlich zu. „Ja, ich habe eine Verlobte. Wenn ich nach meinem Engagement in Berlin zurück nach Buenos Aires fliege, werden wir heiraten."

Franka fuhr herum und sah Don überrascht an; dann lachte sie und umarmte ihn spontan. „Ach, ist das schön!", rief sie. „Ich freu mich für euch!" Sie löste die Umarmung und strahlte ihn an. „Nein, Don. Das ist es nicht, was ich fragen wollte. Aber schön, dass du mir von deiner Verlobten erzählst. Ich freu mich wirklich von ganzem

Herzen!“ Sie hakte sich wieder bei Don unter und kam auf die Frage zurück, die ihr das Herz schwer machte. „Es klingt jetzt vielleicht ein bisschen blöd, aber …“, wieder stockte sie. „Es ist … wie ist das eigentlich … ach Scheiße!“, fluchte sie unvermittelt und zögerte damit weiterzusprechen.

„Was drückt dich, Franka?“ Dons jadegrüne Augen blickten sie geduldig und aufmerksam an. „Was fragst du?“

„Mein Tanzpartner hat … hat … beim Tanzen einen Ständer bekommen!“, brach es unvermittelt aus ihr heraus. „Und ich habe ihm eine gescheuert!“

Don sah Franka verständnislos an. „Tanzständer? Scheuern?“ Franka musste laut lachen, als sie Dons verständnisloses Gesicht sah; dann erklärte sie ihm in aller Ruhe und mit neutralen Worten, was sich in der Nacht zuvor zwischen ihr und Karl ereignet hatte.

Nachdem Don verstand, was Franka ihm wort- und gestenreich erklärte, war es an ihm, herzlich zu lachen: „No, Franka. No!“ Don schüttelte amüsiert den Kopf, sah sie aber ernsthaft an, als er ihr seine Sichtweise erklärte: „Von diesen … wie sagt man … körperlichen Gefühlen hat mir schon mein Mama erzählt.“ Er breitete die Arme aus und seufzte theatralisch: „Es sind Emotion, verry big Emotion! Manche Männer tanzen nur, um Frauen anzufassen. Die tanzen nicht lange, das spricht herum. Sie sind dann unsichtbar für Tangueras – Persona non grata; keiner tanzt mit diesem Männern. Hat Carlos dich angefasst?“

Franka schüttelte energisch den Kopf: „Niemals! Ich meine ja – beim Tanzen … aber nein. Nicht so.“

„Capito. Dann er ist keine dieser Persona non grata.

Sein Hormone hat ihm eine Überraschung gegeben. Das ist ok. Nicht schlimm, das passiert schon mal.“ Don grinste amüsiert. „Liebst du diesen Carlos?“

„Nein!“ Auch wenn Franke sich nicht absolut sicher war, was sie für Karl empfand, schüttelte sie betont energisch ihren Kopf. „Ich mag ihn sehr, als Freund. Carlos ist ein echter Freund für mich geworden. Deshalb war ich doch auch so schockiert.“

„Capito.“ Don nickte verständnisvoll. „Persona non grata ist Scheisse, sind Machos. Niemand will sie. Der Tango Argentino ist ein trauriger Gedanke, den wir tanzen können. Aber er ist auch Erotika – Emotion. Tango ist auch Glück, Leben, Emotionen – Glück macht so etwas. Euer Tanz hat Carlos glücklich gemacht. Sein Körper hat La Viva gerufen! Das war Überraschung und kein Sexüberfall. Auch ein Freund hat solche Gefühle. Manchmal es passiert, nix Böses, normal.“

„Ist dir das auch schon mal passiert?“, entfuhr es Franka, die sich im gleichen Moment die Hand vor den Mund schlug und Don mit unschuldigen Augen ansah: „Sorry, ist mir so rausgerutscht.“

Don lachte laut. „Ja. Ist passiert. Ich auch. Meine Körper hat auch La Viva gerufen. Bald heiraten wir!“

Franka fiel mit Dons Worten ein solch gewaltiger Stein vom Herzen, dass man ihn bis nach Berlin hätte hören können. Auch wenn ihre Enttäuschung sie tief getroffen hatte, schmerzte sie die Kluft sehr, die wie ein tiefer Graben die Freundschaft mit Karl durchschnitt. Dons Erklärung ließ sie jedoch weniger tief und überbrückbar erscheinen. Es würde sicherlich seine Zeit brauchen, sich wieder mit Karl zu versöhnen, aber es war nicht unmöglich.

Dankbar umarmte sie Don und gab ihm einen Kuss; diesmal mitten auf seinen markanten Mund mit den schönen Lippen. „Deine Verlobte kann glücklich sein“, strahlte sie Don an. „Sie bekommt einen tollen Mann, einen echten Tanguero und Gentleman. Du kannst dir gar nicht vorstellen, was für ein großer Stein mir gerade vom Herzen gefallen ist. Daaaanke!“

- 17 -

Karl hatte während der dreißigminütigen Taxi-Fahrt mehrfach befürchtet, nicht heil anzukommen. Der Fahrer fuhr gut und sicher – aber auch sehr schnell. Wenn der schwarz-weiße Peugeot in eine Seitenstraße einbog, erwartete Karl unweigerlich das Klirren und Scheppern eines oder mehrerer abgerissener Seitenspiegel, was aber glücklicherweise ausblieb. Wohlbehalten und ohne jeglichen Kratzer stoppte das Taxi in der *Rua Flores de Lima* vor dem Hauseingang mit der Nummer 11. Karl zahlte und machte mit dem Fahrer aus, dass dieser ihn um Mitternacht wieder abholen würde.

Er sah dem davonbrausenden Taxi hinterher, das mit roten Rücklichtern und quietschenden Reifen in der nächsten Seitenstraße verschwand. Nun war er allein. Nachts in Lissabon. Sein einsames Abenteuer konnte beginnen. Karl fuhr sich nervös mit der flachen Hand über seine Bartstoppeln und sah zu der flackernden Neonreklame auf. Ein in Signalrot leuchtendes *Hombre* war nicht das, was er über dem Eingang einer Tango Location erwartet hatte. Er warf einen Blick auf den Zettel mit der Adresse der Tanzschule. Er und Franka hatten sich bereits in Berlin diesen Ort für den heutigen Abend ausgesucht.

Festival Internacional de Tango Lisboa | 13° FTL
La Milonga del Viernes
Casa de Tomar | Rua Flores de Lima 11
22 H 30 Milonga

Es war eindeutig die richtige Adresse. Karl zuckte die Achseln und ging auf den Eingang zu, dessen Tür sich gerade öffnete. Zwei schlanke dunkelhaarige Männer traten engumschlungen aus der Tür und schoben sich kichernd an Karl vorbei. Beide Männer trugen enganliegende weiße Achselshirts und schwarze Lederhosen, die Beine und Po wie eine zweite Haut umschlossen. Der Kleinere der Männer warf Karl im Vorbeigehen einen koketten Blick zu, den Karl zwar bemerkte, aber nicht deuten konnte.

Bevor die Tür zuschlagen konnte, ergriff Karl die Klinke und zog die schwere Holztür zu sich heran. Er betrat das Hombre und blieb vor Überraschung wie angewurzelt auf der Türschwelle stehen, die Klinke noch immer in der Hand. Vor ihm lag ein bizarrer pinkfarbener Raum, bei dessen Anblick Barbie und Ken in kreischende Begeisterung ausgebrochen wären. Wirklich alles im Hombre war Pink – bis auf die vier Musiker in schwarzen Lackklamotten, die gerade auf einem erhöhten Podest in einer Nische ihre Musikinstrumente aufbauten.

Karl bekam angesichts des pinkfarbenen Albtraums den Mund vor Staunen nicht mehr zu. Links von ihm befand sich eine mit pinkfarbenen Kacheln verkleidete Bar, deren Tresen mit einer dicken Kristallglasscheibe belegt war. Die Rückseite der Bar war komplett verglast. In unregelmäßigen Abständen waren gläserne Regalböden angebracht, auf denen sich eine erlesene Auswahl hochprozentiger Spirituosen aufreihte. Die Kanten der gläsernen Regalböden waren mit unzähligen Swarovski-Steinchen besetzt. Vor der pink-glitzernden Bar standen verchromte Barhocker, deren Sitzfläche mit pinkfarbenem Plüsch bezogen waren. Die ebenfalls in pink lackierte abgehängte Decke löste in Karl das beklemmende Gefühl aus, sich in einer pinkfarbenen Höhle zu befinden, die gleichfarbigen Seidentapeten mit ihren übergroßen floralen Mustern trugen das ihrige dazu bei. Und hier wird Tango getanzt?

Vorsichtig ließ er die Türklinke los. Die Eingangstür des Hombre fiel mit einem satten Geräusch hinter ihm ins Schloss. Karl ging auf den glatzköpfigen Mann zu, der ein – wie konnte es auch anders sein – pinkfarbenes Hemd trug, dessen rüschenbesetzte verdeckte Knopfleiste offenstand und den Blick auf eine blankrasierte tätowierte Brust freigab.

„Olá", grüßte Karl und wusste nicht, was er weiteres sagen sollte, weshalb er einfach mit den Schultern zuckte und fragte: „Tango?"

Der Glatzkopf hatte ihn schon beim Eintreten aus zusammengekniffenen Augen gemustert. „Tango?" Ungläubig sah der Barmann Karl an und stellte die Flasche Portwein, mit der er gerade hantiert hatte, ab. „Tango?"

„Si", nickte Karl und tippte mit dem Zeigefinger gegen seine Brust. „Ich … äh … I am dancing Tango Argentino."

Der Glatzköpfige grinste Karl an und setzte ein gespielt lüsternes Gesicht auf. „Interesting, with pleasure!"

Entsetzt riss Karl die Augen auf. Auch wenn er nur ein paar Brocken Englisch verstand, dafür brauchte er keinen Dolmetscher – die Körpersprache war eindeutig.

„No Panic, Hombre!", lachte der Glatzkopf, als er Karls entsetzten Blick sah. „Here is no Tango, only *Walking Dead*!" Noch immer lachend deutete er zuerst auf ein Plakat neben der Eingangstür und dann auf die Musiker im Hintergrund. Karl sah den Barmann verständnislos an. Dann fiel sein Blick auf das Plakat, das vier martialisch aussehende Ledermänner zeigte, die wie Zombies geschminkt waren: die Band des Abends.

„Meet Walking Dead at Midnight …", raunte der Barmann mit gesenkter Stimme. „Grrr…"

Jetzt fiel auch bei Karl der Groschen. Er verdrehte ebenfalls die Augen und stimmte in das polternde Lachen des Glatzkopfes ein.

„Tango is the other door, on the left side." Der Barmann deutete zur Tür.

Karl bedankte sich hastig und wortreich in einem deutsch-englischen Kauderwelsch, wandte sich eilig um und verschwand durch die Eingangstür des Hombre hinaus auf die Straße.

Der Barmann sah Karl amüsiert nach und schickte ihm ein wollüstiges „Grrr…" hinterher.

„Puh!", schnaufte Karl draußen auf dem Bürgersteig. „Das war eindeutig keine Milonga!" Als er sich den Eingang des Gebäudes genauer ansah, wunderte er sich, dass ihm die große Glastür neben der granitverkleideten Fassade mit der Aufschrift *Casa Do Concelho de Tomar* nicht bereits bei seinem Eintreffen aufgefallen war. Mit drei Schritten stand Karl an der Glastür und drückte sie auf. Das kahle mit graphitgrauen Fliesen ausgelegte Treppenhaus und verchromtem Metallgeländer sah sehr sachlich aus und erinnerte mehr an eine Behörde als an einen Ort, an dem Tango Argentino getanzt wurde. Karls Schritte hallten auf den Fliesen wieder. Er ging zur Treppe und – tatsächlich: Leise Tangomusik war zu hören. Hier war er richtig. Er folgte der Treppe, die in einem großen Bogen nach unten führte. Am Fußende befand sich ein Seitengang mit einer weiteren Tür aus Milchglas. Karl öffnete die gläserne Tür leise und streckte seinen Kopf vorsichtig durch den Spalt. Wer weiß, wo er hier wieder gelandet war.

Karls Bedenken waren nicht unbegründet. Auch hinter dieser Tür wurde nicht Tango getanzt. Der Saal wirkte ebenso spartanisch wie das Treppenhaus. Vier große Tische waren aufgestellt, an denen problemlos ein Dutzend Menschen hätte sitzen können. Hier saßen jedoch jeweils nur eine Handvoll Senioren, einige davon schon in Nachthemden oder gestreiften Pyjamas. Während an einem Tisch ein junger bärtiger Mann Karten verteilte, lasen drei weißhaarige ältere Damen an einem anderen Tisch in bunt bebilderten Zeitschriften. An einem weiteren Tisch würfelten ein paar vereinzelte Senioren miteinander. Es war ein bizarres Szenario, da alle Anwesenden in völliger Geräuschlosigkeit ihrer Beschäftigung nachgingen. Ebenfalls ohne jedes Geräusch zu verursachen, zog sich Karl langsam wieder zurück und schloss die Tür. Auf Zehenspitzen schlich er den Flur entlang zur Treppe und stieg sie schnell emporstieg.

Als Karl wieder im Erdgeschoss angelangt war, hörte er erneut Tangomusik. „Falsche Etage“, stellte er fest und stieg die Treppen hoch. Auch hier ging wieder ein kleiner Gang ab, der vor einer Milchglastür endete. „Mal schauen, was mich hier erwartet.“ Ebenso leise wie er die Tür im Untergeschoss geschlossen hatte, öffnete er die nun vor ihm liegende. Die Musik wurde lauter. Karl betrat einen kleinen Vorraum, der durch hellgraue Sichtschutzwände vom Hauptraum abgetrennt war. Hinter einem kahlen Holztisch, auf dem lediglich ein schmuckloses Pappschild mit der Aufschrift: *Milonga 2 €* stand, saß ein älterer Mann und hielt ihm wortlos ein Ticket hin. Karl nickte ihm kurz zu und legte ebenso wortlos zwei Eurostücke auf die Tischplatte. Neben dem Tisch standen sich zwei lange Bänke gegenüber, die Karl an die Bänke in den Umkleideräumen von Schulsportanlagen erinnerten. Unter den Bänken standen säuberlich aufgereiht mehrere Damenschuhe, Joggingschuhe und Damen- und Herrenslipper. Karl setzte sich auf die Bank und wechselte seine Straßenschuhe gegen die Tangoschuhe aus, die er aus seinem Rucksack zog.

Nachdem er seine Schuhe fein säuberlich neben die akkurat ausgerichtete Schuhgalerie gestellt hatte, umrundete Karl eine weitere Stellwand und musste unwillkürlich einatmen. Vor ihm befand sich erneut ein schmuckloser Raum mit einer großen Fläche Parkettboden in der Mitte. Rundum an den Seiten des tristen Saals standen runde Tische ohne Tischdecken oder sonstigen Schmuck. Nur acht der schätzungsweise vierzig Tische waren besetzt. Gleich neben Karl standen mehrere Stuhlreihen hintereinander, deren Aufstellung eher an eine Schulaula erinnerte als an eine Tanzveranstaltung. Karl ließ seinen Blick durch den kargen Saal schweifen. Trotz der Tangomusik tanzte keines der anwesenden Paare, was vielleicht auch daran lag, dass zwei Männer auf einer erhöhten Bühne noch damit beschäftigt waren, einige asiatisch aussehende Paravents aufzustellen, um den Raum etwas wohnlicher aussehen zu lassen. Das Gleiche hatte offenbar auch ein Paar im Sinn, das kurz nach Karl eingetroffen war und aus einer Plastikkiste mehrere royal-blaue Tischdecken hervorholte, um sie auf den Tischen zu verteilen.

Als die Tische nicht mehr gar so kahl aussahen, tauchten zwei Männer mit mehreren Getränkekisten auf, die sie am Rande der Stuhlreihen abstellten. Auf einem rechteckigen Tisch, den sie aus einer Ecke des Raumes heranschafften, bauten sie eine Galerie von unterschiedlichen Flaschen und Gläsern auf, die sie aus den Kisten hervorkramten – die Bar. Offenbar handelte es sich um eine Art Flaschenparty, bei der sich Gäste gleichermaßen wie Veranstalter um Getränke, Gläser, Musik und Tischdekorationen kümmerten. Karl hatte leider nichts beizutragen. Also setzte er sich allein an einen freien Tisch und wartete auf die Dinge, die noch folgen würden – doch zunächst passierte nichts.

Nach einer Weile bekam Karl einen ganz trockenen Mund. Er erhob sich, um an der provisorischen Bar eine Flasche Wasser zu kaufen. Als er den Saal durchquerte, spürte er die Blicke der Anwesenden in seinem Rücken. Karl kannte das von seinen ersten Ausflügen in die Berliner Tangoszene. Tauchte ein Fremder auf, wurde dieser ausgiebig gemustert und beäugt, das war in Lissabon nicht anders als in Berlin. Doch auch wenn Karl sich unter den Blicken unwohl und unsicher fühlte, ließ er sich nichts anmerken und ging mit langsamen stolzen Schritten und einer Flasche Wasser in der Hand am Rand der Tanzfläche entlang. Er versuchte dabei möglichst selbstsicher und lässig zu wirken, was ihm anscheinend auch gelang – keine abfälligen Blicke, kein Kichern hinter vorgehaltener Hand. Zurück an seinem Tisch öffnete Karl die Flasche, um sich einzuschenken, und nahm dann einen Schluck aus einem weißen Plastikbecher, der eine verblüffende Ähnlichkeit hatte zu jenen, die ihm die Arzthelferin beim Urologen immer reichte, wenn er zur jährlichen Vorsorgeuntersuchung ging. Das kalte Wasser aus der eisgekühlten Flasche schmeckte aber ganz passabel. Niemand nahm mehr Notiz von ihm; die Musterung schien abgeschlossen.

Nachdem die Paravents auf der Bühne aufgebaut und die Tischdecken und Gläser verteilt waren, stellte ein unsichtbarer DJ die Musik lauter. Wie auf ein Stichwort erhoben sich die ersten Tanzpaare und betraten die Tanzfläche. Ganz selbstverständlich nahmen sie eine enge Tanzhaltung ein. Karl sah, dass, anders als in den Practicas im Nou, keine der Damen ihre Augen schloss. Sie schienen vielmehr sehr genau ihr Umfeld und die übrigen tanzenden Paare im Blick zu haben.

Karl vermisste die Atmosphäre, die er aus dem Nou und dem *Tangoloft* kannte. Hier gab es weder gemütliche Sofas noch Kerzen oder Blumen auf den Tischen. Die Atmosphäre erinnerte Karl ein wenig an den Unterricht bei den *Maestros*. Er war mit Franka einmal an einem Wochenende dort gewesen. Der Unterricht fand in einer Berliner Kung-Fu-Schule statt. Die Bar hatte aus einem Bügelbrett mit Gläsern und Flaschen darauf bestanden. Aber auch wenn diese Tango-Location improvisiert gewesen war und die Samurai-Schwerter an den Wänden Karl zunächst irritiert hatten, hatte es in dem Club vor Kreativität und Atmosphäre pulsiert. Etwas, was Karl hier vermisste. Er war von diesem Gemeindesaal, oder um was auch immer es sich bei der Casa de Tomar handeln mochte, enttäuscht. Für ihn gehörte ein stilvolles Ambiente mittlerweile zu einer Milonga einfach dazu. Aber Karl war ja nicht wegen der Inneneinrichtung nach Lissabon gekommen. Die Musik, die der Tango-DJ auflegte, war klassisch. Bereits die ersten Stücke waren Karl von seinem Unterricht her vertraut: Carlos di Sarli und Francisco Canaro erkannte er ebenfalls sofort wie den unverwechselbaren Carlos Gardel.

Die Lust zu tanzen verdrängte Karls Nervosität und er wandte sich den potenziellen Tanzpartnerinnen zu, die allein oder zu zweit an den Tischen saßen. Sein Blick glitt über nylonbestrumpfte übereinandergeschlagene Beine und wippende Schuhspitzen. Joy hatte ihm einmal geraten, gerade als Anfänger auf die Schuhe der Damen zu achten. An ihnen würde er erkennen können, ob es sich um eine Profitänzerin oder um eine Anfängerin handelte. Da Karl keine Lust hatte, bei seiner ersten Tanda in Lissabon an eine Profitänzerin zu geraten und sich zu blamieren, sah er sich die Schuhe der Damen sehr genau an. Dummerweise sahen die für ihn fast alle gleich aus. Also blieb nur der Sprung ins kalte Wasser.

Karl spürte, wie sich ein leichter Schweißfilm auf seine Handflächen legte und es langsam in seinem Magen zu flattern begann. Unauffällig wischte er sich die Hände an seiner Hose ab. Sein Blick traf eine attraktive brünette Frau. Sie war vermutlich Mitte dreißig und trug ein malvenfarbenes luftiges Sommerkleid mit tiefem Ausschnitt. Offenbar hatte die Frau gespürt, dass er sie anschaute, denn sie hob leicht den Kopf und erwiderte seinen Blick mit einem angedeuteten Lächeln. Es funktionierte. Und jetzt? Leichte Panik begann sich in Karl breitzumachen. Er wusste genau, dass es nur eine Antwort gab: Aufstehen und Hingehen! Er sah der dunkelhaarigen Frau mit der Kurzhaarfrisur direkt in die Augen und deutete ein kaum wahrnehmbares Neigen seines Kopfes an. Sie antwortete ihm mit einem ebenso fast unsichtbaren Nicken und erhob sich gleichzeitig mit Karl von ihrem Platz. Langsam gingen beide aufeinander zu, bis die Dunkelhaarige am Rand der Tanzfläche stehenblieb und darauf wartete, dass Karl ihr entgegenkam, um sie auf die Tanzfläche zu begleiten.

Während er mit langsamen Schritten auf die brünette Frau zuging, spürte er, wie sich sein Puls beschleunigte und ein Adrenalinschub durch seine Adern rauschte. „Es ist nur Tango!“, versuchte sich Karl zu beruhigen. „Alles gut! Es ist nur Tango.“ Doch was gerade geschah, war für Karl nicht „nur“ Tango. Trotz seiner zahlreichen Ängste, trotz eines furchtsam pochenden Herzens hatte er in einer fremden Stadt, in der er sich nicht auskannte und deren Sprache er nicht sprach, eine ihm völlig fremde Frau zum Tango aufgefordert. Er wollte sich nicht mehr seinen Ängsten beugen; nicht mehr das Leben mit seinen Möglichkeiten an sich vorbeiziehen lassen, ohne wenigstens den Versuch unternommen zu haben, an all den schönen Dingen, von denen er bislang nur gelesen hatte, teilzuhaben. Er tat das, was ihm wichtig war – und das waren eben nicht nur seine Bücher, sein Knäckebrot und sein Fencheltee.

Karl blieb vor der Frau stehen und deutete eine Verbeugung an. Er sah ihr in die Augen und sagte mit ruhiger und fester Stimme: „Karl.“

„Sofia“, stellte sie sich vor und erwiderte seinen Blick. „Olá, Carlos. Você é alemão?“

„Sim“, nickte Karl. Er wunderte sich, dass man ihm seine Herkunft anscheinend sofort anhörte oder ansah.

„Welcome in Lisboa.“ Erneut schenkte ihm die Frau einen intensiven Blick, während sie ihre Hand auf Karls Arm legte, den er ihr anbot, um sie zur Tanzfläche zu führen.

„Obrigado“, bedankte sich Karl höflich und erwiderte ihr Lächeln.

Wie selbstverständlich schmiegte sich Sofia in Karls Umarmung und legte ihre linke Hand in seinen Nacken, während ihr Oberkörper seine Brust suchte und fand. Karl verspürte ein angenehmes, fast schon elektrisches Kribbeln seine Halswirbelsäule entlanglaufen und hätte nicht zu sagen vermocht, ob es durch die Berührung von Sofias warmer Hand oder ihrer kleinen festen Brüste, die er an seinem Oberkörper spürte, ausgelöst wurde.

Er eröffnete den Tanz mit einem Seitwärtsschritt und fühlte den Druck ihres Oberkörpers, den er als Kontaktpunkt brauchte, um sie seine Führung spüren zu lassen. Karl war innerlich angespannt, aber dennoch sicher, als seine Tanzpartnerin mit einer Drehung seines Oberkörpers ein sogenanntes *Vorkreuz* führte, ein tänzerisches Element, bei dem die Folgende ihren Schritt schließt und ihre linke Ferse vor ihren rechten Fuß stellt. Aus dieser Position heraus wollte Karl seine Tanzpartnerin in einen eleganten Ocho führen – eine fließende Drehung, deren Bewegungsfluss einer auf dem Boden liegenden Acht ähnelte. Leider verstand Karls Tanzpartnerin die nonverbale Kommunikation ihrer Körper nicht, oder anders gesagt:

Karl führte nicht eindeutig genug, sodass seine Tanzpartnerin ihn falsch verstand und ihre Fersen zu einem normalen Schritt schloss. Auch Karls letzter Ausweg, seine missglückte Führung in einen sicheren Seitwärtsschritt überzuleiten, lief ins Leere. Während er seine Achse und damit sein Gleichgewicht verlor, stolperte seine Tanzpartnerin über sein Standbein, da er vor lauter Verunsicherung seinen Gewichtswechsel vergessen hatte.

„Entschuldigung!", flüsterte Karl – das war der nächste Fauxpas. Während des Tanzes ist es unnötig, sich beim Tanzpartner zu entschuldigen, wenn etwas nicht geklappt hat. Entweder hat dieser das Missgeschick nicht bemerkt und falls doch, ist es dem Tanzpartner ebenfalls klar, dass gerade etwas im wahrsten Sinne des Wortes schiefgelaufen ist. Eine Entschuldigung ist daher nicht nur unnötig, sie wird vielmehr als störend und überflüssig empfunden, sofern der Tanzpartner sich nicht verletzt oder vollkommen die Balance verloren hat.

Sofia ignorierte seine geflüsterte Entschuldigung – sofern sie sie überhaupt verstand. Karl wiederum brauchte einen Moment, um sich zu sammeln, und beschränkte sich darauf, ruhig und rhythmisch zu gehen. Oft hatte Thomas ihnen im Kurs gesagt, dass auch schönes und gutes Gehen ein tänzerischer Genuss sei. An diesem Abend jedoch genügte Karl bloßes Gehen nicht. Er führte nach einer weiteren Runde auf der Tanzfläche des Gemeindesaals erneut ein Kreuz, welches ebenso wie das erste vollkommen misslang. Wieder stolperte seine Tanzpartnerin, und Karl stammelte erneut: „Entschuldigung … ich … ich weiß gar nicht … sorry!" Karl brach der Schweiß aus, seine Hände wurden feucht. Glücklicherweise endete das

Musikstück und es dauerte einen kurzen Moment, bis Francisco Canaro sein bekanntes *Milonga de Mis Amores* anstimmte, ein rhythmisch klares und deutliches Musikstück, allerdings mit dem doppelten Tempo des vorherigen Liedes.

Karl suchte den ersten Takt des Musikstückes, wie man es ihm beigebracht hatte, verfehlte aber den Einstieg in den Rhythmus und setzte seinen Schritt auf den falschen Takt, was ihm ein missbilligendes Räuspern seiner Tanzpartnerin einbrachte. Mit einem Gewichtswechsel im Stehen versuchte er erneut den Takt zu finden – vergeblich. Erleichtert und düpiert zugleich folgte er seiner Tanzpartnerin, die offenbar die Geduld mit ihm verloren hatte und bei der nächsten Taktfolge auf dem ersten Takt energisch losging und ihn einfach mitzog. Auch bei den nachfolgenden Elementen behielt sie die Initiative und tanzte ihre Elemente so, wie sie es wollte. Als Karl sich an einer wenig anspruchsvollen Tanzkombination versuchte, ignorierte Sofia dies und lies eine kleine Serie spielerischer Verzierungen folgen.

Schließlich unternahm Karl einen letzten Anlauf, die Führung zu übernehmen: Er leitete eine einfache Drehung ein, die sie mit einem Wirbel von Schritten beantwortete und ihm damit zeigte, was sie davon hielt – nämlich gar nichts! Resigniert gab Karl auf und überließ Sofia die Führung ihrer Tanda. Ein für ihn schmachvolles Versagen.

Während Sofia ihn durch die Tanzbahn führte, warf Karl gelegentliche Seitenblicke in die Runde und stellte erleichtert fest, dass niemandem aufzufallen schien, wie amateurhaft er sich anstellte. Irgendwann war auch diese

Tanda und damit Karls bis dahin blamabelstes Tanzerlebnis zu Ende. Glücklicherweise kamen sie kurz vor Sofias Tisch zum Stehen, wo er sie zu Beginn ihrer Tanda abgeholt hatte, sodass Karl sie nicht noch quer über die Tanzfläche begleiten musste. Er zwang sich zu einem gequälten Lächeln, als er zum Abschied eine leichte Verbeugung andeutete und sich höflich bedankte: „Obrigado, Sofia." Diesmal war ihr Blick, mit dem sie sich wortlos von Karl verabschiedete, nur noch kühl und ziemlich genervt.

„Verflucht. Verflucht. Verflucht!", knirschte Karl mit den Zähnen, als er zu seinem Tisch zurück ging. Mit unbewegtem Gesichtsausdruck goss er sich ein frisches Glas Wasser ein und nippte kurz an dem Plastikbecher, während er unauffällig aus den Augenwinkeln die Gesichter der tanzenden und an den Tischen sitzenden Gäste musterte. Er wusste, dass er so ziemlich alles falsch gemacht hatte, was man falsch machen konnte; dass es an ihm gelegen haben musste, dass seine Tanzpartnerin nicht verstanden hatte, in welchen Schritt er sie führen wollte. Ebenso klar war ihm, dass jeder den Stil tanzte, den er als Tänzer oder Tänzerin entwickelt hatte. Jeder Tanz mit einem fremden Tanzpartner war wie das Flirten mit einem Unbekannten. Er konnte nicht davon ausgehen, dass die Reaktionen auf seine Impulse als Führender immer die waren, die er erwartete. Diese einfache und grundlegende Erfahrung hatte Karl heute schmerzlich machen müssen.

Es dauerte drei Tandas und zwei Becher Mineralwasser, bis Karl sich wieder von seiner ersten und leider missglückten Tanda in Lissabon erholt hatte. Was nun? Neuer Versuch oder sitzen bleiben? Karl gab sich einen Ruck, hob seinen Blick und ließ ihn langsam durch den Raum gleiten. Er blieb an den blauen Augen einer kräftig gebauten Tänzerin mit roten Haaren hängen. Diese sah ihn direkt an und signalisierte: Tanz mit mir! Komm und fordere mich auf! Karl erhob sich erneut und durchquerte den Saal. Vor der Rothaarigen blieb er stehen und stellte sich diesmal direkt als Carlos vor.

„Olá, eu sou Ana", begrüßte ihn die Rothaarige freundlich und musterte ihn kurz. Karl bot ihr höflich und der Tangoetikette entsprechend seinen Arm an und führte sie zur Tanzfläche. Die rothaarige Ana fühlte sich in Karls Armen sehr weich und weiblich an. Ihr voller Busen irritierte ihn etwas und schien ihm sogar im ersten Moment den Atem zu rauben. Das änderte sich mit dem Einsetzen der Musik. Wieder eröffnete er mit einem Seitschritt die Tanda und traf diesmal mehr zufällig denn gewollt den richtigen Takt. Ana folgte seinem Schritt und Karl führte sie eine erste Runde ohne Elemente, um ihren Körpern Zeit zu geben, sich und ihre Impulse kennenzulernen. Den ersten Ocho, den Karl führte, verstand Ana ohne Probleme. Allerdings konzentrierte sich Karl so verbissen darauf, sicher zu führen, um nicht das gleiche Debakel wie bei Sofia zu erleben, dass er den folgenden Ocho mit dem falschen Fuß einleitete und Ana entsprechend irritiert ebenfalls auf dem falschen Fuß stand. Von da an war es um Karls Selbstbewusstsein geschehen und er stolperte im falschen Takt durch die zweite Tanda des Abends. Erleichtert atmete Karl auf, als die Cortina – die Tanzpause – die Tanda beendete und er die frostig dreinblickende Ana zurück zu ihrem Platz bringen konnte. Er deutete wortlos eine kurze Verbeugung an und flüchtete sich ohne nach links und rechts zu schauen zurück zu seinem Tisch.

„Scheiß Tango!", fluchte er und war verärgert über sich selbst und seine unsicheren Tanzkünste. „Ganz toll, Señor Tanguero! Du bist ja ein Supertänzer, bekommst noch nicht einmal die einfachsten Basics hin."

Die nächste Tanda begann und Karl war so wütend auf sich selbst, dass er es jetzt wissen wollte. Diesmal musste es einfach klappen. Energisch erhob er sich von seinem Sitz und ging mit festem Schritt auf drei Frauen zu, die auf der gegenüberliegenden Seite der Tanzfläche mit übereinandergeschlagenen Beinen dasaßen und mit ihren Fußspitzen wippten, während sie mit gelangweiltem Gesichtsausdruck das Geschehen auf der Tanzfläche verfolgten.

Noch während er auf die Frauen zuging, kamen ihm erste Zweifel, ob es eine gute Idee war, direkt aus seiner Wut heraus die Frauen anzusteuern. Doch es war schon zu spät: Sie hatten ihn bemerkt und musterten ihn gelangweilt. „Olá", begrüßte Karl die Damen mit einer leichten Verbeugung. Dann wandte er sich geradewegs an die mittlere der Frauen und machte eine einladende Handbewegung Richtung Tanzfläche. Sie war blond, langbeinig, mit gleichmäßigen Gesichtszügen und vollen Lippen. Zwei Sekunden sah sie ihn aus großen hellblauen Augen musternd an, um dann ohne jegliche weitere Reaktion ihren Kopf von Karl abzuwenden.

Perplex starrte er sie an. Damit hatte er nicht gerechnet! Er hätte es sich im schlimmsten Fall vorstellen können, dass auch die nächste Tanda so schlecht lief, wie die beiden vorherigen. Aber dass die Blondine ihm einen Korb gab, schockierte ihn jetzt sehr. Langsam drehte Karl den

Kopf und fing den Blick ihrer Sitznachbarin auf, in deren Augen er meinte, Interesse zu erkennen. Er kämpfte die Enttäuschung nieder, die der Korb der Blonden in ihm ausgelöst hatte, und sah der zweiten Frau des Trios direkt in die Augen. Mit leichtem Kopfnicken deutete er Richtung Tanzfläche. Die Frau sah ihn an. Schweigend. Ebenso schweigend drehte sie sich auf ihrem Stuhl herum und begann mit der neben ihr sitzenden Frau zu plaudern. Karl stand wie ein begossener Pudel vor den drei Damen. Er hätte sich am liebsten in Luft aufgelöst oder sich zwischen den Parkettritzen versteckt. Da sich aber der Tanzboden nicht unter ihm auftat, drehte er sich mit unbewegter Miene auf dem Absatz herum und überquerte mit steinernem Gesicht die Tanzfläche. Trotz dieser Demütigung ging er langsam und mit hoch erhobenem Kopf. Obwohl ihn niemand direkt ansah, spürte er die Blicke der Gäste des Casa de Tomar in seinem Rücken, die ihm Brandlöcher ins Hemd zu starren schienen. Die aufsteigende Bitterkeit ließ ihn keinen klaren Gedanken fassen. Von seinem Selbstbewusstsein, mit dem er die Milonga aufgesucht hatte, war nichts mehr übrig – ebenso wie von der Lust auf Tango geschweige denn auf Lissabon. Er wollte nur noch weg von hier. Weg von diesem schäbigen Gemeindesaal. Weg von den Gästen dieser Milonga, die ihm jetzt wie die Mitglieder eines Kleingartenvereins vorkamen. Er wusste, dass er unfair war, aber das war ihm gerade scheißegal.

Gefrustet verließ er das Casa de Tomar, bog ohne nachzudenken links ab und ging langsam die Straße entlang. Ein Blick auf die Uhr verriet ihm, dass er nicht länger als eine Stunde auf der Milonga gewesen war. Karl hatte keine Lust, zwei Stunden vor dem Gebäude auf das Taxi zu warten, das er bestellt hatte, und lief einfach ziellos drauf los.

Nachdem er zweimal den Fahrzeugen der Müllabfuhr ausgewichen war, die zu seiner Verwunderung zu dieser späten Stunde Mülltonnen leerten, landete er glücklicherweise fünfhundert Meter weiter an einem Taxistand. Er hielt einem der Taxifahrer einen Zettel unter die Nase, auf dem er mit Kugelschreiber in großen Druckbuchstaben die Adresse seines Appartements geschrieben hatte – BECO DOS LOIOS No. 20 – und ließ sich mit versteinertem Gesicht auf den Rücksitz des schwarzweißen Taxis fallen. „Das war's ja dann gewesen." Karl verschränkte seine Arme vor der Brust und sah verbittert aus dem Fenster in die Dunkelheit der Nacht mit ihren blinkenden Lichtern. Irgendwo dort in der Stadt wurde Tango getanzt. Allerdings ohne ihn. Er hatte seine Chance verpasst. Vielleicht war Tango ja doch nichts für ihn. Ernüchtert und enttäuscht sprach er zu sich selbst: „In der Tanzschule klappt es ja mehr oder weniger gut. Aber ein Tanguero, der in Lissabon einfach mal locker auf Milongas geht, bin ich eben nicht. Da habe ich mir wohl in meiner Begeisterung etwas vorgemacht."

Diesen Abend würde er niemals vergessen. Zu groß waren die Blamage und die Demütigung gewesen. Scheiß Lissabon. Scheiß Tango.

- 18 -

Franka öffnete gerade eine neue Flasche Rotwein, als Don ihr von Buenos Aires, seiner Arbeit als Tanzlehrer und seinen Zukunftsplänen erzählte. Nach Beendigung seines Engagements als Gastlehrer in Berlin würde er zurück nach Buenos Aires gehen und seine große Liebe Magdalena heiraten. Seine Augen leuchteten, als er von seiner geplanten Hochzeit erzählte.

„Und du?", fragte er Franka. „Was macht deine Liebe?"

Sie wusste auf diese Frage nichts zu erwidern. Ihre Liebe? Es gab für sie keine Liebe. Sie hatte einen Punk, der nichts von ihr wollte, und einen Karl, an dem sie nicht interessiert war. Sie hatte weder Freund, Verlobten oder Ehemann; noch nicht einmal einen Lover.

„Hast du keinen Freund?", hakte Don nach.

Franka griff schweigend nach ihrem Rotweinglas, nahm einen Schluck und schüttelte den Kopf: „Nein. Es gibt niemanden." Sie schaute zunächst ihn an und dann an seiner Schulter vorbei ins Leere. Kurz, aber intensiv durchfuhr sie eine starke Sehnsucht nach Rocky, aber erneut schüttelte sie energisch den Kopf. „Ich habe keinen Freund. Es gibt niemanden."

Don griff über den Tisch nach ihrer Hand und sah sie

ernst an. „Nicht traurig sein, Franka“, sagte er eindringlich. „Du bist eine Schönheit. Du hast Tango im Blut. Eines Tages kommt ein Tanguero für dich. Ihr werdet brennen. Glaub mir. Das Leben kann hart sein. Aber es kann auch Liebe geben.“

Nachdem sie auch diese Flasche Wein geleert hatten, nahmen sie gemeinsam ein Taxi und verabschiedeten sich vor der Haustür der Villa Sousa mit einer herzlichen Umarmung voneinander.

Franka drückte leise die Wohnungstür hinter sich ins Schloss und wollte unbemerkt in ihr Zimmer verschwinden, als Hugo den Kopf aus der Küchentür der Wohngemeinschaft herausstreckte. „Olá, Franka!“, rief er und winkte ihr mit einer Gabel zu. „Komm zu uns, wir essen gerade.“

Franka wollte eigentlich ablehnen, da sie merkte, wie sich die zweite Flasche Rotwein langsam bei ihr bemerkbar machte. Aber sie wollte auch ihren freundlichen Gastgeber nicht vor den Kopf stoßen und folgte Hugos Einladung. In der gemütlichen Küche war es sehr heiß und obwohl das Fenster weit geöffnet war, roch der ganze Raum nach Knoblauch. Hugo und Marcos saßen gemeinsam mit João an dem runden Küchentisch und plauderten miteinander. Frankas Erscheinen löste ein großes Olá und eine Serie herzlicher Umarmungen aus.

„It was nice the Tango-Show?“, wollte João wissen, der sie am Morgen in der Rua dos Fanqueiros abgesetzt hatte.

Franka winkte ab. Sie berichtete ausführlich über ihren Tag im A Todo Tango und das Abendessen mit Don. Während sie von dem argentinischen Tanzlehrer sprach, bekam Marcos große Augen. „Oh la la!“, sagte er und schnalzte genießerisch mit der Zunge, was ihm einen Knuff von Hugos Ellenbogen einbrachte. „Grüne Augen wie Katze!"

Während die Runde munter weiterplauderte, öffnete Hugo eine Flasche Rotwein. Franka verkniff es sich, das angebotene Glas abzulehnen; es hätte ohnehin keinen Sinn gehabt.

Franka konnte später nicht mehr sagen, ob es an dem Wein oder dem fantastischen Tag im A Todo Tango mit Don gelegen hatte, dass sie in der Küche der Villa Sousa mit ihren neuen Freunden anstieß und vollmundig behauptete, in Lissabon bleiben zu wollen.

„Das trifft sich gut", rief Hugo begeistert und klatschte in die Hände. „Jerome hat heute eine E-Mail geschickt: Wir sollen sein Zimmer neu vermieten. Er bleibt in Antigua. Er hat sich verliebt." Auch João klatschte begeistert in die Hände: „Destiny! That is Destiny!"

João hatte Recht: Es fühlte sich für Franka tatsächlich wie Schicksal an. Sie hob ihr Glas: „Prost! Auf Lissabon!"

„Saúde, Lisboa!", stimmten die anderen begeistert ein und erhoben ebenfalls ihre Gläser. „Du kannst das Zimmer von Jerome haben", rief Hugo begeistert. „Wir machen gleich morgen früh Contract: 80 Euro mit Strom und Pipapo. Für alle Möbel 200 Euro, das Geld schicken wir Jerome in die Karibik und alle sind happy!"

„Sim! So machen wir das!", kauderwelschte Franka und stand auf, um sich gespielt formell vor der Küchenrunde zu verbeugen. „Obrigada, liebe Freunde!"

Als Franka am nächsten Morgen in Jeromes Zimmer erwachte, welches ab heute ihr eigenes Zimmer war, merkte sie nichts. Keine Kopfschmerzen, kein trockener Mund, keine Übelkeit, kein Blackout. Mit dem Öffnen ihrer Lider war auch die Erinnerung an den gestrigen Abend voll da. „Habe ich das wirklich gesagt?“ Franka zog die Bettdecke bis zum Hals hoch und starrte auf Jeromes safrangelbe Glasfaserlampe, die ebenso wie der alte Röhrenfernsehr, auf dem sie stand, ab heute Franka gehörte. Im gleichen Moment, als sie der Glasfaserlampe diese Frage stellte, beantwortete ein glückliches warmes Gefühl tief in ihrem Innern ihre Frage. „Ja“, flüsterte sie der gelb schimmernden Leuchte zu. „Ja, ich will hier in Lissabon bleiben. Ich will nicht mehr zurück. Hier werde ich mein neues Leben beginnen: Tango tanzen, Wein trinken, das Leben genießen und – Tuc-Tuc fahren …“ Mit einem Ruck fuhr sie hoch und presste erschrocken die Bettdecke vor ihre Brust. „Ach du Scheiße!“, entfuhr es ihr. „Tuc-Tuc fahren?“ Die Erinnerung an dieses Thema des gestrigen Abends hatte ihr der Rotwein offenbar doch vorenthalten.

In der feuchtfröhlichen und ausgelassenen Runde hatte Marcos irgendwann die Frage gestellt, wovon Franka denn in Lissabon leben wolle. „Tuc Tuc!“, hatte João begeistert gerufen und sein Weinglas gehoben. „Ela é meu Tuc Tuc Motorista!“

„Gratuliere!“, hatte Hugo daraufhin gerufen und Franka spontan umarmt, sodass beide fast mit ihrem Stuhl umgekippt wären. „Du bist jetzt Joãos Tuc-Tuc-Fahrerin!“

Wie in Hypnose wiederholte Franka diesen Satz aus ihrer Erinnerung: „Ich bin jetzt also Joãos Tuc-Tuc-Fahrerin.“ Franka machte große Augen. Von der Berliner Stadtreinigung zur tangotanzenden Rikscha-Fahrerin in Lissabon. João hatte von seinem zweiten Tuc-Tuc erzählt, das er gebraucht gekauft und frisch überholt in seiner Garage stehen hatte. Sie erinnerte sich, wie begeistert er von seiner Idee gewesen war, dass Franka als zweite Fahrerin in seinen Einmannbetrieb einsteigen würde. Und warum auch nicht. Franka wollte doch Veränderung.

Für einen kurzen Moment schloss sie die Augen. Dass sie etwas anderes machen und bei der BSR nicht alt werden wollte, war ihr schon seit Langem klar – aber dass sich ihr Leben nach ein oder zwei Flaschen Rotwein so plötzlich ändern würde, hätte sie nicht geglaubt. Auch wenn ihr die Spontanität ihrer nächtlichen Entscheidung zu dieser frühen Stunde ziemlich irreal erschien, erfasste sie gleichzeitig ein wohliges Glücksgefühl. Franka hatte sich vom ersten Moment an in der Villa Sousa wie zuhause gefühlt. Sie konnte das gemütliche Zimmer ihres Vorgängers übernehmen, obendrein zu einer Miete, von der sie in Berlin nur träumen konnte. Joãos Jobangebot war ein Geschenk des Himmels. Und was das Tollste war, sie konnte von jetzt auf gleich hierbleiben. Was wollte sie mehr? Sie würde in einer wunderbaren Stadt bei Freunden wohnen, die sie schon jetzt ins Herz geschlossen hatte. Den neuen Job als Tuc-Tuc-Fahrerin stellte sie sich wie pure Freiheit vor. Ihre Skepsis darüber, dass sie sich in Lissabon doch überhaupt nicht auskennen würde, hatte João bereits am vergangenen Abend mit seinem unvergleichlichen sonnigen Lachen zerstreut. „No problemo!“, hatte er erwidert und dabei sein Handy aus der Tasche gezogen. „Verry much Navigation.“

Franka wusste bereits, dass João sich eine Schautafel gebastelt hatte, die er immer an seinem Tuc-Tuc-Stand zu stehen hatte. Auf dieser hüfthohen Tafel waren drei Fahrtrouten aufgemalt und kleine Fotos der touristischen Sehenswürdigkeiten aufgeklebt. So konnte jeder Tourist sich eine der Routen zu einem Festpreis aussuchen. Sie würde die drei Routen in ihrem Navi, dass sie sich besorgen müsste, abspeichern und auch sicherlich die Strecke schnell auswendig kennen, wenn sie die Route mehrmals am Tag abfuhr. „60/40, without tip“, war das letzte, was João ihr gesagt hatte, bevor sie vergangene Nacht ins Bett ging. Franka hatte darauf eingeschlagen und war freudestrahlend eingeschlafen.

Sie sah auf ihre Armbanduhr, die sie auf den kleinen Nachttisch ihres neuen Zuhauses gelegt hatte. In etwas über einer Stunde holte João sie bereits ab und als Erstes würden sie gemeinsam in einem Elektronikmarkt ein kleines mobiles Navi für sie kaufen, was sich an den Lenker montieren ließ. Anschließend gab es eine erste Fahrstunde und Routeneinweisung. Bald würde ihr neues Leben beginnen.

Bei aller Euphorie überlegte Franka, während sie duschte und sich anzog, ganz pragmatisch, welche Schritte sie in Deutschland noch zu erledigen hätte. Sie hatte ja noch eine Woche Urlaub. Außerdem stand ihr noch der komplette Jahresurlaub zu. Am Abend würde sie ihre Kündigung schreiben und um Aufhebung ihres Arbeitsvertrags zum Monatsende bitten. Sie hatte schnell durchgerechnet, dass das gerade so mit ihrem Resturlaub hinhauen würde. Ihre erste Tuc-Tuc-Fahrt am nächsten Tag würde die zum Postamt sein, wo sie ihre Kündigung ebenso wie die Kündigung ihrer Wohnung per Einschreiben aufgeben würde. Sie musste auch ihre letzte Reise nach Berlin planen, um die Formalitäten, die ein Umzug ins Ausland mit sich brachte, zu erledigen. All diese Entscheidungen schienen ihr trotz der Tragweite so leicht. Nur wenn sie daran dachte, dass sie sich auch von Rocky verabschieden müsste, wurde ihr schwer ums Herz.

Sie wusste, dass er auch ohne sie klarkommen würde. Er hatte seine Kumpels, seine Bettgespielinnen. Bei diesen Gedanken merkte sie, wie ihre Augen feucht wurden. Sie trat ans Küchenfenster und sah auf den morgendlichen Largo da Graça hinaus, der noch unbelebt vor ihr lag. Sie spürte einen Kloß in ihrem Hals und schluckte schwer. Würde auch sie ohne ihn auskommen? Ein Anflug von Panik stieg in ihr auf. Energisch schüttelte sie den Kopf. Mit Tränen in der Stimme sprach sie: „Ich danke dir für alles, was du für mich getan hast. Aber ich brauche … Ich will deine Hilfe nicht mehr! Ich komme alleine klar. Ich habe den Tango. Ich spüre endlich meinen Körper und ich werde ihn weiter spüren."

Im gleichen Moment fiel ihr Karl ein. In den Monaten, in denen sie miteinander Tango getanzt hatten, war er ein enger und vertrauter Freund für Franka geworden. Was war mit ihm? Käme er klar ohne sie? Eigentlich wollte sie sich noch mit ihm treffen, um sich zu versöhnen. Aber die Ereignisse waren in diesem Moment so aufregend und schön; jetzt musste Karl warten. „Sorry, Carlos", sagte sie leise. „Ich muss mich jetzt erst einmal um mich selbst kümmern. Keine Sorge, wir sehen uns wieder."

Mit einer Handbewegung schnappte sie sich ihren Rucksack und sah zu Joãos Tuc-Tuc hinunter, das gerade am Straßenrand vorm Eingang der Villa Sousa stehen blieb. „Mein Leben beginnt jetzt!"

- 19 -

Mit einem leisen Plopp löste sich der Korken aus der Weinflasche. Samtig dunkler Wein funkelte im Glas. Die leise Stimme von Mariza, der neuen Königin des Fado, sang von Schicksal, Trauer und Hoffnung. Warmes Licht aus eisernen Wandlaternen erhellte die Nacht und tauchte die engen kopfsteingepflasterten Gassen der Alfama in einen goldenen Lichterschein. Die Nachtluft war noch warm von der Sonne des Tages und roch nach den mediterranen Gerüchen der im romantischen Lichterglanz liegenden Alfama und des angrenzenden Rio Tejo. Der Duft nach Hibiskus und Geranien von den blumengeschmückten Balkonen, das Aroma exotischer Gewürze aus den Küchen der Restaurants, die frischgewaschene Wäsche, die sacht im abendlichen Luftzug flatterte, das Salz des Atlantiks und das Klacken von Schuhen auf den alten Pflastersteinen – all dies vermischte sich in dieser Sommernacht zu einer einzigen mediterranen Komposition der Altstadt von Lisboa.

Leider hatte Karl in dieser Nacht für diese Form der Romantik weder Augen noch Ohren. Verbittert und enttäuscht hatte er die letzte Flasche Rotwein geöffnet, die er ursprünglich gemeinsam mit Franka trinken wollte. Den

Korken ließ er achtlos auf den Boden des Balkons, auf dem er stand, fallen und lehnte sich gegen das schmiedeeiserne Balkongeländer. Unter ihm zog gerade eine in schwarze Umhänge gehüllte Gruppe junger Leute laut singend vorbei. Bislang war Karl mindestens zweimal täglich einer der in schwarzer Collegekleidung feiernden Studentengruppen über den Weg gelaufen. Die Sprechgesänge, die mehrmals täglich von irgendwoher durch die Gassen der Alfama hallten, nicht mitgezählt.

Karl trank das erste Glas Rotwein in zwei kräftigen Zügen aus und schenkte gleich nach. Die Demütigung der beiden Frauen, die sich vor aller Augen von ihm abgewendet hatten, brannte tief in ihm und machte ihn wütend, gleichzeitig fühlte er sich hilflos und bloßgestellt. „Und was jetzt?", fragte er rau in die Nacht hinein. Was sollte er jetzt machen? Die Lust aufs Festival war ihm seit dem Vorfall mit Franka gründlich vergangen. Die Lust auf nächtliche Milongas in Lissabon seit diesem Abend ebenfalls. Es war nur ziemlich blöd, dass sie das Appartement für eine Woche gebucht hatten und sein Rückflug erst in ein paar Tagen ging. „Und dann?", lachte er bitter. „Zurück ins Nou, weiterlernen und sich bei der nächsten Gelegenheit zum Affen machen?"

Natürlich wusste Karl, dass er sich in den Tanzstunden nicht zum Affen machte. So ziemlich jeder der Tanzschüler, mit denen er gesprochen hatte, berichtete von den unterschiedlichsten Gefühlen, den Hochs und Tiefs, die der Tango mit sich brachte. Tango Argentino war nicht einfach nur ein Tanz, dessen Schritte man in ein paar Wochen lernte und dann drauf lostanzen konnte. Tango war mehr: Musikalität, Emotion, Nähe, Erotik, Zauber, Lernen und

Trainieren. Eine Mischung, die die Liebe und Leidenschaft für diese besondere Form der Umarmung zwischen zwei Menschen mit sich bringt. All das wusste Karl. Sein Problem war nur, dass sich die Tiefs für ihn mittlerweile aneinanderzureihen schienen: sein Fauxpas auf der Stadtmauer der Alfama mit Franka und jetzt die Blamage auf der Tanzfläche des Casa de Tomar. Wer weiß, was als Nächstes kam? „Ich hab' wohl eine Serie", lachte Karl spöttisch und prostete sich selbst zu. „Cheers!" Als Antwort erklang ein leises Maunzen. Karl drehte sich überrascht nach dem Geräusch um. Es dauerte einen Moment, bis seine Augen das kleine Fellbündel auf dem Sims des Nachbarhauses gegenüber im Halbdunkel der Nacht entdeckten. „Du schon wieder?", rief Karl der Katze zu. „Kleiner Nachtspaziergang … kannst wohl auch nicht schlafen?"

Die Katze stellte ihre Ohren auf und tapste neugierig ein paar Schritte vor, bis sie am Rand des Mauervorsprungs auf dem gegenüberliegenden Gebäude angelangt war. Schnuppernd streckte sie ihre Nase abwechselnd in die Tiefe der unter ihnen liegenden Gasse und zu Karls Balkon hinüber, als würde sie ausloten, ob sie den Sprung zu ihm wagen sollte.

„Bleib wo du bist!", rief Karl. „Mach keinen Blödsinn. Das würde mir heute Nacht gerade noch fehlen, wenn du dir den Hals brichst."

Unbeeindruckt von Karls Warnung setzte das Kätzchen zum Sprung an und sah ihn auffordernd an, als würde sie ihm sagen wollen, dass er sie gefälligst auffangen solle. „Kssss!", zischte Karl und wedelte mit den Armen, wobei er die Hälfte seines Rotweins als roten Sommerregen in die Gasse hinunterschüttete. „Hörst du wohl auf!"

Mit einem Ruck öffnete sich die Balkontür der gegenüberliegenden Wohnung. Ein Lichtbalken fiel auf den Balkon. „Oh. Coco“, lachte eine Frauenstimme. Es war Maria, die nun mit nackten Füßen über den Balkon lief und durch die Stäbe hindurch nach dem Kätzchen griff. Das Fellbündel an ihre Brust gedrückt kniete sich die junge Frau hin. Ihre nackten Beine schimmerten in einem zarten Bronzeton, der die Feingliedrigkeit ihrer Figur betonte. Sie trug ein weites schwarzes Leinenkleid, welches locker ihren weiblichen Körper umspielte. Als sie Karl bemerkte, hob sie ihren Kopf und sah ihn aus dunklen Augen an.

„Olá, Carlos“, begrüßte sie ihn und lächelte ihn über die Gasse hinweg zu. „Hattet ihr ein tête-à-tête?“

„Maria.“ Karls Herz machte einen freudigen Sprung. „Guten Abend. Tête-à-tête … wieso?“

„Na, Coco und du.“ Marias perlendes Lachen hörte sich für Karl wie Musik an.

„Nein“, antwortet er ebenfalls mit einem Lächeln. „Wir haben uns zufällig getroffen.“

Maria neigte ihren Kopf leicht und warf ihm einen koketten Blick aus ihren dunkelbraunen Augen zu. „Ach, die arme Coco. Da wird sie aber traurig sein.“

„Och …“, machte Karl und sah sie etwas hilflos an.

„Oder gibt es einen anderen Grund, weshalb du noch nicht abgereist bist?“ Mit diesen Worten lehnte sie sich über das Balkongitter und sah Karl herausfordernd an. Doch er wusste nicht so recht, was er mit Marias Frage anfangen sollte. Wollte sie etwas vom Tango oder von der missglückten Milonga hören? Noch nie hatte eine Frau mit Karl geflirtet – zumindest hatte er es bislang nicht mitbekommen – doch irgendwie spürte er, dass Maria an einer rationalen Antwort nicht interessiert war. Vorsichtshalber sagte er nichts, sondern sah schweigend in Marias Augen, die noch immer auf ihn gerichtet waren.

„Willst du mit mir essen gehen?", fragte sie ihn unvermittelt.

Karl starrte sie an wie vom Donner gerührt. Essen? Wieso?

Eine Minute sagten beide nichts, sondern sahen sich nur schweigend über beide Balkone hinweg an. Währenddessen durchdrang Marias Frage langsam wie das Signal eines Nebelhorns Karls Bewusstsein: Willst du mit mir essen gehen? Er spürte, wie sich sein Pulsschlag beschleunigte. Die Frage drehte noch eine weitere Runde in seinem Kopf, dann war es soweit: Die Möglichkeit, Zeit mit Maria zu verbringen, war in Karls Bewusstsein angekommen.

„Essen", echote er versonnen. „Ja. Gerne." Ein glückseliges Lächeln breitete sich auf seinem Gesicht aus. „Ja, Maria. Das würde ich gerne!"

Maria warf einen Blick auf ihre Armbanduhr und sah ihn wieder an: „In einer Viertelstunde?"

Karl nickte schweigend. Er war zu überrascht, um eine weitere Antwort formulieren zu können.

„Ok", lächelte sie. „In einer Viertelstunde vor der Tür."

„Ja. In einer Viertelstunde", antwortete Karl kaum hörbar und stand noch immer wie angewurzelt auf dem Balkon, als Maria sich längst mit einem vielsagenden Blick von ihm verabschiedet und ihre Balkontür wieder geschlossen hatte.

„Maria", flüsterte er leise und sah sehnsuchtsvoll zum

Balkon hinüber. Es dauerte ein paar Minuten, bis Karl realisierte, dass er eine Verabredung hatte – und zwar in fünf Minuten! Mit einem Ruck erwachte er aus seiner Erstarrung und flitzte ins Bad. Er brauchte nur zwei Minuten, um sich frisch zu machen. Die 52 Stufen nach unten nahm er in Rekordzeit und stand eine Minute vor der Zeit vor der Haustür, die er für Marias hielt. Seine erste echte Verabredung zum Essen mit einer hinreißenden Frau. Nervös fuhr er sich mit der Hand durchs Haar und warf einen Blick auf seine Armbanduhr. Maria war eine Minute über der Zeit! Karl hatte sich noch nie mit einem Mädchen oder einer Frau verabredet – abgesehen von seiner Mutter … und Franka – und hatte allen Grund, nervös zu sein. Was sollte er tun? Was sagen? Es gab so vieles, was er nicht wusste, und manches, von dem er nur gelesen hatte. All diese Dinge purzelten ihm gerade in einem wilden Durcheinander durch den Kopf. „Sie wird mich doch nicht vergessen haben?" Ein heftiger Schreck durchfuhr ihn. Vielleicht konnte er sie ja auf der Treppe hören, wenn sie die Stufen herunterstieg. Vorsichtig legte er sein Ohr ans Holz der grünen Tür. Nichts! Es war absolut nichts zu hören.

Hinter ihm kicherte es leise. Karl fuhr herum. Vor ihm stand Maria.

„Olá, Carlos", sagte sie mit samtiger Stimme und zwinkerte ihm amüsiert zu. „Ist bei Marta alles in Ordnung?"

„Äh … ich …", druckste Karl verlegen und kam sich ertappt vor.

„Komm." Maria hakte sich bei ihm unter. „Lass uns gehen. Sonst wird Marta noch wach, gell." Dieses Risiko wollte Karl lieber nicht eingehen und ließ sich bereitwillig von der schwarzhaarigen Maria Richtung Treppe ziehen.

„Wohin gehen wir?“, wollte er wissen.

„Lass dich überraschen“, gab sie ihm zur Antwort. „Lass uns erst ein bisschen bummeln.“

Karl konnte sein Glück nicht fassen. Vor einer Viertelstunde noch hatte er voller Enttäuschung und Frustration auf dem Balkon gesessen und war wild entschlossen gewesen, die Flasche Rotwein so schnell auszutrinken, dass er möglichst schnell ins Bett taumeln konnte. Und jetzt schlenderte er mit der schönsten Frau, die er je gesehen hatte, Arm in Arm durch das nächtliche Lissabon. Karl war glücklich.

Obwohl er Maria heute erst zum zweiten Mal sah und im Grunde zum ersten Mal persönlich gegenüberstand, liebte er schon jetzt alles an ihr: ihre dunklen Augen, die sinnlichen vollen Lippen, ihre schwarzen Haare, ihre zierliche Figur und ihr niedliches Gell, das sie sich bei ihrem Aufenthalt in Wiesbaden angewöhnt hatte. Mit strahlenden Augen sah er Maria von der Seite an. Sie erwiderte seinen Blick mit einem Flirren in ihren dunklen Augen, das ihm fast schwindlig vor Glück werden ließ.

„Warum bist du noch in Lisboa?“, fragte sie, während sie die *Rua do Salvador* hinunterschlenderten.

„Weil … weil ich Tango tanzen wollte“, erwiderte er unsicher. Die blamable Milonga steckte ihm noch immer in den Knochen.

„Und. Hast du?“

Karl nickte schweigend und spürte ihre Hand auf seinem Unterarm. Er wollte nicht mehr an das Erlebnis in der Casa de Tomar denken.

Maria warf ihm einen Seitenblick zu, fragte aber nicht nach. Stattdessen legte sie etwas mehr Gewicht in seinen

Arm und schmiegte sich näher an seine Schulter. „Gibt es sonst noch einen Grund, weshalb du nicht bereits heimgeflogen bist?"

Karl nickte langsam und spürte, wie es in seinem Magen wild zu flattern begann. „Weil ich dich wiedersehen wollte!", platzte es unvermittelt aus ihm heraus. Maria blieb abrupt stehen und wandte sich ihm zu. Sie stand dicht vor ihm und sah Karl so tief in die Augen, dass er das Gefühl hatte, ihre Blicke würden einander umarmen.

„Das ist schön, Carlos", flüsterte sie leise. „Ich hatte auch gehofft, dich wiederzusehen." Ihr Gesicht näherte sich seinem und er spürte ihre warmen Lippen auf seinem Mund. Karl durchfuhr ein nie empfundenes Glücksgefühl und als sich Marias feuchte Zungenspitze zwischen seine Lippen schob, fürchtete er, jeden Moment ohnmächtig zu werden. Ihr Kuss erfüllte sein Bewusstsein, während alles andere um ihn herum versank. Er spürte, wie sie sich an ihn presste und wie sich zugleich das Zeitgefühl von ihm löste. Karl vermochte nicht zu sagen, wie lang sein allererster Kuss andauerte, den ihm Maria unter der Laterne in der *Rua de São Miguel* schenkte.

„Du küsst wunderbar, Carlos", flüsterte Maria und sah ihn mit verhangenem Blick an. „So hat mich noch nie ein Mann geküsst."

„Mich auch nicht", antwortete Karl mit zittriger Stimme.

„Dich hat auch noch nie ein Mann so zärtlich geküsst?", kicherte Maria und umschlang ihn mit ihren Armen. Karl musste ebenfalls lachen und erwiderte ihre Umarmung. Er hätte vor lauter Glück platzen können.

Maria ergriff seine Hand, die sich warm und weich anfühlte. „Komm“, sagte sie und zog ihn unter der Laterne fort. „Wir wollten essen.“

Hand in Hand schlenderten sie die Gassen entlang und stiegen unzählige Stufen hinauf und wieder hinab. Karl war jetzt klar, weshalb Lissabon die Stadt der sieben Hügel genannt wurde. Maria zog ihn in eine schmale Gasse mit winzigen Restaurants, aus denen Stimmengewirr und Gelächter erklang. Wenige Meter entfernt hatte sich vor dem Eingang eines Lokals eine Menschentraube gebildet. Maria und Karl stellten sich auf die Zehenspitzen, um über die Köpfe der Menge zu blicken. Aus dem Lokal, dessen Fenster und Türen geöffnet waren, erklang die rauchige Stimme einer Fadosängerin, die ein temperamentvolles Lied sang.

„Maria, sie heißt so wie ich“, sagte Maria und deutete auf die Sängerin, die eine weiße Schürze und eine hohe Kochmütze trug; offensichtlich war sie gerade aus der Küche im Hintergrund des Restaurants getreten, um eine Gesangseinlage zu geben.

„Wie?“ Karl sah Maria irritiert an.

„Die Sängerin. Sie heißt auch Maria, wie ich“, wiederholte sie. „Eine ehemalige Kollegin von mir. Eine Sopranistin. Jetzt steht sie hier in der Küche und kocht.“

„Aus Wiesbaden?“, fragte Karl erstaunt.

„Não.“ Sie schüttelte mit dem Kopf. „Aus dem *Dona Maria*.“

„Was ist das *Dona Maria*?“, wollte Karl wissen.

„Unser Theater.“ Maria schüttelte den Kopf. „Hat Pleite gemacht. Aber das ist eine andere Geschichte. Komm, lass uns weitergehen.“ Sie zog Karl an der Hand mit sich fort und führte ihn durch enge Gassen.

Plötzlich standen sie an einer Treppe und sahen auf einen großen Platz hinunter, der von drei Häuserzeilen umgeben war. „Die *Beco Das Barrelas!*“ Maria machte eine weitausschweifende Bewegung mit dem Arm. „Gutes Essen und der beste Fado, den du in Lisboa findest. Und …“, sie schmiegte sich eng an Karls Schulter. „… Romantik …“

Unten auf dem Platz standen vor einem Restaurant gemütliche Tische mit rot-weiß karierten Tischdecken und roten Sonnenschirmen. Das Lokal war gut besucht, was offensichtlich nicht nur an der guten Küche, sondern auch an den Sängerinnen und Sängern lag, die vor dem Restaurant sangen. Maria und Karl fanden zwei nebeneinanderstehende Stühle an einem langen Tisch. Die Atmosphäre hätte nicht romantischer sein können. Die nächsten zwei Stunden verbrachten Maria und Karl so eng aneinandergeschmiegt, wie es die Stühle des Restaurants auf der Beco Das Barrelas zuließen. Während sie den drei Sängerinnen und Sängern zuhörten, deren Fado von herzerweichend melancholisch bis mitreißend temperamentvoll erklang, aßen sie einen wunderbar geschmackvoll zubereiteten Stockfisch und tranken dazu einen leichten Rotwein. Maria und Karl nutzten dabei jede Gelegenheit, sich zu berühren. Erstaunlicherweise verspürter Karl keine Nervosität oder Angst mehr, irgendetwas Falsches zu sagen oder zu tun. Alles fühlte sich leicht und richtig an.

Irgendwann in dieser Nacht brachen sie auf und es ergab sich wie von selbst, dass Karl seinen Arm um Marias Hüfte legte und sie engumschlungen durch die engen Gassen schlenderten. Karl war es egal, wo sie liefen und ob es treppauf oder treppab ging. Hauptsache, er konnte seinen Arm um Maria legen und ihre Nähe und Wärme spüren. Irgendwann bogen sie auf einen menschenleeren halbrunden Platz ein und wie von Zauberhand breiteten sich die Dächer Lissabons vor ihnen aus.

„Darf ich vorstellen", sagte Maria und machte zum zweiten Mal in dieser Nacht eine weit ausladende Bewegung, als würde sie Karl die Stadt zu Füßen legen. „Der *Miradouro Nossa Senhora do Monte*, der schönste Aussichtspunkt Lissabons."

Engumschlungen trat das frisch verliebte Paar an das Geländer und blickte über die grandiose Kulisse des Lichtermeers von Lissabon. Zu seiner Linken sah Karl die Umrisse des erleuchteten *Castelo de São Jorge* und vor ihm das silbrig glitzernde Band des Rio Tejo. „Fantastisch." Karl wusste nicht, wo er zuerst hinschauen sollte; zu grandios war das Panorama, zu verstörend, zu schön, zu verwirrend der anschmiegsame, warme Körper Marias in seinem Arm. Sie waren vollkommen allein auf Lisboas schönstem und romantischstem Aussichtspunkt.

Maria zog Karl in den Schatten eines abseits stehenden Baums, unter dem eine vereinzelte Holzbank stand. Der Kuss, den sie ihm dort gab, ließ sie ineinander versinken und schien nicht enden zu wollen. Ihre Lippen verschmolzen, als Maria Karl auf die Holzbank drückte und sich ihre Körper fanden.

Karl spürte Marias Brüste an seinem Oberkörper, ihre weichen Schenkel an seiner Hüfte – und in seinen Lenden eine gewaltige Erektion. Nur war diesmal nichts Peinliches an dem Gefühl, als ihm der Stoff seiner Hose unter seiner Männlichkeit zu platzen schien. Mit einer geschmeidigen Bewegung glitt Maria auf seinen Schoß und er spürte ihre Glut an seinem Unterkörper. Obwohl Karl noch nie eine Frau gestreichelt, geschweige denn geliebt hatte, wussten seine Hände, was sie zu tun hatten. Wie von allein glitten sie in den Ausschnitt von Marias Kleid und ertasteten ihre Brüste.

Als Maria Karls Hände auf ihren Brüsten spürte, erstarrte sie in ihrer Bewegung.

Karl durchfuhr ein Schreck. Hatte er etwas falsch gemacht? War er erneut zu weit gegangen? Er hätte es nicht ertragen, wenn Maria wie Franka reagieren würde. Er hatte sich in seine Gefühle, in die Situation fallen lassen: ohne jeglichen Hintergedanken, ohne Plan, ohne Ziel.

„Es ist … wie sagt man?" Maria sah Karl aus halb geschlossenen Augen an.

„Was meinst du?", flüsterte Karl verunsichert.

„Verrückt", nickte Maria nachdrücklich. „Ja, es ist total verrückt!"

„Was ist verrückt?"

Ihre Fingerspitzen strichen sanft über Karls Gesicht. „Es ist verrückt, was … was du mit mir machst!"

„Ich … wenn ich zu direkt …", setzte Karl unbeholfen zu einer Entschuldigung an.

Maria beugte sich zu Karl und verschloss seinen Mund mit einem langen und intensiven Kuss. Karl spürte Marias Zungenspitze an seinen Lippen, die sich wie von selbst öffneten, was in ihm einen wahren Wirbelsturm aus Zärtlichkeit, Wärme und Begehren auslöste.

Sanft löste Maria ihre Lippen von seinen und holte tief Luft. „Du raubst mir den Atem, Carlos! Es ist unglaublich, was du mit mir machst. Ich …" Maria schmiegte sich eng an Karl und sah ihm tief in die Augen. „Wenn es nicht so verrückt, so unsinnig wäre … es fühlt sich wie ein lange vergessenes Gefühl an. Es fühlt sich an wie …“, ungläubig schüttelte Maria ihren Kopf, so dass ihre langen Haare Karl um die Ohren flogen.

„Wie was?“, fragte Karl mit rauer Stimme.

Marias Blick flirrte vor Glück und Erregung, als sie etwas sagte, von dem sie seit Jahren dachte, dass sie es nie mehr zu einem Mann sagen würde: „Wenn wir uns nicht erst so kurz kennen würden …“, sie suchte nach Worten, die in ihr waren, die sie aber fast nicht auszusprechen wagte: „… es fühlt sich an wie … Liebe.“

In Karl hob sich sein Gefühlswirbelsturm zu einem wahren Orkan an. Überwältigt schloss er die Augen. Vergaß zu atmen.

„Carlos“, flüsterte Maria kaum hörbar. „Lass die Gefühle, die ich für dich empfinde, Liebe sein. Denn … was sollte es sonst sein, so intensiv, so tief. Es ist, als wenn ich meinen Seelenmenschen getroffen habe und endlich angekommen bin.“

„Es ist noch … verrückter, als du denkst“, flüsterte Karl, der langsam die Augen wieder öffnete und Maria überwältigt ansah. Ich weiß doch gar nicht, was Liebe ist. Aber ich glaube … so muss sie sich anfühlen.“

Wie von selbst fanden sich ihre Lippen und beide versanken in einem erneuten Kuss. Diesmal leidenschaftlicher. Lustvoller. Karls Umarmung wurde enger, während Maria sich noch dichter an ihn schmiegte. Ihr Körper begann sich unter seinen Händen zu strecken wie der Körper einer Katze.

Mit einer gleitenden Bewegung rutschte sie von der

Bank und stand im Licht des tief hängenden Vollmonds vor ihm. In ihrem Blick lag eine Glut, die ihm so intensiv unter die Haut ging, dass er nicht wusste, wohin mit seinen Gefühlen. Maria sah ihm tief in die Augen, während sie hinter sich griff und den Reisverschluss ihres weißen kurzen Spitzenkleides öffnete. Mit einer Bewegung streifte sie es sich über ihren Kopf und stand nackt bis auf einen weißen Spitzenslip im Mondlicht vor Karl. Ihr bronzefarbener Körper mit den schmalen Hüften, den langen Beinen und dem kleinen, festen Busen, dessen harte Brustwarzen ihre Lust unübersehbar signalisierten, raubten Karl fast den Verstand. Unfähig, etwas zu sagen oder zu tun, glitten seine Blicke über ihren Körper, über ihre Brüste, dem schmalen Streifen Stoff zwischen ihren Oberschenkeln ... Maria schien sich in Zeitlupe zu bewegen, als sie sich ihren Slip von den Hüften streifte und sich vor Karl hinkniete, um sich mit geschickten Fingern an seiner Hose zu schaffen zu machen. Karl wusste nicht, wie ihm geschah, als er nackt bis auf sein bis zum Bauchnabel aufgeknöpftes Hemd auf der Bank des Miradouro Nossa Senhora do Monte saß und sich Maria mit einer geschmeidigen Bewegung und weit gespreizten Beinen auf ihn setzte.

Das Lichtermeer Lissabons hüllte sie in einen funkelnden Kokon, der ihre explodierenden Gefühle vor der Außenwelt verbarg, als Karl in Maria eindrang und er in den Armen seiner ersten und einzigen Liebe seine Unschuld verlor.

Ihre Körper fanden ihren Rhythmus, während die Welt um sie herum versank.

- 20 -

Die Sonne zeichnete ihr helles Band am Horizont, als sie erwachten. Karl zwinkerte in den frühen Morgen und brauchte einen kurzen Moment, um wieder einen halbwegs klaren Gedanken fassen zu können.

Alles war anders. Und anders war gut.

Obwohl Karl das Gefühl hatte, in seiner halb liegenden halb sitzenden Haltung auf der harten Holzbank durchzubrechen, wagte er es nicht, sich zu bewegen. Maria lag halb nackt und mit angezogenen Beinen in seinen Armen. Ein intensives Gefühl durchströmte ihn, als er Marias feine Gesichtszüge betrachtete, ihre langen dichten Wimpern und die vollen Lippen, die ihm den ersten Kuss seines Leben geschenkt hatten. Er liebte sie, das spürte er mit einer Klarheit, die keiner weiteren Erklärung oder Hinterfragung bedurfte. „Ja, ich liebe dich. Vom ersten Moment an, als ich dich sah."

Auch wenn in dieser unvergleichbaren Nacht für Karl alles, wirklich alles neu gewesen war und ihn eine Woge aus Zärtlichkeit, Wärme und Lust getragen hatte, beantwortete dieses tiefe klare Gefühl von Liebe, welches ihn durchströmte, jede Frage – auch die, die noch nicht gestellt wurde. Er musste an ein Lied denken, das er in seinem Laden immer wieder im Radio gehört hatte … Liebe fragt nicht, Liebe ist. Leise summte er die Melodie.

Maria begann sich in seinem Arm zu rekeln. Ihre Arme umschlangen ihn beim Erwachen und ihre Lippen suchten seine Haut. Langsam schlug Maria ihre Augen auf und sah Karl an. „Meu Amado“, flüsterte sie zärtlich.

„Ich liebe dich“, entgegnete Karl mit der Gewissheit, die er in seinem Herzen spürte.

Maria sah ihn liebevoll an. In ihren Augen schimmerte es feucht. Eine kleine Träne rann ihr übers Gesicht und tropfte auf Karls Brust. „Ich … bin glücklich“, flüsterte sie und stockte. „Ich würde gerne *Eu te amo* sagen, aber … aber es wäre zu früh. Viel zu früh.“

Karl beugte sich über Maria und beide versanken in einem Kuss.

„Ich … ich muss dir was sagen …“ Marias Stimme war kaum zu hören, als sie ihre Lippen von Karls Mund löste und dicht an seine Wange presste: „Ich bin zwar keine Jungfrau mehr, aber … ich habe das noch nie gemacht!“

„Was meinst du damit? Was hast du noch nie gemacht?“, fragte Karl, ohne auf das Thema Jungfrau einzugehen.

„Na, das.“ Maria drückte sich noch enger an Karl. „Hier unter freiem Himmel mit einem Mann am ersten Abend Liebe gemacht.“

Karl umarmte Maria so fest, dass sie zu zappeln anfing. „Luft“, lachte sie. „Du erdrückst mich ja.“ Maria rückte leicht von ihm ab und sah Karl ernst an: „Ich meine das ernst. One-Night-Stands kann ich überhaupt nicht leiden. Ich hab’ das noch nie am ersten Abend gemacht. Und wenn du sagst, dass du mich liebst, macht mich das glücklich. Ich bin auch voller Gefühl für dich, sonst hätte ich nicht die Nacht mit dir verbracht. Wenn du es also nicht ernst mit mir meinst, sag es gleich. Ich möchte schließlich nicht mit gebrochenem Herzen herumlaufen."

„Keine Sorge", flüsterte Karl zärtlich und nahm Maria in den Arm. „Ich meine es genauso ernst wie du. Und für mich war unser erstes Mal das größte Geschenk meines Lebens." Eng umschlungen saßen sie auf der Bank, ihrer Bank, und sahen dem Sonnenaufgang zu, der Lissabons Dächer golden erglühen ließ.

Als die Besitzerin des kleinen Cafés, welches sich in der Mitte des Rondells befand, die Rollläden hochkurbelte, war Karl der erste Kunde. Mit zwei dampfenden Bechern Milchkaffee kehrte er zurück und beugte sich zu Maria hinunter, um sie zärtlich zu küssen.

Nachdem sie ihren Kaffee ausgetrunken hatten, machten sie sich Hand in Hand auf den Weg zur Beco dos Loios, die nur etwa einen Kilometer entfernt lag. Inzwischen erwachte die Stadt langsam zum Leben und die ersten Frühaufsteher machten sich auf dem Weg zur Arbeit. So auch … Beethoven? Karl traute seinen Augen nicht, als er Hand in Hand mit Maria von der Rua da Senhora do Monte auf den Largo da Graça einbog und ihnen auf einem klapperigen Fahrrad mit Anhänger ein Marmordenkmal entgegenkam, das eine frappante Ähnlichkeit mit Beethoven hatte.

„Maria!", rief das Marmordenkmal schon von weitem und winkte ihnen freudig zu.

„Olá, Hugo!", rief Maria lachend und winkte zurück.

„Was ist das denn?", fragte Karl perplex und starrte dem täuschend echten Marmordenkmal entgegen, das am gegenüberliegenden Straßenrand mit seinem Fahrrad zum Stehen kam.

„Das ist Hugo“, lachte Maria und zog Karl an der Hand über die Straße.

„Olá, Olá!“, lachte Beethoven und umarmte zuerst Maria herzlich, um sich dann neugierig Karl zuzuwenden.

„Das ist Carlos …“, strahlte Maria Beethoven glücklich an, „… mein Freund.“ Sie drückte sich eng an Karl, der noch immer mit großen Augen den Mann anstarrte, der als lebendes Marmordenkmal verkleidet vor ihnen stand.

„Olá“, sagte Karl etwas abwesend, zu groß war seine Verwunderung darüber, am frühen Morgen einer lebenden Beethovenstatue auf einem Fahrrad zu begegnen. „Freut mich … Beethoven … äh …“

„Sage einfach Hugo“, entgegnete Beethoven auf Deutsch und lachte amüsiert; er breitete seine Arme aus und bevor Karl es sich versah, hatte Beethoven ihn auf beide Wangen geküsst. „Ihr seht glücklich aus … und etwas zerzaust.“ Hugo zwinkerte Maria vertraulich zu.

Maria nickte mit strahlenden Augen. „Ja, wir sind … zerzaust … und glücklich!“

Während Maria mit Hugo ein paar Worte auf Portugiesisch wechselte, die Karl nicht verstand, nutzte er die Gelegenheit, Beethoven näher zu betrachten. Karl kannte aus Berlin lebende Standbilder, die meist am Brandenburger Tor Touristen in ihren Fantasiekostümen oder als lebende Denkmäler überraschten und begeisterten. Er hatte den Darstellern, die als Fantomas, Goldmann oder NVA-Offizier für Touristenfotos posierten, nie etwas abgewinnen können. Der mit Maria plaudernde Beethoven allerdings war eine Klasse für sich. Auch aus unmittelbarer Nähe sah Hugo täuschend echt aus. Er trug ein einfarbiges Kostüm, das dem Zeitalter der deutschen Romantik entsprungen schien und ihn aufgrund der echt wirkenden marmorierten Struktur des Stoffes wie eine alte Statue aussehen ließ. Sein Gesicht war in der gleichen Marmorstruktur aufwendig geschminkt. Die graue Taube, die auf seinem Kopf saß und bei jeder Bewegung Beethovens mitwippte, sah ebenfalls so verblüffend echt aus, dass Karl sich anfangs unsicher war, ob sie ausgestopft oder nicht vielleicht doch ein dressiertes lebendiges Exemplar war. Auf dem Fahrradanhänger stand ein hüfthoher Marmorsockel, der mit zwei pausbäckigen Puten und mehreren „lebenden" Tauben verziert war. Bei näherem Hinsehen entpuppte sich der Marmorsockel als eine Art Holzverschlag mit einem Schemel, auf dem Beethoven Platz nehmen konnte. Wenn er dann die ebenfalls marmorierte Stoffbahn über seine Sitzfläche warf, war kein Unterschied zwischen einer echten Marmorstatue und Hugo zu erkennen.

„Ich muss weiter", sagte Beethoven und umarmte sie nacheinander. „Die Arbeit ruft. Kommt doch abends auf ein Glas Rotweine vorbei. Wir freuen uns sehr!"

„Hugo und sein Freund Marcos sind ehemalige Kollegen von mir. Wir haben zusammen am Theater gearbeitet. Hugo ist Beethoven und Marcos ist Bach", erklärte Maria, während sie der Statue hinterher winkten, die mit ihrem Marmorsockel im Schlepptau in Richtung des Stadtviertels *Baixa* radelte.

„Ist Hugo Schauspieler?", wollte Karl wissen.

Maria schüttelte den Kopf. „Não. Hugo ist Schneider und Marcos Kostümbildner."

„Und du?“, lächelte Karl sie an und gab ihr einen zärtlichen Kuss auf den Mund. „Bist du Schauspielerin?“

Marias Gesicht wurde ernst, als sie wieder den Kopf schüttelte. „Ich bin … war Maskenbildnerin.“

„Warum war?“

„Weil … weil das Theater pleitegegangen ist, gell.“ Maria sah traurig aus. „Wir standen mit einem Mal alle auf der Straße. Hugo und Marcos schlagen sich als Straßenkünstler durch, Maria steht als Köchin in der Küche und singt abends Fado …“

„Und du?“, fragte Karl behutsam. „Was machst du?“

Maria zuckte demonstrativ gleichgültig mit den Schultern. „Dies und das. Ich jobbe als Dolmetscherin, führe als Reiseleiterin Touristen durch Lisboa, was sich so ergibt. Aber nur so lange, bis das Theater uns wieder einstellt.“ Ihre Augen leuchteten mit einem Mal auf. „Und sie werden uns wieder einstellen!“

Karl umarmte Maria liebevoll und drückte sie zärtlich an sich. So blieben sie noch einen Moment engumschlungen auf dem Bürgersteig stehen, um dann ihren Heimweg fortzusetzen.

In der Beco dos Loios angekommen blieb Maria vor einer Tür stehen. Es war eine andere als die, an die Karl am vorangegangenen Abend sein Ohr gelegt hatte. „Ich wohne hier“, schmunzelte Maria. Dann zeigte sie auf einen Nachbarbalkon. „Und dort wohnt Marta. Bei wem möchtest du jetzt duschen?“

Karl sah Maria überrascht an. „Duschen?“

Maria kicherte leise und fuhr ihm mit ihrer schmalen Hand ins Hemd. „Duschst du morgens nicht?“

Karls Herz begann schneller zu schlagen und er spürte

Erregung in sich aufsteigen. „Doch“, entgegnete er mit rauer Stimme. „Aber nicht mit Marta!“

Sie verbrachten den ganzen Tag und die folgende Nacht zwischen Marias Badewanne und ihrem Bett. Als sie am nächsten Morgen ineinander verknäult erwachten, verzichteten sie aufs Frühstück und fielen stattdessen leidenschaftlich übereinander her.

„Ich fand dich vom ersten Moment an total süß“, gestand Maria schwer atmend, als sie mit gespreizten Schenkeln auf Karls Unterkörper saß und sich genussvoll mit ihm im gleichen Rhythmus bewegte. „Und du?“

„Als du zum ersten Mal total verwuschelt auf den Balkon gekommen bist“, keuchte Karl, „war ich sofort in dich verliebt.“

„Gewuschelt?“, fragte Maria und bäumte sich laut stöhnend auf. „Was ist wuscheln?“

Karl blieb ihr die Antwort schuldig und zog sie voller Leidenschaft zu sich hinunter, um sie auf den Rücken zu drehen und lustvoll mit ihr zu verschmelzen.

Später lagen beide schweißnass und schwer atmend nebeneinander in zerwühlten Laken, als es an der Tür klopfte. Maria setzte sich überrascht auf und schwang ihre Beine aus dem Bett. Geschickt angelte sie sich ein Shirt vom Boden und strich sich auf dem Weg zur Diele ihr Haar notdürftig glatt.

„Olá“, erklang eine Frauenstimme, die Karl als die von Marta erkannte; der alten Dame, die Maria zur Ordnung gerufen hatte, als diese ihr Bein auf das Balkongeländer gelegt hatte – ohne Höschen. Maria sprach halblaut und Karl meinte – ohne ein Wort zu verstehen – herauszuhören, dass Maria irgendetwas vehement ablehnte. Daraufhin schoss Marta einen entschlossenen portugiesischen Wortschwall auf Maria ab, die nichts darauf erwiderte und die Haustür mit einem lauten Knall zufallen ließ.

„Alles in Ordnung?“ Karl stützte sich auf seinen Ellenbogen und sah Maria besorgt an, die mit einem missmutigen Gesichtsausdruck zurück ins Schlafzimmer getrottet kam. „Was ist los, Liebling?“ Karl griff nach ihrem Arm, um sie wieder ins Bett zu ziehen.

Maria entwand sich seinem Griff. „Mein freier Tag hat sich erledigt. Ich muss etwas für Marta erledigen.“

„Schade“, seufzte Karl und merkte gleichzeitig, wie ihm das Herz schwer wurde, da ihm einfiel, was er die letzten beiden Nächte erfolgreich verdrängt hatte: Am nächsten Tag schon ging sein Flug nach Berlin. „Sehen wir uns denn heute Abend?“

„Unbedingt! Ich könnte sonst die ganze Nacht nicht schlafen“, seufzte Maria und beugte sich über ihn, um ihm einen Kuss zu geben. Als Karl nach ihr griff, um sie doch ins Bett zu ziehen, lachte sie und rutschte geschmeidig unter ihm weg. „Ich muss schnell duschen und dann los, gell.“

Schweren Herzens schwang auch Karl die Beine aus dem Bett und suchte seine Kleidung zusammen, die im ganzen Schlafzimmer verstreut lag. Auf die Dusche verzichtete er, das konnte er auch gegenüber in seinem Appartement erledigen.

Als Maria nackt und mit nassen Haaren aus dem Bad kam, war er schon angezogen und nahm sie in die Arme. Mit einem langen Kuss verabschiedeten sich beide voneinander und Karl stieg, obwohl ihm der Abschied nach den intensivsten 48 Stunden seines Lebens mehr als schwerfiel, beschwingt die Stufen von Marias Wohnung hinunter und die 52 Stufen zu seinem Appartement wieder hinauf. Mit dem Fuß schob er die Tür hinter sich ins Schloss und ging sofort zum Balkon, wo er die nächste Stunde damit verbrachte, runter in die Beco dos Loios zu spähen, um Maria noch einen Abschiedskuss zuzuwerfen. Aber so sehr er auch die Gasse im Auge behielt, verließ niemand außer einer alten Frau, die er schon einmal hatte aus der Tür kommen sehen, das Haus. „Vielleicht gibt's ja hinterm Haus noch einen anderen Ausgang", vermutete Karl. „Als ich sie abholen wollte, stand sie ja auch plötzlich hinter mir."

Nach einer Stunde gab er auf. Außer ein paar Touristen und einem Pulk laut singender Studenten ließ sich an diesem Morgen niemand in der Gasse sehen. Karl ging in die Küche, wo er die Kaffeemaschine anwarf. Während sich der frische Kaffee mühsam seinen Weg durch die verkalkte Maschine bahnte, duschte er ausgiebig.

Nach etwa einer halben Stunde stand er frisch geduscht und mit einem Becher in der Hand auf dem Balkon und schaute über die Dächer der Alfama. Der Himmel leuchtete mit dem azurblauen Wasser des Atlantiks um die Wette. Karl nippte an seiner Tasse und fragte sich, wie es jetzt weitergehen soll. Er fühlte sich hin und her gerissen zwischen dem Hochgefühl, wenn er an Maria dachte, und der Niedergeschlagenheit angesichts des nahenden Rückfluges. Was sollte er nur tun. Gerade hatte er seine große Liebe gefunden und schon musste er sich wieder von ihr verabschieden. Verzweiflung trieb ihm einen Kloß in den Hals. Auf ihn warteten ein Geschäft ohne Kundschaft, ein Tangokurs ohne Tanzpartnerin und zahlreiche Milongas, auf denen er herumstolpern durfte.

Karl spürte, wie er immer nervöser wurde. Er sah auf seine Armbanduhr. Die Zeiger schienen sich kaum bewegt zu haben. Es waren noch Stunden bis zum Abend, wenn er Maria wiedersehen würde. Nach einer weiteren halben Stunde hielt er es nicht mehr aus. Karl stellte seine Kaffeetasse in die Spüle und zog die Tür hinter sich zu.

Ohne ein bestimmtes Ziel zu haben, hielt sich Karl rechts und überquerte die Straße, um wenige Meter später in die *Rua de São Tomé* einzubiegen, die in Richtung des Rio Tejo führte. Karl schlenderte die Straße entlang und sah voller Begeisterung den Elétricos der Linie 28 E zu, wie sie unter metallischem Quietschen enge Kurven durchfuhren, in denen Fußgänger entweder den Bauch einziehen oder in einem der Hauseingänge verschwinden mussten. Streckten die Fahrgäste ihre Hände aus den heruntergelassenen Fenstern, konnten sie an manchen Stellen der Strecke die Hauswände berühren.

In einem kleinen Laden kaufte sich Karl einen Muffin, an dem er lustlos herumkaute, während er weiterbummelte. Die Straße beschrieb eine S-förmige Kurve, die an der Catedral Sé entlangführte. Vor der Kathedrale von Lissabon herrschte das bunte Treiben, dass Karl bereits kannte. Schwarz-weiße Taxen und Tuc-Tucs in allen Farben warteten auf Touristen, die ihrerseits in kleinen Gruppen wie Tauben wild durcheinanderliefen. Im Hintergrund standen zahlreiche Reisebusse. Einer der Busfahrer hatte scheinbar nichts Besseres zu tun, als mitten auf der Straße zu wenden und durch sein Manöver ein mittleres Verkehrschaos auszulösen.

Karls Blick fiel auf den Eingang der Kathedrale. Dort saß wieder die ihm bereits bekannte schwarzgekleidete alte Bettlerin in dramatischer Pose auf den breiten Steinstufen. Auch heute trug sie wie bei ihrer letzten Begegnung, als sie ihm einen Becher Kaffee und zwei Brötchen geschenkt hatte, ihre für die Temperatur viel zu warmen weiten Gewänder sowie einen Schal, der ihr Gesicht bis auf die Augen völlig verdeckte. Einem Impuls folgend überquerte Karl die Straße und ging auf den kleinen Imbiss zu, vor dem bereits zahlreiche Tische von Touristen besetzt waren. Er kaufte einen Milchkaffee und zwei Muffins, die verlockender aussahen als sein letzter. Mit dem Pappbecher und der Papiertüte in der Hand ging Karl zur Kathedrale hinüber und stieg die ausgetretenen Steinstufen hinauf. Neben der alten Bettlerin, die regungslos bäuchlings wie ein Büßer aus dem Alten Testament auf dem Steinboden lag, hockte er sich hin.

„Olá", sagte er freundlich und stellte der Alten den Pappbecher mit dem heißen Kaffee hin. Doch die Bettlerin rührte sich nicht. „Olá", versuchte Karl es erneut, aber auch bei der zweiten Begrüßung gab die auf dem Bauch liegende Alte keinen Mucks von sich. Sie wird doch wohl nicht tot sein? Sogleich wischte Karl den Gedanken wieder beiseite. Das wäre bestimmt schon jemandem aufgefallen. Andererseits: Wem würde es schon auffallen und wen würde es schon interessieren, wenn eine Bettlerin in viel zu warmer Kleidung einen Hitzschlag oder einen Herzinfarkt bekam? Sicherlich nicht den Touristen, für die die Kathedrale nur ein kultureller Zwischenstopp auf ihrer Sightseeing-Tour war.

Langsam begann Karl sich Sorgen um die Alte zu machen. „Ich habe Kaffee für Sie", sagte er nun etwas lauter. „Sie waren sehr nett zu mir, als ich hier auf den Stufen gesessen habe. Dafür wollte ich mich bedanken." Die Bettlerin reagierte nicht. „Ich … ich wollte Sie nicht stören", sagte Karl mehr im Selbstgespräch als zu der Bettlerin gewandt. „Ich geh dann mal wieder." Er stellte den dampfenden Becher Kaffee neben den ausgestreckten Arm der Bettlerin und erhob sich aus der Hocke, als hinter ihm eine näselnde Stimme ertönte: „Ist die Alte tot?"

Karl fuhr herum. Vor ihm stand ein blasser kaugummikauender Tourist, den Karl auf Mitte Zwanzig schätzte und der mit Achselhemd und Shorts aussah wie eine Karikatur. Neben dem Typ mit der näselnden Stimme stand eine ebenfalls kaugummikauende junge Frau mit strähnigen schwarzgefärbten Haaren, die sie mit einem bonbonfarbenen Haarband hochgesteckt hatte. „Krass, die Alte ist tot", ließ ihr kaugummikauender Freund erneut vernehmen, während die Frau neben ihm mit der einen Hand an einem Piercing herumspielte, welches ihre Unterlippe zierte, und mit der anderen Hand Handyfotos schoss.

„Ich denke nicht", sagte Karl knapp und stand auf.

„Und warum bewegt die sich dann nicht?", fragte die Frau mit dem Piercing.

„Weil sie keine Lust hat, für euch den Hampelmann zu machen", erwiderte Karl spöttisch.

„Hey, Alte! Mach mal was!", rief ihr Freund mit dem Kaugummi unvermittelt und gab der am Boden liegenden Bettlerin einen Tritt.

„Lass das, du Idiot!", fuhr Karl den Burschen mit dem Achselhemd an.

„Genau, Alte. Mach mal was für deine Kohle!", rief jetzt auch die Frau mit dem Piercing und streckte der Bettlerin ihr Handy entgegen, während sie gegen den Pappbecher mit dem Kaffee trat. Im gleichen Moment, als sich der heiße Kaffee über die ausgestreckte Hand der am Boden liegenden Bettlerin ergoss, bäumte diese sich mit einem Schmerzensschrei auf. Die Gestalt in den schwarzen Gewändern erhob sich erstaunlich flink für eine gebrechliche alte Bettlerin und fuhr herum, um sich an Karl vorbeizudrücken. Gleichzeitig machte dieser einen Schritt zur Seite, um auszuweichen, stieß dabei jedoch direkt mit der Bettlerin zusammen.

„Kiek mal, wie die Alte springen kann", kreischte die Frau mit dem Piercing, während sie ihre Hand hervorschnellen ließ. Sie bekam die Bettlerin an ihrem Schal zu fassen und riss ihn mit einem Ruck herunter.

Karl fuhr schockiert zusammen. Obwohl ein Kopftuch noch immer ihre Stirn bis zu den grau gefärbten Augenbrauen verdeckte, erkannte er die Frau sofort: Maria! Die Bettlerin war Maria! Karl wich entsetzt zwei Schritte zurück und starrte sie schockiert an.

Sie erwiderte seinen Blick nur kurz, dann wandte sie sich der kaugummikauenden Frau mit dem Piercing zu und verpasste ihr eine schallende Ohrfeige, bevor sie die Treppen hinunterhastete. Karl sah ihr regungslos hinterher, wie sie mit wehenden Gewändern hinter der Seitenmauer der Sé Patriarcal verschwand. „Maria", flüsterte er mit tonloser Stimme.

„Ey", keifte der Typ mit dem Achselhemd und packte Karl an der Schulter. „Die Alte hat meiner Alten eine gescheuert. Das geht doch nicht." Mit einer schnellen Bewegung, als würde er einen Ocho führen wollen, drehte sich Karl aus dem Stand um seine eigene Achse und sah den blassen Burschen verächtlich an, bevor er ihm ansatzlos eine ebenso schallende Ohrfeige verpasste, wie es Maria zuvor bei der Frau mit dem Piercing getan hatte. „Arschloch!“, sagte Karl beiläufig und machte auf dem Absatz kehrt, um Maria zu folgen.

Als Karl um die Außenmauer der Kathedrale bog, sah er den *Largo da Sé* verlassen bis auf ein paar Fußgänger vor sich liegen. Von Maria keine Spur. Karl beschleunigte seine Schritte und während er die steile Straße hinauf hastete, warf er im Vorbeilaufen in jede Ecke, in jeden Häuserwinkel einen kurzen Blick. Vielleicht versteckte sich Maria ja in einem der im Halbdunkeln liegenden Hauseingänge. Nachdem er die dritte Querstraße passiert hatte, rechnete er nicht mehr damit, sie zu finden, und machte sich auf den Weg zurück in die Beco dos Loios.

Völlig außer Atem erreichte er zehn Minuten später die schmale Gasse und hastete die Steinstufen zu Marias Haustür hinauf. Bevor er seinen Finger auf die Klingel legte, zählte er langsam bis zehn, um sich und seinen fliegenden Atem zu beruhigen.

Karl hörte das Klingeln, welches von oben durch Marias geöffnete Balkontür zu hören war. Also war sie zuhause! Er legte erneut den Finger auf die Klingel und lauschte ihrem Klang nach. Nichts rührte sich. Langsam ließ er seinen Arm sinken. Sein Atem hatte sich beruhigt und ihm war, ohne dass er lange nachdenken musste, klar, was passiert war. Durch seine gutgemeinte Geste, der Bettlerin einen Kaffee schenken zu wollen, hatte er seine geliebte Maria mehr als in Verlegenheit gebracht; er hatte sie kompromittiert und gedemütigt. Karl ging zur steinernen Treppe und setzte sich auf die Stufen. Den melancholischen Fado, der wie gewohnt durch die schmale

Gasse schwebte, hörte er nicht. Zu sehr beschäftigte ihn die Frage, was er tun konnte. Er hatte zu keinem Zeitpunkt geahnt, dass Maria die Bettlerin vor der Kathedrale sein könnte. Natürlich war ihm klar, warum Maria als Bettlerin auf den Stufen der Kathedrale lag. Sie hatte wie ihre Freunde Hugo, Marcos und die Köchin Maria, die so wunderbar Fado sang, ihren Job beim Theater verloren. Sie alle schlugen sich als Straßenkünstler oder mit anderen Jobs durch. Für Maria als Maskenbildnerin war es ein leichtes, sich in die alte Bettlerin zu verwandeln, die in dramatischer Pose auf den Steinplatten der Kathedrale von Lissabon lag – das war ihre Art von Straßenkunst. Jeder musste schließlich irgendwie klarkommen. Reiseleiterin, Dolmetscherin, Straßenkünstler, lebendes Denkmal, Bettlerin – wo war da der Unterschied?

Niemandem gehorchen müssen, niemandem Rechenschaft ablegen zu müssen, das ist Freiheit. Diesen Satz hatte seine Mutter ihr Leben lang gesagt. Karl wusste, wie schwer es war, sich durchs Leben zu schlagen. Das galt für Lissabon ebenso wie für Berlin. Abgesehen davon, dass er Maria liebte, wäre es ihm niemals in den Sinn gekommen, sich ein Urteil darüber zu erlauben, wie Menschen sich ihren Lebensunterhalt verdienten. Er war ja mit seinem erfolglos vor sich hin dümpelnden Schirmgeschäft kein sehr repräsentatives Beispiel eines erfolgreichen Geschäftsmannes. Sein Laden war eher ein Ankerplatz, um nicht davongetrieben zu werden.

All das wollte Karl seiner Maria unbedingt sagen. Maria aber war und blieb verschwunden. Seine Worte blieben ungesagt.

- 21 -

Mit einem leisen Klacken schnappte das Schloss von Karls Koffer zu. Ein letztes Mal ließ er seinen Blick durch das Appartement in der Beco dos Loios schweifen. Mehr zur Kontrolle, ob er etwas hatte liegen lassen, denn als Abschiedsblick. Karl hatte kein Interesse mehr daran, länger als nötig in diesem Appartement oder in Lissabon zu bleiben. Er hatte den quälendsten Tag und die schlimmste Nacht seines Lebens hinter sich gebracht.

Den ganzen letzten Tag hatte er auf den Steinstufen vor Marias Haustür gesessen und auf sie gewartet. Als der Abend schließlich angebrochen war, lief er bereits ziellos durch die engen Gassen der Alfama: treppauf, treppab. Er hatte imaginäre Zwiegespräche mit Maria geführt und aufgrund seines inzwischen wirren Haares und seiner starren Augen die misstrauischen Blicke von Touristen und Einheimischen auf sich gezogen.

Als Karl auf seiner Odyssee durch Lissabons nächtliche Straßen vollends die Orientierung verloren hatte, war ihm nichts anderes übriggeblieben, als eines der vorbeifahrenden Tuk-Tuks heranzuwinken und dem Fahrer mit Händen und Füßen zu erklären, wohin er wollte.

Noch während der freundlich lächelnde Fahrer ein indisches Räucherstäbchen entzündete und das Hölzchen in einen kleinen Halter neben seinem Lenker klemmte, war Karl völlig erschöpft in die hennaroten Kissen gesunken, die auf dem Rücksitz der orangefarbenen Motorrikscha lagen, und eingeschlafen. Erst als der Tuk-Tuk-Fahrer ihn vorsichtig an der Schulter rüttelte, kam Karl wieder zu sich.

Schlaftrunken hatte er einen Schein hervorgekramt und ihn dem Fahrer, der ihn besorgt musterte, in die Hand gedrückte. Die Frage des freundlichen Fahrers auf Englisch, ob alles mit ihm in Ordnung sei, beantwortete er nur mit einer abwehrenden Handbewegung und stolperte verschlafen zur Bank unter dem Baum und der Laterne, wo er das erste Mal die Liebe erlebt hatte. Karl ließ sich schwer auf die Holzbank fallen und schaute auf die Lichter von Lissabon.

Aus heiterem Himmel überfiel ihn ein Weinkrampf ähnlich dem, der ihn in der Diele seiner Wohnung durchgeschüttelt hatte, nachdem seine Mutter verstorben war. Es dauerte eine ganze Weile, bis Karl sich wieder halbwegs gefasst hatte.

Er schaute in den wolkenlosen Sternenhimmel, der ihre Liebe kurz zuvor noch in silbernem Lichterschein gebadet hatte, als eine Stimme hinter ihm erklang: „Olá, Carlos."

Karl schrak zusammen und fuhr von der Bank hoch. „Wer?"

„Sorry, wenn ich dich erschreckt habe", sagte der schlanke Mann entschuldigend. „Das wollte ich nicht."

„Wer sind Sie?", fragte Karl irritiert und musterte den Mann misstrauisch.

„Klar, du erkennst mich nicht ohne Kostüm", lächelte sein Gegenüber. „Ich bin Hugo. Von heute Morgen. Beethoven."

„Hugo? Hat dich Maria geschickt?" Dass der Straßenkünstler nicht zufällig an der Miradouro Nossa Senhora do Monte vorbeigekommen war, lag für Karl auf der Hand – und er hatte Recht. Hugo nickte.

„Darf ich mich einen Moment zu dir setzen?", fragte dieser.

Karl nickte beklommen und rutschte ein Stück zur Seite. Hugo, der in Jeans und Sweatshirt unscheinbar und viel unspektakulärer aussah als am Morgen, setzte sich neben Karl auf die Bank.

„Wo ist Maria?", brach es aus Karl heraus.

„Bei uns in der Wohngemeinschaft", antwortete Hugo. „Sie wollte nicht alleine sein."

„Das will ich auch nicht", entgegnete Karl bitter.

„Es tut mir sehr leid, was geschehen ist", sagte Hugo und sah Karl voller Mitgefühl an. „Es war ein … wie sagt man … Malheur?"

„Es war beschissen!", entgegnete Karl sarkastisch. „Und es ist beschissen! Warum versteckt sie sich?"

„Ich kann deine Wut verstehen …"

„Ich bin nicht wütend", unterbrach Karl ihn. „Ich bin traurig."

Hugo sah ihn von der Seite an und nickte; er verstand, was in Karl vor sich ging.

„Welche Botschaft überbringst du?", stellte Karl die Frage, die ihm auf der Zunge brannte und vor dessen Antwort er sich fürchtete. „Was lässt Maria ausrichten."

Hugo zögerte einen Moment, bevor er antwortete: „Zunächst solltest du etwas über Maria wissen: Sie ist extrem stolz. Vor einiger Zeit stand das Nationaltheater vorm Bankrott."

„Das Dona Maria?"

Hugo nickte. „Das Dona Maria war zwar in den sechziger Jahren nach einem Brand aufwendig saniert worden, aber es standen vor einiger Zeit erneut umfangreiche Renovierungsmaßnahmen an. Die Theaterleitung nutzte die Gelegenheit, um dem Ensemble und den Stammmitarbeitern zu kündigen – vorübergehend, wie sie sagten. Die Renovierung ist mittlerweile abgeschlossen, aber die Stammmitarbeiter wurden nicht wieder eingestellt."

„Aber Maria hat gesagt, dass bald wieder alle eingestellt werden", erwiderte Karl.

„Darüber haben wir schon nächtelang diskutiert", sagte Hugo und zuckte mit den Achseln. „Maria will es nicht wahrhaben. Niemand von der alten Belegschaft wird wieder eingestellt, es sei denn zur Hälfte von dem, was er vorher verdient hat. Sie hatten uns damals eine Abfindung angeboten. Nicht viel, aber immerhin. Alle haben das Geld genommen. Nur Maria nicht. Sie wollte wieder eingestellt werden. Sie ist stolz. So stolz, dass …"

„… sie lieber betteln geht, als auf ihr Recht zu verzichten", nahm Karl Hugo das Wort aus dem Mund.

„Nicht nur!" Hugo erhob die Hand und begann, an seinen Fingern abzuzählen: „Maria macht viel: Dolmetscherin, Reiseführerin …"

„Ich weiß, ich weiß", wehrte Karl ab. „Aber was sollst du mir nun von ihr ausrichten?"

Hugo schwieg. Ihm war anzusehen, dass es ihm schwerfiel, Karls Frage zu beantworten. „Sie entschuldigt sich von ganzem Herzen dafür, dass sie dir nicht erzählt hat, dass … dass sie gelegentlich Marta vertritt und an der Kathedrale …"

Karl schüttelte traurig den Kopf. „Dafür braucht sie sich nicht zu entschuldigen. In keinster Weise. Sie hat mich nie belogen. Wir haben nicht darüber gesprochen, wir kennen uns doch erst seit zwei Tagen!"

„Und doch ist sie der Meinung, dass sie dich belogen hat. Maria schämt sich und ihr Stolz verbietet ihr …"

Karl richtete sich steif auf und wandte Hugo sein Gesicht zu. In seinen Augen flackerte die Angst vor der Antwort.

Hugo holte tief Luft und seufzte laut: „Sie kann dich nicht wiedersehen."

Karl spürte sein Herz wie wild klopfen. Eine eisige Hand schien nach seinem Herzen zu greifen.

„Alles ok?", fragte Hugo und sah ihn besorgt an. Karl nickte mit starrer Miene. „Sie liebt dich. Maria liebt dich", sagte Hugo in die bedrückende Stille hinein. „Aber sie will dich nicht wiedersehen."

Marias Nachricht traf Karl wie ein Schock. Ein paar Sekunden lang konnte er weder atmen noch sich rühren. Sein Herz trommelte immer lauter in seiner Brust. Nach einer Weile des Schweigens stand Karl schließlich auf. Er bewegte sich wie eine Marionette, die an ihren Fäden hochgezogen wird. Seine Arme schienen nicht zu ihm zu gehören, sie baumelten einfach an ihm herab, als er Beethoven mit schmerzerfülltem Blick ansah. Schweigend und mit der unbeweglichen Miene eines Schlafwandlers wandte Karl der Bank, ihrer Bank, den Rücken zu und lief einfach los. Kein Wort an Hugo. Keine Nachricht für Maria. Zu groß war die Liebe zu ihr, zu groß war der Schmerz und zu tief die Verzweiflung, die er spürte.

Wie er dann in der Morgendämmerung den Weg ins Appartement gefunden hatte, vermochte Karl nicht zu sagen. Nur eines wusste er: dass es Zeit war zu gehen. Sein Flieger startete in etwa drei Stunden. Ohne nachzudenken griff er nach seinem Koffer und zog die Tür des Appartements hinter sich zu. Den Schlüssel hatte er auf dem Tisch liegen lassen. Zum letzten Mal stieg er die 52 Stufen der Holztreppe hinunter und trat in die Beco dos Loios hinaus. Ohne einen Blick zu Marias Wohnung hochzuwerfen ging er die Gasse hinunter, an deren Ecke ein schwarz-weißes Taxi auf ihn wartet. Er meinte das leise Miauen eines Kätzchens gehört zu haben, aber er drehte sich nicht mehr um.

Adeus, Lisboa.

Adieu Maria.

- 22 -

Das Teelicht erlosch.

Wie jeden Morgen.

Karl schob seinen Stuhl zurück und ging zur Spüle, um seine Teetasse abzuspülen. Er schob die zusammengefaltete Ausgabe des Wochenblatts akkurat an die Tischkante des mit einer verblichenen Wachstischdecke bedeckten Tisches. Während er die Tasse auswusch, fiel sein Blick auf den Wandkalender, der an einem Nagel in seiner kleinen Küche hing: Samstag.

Es war auf den Tag genau drei Wochen her. Mit tiefer Trauer im Herzen, die er aus Lissabon mitgebrachte hatte, war er in sein altes Leben zurückgekehrt. Ein Leben, das er kannte, das keine Risiken barg, keine Überraschungen und kein Leid: Laden öffnen, Frühstücken, auf Kundschaft warten, die nicht kam, Abendbrot, Lesen, Schlafen, Laden öffnen. Ein wohlbekannter sich wiederholender Kreislauf – tagein, tagaus. Zum Tango ging Karl nicht mehr.

Ganz automatisch war er in die vertrauten Strukturen seines alten Lebens zurückgefallen. Nur eines hatte sich geändert: Er schlief schlecht, und wenn er schlief, träumte er schlecht. Morgens wachte er vollkommen übermüdet auf und quälte sich unausgeschlafen durch den Tag. Aus seinem gepflegten Dreitagebart war ein ungepflegter Vollbart geworden. Karl hatte sich zwar noch nicht aufgegeben, aber viel fehlte dazu nicht mehr.

Kurz nach seiner Rückkehr aus Lissabon waren seine Gedanken Tag und Nacht um Maria gekreist. Er hatte oft in seinen Büchern davon gelesen, dass Frauen und Männer um ihre Liebe kämpften. Aber: Was sollte er tun, oder vielmehr: Was konnte er tun? Zurück nach Lissabon fliegen und sich vor ihre Haustür setzen, darauf warten, dass sie irgendwann auftauchte, um mit ihr zu sprechen? Beständig tasteten seine Gedanken den letzten Moment mit ihr an der Catedral Sé ab, bis er schließlich nicht mehr wusste, was er noch hätte sagen sollen; auch sein Brief, den er Maria hatte schreiben wollen, war über das Bekenntnis, dass er ihr nichts übelnahm, nicht hinausgekommen und lag noch immer unvollendet auf seinem Nachttisch.

Hugos Worte hatten anfangs ohne Unterlass in seinem Bewusstsein geleuchtet: „Sie liebt dich. Maria liebt dich – aber sie will dich nicht wiedersehen!" Doch irgendwann verblassten diese Worte, drehten sich die Gedanken langsamer in Karls Kopf und inzwischen war er erleichtert darüber, dass er die alltäglichen Dinge des Tages wieder erledigen konnte. Die starren Strukturen seines früheren Lebens gaben ihm Halt und Orientierung und ließen seine Leidenschaften in dem Mahlstrom des alltäglichen Kreislaufs wieder verstummen.

Karl hatte die Teetasse abgespült und zum Abtropfen auf die Spüle gestellt. Achtlos wischte er sich die feuchten Hände an seiner Hose ab, während er zurück zum Tisch ging. Die Wochenzeitung berichtete in ihrer Überschrift wieder einmal über Berlins typische Brennpunkte: Kottbusser Tor, Alexanderplatz, Hasenheide – das übliche eben. Da er sich aber weder für die Probleme am Kotti noch für die vom Alex interessierte, hatte er die Zeitung eigentlich direkt wegwerfen wollen, als ihm ein großaufgemachter Artikel im Innenteil des Blattes auffiel. Karl erstarrte. *Tango meets Opera!* Schnell überflog er den Beitrag.

Sein Herzschlag beschleunigte sich. An diesem Wochenende fand ein Tangofestival statt. Die *Komische Oper Berlin* würde drei Tage lang ganz im Zeichen des Tango Argentino stehen. Es gab ein attraktives Programm, welches musikalisch von einem fünfzehnköpfigen Tangoorchester mit zwei Tenören begleitet wurde, in dessen Mittelpunkt diverse Milongas standen, die im Foyer des Theaters und direkt auf der großen Opernbühne stattfinden würden. Höhepunkt des dreitägigen Spektakels war der Showtanz von Joy & Don, der das Festival am heutigen Samstag eröffnen und am darauffolgenden Montagabend beenden würde.

Karl legte die Zeitung aufgeschlagen zurück auf den Tisch und schaute auf die Fotos, die den Artikel illustrierten. Ein Tanzpaar in erotischer Pose war zu sehen. Darunter zwei weitere Fotos von stimmungsvollen Open-Air-Milongas und einem der Tango-Flashmobs, die in Berlin üblich waren. Quer darüber prangte das große Aufmacherfoto des Artikels: Joy und Don in enger temperamentvoller Tanzumarmung: Joy hatte ihr Bein um Dons Hüfte geschlungen.

Stumm blieb Karl vor dem Tisch mit der aufgeschlagenen Zeitung stehen. Dem ersten freudigen Gefühl, das ihn beim Anblick des Artikels ergriffen und seinen Puls in die Höhe getrieben hatte, folgte ein Gedanke, der immer konkreter wurde, je länger Karl auf den Artikel starrte: Heute Abend würde er dort sein. Unbewusst schob sich sein Unterkiefer vor und er biss so energisch die Zähne aufeinander, dass seine Kauflächen ein leises Knirschen von sich gaben. Der Tango hatte ihn nie verlassen, das spürte er. Er hatte sein Leben verändert. Ohne den Tango Argentino wäre er niemals nach Lissabon geflogen und hätte weder Franka noch Maria kennengelernt. Aber auch wenn er beide Frauen verloren hatte, konnte er sich noch immer für den Tango entscheiden.

Doch was, wenn er wieder versagte? Sein Magen zog sich zusammen. Mit einem Griff fegte Karl die Zeitung vom Tisch, sodass die losen Seiten durch seinen Laden flatterten. „Dann ist das eben so!“, brach es aus ihm heraus. „Verdammt noch mal; dann ist das so!“ In Karl bäumte sich die Wut über seine eigenen Ängste, die Wut auf sich selbst und seine Unzulänglichkeiten auf. „Du verfluchter Hosenscheißer!“, schrie er in den leeren Laden hinein. „Du gehst heute Abend in die Oper und du tanzt! Und wenn es nicht klappt, dann läufst du nicht heulend nach Hause, sondern probierst es wieder und wieder und wieder und immer wieder; so lange, bis es klappt!“ Vor Wut zitternd griff sich Karl seine Jacke, löschte das Licht im Verkaufsraum und zog die Tür hinter sich zu. Für heute erklärte er das Schirmgeschäft als geschlossen. Er hatte noch einiges zu tun.

Wenige Stunden später verließ Karl frisch rasiert und geduscht seine Wohnung. Mit energischen Schritten machte er sich auf den Weg zur U-Bahn, die er an der Station Französische Straße wieder verließ, um wenige Minuten später in der Behrenstraße vor dem Eingang der Komischen Oper mit ihren drei Treppenaufgängen zu stehen. Er entschied sich für den mittleren und schlüpfte durch die verglaste Tür, die ihm einer der Besucher, die vor ihm die Treppe hochstiegen, offenhielt. Das Foyer war bereits gut mit Menschen gefüllt, die sich gegenseitig mit Küssen auf ihre Wangen begrüßten, ihre Mäntel oder Taschen an der Garderobe abgaben oder sich wie er an der Abendkasse ein Ticket kauften.

Mit der Eintrittskarte für den heutigen Abend blieb Karl einen Moment am Fuß der Treppe stehen und sah den Leuten zu, welche die breite Festtreppe, die mit einem roten Teppich belegt war, hoch zur Wandelhalle stiegen.

„Mensch, Karl!“, tönte es gutgelaunt hinter ihm und eine Hand legte sich ihm auf die Schulter. Überrascht drehte sich Karl herum. Vor ihm stand Thomas, einer der Mitorganisatoren des dreitägigen Tango-Festivals. Er sah in seinem cremefarbenen dreiteiligen Anzug mit Krawatte ebenso blendend aus wie sein strahlendes Lächeln. „Schön, dich zu sehen.“ Sichtlich erfreut umarmte Thomas ihn. „Freut mich wirklich, dass du heute Abend auch gekommen bist. Bist du alleine?“

Als Karl nickte, winkte Thomas ab: „Kein Problem, ich habe heute Abend schon so viele Damen ohne Tanzpartner gesehen, da solltest du keine Probleme haben, eine Tanzpartnerin zu finden. Komm mit! Ich wollte auch gerade hoch.“ Gemeinsam mit Thomas, dessen Tanzkurse für Karl stets etwas Besonderes gewesen waren und für den er große Sympathien hegte, begab er sich in die große Wandelhalle in der oberen Etage. Als sie die obersten Stufen erreicht hatten, staunte Karl nicht schlecht. Eine Seite der Wandelhalle war mit einem Tanzboden ausgelegt, auf dem bereits zahlreiche Paare zur Musik der Tangoformation *Sexteto Obsesión Tango* tanzten. Karl erkannte das dramatisch-melodische Musikstück *Danzarín*. Er liebte nicht nur die Streicher, sondern auch das rhythmisch treibende Bandoneon, welches sich mit der schluchzenden Geige abwechselte: Dramatik, Sehnsucht, Melancholie – Danzarín brachte Karls derzeitige Gefühlslage auf den musikalischen Punkt.

„Ich lasse dich jetzt mal alleine." Thomas klopfte Karl freundschaftlich auf die Schulter. „Wir sehen uns später, ich habe noch eine Überraschung für dich!"

„Überraschung?", fragend schaute Karl Thomas an. „Was denn für eine Überraschung?" Er hatte noch nie Überraschungen gemocht. Und schon gar nicht solche, die ihm angekündigt wurden. Er hatte in solchen Fällen immer das Gefühl, dass er der Erwartung des Überraschenden gerecht werden und sich sichtbar und überschäumend freuen müsse; sichtbare Gefühlsäußerungen waren noch nie Karls Stärke gewesen.

„Du wirst dich freuen, vertrau mir!", zwinkerte ihm Thomas zu.

Da war es wieder. Welche Überraschung mochte Thomas für ihn haben und welche Freudensbekundungen wurden von ihm erwartet? Karl sah Thomas mit einem mulmigen Gefühl nach, der sich durch die Menge schob und zahlreiche Gäste auf seinem Weg ebenso herzlich begrüßte wie zuvor Karl. „Wahrscheinlich eine neue

Tanzpartnerin", mutmaßte Karl, denn Thomas war stets bemüht, Tänzerinnen und Tänzer, die aus seiner Sicht tänzerisch gut miteinander harmonierten, zusammenzubringen.

Karl wandte seine Aufmerksamkeit dem Geschehen in der Wandelhalle zu und lehnte sich an einen der Pfeiler, um dem Treiben eine Zeit lang zuzuschauen. Der überwiegende Teil der Gäste war festlich gekleidet. Die Damen trugen die verschiedensten Kleider, die von modern über selbst geschneidert bis klassisch reichten: Von hochgeschlossen bis tief dekolletiert waren alle Schnitte, Farben und Formen vertreten. Aber so unterschiedlich die Kleider der Damen auch waren, eins hatten sie alle gemeinsam: Sie alle waren geschmackvoll und sexy.

Auch die Herren trugen von sportlich bis festlich die unterschiedlichsten Outfits, selbst die Jeans- und Shirtfraktion war vertreten. Vorherrschend war jedoch auch bei den Führenden Abendgarderobe und gedeckte Farben – vornehmlich schwarz. Karl hatte sich ebenfalls für einen schwarzen Anzug entschieden, zu dem er ein weißes Manschettenhemd mit schmaler schwarzer Krawatte trug. Auch wenn er nicht wusste, wie der Abend für ihn verlaufen würde, wollte er bei seiner Kleidung keine Experimente wagen und setzte auf Bewährtes; zumal er das Gefühl hatte, in dem Anzug eine ganz gute Figur zu machen.

Karl erkannte ein paar Gesichter, die ihm aus den Kursen im Nou bekannt waren, und schloss sich erneut einer Gruppe Gäste an, die zielstrebig einem Eingang zueilten. Als er durch den Seiteneingang den Innenraum der Komischen Oper betrat, verschlug es ihm fast den Atem.

In zwei Etagen umliefen Galerien mit ihren Logen den kompletten Saal und endeten zu beiden Seiten der großen Bühne. Die Logen waren ebenso mit üppigen roten Polstersitzen und Vorhängen ausgestattet wie das Parkett, welches zusätzlich komplett mit einem roten Teppich ausgelegt war. Staunend betrachtete Karl die prächtige Goldverzierung der Logen und der Wände, die ihn in ihrer Üppigkeit sehr beeindruckten. Glanzpunkt aber war der riesige glitzernde Kronleuchter, der in der Mitte des Innenraums von der hohen Saaldecke hing und den ganzen Prachtsaal in ein festliches goldenes Licht tauchte. Als sich weitere Gäste munter plaudernd an ihm vorbeischoben, schloss er sich an und folgte ihnen zu einem schmalen Seitengang, der an einer schmalen Treppe endete, die ihn zur Hauptbühne führte.

Der Blick von der Bühne war grandios. Karl, der noch nie in seinem Leben auf einer Bühne gestanden hatte und dem dieser Blickwinkel völlig fremd war, kam aus dem Staunen nicht wieder heraus. Am Rand der Bühne stehend ließ er seinen Blick durch den leeren Innensaal schweifen. Leer deshalb, weil bei diesem Tango-Event die anwesenden Gäste Zuschauer und Akteure gleichermaßen waren, die nicht auf den Sitzen im Innenraum oder in den Logen saßen und einer Vorführung folgten, sondern sich auf der Bühne befanden und tanzten.

In dem Moment, als Karl sich umwandte, setzte das fünfzehnköpfige Tanzorchester ein und stimmte das bekannte Lied *La Cumparsita* an. Musiker und Sänger hatten sich an der Rückwand der Bühne mit ihren Instrumenten aufgebaut, sodass die komplette Bühne der Komischen Oper den tanzenden Paaren zur Verfügung stand. Am seitlichen Innenrand hatten die Organisatoren eine Bar aufgebaut, hinter der die Barkeeper die Wünsche der Gäste erfüllten. Wenige Meter von der Bar entfernt standen mehrere Stuhlreihen, auf denen meist weibliche Gäste saßen. Karl verspürte in seinem Innern einen schmerzhaften Stich, denn die übereinandergeschlagenen Beine und wippenden Fußspitzen der Tänzerinnen erinnerten ihn schmerzhaft an die Nacht im Casa de Tomar. Bevor er diesem trüben Gedanken weiter folgen konnte, spürte er erneut eine Hand auf seiner Schulter und wandte sich um.

„Überraschung!", rief Thomas. „Schau mal, wen ich dir mitgebracht habe."

Karl glaubte im ersten Moment, seinen Augen nicht trauen zu können. Vor ihm stand in einem atemberaubend engen Kleid aus roten Pailletten – Franka!

„Olá, Karl." Franka betrachtete ihn aus grün-grauen Augen freundlich und voller Herzlichkeit. Karl rührte sich keinen Millimeter und starrte sie nur fasziniert an.

„Ich wusste, dass du dich freust", lachte Thomas. „Aber ich lass euch jetzt mal alleine."

Karl schluckte schwer. Mit dieser Überraschung hatte er wahrlich nicht gerechnet.

„Olá", erwiderte er mit belegter Stimme. „Ich wusste gar nicht, dass du heute auch hier bist."

„Wieso, wärst du dann nicht gekommen?", schmunzelte sie.

„Doch, schon." Jetzt musste auch Karl lächeln, wurde aber im gleichen Moment wieder ernst. „Ich meine … ich … muss dir etwas erklären … ich wollte …"

„Pscht!", machte Franka und breitete die Arme aus;

mit einem Schritt stand sie vor Karl und umarmte ihn so fest, dass er fast keine Luft mehr bekam. „Du musst nicht und schon gar nicht wollen!“, flüsterte sie ihm ins Ohr, während sie ihn fest drückte. „Ich verstehe euch Tänzer mittlerweile sehr viel besser als in unserer Nacht auf dem *Largo de Santa Luzia*. Es gibt nichts, aber gar nichts zu entschuldigen!“ Franka löste ihre Umarmung und trat einen halben Schritt zurück, ließ aber noch ihre Arme um seinen Hals. Ihre grünen Augen sahen ihn liebevoll an. „Niemand von uns muss sich entschuldigen; niemand von uns hat etwas Böses gewollt und niemand von uns hat den anderen verletzen wollen. Ich habe mich auch ziemlich blöd benommen. Meine Reaktion war hart und ich habe dich alleine in Lissabon gelassen. Karl, verstehst du.“ Franka sah ihn eindringlich an: „Niemand von uns muss sich entschuldigen! Verstehst du? Niemand!“

Karl hatte verstanden und spürte, wie ein Teil dessen, was ihn schon so lange bedrückte, von ihm abfiel.

„Ich wusste, dass du heute Abend hier sein würdest.“ Franka sah ihn mit einem Blick an, als ob sie Karl besser verstand, als er sich selbst. „Wenn du heute Abend nicht hier in der Oper aufgetaucht wärst, hätten wir dich morgen in deinem Laden besucht!“

„Wir? Wer ist wir?“, fragte Karl irritiert.

„Dreh dich um, Carlos!“, flüsterte Franka und in ihren Augen begann es zu schimmern.

Ohne zu verstehen, was Franka meinte, drehte er sich und sah in jene haselnussbraunen Augen, von denen er dachte, dass er sie nie wiedersehen würde.

„Meu Amado, Carlos“, flüsterte Maria zärtlich.

Wie vom Blitz getroffen starrte Karl Maria an. Ihre Blicke umarmten sich, noch bevor es ihre Körper taten. „Eu te Amo“, flüsterte er und schloss Maria so innig in seine Arme, als würde er sie nie wieder loslassen wollen.

„Ich liebe dich auch, Carlos“, flüsterte Maria in sein Ohr.

Die Welt um sie beide versank und das Tango Orchester auf der Bühne der Komischen Oper schien nur für sie beide allein zu spielen: *El día que me quieras …*

ENDE

EPILOG

„Eigentlich müssten sie schon längst hier sein." Karl sah nervös auf seine Armbanduhr. „Die Maschine ist doch schon vor einer Stunde gelandet und in zwei Stunden ist Eröffnung!"

Maria lächelte ihn verständnisvoll an. „Sie werden sicherlich gleich eintreffen, sei unbesorgt."

Karl wusste, dass Maria recht hatte. Die Erfahrungen der letzten Monate hatte gezeigt, dass es seine Zeit brauchte, um am Flughafen Tegel seine Koffer vollzählig in Empfang zu nehmen, ein freies Taxi zu bekommen und die Stadtautobahn hinter sich zu bringen, denn Stau gab es da eigentlich immer.

Karl freute sich auf den Besuch von Franka und Rocky, die zum ersten Mal nach ihrer Hochzeit und der Geburt ihres kleinen Santino zu Besuch nach Deutschland kamen. Er war nervös, und das nicht nur wegen Franka, sondern auch wegen Marias Schwangerschaft. Doch das war nichts im Vergleich zu Karls Zustand am Tag ihrer Hochzeit vor zwei Jahren. Damals war er so aufgeregt gewesen, dass er vor dem Pastor in der kleinen Kapelle *Igreja de Santo Estêvão* inmitten der Altstadt von Lisboa fast sein Jawort nicht aussprechen konnte, da er vergessen hatte, dass es in Portugal *Sim* heißen musste.

Den Entschluss zu heiraten hatten Maria und Karl weder durchdacht noch geplant. Nachdem sie sich vor zwei Jahren in der Komischen Oper in die Arme gefallen waren, stand wortlos für sie fest, dass nichts und niemand sie jemals wieder würde trennen können. Und so war Karls Heiratsantrag zwar ungeplant, aber ehrlich und voll tief empfundener Liebe gewesen: Nachts um ein Uhr, als die Bühne sich etwas gelehrt hatte und Karl mit Maria die gefühlvollste und wunderschönste Tanda getanzt hatte, die er sich jemals hatte vorstellen können, war er zu Bizets *Carmen* mitten auf der Bühne vor Maria auf die Knie gefallen und hatte um ihre Hand angehalten. Maria war daraufhin ebenfalls auf die Knie gesunken und hatte Karl unter Tränen umarmt. Und so knieten sie beide auf der Bühne der Komischen Oper und Maria Callas sang *L'amour est un oiseau rebelle*. Es war ein denkwürdiger Moment, den sie nicht nur Franka zu verdanken hatten.

Nachdem Hugo Karl in jener Nacht, als er durch Lissabon geirrt war, an der Miradouro Nossa Senhora do Monte gefunden und ihm Marias traurige Nachricht überbracht hatte, war er daheim in der Wohngemeinschaft selbst in Tränen ausgebrochen. Auch als Außenstehender hatte ihn das dramatische Ende von Maria und Karls Liebe tief berührt. Als Franka kurz darauf von ihrer Tuk-Tuk-Fahrstunde heimkehrte, erzählte ihr Hugo die ganze Geschichte von Maria und Carlos, die Franka zunächst gar nicht glauben konnte. Ein solcher Zufall? Carlos – ihr Karl?

Als sie die Hintergründe für die tragische Wendung der

Geschichte erfahren hatte, war es für Franka selbstverständlich, mit Maria zu sprechen, um ihr klarzumachen, dass sie aus falschem Stolz heraus nicht auf diese Liebe verzichten dürfe. Ganz abgesehen davon, dass sie Karls Herz für immer gebrochen hätte.

Als Maria langsam begann, ihren Stolz loszulassen, war es Franka, die ihre Reise nach Berlin organisierte. Sie musste ohnehin nach Berlin, um ihre eigenen Verhältnisse zu klären. Als Franka sich vom Nou persönlich verabschieden wollte, traf sie Thomas, der ihr von dem Event in der Komischen Oper erzählte und meinte, dass dies der richtige Rahmen sei, um Berlin und seiner Tangoszene Lebewohl zu sagen. In dem Moment, als Thomas ihr von *Tango meets Opera!* erzählte, wusste sie intuitiv, dass sie an diesem Abend auch Karl treffen würde; also machte sie sich mit Maria auf den Weg in die Komische Oper.

Aber auch für Franka hatte das Schicksal eine Überraschung parat, denn Rockys Heiratsantrag war nicht weniger spektakulär als der von Karl; wenn auch nicht ganz so öffentlich. Als Franka sich am Tag nach dem Wiedersehen mit Karl von Rocky verabschieden wollte und ihn in seinem *Purple Rain Palast* besuchte, standen sie sich zunächst verlegen und hilflos gegenüber. Nachdem Franka ihm von den Veränderungen in ihrem Leben und dem Wunsch, in Lissabon zu leben, erzählt hatte, schaute Rocky sie nur mit versteinertem Gesicht an und meinte, dass sie ihn wohl nun nicht mehr als Fettschmelze-Kontrolleur brauchen werde. Franka wollte sich von Rocky mit einer Umarmung verabschieden, als dieser sie mit einer solchen Leidenschaft in seine Arme nahm, dass ihr die Luft wegblieb. Ihre Lippen fanden sich von allein.

Rockys selbst gezogene Grenzen und Frankas Unvermögen, sich selbst wahrzunehmen, spielten in der Nacht ihres Abschieds, die zur Nacht ihres Neubeginns wurde, keine Rolle mehr. Am nächsten Morgen, als Franka nackt und glücklich bis in die letzte Faser ihres Körpers in Rockys Bett erwachte, erschrak sie zuerst, als das Bett neben ihr leer war. Als Rocky ihr dann aber mit einem Liebeslied – das er in der Stunde vor ihrem Aufwachen geschriebenen hatte – einen Heiratsantrag machte und dabei nur mit seiner abgewetzten Jeans bekleidet am offenen Fenster stehend den Refrain auf seiner Gitarre spielte, konnte sie ihr Glück nicht fassen. Nackt, wie sie war, kletterte sie zu ihm auf die Fensterbank und umarmte ihn. Sie küssten sich so lange und innig, dass sie dabei die Welt um sich vergaßen, zumindest so lange, bis sie vom Applaus der unten auf der Straße stehenden Passanten zurück in die Wirklichkeit geholt wurden.

Diese glücklichen und unvergesslichen Momente lagen nun schon zwei Jahre zurück. Maria und Karl. Franka und Rocky. Sie hatten gemeinsam in der kleinen Kathedrale in Lissabon geheiratet – eine Doppelhochzeit.

Heute war ihr gemeinsamer Hochzeitstag und – die Eröffnung von *Carlos Sotão Tango.*

Maria hatte seinerzeit auf dem Balkon gehörig untertrieben, als sie ohne Höschen ihr Bein aufs Balkongeländer geworfen hatte; sie tanzte mehr als nur „ein bisschen“, sondern bereits seit mehreren Jahren Tango Argentino, und zwar sehr gut! Es dauerte nur ein paar gemeinsame Milongas und durchtanzte Nächte, bis Karl eine Idee kam, die ihrem Leben ein weiteres Mal eine neue Wendung geben sollte. Er schlug Maria vor, seine ohnehin brotlose Kunst der Schirmmacherei an den Nagel zu hängen und einen Tango Club zu eröffnen. Karl hatte keine Ahnung vom Clubgeschäft, aber ein großes Loft im Wedding an der Ecke Transvaal- und Müllerstraße. Als die Idee in Karl heranreifte, den Laden zu einer Tango-Location umzubauen, erinnerte er sich an die seit Jahren vergessenen im Dunkeln schlummernden abgetrennten Räume, die ihm seine Mutter zusammen mit dem Laden vererbt hatte. Die alten Fabrikräume mit ihrem historischen Mauerwerk und den alten Böden erwiesen sich als ein wahrer Schatz, den die Sanierungsarbeiten freilegten.

Seine Mutter hatte ihm aber nicht nur die Immobilie hinterlassen, sondern auch noch ein stattliches Sümmchen, welches sie im Laufe der Jahrzehnte zusammengespart hatte, um den Traum vom eigenen Kaufhaus zu verwirklichen. Statt des Kaufhauses eröffneten Karl und Maria nach einem Jahr Sanierungs- und Umbauarbeiten ihren Tangoclub namens *Carlos Sotão Tango.* Die Geschäftsidee war relativ einfach: Karl organsierte monatliche Tangokurse, Milongas und Events. Maria übernahm zusammen mit einer Aushilfskraft den Service und das Catering. Tangolehrer und DJs waren als Honorarkräfte tätig.

Maria und Karl hatten im Vergleich zu anderen Jungunternehmern einige Trümpfe in der Hand: Die Immobilie gehörte ihnen, womit sie ohne Schulden und frei von den hohen Berliner Mieten waren. Der größte Trumpf aber war das Loft selbst: Riesig groß und verfallen atmete es den morbiden Charme einer Industriebrache – mitten in Berlin. Ein noch größerer Trumpf für ihre Zukunft als das Loft aber, war ihre Liebe!

„Da sind sie!" Maria hob den Arm und winkte dem Taxi zu, welches von der Müllerstraße einbog und nach wenigen Metern vor der Außenterrasse des *Carlos Sotão Tango* hielt.

„Olá Maria, Olá Carlos!", rief Franka aus dem geöffneten Wagenfenster ihnen schon von weitem zu.

Karl nahm Maria in den Arm und gemeinsam winkten sie ihren Freunden zu. Jetzt konnte nichts mehr schiefgehen – der Tango hatte lange genug auf sie gewartet.

Photo©2014byAysenurCa

Der Autor Dirk Trost wurde in Duisburg geboren und lebt bereits seit vielen Jahren in Berlin. Der Wunsch zu schreiben, ließ vor einigen Jahren die erfolgreiche Krimiserie um Jan de Fries und seinen Hund Motte entstehen, die unter dem Label Edition M von Amazon verlegt wird. Die Krimiserie spielt an der ostfriesischen Nordseeküste und hat bereits über 200.000 begeisterte LeserInnen gefunden.

Dass der Autor aber nicht nur Mordgeschichten, sondern auch Romantik und Gefühlvolles im Sinn hat, beweist die eindrucksvolle Geschichte *Tango in Lissabon*. Zumal der Autor selbst begeistert Tango Argentino tanzt und in der zweitgrößten Tangometropole der Welt lebt: Berlin. Ein Tangourlaub in Lissabon inspirierte ihn zu dieser schicksalhaften Geschichte zweier Menschen, deren Weg zum *Tango in Lissabon* führt.

Mail: dirk.trost@gmx.de
Website: www.dirktrost.com
Facebook: www.facebook.com/dirktrostautor
Twitter: www.twitter.com/DirkTrost
Instagram: www.instagram.com/dirk_trost
Facebook-Gruppe:
www.facebook.com/groups/1741571882764684

Printed in Poland
by Amazon Fulfillment
Poland Sp. z o.o., Wrocław

50074501R00218